A guimba

Will Self

A guimba
Uma estratégia de saída

Tradução
Cássio de Arantes Leite

ALFAGUARA

Copyright © 2008, Will Self
Todos os direitos reservados

Todos os direitos desta edição reservados à
Editora Objetiva Ltda.
Rua Cosme Velho, 103
Rio de Janeiro — RJ — Cep: 22241-090
Tel.: (21) 2199-7824 — Fax: (21) 2199-7825
www.objetiva.com.br

Título original
The Butt — An Exit Strategy

Capa
Retina_78

Revisão
Ana Kronemberger
Patrícia Sotello Soares
Ana Julia Cury

Editoração eletrônica
Abreu's System Ltda.

CIP-BRASIL. CATALOGAÇÃO-NA-FONTE
SINDICATO NACIONAL DOS EDITORES DE LIVROS, RJ
S466g

    Self, Will
        A guimba : uma estratégia de saída / Will Self ; tradução de Cássio de Arantes Leite. - Rio de Janeiro : Objetiva, 2010.

        331p.   ISBN 978-85-7962-018-8
        Tradução de: *The butt: an exit strategy*

        1. Ficção inglesa. I. Leite, Cássio de Arantes. II. Título.

10-1522   CDD: 823
                                        CDU: 821.111-3

Em memória de John Scott Orr

O autor gostaria de agradecer à Scottish Book Trust e seus parceiros, que facilitaram a criação de parte do que se segue.

Vai saber, se tivesse parado de fumar, será que eu teria mesmo virado esse homem forte e perfeito que imaginava? Talvez fosse exatamente essa dúvida que me prendia ao meu vício, porque a vida é tão mais agradável se a pessoa é capaz de acreditar na própria grandeza latente.

Italo Svevo, *As confissões de Zeno*

1

Ali nas sacadas dos luxuosos apartamentos do Mimosa, Tom Brodzinski tragou a ponta úmida de seu cigarro e jurou para si mesmo que seria o último.

Bom, passou-lhe pela cabeça, *isso é um negócio que eu já jurei um bilhão de vezes antes. Só que dessa vez ia ser diferente.*

Durante as três semanas de férias dos Brodzinski, Tom achara as proibições de fumar, naquele país vasto e ensolarado, particularmente intrusivas. Havia placas gritantes dentro — e fora — de cada restaurante, bar e prédio público, ameaçando de multas e detenção não só os próprios fumantes, como também qualquer um que — intencionalmente ou não — permitisse fumar no local em questão.

E ainda por cima, diante dos edifícios públicos, havia faixas amarelas pintadas nas calçadas e ruas, indicando onde os fumantes podiam se reunir legalmente: dezesseis metros da entrada.

Tais medidas, é claro, existiam na terra natal de Tom; contudo, dificilmente soavam tão flagrantes. Além do mais, o grosso da população havia muito abandonara o hábito. Enquanto aqui, toda a chamativa infraestrutura dessa campanha de saúde pública parecia, até mesmo aos olhos ético-indolentes de Tom, antes fruto de uma imposição sobre a população multilíngue e compulsivamente fumante do país, do que qualquer moralidade cívica mais imperiosa.

E assim tudo isso deixara Tom irritado, transformando aqueles pequenos interlúdios de enfumaçada autocontemplação em interações apressadas e insatisfatórias com La Divina Nicotina.

Certo, largar o libertaria de tais dependências, enquanto, ao mesmo tempo, ele acharia libertador fazer a coisa certa, encarando de frente sua mortalidade, suas responsabilidades como pai, marido e cidadão. Ele não mais alimentaria seu individualismo com baforadas pueris.

Tom não era burro; ele compreendia que fumar na verdade interessava apenas aos fumantes — e que, cada vez mais, era só no que estavam interessados. Assim que se visse livre do hábito, ele entraria em um mundo novo, onde poderia ver as coisas com clareza e compreender seu significado, em lugar de se deixar intimidar por faixas e placas.

Com o pensamento de apagar a ponta de seu derradeiro cigarro, Tom olhou em torno da sacada à procura de um cinzeiro, ou de qualquer outro receptáculo que pudesse acolher a casca de cinzas daquele verme. Mas não havia nenhum. Em seguida, espiou por cima do parapeito, na sacada do andar de baixo, que se projetava um pouco mais além da fachada do bloco de apartamentos.

Um velho anglo descansava numa poltrona estofada. As pernas finas que despontavam de sua bermuda espalhafatosa eram uma acidentada superfície com feixes de veias varicosas. As folhas resistentes e lustrosas de uma edição internacional do *Wall Street Journal* repousavam em seu peito murcho. Da perspectiva de Tom, o rosto do velho se resumia a um botãozinho de nariz e queixo, enquanto sua cachola nua escamava sob o penteado careca-fashion brilhoso e artificial de fios lambidos.

Tom bateu a cinza na mão em concha, esmagou-a e soprou o pó no ar úmido e pesado. Lá de baixo subiu o ruído de metal raspando no azulejo. Uma jovem saíra pelas portas de correr que, assim presumia Tom, deviam separar a sacada do apartamento do velho. Uma mulher muito jovem — uma garota, na verdade.

Vestia apenas um sarongue, enrolado nas curvas de seu quadril esbelto, e, de onde estava, Tom podia apreciar a perfeição orquidácea de seus peitos, a tesa pureza de sua pele preta fosca. Deve ser de alguma tribo do deserto, pensou, mas o que diabos está fazendo na companhia desse graveto chupado?

O que estava fazendo era arrastar uma mesinha de metal e pôr em cima um copo longo, coberto de condensação gelada e transbordando de frutas. Ela removeu o jornal, arrumou as folhas e o dobrou. O que estava fazendo era cuidar impassivelmente das necessidades do velho, a ponto de parecer inteiramente inconsciente do modo como seus mamilos pontudos, castanho-

-rosados, eram pressionados contra o pescoço dele conforme alisava o cabelo úmido de suor em sua testa.

"'Brigado, amor", agradeceu a voz rouca do homem, e seu tom complacente suscitou a digna indignação de Tom, cujas reservas eram generosas, para começar, e sempre facilmente reabastecidas pelos disparates de seus conterrâneos.

Jesus Cristo!, exprobrou internamente Tom. Esse filho da puta pervertido é um desses turistas sexuais nojentos. Está aqui pras mocinhas acariciarem sua carcaça de velho indecente! É revoltante — não é possível que se safe assim desse jeito!

A compreensão de Tom acerca das complexidades étnicas do país não era das mais fortes, mas ele sabia que os tugganarong — os nativos de pele acobreada das ilhas Feltham — entravam lá como trabalhadores legais; e que muitas jovens acabavam se prostituindo. Mas aquela garota era claramente membro de uma das tribos do deserto, e ele não vira nenhuma como ela andando pelos bares e clubes de striptease do pequeno — mas devasso — bairro da luz vermelha de Vance.

Na verdade, todo o bizarro palimpsesto de raça e cultura naquele vasto país intrigava Tom. Na teoria, os descendentes anglo da antiga potência colonial ainda constituíam a elite. Contudo, na manhã anterior, no subúrbio montanhoso onde haviam parado para abastecer e tirar dinheiro, Tom se pegou de repente na fila do caixa automático atrás de uma figura trêmula e vacilante que quase se arqueava em dois e usava uma toga nativa azul-acinzentada com motivos padronizados. Mas quando chegou sua vez diante do teclado de aço escovado, ele se deu conta de que o homem não fora lá para fazer uma retirada, de modo algum. Na verdade, ele havia se curvado para apanhar uma guimba de cigarro meio fumada do chão empoeirado.

Tom se pegou de olhar fixo na vala branca de uma cicatriz que seccionava a cabeça grisalha do velho bebum da nuca ao cocuruto. Seria aquilo, perguntou-se Tom, a mais extrema das marcas tribais? Ou será que o homem tropeçara, bêbado, sobre uma serra circular?

Então, quando a figura se endireitou, e a cabeça-tartaruga fez meia-volta, Tom se viu confrontado com as feições rachadas de sol de um anglo encarquilhado, cuja boca estava encrostada com uma gosma amarela seca.

Mais tarde, quando Tom lutava para dirigir a absurdamente grande minivan — que ele alugara num excesso de megalomania estúpida — na confusão enlouquecedora da avenida principal, avistou o mesmo velho anglo bebum, à sombra de uma árvore de tronco muito largo afastada da rua.

Agora, recordando a desagradável cena que se seguira, Tom deu uma tragada particularmente funda no cigarro, que crepitou e estalou na atmosfera úmida. Depositando mais meio centímetro de cinza em sua mão, esmagou e soprou. Tommy Junior, que, como sempre, ficava bem no fundo do carro, também vira o velho bebum. Mais significativamente, vira o que os nativos com quem o bebum sentava e bebia destilado de palmeira estavam vendendo.

"Pai! Pai!", gritara ele — por que não conseguia regular seu volume? "Eles têm uma daquelas miniaturas que a gente viu outro dia. A gente pode parar pra comprar? Pode? Pode, por favor?"

Tom pretendia dar tão pouca atenção ao pedido quanto dera aos vinte precedentes, mas a mãe de Tommy decidira interceder. "Por que a gente não para e vê se dá pra comprar, Tom?", sugeriu Martha, bem delicadamente. "Tommy tem sido muito bonzinho nos últimos dias — e não está sendo fácil pra ele. As crianças ganharam tudo que queriam; por que a gente não dá uma coisinha pra ele, também?"

"Acho que não é brinquedo...", começou Tom, e então pensou melhor antes de continuar, porque a postura de sua esposa se alterara daquele jeito que sempre fazia quando estava se preparando para forçá-lo a entrar na linha: os ombros nus aprumando-se, o pescoço elegante serpenteando, os olhos dourados e redondos aumentando sob a espessa franja loira. Tom procurara um espaço na multidão — com seu atropelo de carroças puxadas por auracas, pedestres frenéticos e riquixás ruidosos —, mirara o carro nessa direção e estacionara junto à árvore em uma nuvem de pó ocre.

Desnecessário dizer, o carrinho em miniatura que Tom queria não estava à venda. Ou melhor, não estava à venda para eles. O nativo que o fizera explicou a Tom e Martha, com a pastosa intermediação do velho anglo bebum, que aquilo era um objeto de culto e, como tal, só poderia ser comprado pelo membro de um clã diferente do seu; alguém que mantivesse uma relação especial — e obscura — com o objeto.

"Como podem ver", grasnou o bebum, "é uma peça primorosa de artesanato, né. Uma perua espírito gandaro — bom, mas disso vocês já sabiam".

Conhecimento: o que isso significa? Deus sabe como Tom sempre tentava se informar sobre a cultura dos lugares visitados pela família, e essas férias não tinham sido exceção. Antes da partida dos Brodzinski, ele sofrera enxaquecas caleidoscópicas lendo material da web. Teria sido consequência dos baseados furtivos que acendera diante do monitor, ou do modo como as janelas de informação deslizavam através da tela? Tom não tinha certeza, mas, em vez de absorver os detalhes, viu-os escorregar entre seus entorpecidos dígitos mentais.

Mas de uma coisa Tom sabia: aquelas tribos das terras altas — os gandaro, os ibbolit e os handrey — eram menos austeras e místicas do que os habitantes do deserto. Sua magia era temperada tanto pelas chuvas quentes de suas florestas nubladas como por sua longa história de contatos com estrangeiros. Eles acreditavam em uma espécie de abordagem afirmativa, possível, com seus espíritos, importunando-os pela mediação desses talismãs: miniaturas finamente trabalhadas, retratando aquelas qualidades e atributos que desejavam para si.

Donde essa miniatura em particular, que era uma versão em escala 1:10 da própria minivan 4x4 em que estavam sentados. Até os mínimos detalhes, com a pintura azul iridescente, o ridículo aerofólio em "v", os para-lamas bulbosos e vidros filmados. O modelo fora concebido com requintada habilidade a partir de latas comuns, alisadas às marteladas, unidas e então soldadas. Agora estava no colo de seu criador gandaro, que acariciava suas curvas metálicas como se fosse uma criança adorada.

O contraste entre o primitivismo da miniatura e a sofisticação de seu tema a imbuía de um curioso poder, mesmo se você não desse absolutamente o menor crédito a suas propriedades mágicas. O próprio Tom sentiu vontade de arrancá-la do atarracado nativo com espaçadores de osso no nariz. E Tommy Junior — que removera seu amplo traseiro do fundo do carro com a usual dificuldade — ficou na sombra empoeirada, contorcendo suas feições grosseiras, dominado pela perda daquela coisa que jamais possuíra, e começou a choramingar.

O cigarro acabou. Tudo que restava era um canino de cinza projetando-se curvo de sua gengiva sarapintada. O cigarro acabou — seu último — e Tom se sentiu igualmente subjugado pela perda daquilo que jamais possuíra: uma sensação profunda e primordial de salutar saciedade, um esparadrapo em seu coração partido. Inutilmente, olhou em torno mais uma vez à procura do cinzeiro que não estava lá; e então, num momento de irreflexão absoluta, arremessou a guimba no ar pesado.

Ela descreveu um arco, girando e girando; então, por um instante, pairou no zênite. Tom lhe endereçou um carinhoso adeus, pois, conforme empreendia sua distinta parábola, ela ia definindo o próprio novo perímetro moral dele. Sou um homem melhor, pensou, um homem muito melhor. Então, quando a guimba caía na direção da sacada inferior, o sonho que Tom tivera na noite precedente, quando se martirizava na fétida cama deles no Tree Top Lodge, nas alturas da floresta nublada dos handrey, voltou a sua mente.

Martha, sentada em uma cadeira de ratã, o olhar fixo entre as coxas separadas, conforme a pegajosa poça oleosa de sangue no chão pingava e respingava.

"Estou com um sangramento outra vez, Tom", disse num tom de voz baixo e malévolo. "Estou com um sangramento outra vez — e a culpa é sua."

Ouviu-se um uivo prolongado, demorado, vindo da sacada de baixo, como de um animal pego em alguma armadilha cruel. Confuso no início, presumindo que as crianças brigavam no apartamento, e uma delas batera a cabeça, Tom fez menção de se dirigir às portas de correr. Mas Martha, tendo escutado o uivo também, confrontou-o na entrada, protuberâncias de carne recém-banhada encilhadas pela toalha.

Juntos, foram até o parapeito e olharam por cima dele. O velho parecia atarantado na poltrona. Suas mãos e as de sua jovem esposa agarravam a confusão de cabelo desalinhado em seu couro enfumaçado.

Percebendo na mesma hora o que havia acontecido, Tom chamou: "Desculpe! Me desculpe — eu estava distraído."

O velho continuava a se contorcer e a uivar. Martha fitou Tom com olhos acusatórios. A namorada nativa encontrou o que estava procurando, e com as mãos varreu da poltrona os últimos fragmentos fumegantes da guimba, que se espalharam pelo azulejo branco.

"Pra que caralho fez coisa dessas?!", vociferou na direção deles. "Pra quê? Droga de idiota de merda, seu!"

Mais tarde, depois de terem conseguido acalmar as crianças, Martha levou todo mundo para uma caminhada, e um culpado jantar de junk food no Cap'n Bob's, o café ao ar livre no calçadão.

Levou meia hora para Tom reunir a coragem necessária para sua contrição; então, desceu na ponta dos pés os degraus da escada, caminhou pela passagem coberta e bateu na porta do apartamento do singular casal. A garota nativa atendeu e, a despeito da atrapalhação de sua própria desgraça, Tom ainda assim ficou desapontado em ver que ela reposicionara o sarongue para cobrir os seios.

"Ah, você." Apontou um dedo condenatório para ele. "Quer o quê? Fazendo o que aqui, né? O que quer com eu?"

"E... eu vim ver como ele está." Tom se sentiu um adolescente sob a expressão segura da garota; seus olhos castanhos detinham os poderes eternos da juventude e da vitalidade sexual.

E o que a garota via? Outro turista anglo, igual a todos os demais? Ele não estava em má forma para um homem de sua idade — ainda não perdera nenhum cabelo —, mas não havia como disfarçar o fato de que Tom Brodzinski nunca tivera mais que uma aparência mediana, para começo de conversa. Seu rosto, ele sabia, era um que clamava por ser ignorado: o nariz pequeno e gorducho, os ossos malares mal definidos, o queixo irresoluto. Seus olhos, como os da garota, eram castanhos, mas não exibiam nada além de uma certa brandura, junto com a perplexidade da meia-idade. Até mesmo a altura e a constituição de Tom eram — se é que uma coisa dessas era possível — insípidas. Medianas.

Sem mais alarde, a garota conduziu Tom ao menor dos dois dormitórios do apartamento. Ele sabia disso porque a disposição dos cômodos equivalia à do seu próprio apartamento. Ali, em uma cama de solteiro baixa e estreita, jazia a vítima de sua guimba, aparentemente sem roupa sob o lençol fino de padrão floral. Havia uma compressa, ou uma toalhinha de algum tipo, sobre o rosto do velho. Parecia um cadáver, e Tom gaguejou: "Eu... eu n-não quis..."

Erguendo o torso, o velho removeu o pano. Onde a guimba queimara seu couro cabeludo, uma bolha do tamanho de uma uva surgira em meio aos patéticos cabelos tingidos. Um raio de luz, duro e metálico, perscrutou entre as cortinas puxadas sobre a minúscula janela, iluminando claramente a secreção naquela vesícula.

O queixo do velho pendia frouxo, e barbelas de peru balançavam sob ele. Sua mão — que esticou na direção de Tom — era caricaturada pela artrite, e contudo, quando falou, exibiu uma voz surpreendentemente grave e poderosa. "Reginald", disse. "Reginald Lincoln Terceiro."

"Tom." Tom segurou a mão e submeteu-a a considerável pressão. "Brodzinski — o primeiro da linhagem. Olha, não sei nem como pedir desculpa por esse negócio... esse negócio besta. Uma loucura, eu não sei o que eu estava pensando; quer dizer, acho que não estava era pensando nada."

"Ora..." Lincoln soltou a mão de Tom, e indicou que sentasse a seu lado na cama exígua. "Todo mundo faz besteira", continuou o velho. "Eu já fiz, isso eu sei. Foi um acidente; não seja tão duro consigo mesmo."

"Mas um cigarro, Jesus do céu, nos dias de hoje, quando é uma arma de assalto, mesmo se a gente não... sei lá, a gente não *joga* em alguém."

Lincoln, para considerável alívio de Tom, riu outra vez, depois falou: "Como eu disse, todo mundo faz besteira, e eu mesmo já fui fumante. Só larguei faz uns dois anos. Com minha pressão, estava atrapalhando coisas mais importantes, se entende o que quero dizer."

Os olhos negros pregueados de Lincoln estavam direcionados para a porta, onde sua namorada adolescente observava. Apesar de seu estado contrito, e de sua gratidão por se ver tão prontamente absolvido, Tom ainda assim sentiu uma pontada de inveja sexual, misturada a um rancor irracional, com a visão da sílfide de pele de ébano, seu penteado discoide formando um cativante halo em torno da linda cabeça.

Tom inspirou profundamente, e parte cheirou, parte sentiu o gosto de vaselina e óleo de coco. Será possível, perguntou-se, que meu sentido do olfato já está mais aguçado?

"Vocês não vão acreditar nisso", disse Tom, dirigindo-se aos dois, "mas esse foi meu último — meu último cigarro. Estou largando, também. Acho que era por isso que eu estava... eu estava tão, ãh, preocupado. Bom", deu uma risada curta, no que esperava fosse um gesto de autocensura, "pelo menos se mantiver minha resolução, nunca mais corro o risco de fazer uma besteira dessas outra vez".

"Na minha idade", disse Lincoln, aprumando-se apoiado em um cotovelo, "meu jovem, a gente aprende a nunca tomar resoluções demais. A gente simplesmente vive um dia de cada vez, e tenta dar graças por continuar vivo".

Observando a expressão astuta no rosto dissipado de Lincoln, Tom se sentiu agradecido pelo "meu jovem", que, ao menos dessa vez, parecia genuíno, não condescendente, e o punha na mesma faixa etária da garota reclinada contra o batente.

Ele se levantou para ir embora. "Se tiver alguma coisa, qualquer coisa, que eu puder fazer pelo senhor, por favor, não hesite em pedir, sim?", disse Tom, virando com expressão inquiridora para a garota.

"Claro", interveio Lincoln. "Atalaya estará aqui, ela dirá ao senhor se precisar de alguma coisa, mas duvido que precisemos. É uma bolha — só isso. Encontro o senhor no café da manhã. Deixa eu dizer uma coisa — o daqui é muito bom."

Quando voltou ao andar de cima, Tom encontrou os gêmeos de oito anos já salivando diante da selvageria ruidosa e colorida do Cartoon Network. Sua filha, Dixie, que tinha treze, sentava-se à mesa redonda da área de jantar do apartamento, enfiando contas de vidro em um cordão de couro. Tommy Junior estava no pequeno dormitório do fundo, de pernas cruzadas sobre a cama. Com a camiseta volumosa como um manto, as orelhas de lóbulos compridos e a crista sagital de cabelo parcialmente descolorido e com gel, o menino parecia ao mesmo tempo um Buda e um macaco. Ele mexia nos controles de um game portátil que se ocultava em suas mãos enormes.

Tom olhou para seu filho mais velho, esmagado pela vergonha e raiva que eram tão habituais a ponto de terem formado um calo escarnecedor em seu coração.

Tommy Junior ergueu o rosto, grunhiu, voltou a olhar para baixo.

Seria ele retardado de fato — Tom ponderava sobre isso automaticamente, como algum outro homem talvez bocejasse — ou deliberadamente estúpido pra caralho? O menino parecia estúpido para seu pai, suas obsessões e teimas determinadas por algum bronco-interior, mais do que abatendo-se sobre ele. Era como se Tommy Junior tentasse muito a propósito fazer tudo a seu alcance para aborrecer o pai. Ele permanecia grunhindo durante todas as refeições, ignorava as cortesias sociais mais fundamentais. Se Tommy Junior abrisse a boca voluntariamente com quem quer que fosse, era apenas para regalar a pessoa com intermináveis monólogos relativos a fosse lá que jogo de computador o estivesse obcecando no momento.

Além do mais, não era como se frequentasse alguma escola especial. Estava na mesma série de outras crianças de sua idade. Tinha um pouco de ajuda extra, sem dúvida, mas sabia ler, sabia escrever.

Martha apareceu no corredor onde seu marido estava. Parecia distraída, absorta no reluzente funil de uma revista que segurava sob o rosto pingando, recém-lavado. Um rosto lavado de toda expressão, tanto quanto da maquiagem. Observando-a duramente, Tom teve um insight bizarro: Martha deixara de fumar cinco anos antes, e desde então vinha parecendo a ele cada vez mais exígua. Era como se a fumaça que antes engrinaldava seu lindo rosto fosse o que dava sua nitidez.

"Como foi?", ela perguntou.

"Tudo bem, acho. Ele ficou com uma bolha pequena, está de repouso. A putinha nativa cuida bem dele."

"Por favor, Tom..."

"O quê? As crianças? Elas não ouvem — elas não ligam."

"Não", retrucou ela, "as crianças porra nenhuma — eu, Tom, eu".

"Bom", continuou Tom, impaciente por ignorar as suscetibilidades da esposa, "parece que vai ficar bem. Eu ajeitei as coisas".

Afastando-se dele, deixando pegadas úmidas no azulejo branco, cada uma como uma vesícula, Martha disse por sobre o ombro nu: "Tá, já é alguma coisa, mas você sempre foi bom numa crise."

Crise. Crise evitada. Uma crise que acontecera não com uma das crianças — o que Tom sempre temia quando estavam no além-mar —, mas apenas com o velho, Lincoln.

Nas profundezas das trevas tropicais, infestadas de cigarras, quando ele e Martha finalmente haviam conseguido acomodar todas as crianças — os gêmeos no beliche, Dixie na cama extra muito a contragosto fornecida pela gerência, Tommy Junior no quarto dos fundos — Tom se permitiu este pensamento positivo: o velho estava bem, a salvo. Martha e as crianças estavam a salvo, também. Haviam todos sobrevivido à travessia da Grande Cordilheira Divisora, as estradas sinuosas, o barro escorregadio.

Haviam sobrevivido às aventuras das férias, e no dia depois do dia seguinte tomariam um avião para casa, triunfantes, os cartões de memória de suas câmeras carregados de troféus digitais.

Tom rolou na direção da mulher. Ela suspirou, e enrijeceu o corpo a uma distância segura. Ele acolheu sua recusa do modo complacente habitual, e pouco depois pegava no sono.

Mas na calada da noite pesadas batidas ecoaram na porta do apartamento, e escalando com dificuldade por entre sonhos pesados e úmidos e pensamentos confusos — em que continente estou? quem sou eu? —, Tom abriu a porta e deu com Atalaya, os peitos balançando livres no "v" quente e umedecido de sua camisola de renda, enquanto mais acima cachos se colavam contra o cenho vincado.

"Ele — Reggie, ele caiu", disse ela, sem preâmbulos. "Não consigo levantar ele. Será que consegue você? Consegue levantar ele?"

"Que horas são?", perguntou Tom, tentando se agarrar a alguma coisa cotidiana.

Entretanto, ela apenas reiterou o pedido: "Consegue levantar ele?"

Era pior do que poderia ter imaginado. Tom encontrou o velhinho murcho dobrado sobre o azulejo entre a estreita cama de solteiro e o armário. Era patético: a vesícula estourara, e a pele se descolara do couro cabeludo, sobre a ferida os cabelos cor de graxa para sapato.

Tom hesitou por um momento — talvez remover Lincoln fosse um erro, quem sabe? —, então Atalaya insistiu com um cutucão, não dos mais gentis.

O corpo era leve como o de uma criança, a pele mosqueada desagradavelmente escamosa ao contato. Segurando o velho nos braços, Tom sentiu o coração de Lincoln palpitando contra sua mão. Pousou-o, cuidadosamente, na cama, como se acordá-lo significasse interromper o sono de um inocente.

Apoiado nos travesseiros, Lincoln respirava laboriosamente com chiados e guinchos nasalados. Tom pensou em um fumante, arfando em busca de ar após uma caminhada inabitual.

Atalaya agarrou o cotovelo de Tom. "Precisamos levar pro hospital. Já."

As pálpebras do velho estremeceram, expondo os brancos dos olhos amarelados e injetados de veias. As mãos contorcidas agarraram o lençol preso no lugar, puxando-o para revelar o colchão, com seu padrão espalhafatoso de flores de jasmim.

Em virtude de uma pouco habitual consideração — ou de um calculado desprezo —, Martha permitira que Tom continuasse a dormir. Ele acordou para dar com o apartamento vazio e, cambaleando de quarto em quarto, as solas úmidas fazendo sucção no azulejo, viu as crisálidas abandonadas de lençóis e cobertas nas camas em desordem. Os ventiladores de teto esculpiam languidamente a atmosfera pegajosa. Tom saiu para a sacada, depois fugiu da fanfarra de um dia tropical: seus verdes e vermelhos metálicos, a charanga quente do sol.

As horas precedentes desceram voando sobre ele: a ambulância retangular, suas luzes vibrantes fustigando a escuridão; o refulgente cubo branco do hospital; o velho sendo transportado na maca de rodinhas; a recepcionista — bizarra, com tranças enroladas e projeções ornamentais de cones de cabelo — passando a mão em seu cartão de crédito. Por que meios — telepatia? —, Tom era incapaz de compreender, mas assim que entraram no quarto de hospital assegurado às custas de seu Mastercard, um bando grasnante da tribo de Atalaya já se encontrava ali. Mulheres altas e robustas, paródias turbinadas de sua figura esguia, que tagarelavam agudamente enquanto as enfermeiras conectavam o velho anglo inconsciente a tubos e monitores.

O distanciamento das aborígines do deserto, e de Martha, pareceram, para Tom, dois lados de uma mesma estranha moeda. Pois, quando finalmente regressou ao apartamento, tirou a bermuda, passou a cabeça dolorida pelo colarinho de sua camiseta e subiu na cama, ela acordou apenas o suficiente para escutar a história deprimente em taciturno silêncio, antes de dizer: "Olha, Tom, nesse exato momento eu não consigo dar a mínima pra merda que você fez dessa vez. As crianças vão acordar daqui a uma hora e alguém — isso quer dizer eu — precisa cuidar delas."

Agora, observando um longo riozinho de formigas-cortadeiras vermelho-escuras que escoava por um galho, avançando pelos tufos tremulantes e translúcidos do velame vegetal, Tom sentiu vergonha de se pegar — a despeito de todo estresse e ansiedade das quinze horas precedentes — apalpando, automaticamente, os bolsos de suas calças.

Quem sabe o amarrotado papel de um tubo de tabaco não estivesse aconchegado ali, oferecendo a promessa de um sossego temporário. A reclusão em um cubículo privado, separado do resto do mundo pelas reconfortantes cortinas nebulosas, azuis, gris, cinza e marrons.

2

O cônsul — cujo nome era Adams — encontrou Tom sentado à mesa do café da manhã no Mimosa, cautelosamente contemplando uma tigela transbordante de pedaços de alguma fruta exótica cortada em ângulos agudos.

Adams, que vestia um terno de seersucker marrom-claro desbotado e sapatos de cadarço, e cujo colarinho de abotoar envolvia uma gravata bordada com a insígnia de uma instituição importante — universidade? formação militar? corporação? — que Tom meio que reconheceu, sentou diante dele, oferecendo um aperto de mão tão impensado quanto um cão dando a pata, e então começou a tirar papéis de uma velha pasta de couro, falando enquanto o fazia.

"Isto, aah, senhor Brodzinski, é uma garantia de retenção, isto é uma isenção de visto e isto é um formulário de classificação de crédito emitido pelo Ministério do Interior. Vou precisar de sua assinatura em todos os três."

Estendeu-lhe uma caneta-tinteiro, que Tom, abandonando a colher melada de xarope, apanhou. Adams sorriu, expondo os dentes alvos no rosto pesadamente bronzeado. Estava, presumiu Tom, bem entrado na casa dos cinquenta. Um cabelo de bombril amontoava-se no topo de sua comprida cabeça equina. O cônsul usava lentes Polaroid em uma austera armação oblonga de metal, que, ainda quando Tom as contemplava, iam se tornando mais claras, e revelando aquosos olhos azuis cravados numa malha de pés de galinha. O colarinho da camisa de Adams tinha wing-tips, havia um porta-canetas de plástico no bolso do peito de seu paletó e o dedo mínimo de sua mão esquerda ostentava um anel de sinete de ouro maciço.

"Mas por quê?", quis saber Tom. "Por que tenho que assinar isso?"

"Pura formalidade", replicou Adams. "Em casos dessa, aah, natureza, todos os departamentos relevantes querem manter garantias, só para o caso do senhor... Bom, só pro caso do senhor deixar o país."

"Deixar o país?" Tom não podia acreditar. "Pra que diabos eu ia fazer uma besteira dessas?"

Adams suspirou. "As pessoas entram em pânico — já vi acontecer um monte de vezes. Elas ouvem falar... de umas coisas, uns boatos sobre como o sistema de justiça funciona por aqui. Elas imaginam que, aah, pode ser melhor cair fora enquanto ainda não atolaram o pé na lama."

"Boatos? Sistema de justiça? Não sei do que o senhor está falando — o que é que isso tem a ver com as autoridades locais? Sem dúvida o senhor Lincoln e eu, quer dizer, a gente é conterrâneo, será que não pode ser acertado pelo senhor, aqui, agora mesmo? E se o senhor Lincoln pleiteia algum tipo de, sei lá, compensação, dá pra gente arranjar quando voltar pra casa."

Adams não respondeu imediatamente. Em vez disso, reclinou-se para trás na cadeira e, fugindo do olhar fixo ameaçador de Tom, transmitiu um fluxo de sílabas líquidas na direção da mocinha que recolhia as tigelas com restos de cereal.

A moça, cujos braços e pernas cobertos de profundas cicatrizes davam-lhe a sinistra aparência de ter sido costurada numa coisa só a partir de diversas outras pessoas, soltou uma gargalhada, foi até a bandeja de banho-maria e serviu uma xícara de café. Depois a trouxe diretamente para o cônsul.

Tom farejou o odor amargo da gosma marrom reaquecida talvez pela quinta vez. Adams deu um gole — e limpou a boca com o dorso da mão, um gesto que não combinava com seus modos escrupulosos.

Gorgolejou alguma coisa para a moça mais uma vez, e ela atravessou o salão e desligou a tevê. Tevê que, até então, Tom nem se dera conta de estar ligada. Ainda que, considerando isso agora, ao menos parte de sua melancolia fosse atribuível às imagens do noticiário que viera subliminarmente absorvendo. Imagens de um sórdido fogo cruzado: blindados rastejando como escorpiões sobre o bled pedregoso e anônimo, suas metralhadoras cuspindo veneno mortífero.

"Olha, senhor Brodzinski", retomou Adams, "normalmente, o que o senhor está dizendo seria o caso: dois sujeitos no exterior, um deles agride o outro..."

"Agride?", objetou Tom, e então escutou, saindo de seus próprios lábios, a desculpa patética que tantas vezes escutara na boca de seus filhos: "Mas foi sem querer."

"Só um acidente." Adams permaneceu ponderado. "Ou, melhor dizendo, as duas coisas estão inter-relacionadas. Sabe, o senhor Lincoln, ele tem, a bem da verdade, dupla cidadania."

"Dupla cidadania?" Tom receava que essas repetições o fizessem soar como um retardado, bem o tipo de caipira estúpido desconcertado com o exótico que ele mesmo tanto desprezava.

"Não que, o senhor deve compreender", um ligeiro beicinho perpassou os lábios de Adams, "ele tenha assumido essa condição voluntariamente; uma coisa dessas é incompatível com nossas próprias leis. É simplesmente que, casando com Atalaya Intwennyfortee, ele automaticamente assumiu a nacionalidade dela."

"Mas... Bom... Quer dizer, eu achei... que ele — que ela era..."

Adams deu um basta aos balbucios de Tom: "Independente do que o senhor achou ou não, eles são de fato marido e mulher. Além do mais, como tenho certeza de que o senhor está ciente, existe uma, aah, relação complexa aqui entre o sistema estabelecido e legal do código civil e criminal e as leis consuetudinárias dos povos aborígenes. Para ir ao ãh, cerne da questão, senhor Brodzinski, o senhor Lincoln é um tayswengo e, assim como ocorre com outras tribos do deserto, os tayswengo não acreditam em, aah, acidentes."

Adams deu uma ênfase excessiva à palavra "acidentes"; e para Tom, que começava a se sentir mergulhando num delírio, pareceu por um momento como se o cônsul, por sua vez, partilhasse dessa mesma visão.

"Eles não acreditam em acidentes", murmurou Tom.

"Isso mesmo." Adams gesticulou na direção dos papéis por assinar ao lado da tigela de frutas intocada de Tom. "A senhora Lincoln, desse modo, considera sua, aah, atitude de jogar a guimba na cabeça do marido dela como tendo sido, ipso facto, evidência de intenção dolosa. E lamento dizer que a lei está do lado dela, nessa questão. Se ela fosse uma anglo de terceira ou até de segunda geração, a situação teria sido diferente. Se ela fosse uma ibbolit ou, melhor ainda, uma tugganarong, o status legal da sua ação teria sido diferente, também. Mas a senhora Lincoln não é nada disso; ela é tayswengo, e desse modo o senhor se verá diante, quase certamente, de uma acusação de agressão e, possivelmente, uma por tentativa de homicídio."

Por algum tempo após o cônsul tê-lo agraciado com essa terrível informação, ambos permaneceram sentados em silêncio. Tom fitava a embalagem de leite na mesa diante dele, divulgando um número de assistência do governo para prevenção de suicídio. No outro extremo da passagem que dava na piscina, Tom pôde escutar mais borbulhamento líquido, entremeado a explosões de risadas. O salão do café estava vazio exceto pelos dois. Um riozinho de formigas veio serpenteando pelo azulejo do piso — pretas, dessa vez. Observando-as mais detidamente, Tom percebeu que a cada três ou quatro operárias uma carregava no dorso reluzente a minúscula pústula de um Rice Krispie.

"Não sei o que dizer", disse enfim Tom, superfluamente.

"Sério" — Adams, tendo desferido seu soco no estômago, foi quase emoliente — "a situação não é nada preocupante. Até onde fiquei sabendo, o senhor Lincoln está se recuperando plenamente, não?"

"Quando vim embora do hospital hoje cedo, ele já estava sentando na cama. Pra ser franco, senhor Adams" — Tom estremeceu, podia ouvir a nota de penitência pueril autoinfligida voltando a vibrar em sua voz assim que começara a falar — "nem ao menos tenho certeza de que esse colapso teve alguma coisa a ver com a... a guimba. Quer dizer, ele é bem velho".

Adams exalou pelos lábios franzidos, e isso lembrou a Tom a primeira exalação de saciedade diária de um cigarro fumado.

"Bom", disse o cônsul, "isso é ótimo. Muito bom. Se a recuperação for rápida, vai ser simplesmente uma questão de compensação básica para os intwennyfortee, e as acusações vão ser retiradas sem maior alarde".

"E isso significa o quê?" Tom pensou em seus cartões de crédito, os marca-passos plásticos de seu avaro coração.

"Eu esperaria que o clã dela pedisse algumas panelas novas, uns rifles para caçar, talvez 10 mil dólares. Essa gente pode ser bem prática, senhor Brodzinski."

"E quanto ao senhor Lincoln, propriamente dito?" Aí mais uma vez a nota queixosa. "Os desejos dele não vão ser levados em consideração nessa história? Será que eu não podia, sei lá, conversar com ele?"

Mais uma vez, o sopro desenfumaçado: "Ãh, não — não exatamente." Adams curvou-se para a frente, formando um pensativo campanário com dez dedos longos e aristocráticos. "Sem dúvida a boa vontade do senhor Lincoln é uma coisa desejável, mas uma vez tendo sofrido um agravo de terceiros, ele se torna inquivu — o que equivale a dizer, inerte, passivo na questão. Para as tribos do deserto, todos os aspectos importantes de sua existência são governados por este princípio: quando agir, e quando permanecer imóvel. Astande e inquivu. Se..."

Adams aquecia os motores de seu pequeno seminário antropológico. Tom o cortou: "Mas e se o senhor Lincoln ficar pior — mais doente, quero dizer?"

"Que tal deixarmos essa eventualidade para o caso de acontecer de fato, hein?" Adams não recebeu a interrupção com muita classe. Bateu nos papéis. "Assine e ponha a data, aqui, aqui, aqui. Preciso dar entrada nesses papéis no Ministério do Interior agora mesmo."

Tom apanhou a caneta-tinteiro e procedeu como o ordenado. Depois estendeu a caneta e os papéis de volta ao cônsul, que deu um último gole em seu café e então afastou o corpo da mesa, desdobrando-se. Ao saírem, Tom acompanhou o contraste do prolongado ajeitar de roupas do outro, no estacionamento, sentindo-se tolo e juvenil em seus shorts e sandálias.

Lá fora, a britadeira do sol golpeava o concreto esbranquiçado, a relva turquesa, o asfalto azulado. Um quilômetro ou algo assim para o sul, os blocos pálidos do centro cívico de Vance — os grandes hotéis, os escritórios municipais e corporativos, o pináculo hipodérmico da Provincial State Assembly — tremulavam sob a convecção, como se fossem velas de um clíper urbano, prestes a levantar âncora e partir daquela costa protraída e estrangeira. Mais além, as verdes colinas da Grande Cordilheira Divisora assomavam, em uma procissão aparentemente sem fim de declives luxuriosos e contrafortes densamente arborizados, rumo ao horizonte.

Tom ficou surpreso em descobrir que, longe de dirigir um dos ubíquos SUVs que qualquer pessoa de alguma importância em Vance — fosse anglo, tugganarong ou nativo — possuía, Adams era dono de um velho hatch japonês visivelmente amassado. Ele jogou sua pasta no banco traseiro, depois tirou o paletó de seersucker e o dobrou com movimentos precisos. Antes de entrar no carro, virou para Tom. "Onde, se me permite perguntar, estão sua esposa e as crianças?"

"Acho que foram até o centro. A gente tinha se programado pra viajar pra casa amanhã, e as crianças queriam ver o terrário, e...", disse, tropeçando no desânimo, "...um monte de outras coisas".

Adams ignorou essa observação. "Tem um telefone celular local, senhor Brodzinski?"

"Não, e o meu não funciona na rede local."

"Então sugiro que, aah, alugue um; pode ser que precise. Além disso, é melhor considerar a possibilidade de um advogado."

Sem dúvida, esse era o modo de Adams dizer que Tom teria de ficar para trás, enquanto Martha e as crianças tomariam o voo de volta. Como que para enfatizar o fato, o cônsul levou a mão ao bolso da camisa e puxou um cartão. "O senhor me encontra em meu celular a qualquer hora", disse, "ou pode deixar um recado no Ansaphone. Costumo verificar minha caixa de mensagens com regularidade".

Tom pegou o cartão com uma mão e estendeu a outra. O cônsul a apertou caninamente outra vez. Adams se enfiou no carro apertado. Ia ser uma despedida desajeitada. Adams baixou o vidro, mas seu olhar estava fixo à frente, onde jatos de irrigação dançavam no doloroso tapete esmeralda do campo esportivo, com seus três postes de gol anômalos como patíbulos da boa forma física. Ele deu partida no carro.

Odiando-se por fazê-lo, Tom se curvou e, para impedir Adams de se afastar, pôs as mãos na porta do carro.

Pra onde foi minha calma? Estou tagarelando como a porra duma adolescente... ralhou Tom consigo mesmo, mas disse para o cônsul: "Eu... eu não me dei conta de nada disso, sabe.

Sobre, hmm, lei consuetudinária. Eu pensei que aqui fosse, tipo, um país desenvolvido — pelo menos, é assim que vendem seu peixe, pra poder garfar a grana dos turistas."

O cônsul olhou feio para Tom. Teria sido um alívio se houvesse começado mais uma de suas conferências expressas, observando que ignorância da lei não servia como defesa, ou quem sabe desfiando mais alguns detalhes etnográficos. Em vez disso, Adams apenas continuou a olhar feio para ele por mais algum tempo, e depois resolutamente engatou a marcha.

"Me liga mais tarde", sentenciou, "ou eu vou ligar". Então se afastou. O Toyota chaleira parou no cruzamento por um instante, depois virou à direita em Dundas Boulevard, na direção da ridícula pirâmide de mármore branco do cassino à beira-mar.

Tom ficou por algum tempo olhando nessa direção, depois baixou o rosto para o cartão em sua mão. Tinha a usual textura pesada dos artigos de papelaria oficiais. Sob a bandeira, e a ave de rapina misteriosamente armada — o que seria ela capaz de fazer com aquelas lanças e raios? —, lia-se o relevo WINTHROP ADAMS, CÔNSUL HONORÁRIO; depois um endereço, que Tom, a despeito de sua ignorância de Vance, reconheceu como residencial.

"Cônsul honorário?", matutou Tom. Presumivelmente, isso significava que Adams não era empregado do governo em tempo integral, ou que sequer viera sob os auspícios da embaixada na capital, ao sul.

Tom ruminava a respeito disso quando um enorme SUV vermelho deu uma guinada no estacionamento e parou a seu lado. Ele se encolheu, depois avançou, determinado a brindar o incauto motorista com uma amostra de sua mente em tumulto. Mas antes que o fizesse, a janela do motorista desceu para revelar um semblante dos mais surpreendentes, enquanto a porta traseira do SUV foi aberta num tranco, e os filhos mais novos de Tom desceram, desajeitados.

Os gêmeos de oito anos, Jeremy e Lucas, pularam em Tom, fazendo carga contra seu tórax, ambos pipilando ao mesmo tempo.

"A gente viu os crocodilos, pai!"

"E as cobras! Bem grandes!"

"Uma delas tinha comido, tipo, um bode!"

"E dava pra ver os cascos empurrando a barriga dela!"

A filha de Tom, Dixie, pôs uma perna fora do veículo, e seu pai notou, com certa irritação, que arrumara o cabelo naquele penteado discoide usado pelas mulheres das tribos do deserto. Tom vira outras turistas anglo desfilando o look, e havia comentado com Dixie e Martha como aquilo não combinava: o cabelo tinha de ser puxado no alto e untado, de modo que o couro cabeludo rosado ficava exposto. Ele teria expressado energicamente seu desagrado ali mesmo, não fosse a impressionante estranheza do motorista do SUV.

Devia ser dez anos ou algo assim mais novo que Tom — um homem em pleno vigor e robustez de seus trinta e poucos. Certamente, o torso de pele acobreada emoldurado na janela do SUV era muito saudável: cada músculo peitoral e abdominal claramente definido. Que o homem estivesse despido da cintura para cima não tinha nada de notável, mas sim seu cabelo afro de cachos firmes e um cinza quase branco, assim como a combinação de cavanhaque e bigode que usava, aparados com o maior apuro.

O homem também usava enormes óculos escuros espelhados, estilo surfista, com o cordão de prender caído sobre seus ombros largos. Contudo, longe de atrapalhar sua aparência, aquela máscara de plástico quase burlesca e seu cabelo só faziam realçá-la.

Tom não sabia dizer a que grupo étnico — ou mistura de etnias — o rosto do homem remetia. O triângulo afiado e achatado do nariz e os malares altos sugeriam que podia ser asiático, mas sua pele era avermelhada demais para isso. A pura massa física talvez significasse que era tugganarong — ou que tivesse sangue tugganarong —, pois os nativos das ilhas Feltham muitas vezes empurravam a agulha da balança para além dos cento e trinta quilos. Entretanto, os insulanos, ao contrário dos nativos do continente, não tinham mais que pelos corporais esparsos, quase inexistentes.

Poderia o cabelo ser resultado de uma dose generosa de genes anglo?, ponderou Tom. Ou o homem seria membro de um grupo previamente desconhecido dele?

O motorista antecipou-se a tudo isso levando um dedo à testa num cumprimento casual, e dizendo uma única palavra: "Oi."

Esse "oi" — preguiçoso, aparentemente despreocupado — trouxe consigo uma sensação espantosamente física de intrusão psíquica. Tom sentiu os cabelos se eriçarem em sua nuca — e em seus braços, até. Começou a suar. Era como se o homem da máscara de palhaço houvesse entrado por um de seus olhos, e estivesse agora agachado na cavidade óssea do crânio de Tom. Um negócio pra lá de sobrenatural, e Tom não conseguia se lembrar de algum dia ter tido uma primeira impressão tão vívida de quem quer que fosse, no passado.

Certamente não de Martha. Martha, que emergia agora do SUV. O modo como trocou o peso do corpo de um quadril para o outro, o modo como esticou um pé esguio até o chão, o modo como seu longo pescoço se arqueou — tudo isso fez seu marido lembrar da primeira vez que a vira, através de uma sala cheia de gente, em uma festa entediante na cidade deles. Fora esse ar de langorosa autocontenção que o atraíra vinte anos antes, e que agora o acertava em cheio mais uma vez. Pois, assim como o homem da máscara de palhaço marchara direto para dentro de sua cabeça, Martha, por sua vez, calma e deliberadamente, parecia sair dela.

"Tom", ela disse, aproximando-se dele, "este é o senhor..."

"Jethro, Jethro Swai-Phillips", interveio o homem, e estendeu a mão. Tom observou que os dedos eram de um mesmo comprimento, de modo que a extremidade inteira parecia retangular e artificial. Tom apertou-a relutante, pensando: caralho, quantas vezes vou ter que apertar a mão de alguém hoje? É como se essa gente tivesse que checar se o sujeito não está mesmo portando uma arma.

"Jethro viu a gente no ponto de táxi na cidade", explicou Martha. "Não vinha nenhum; parece que tem algum tipo de corrida acontecendo hoje, então ele teve a bondade de oferecer uma carona."

"É o mínimo que eu poderia fazer para visitantes de meu país, né", estrondeou Swai-Phillips. Sua voz tinha aquele tom profundo mas entusiástico de narrador de anúncios no rádio. "A gente tem um ditado por aqui", continuou. "'A estalagem de estrada deve ter tantas camas quanto são as pessoas sob o sol poente.'"

"É esse seu ramo?", perguntou Tom, ansioso em levar a conversa para o terreno da competitividade masculina. "O senhor é da hotelaria?"

"Deus, não!", riu Swai-Phillips — uma risada grande e sonora com toques de incontrolável hilaridade. "Não, não, sou advogado. E espero que me perdoe, mas sua boa senhora aqui tomou a liberdade de me pôr a par de suas presentes dificuldades, viu?"

Céus! Como aquele expletivo interrogativo que os moradores locais involuntariamente acrescentavam ao final de suas sentenças irritava Tom.

"Não é nada", retrucou para o advogado. "Está tudo bem."

Sentindo que sua reação era excessiva, ainda que se percebendo sem forças para se conter, Tom segurou um gêmeo em cada mão, agarrando-os pelos ombros como se fossem alças de malas, e começou a se dirigir à porta de entrada do Mimosa. Martha chupou o ar por entre os dentes rilhados. Swai-Phillips contudo se recusou a levar uma esnobada. "Não, senhor", exclamou a voz grave atrás de Tom, "não acredito que não seja nada. Não está em seu país agora, senhor Brodzinski. Casos de dano pessoal aqui podem ser mais do que apenas financeiramente onerosos, certo?"

Tom soltou os meninos de oito anos — que já protestavam por se verem sendo arrastados à força — e girou nos calcanhares. "Que negócio é esse?", exclamou. "Você é alguma porra de urubu farejador de acidente? Essa é que é a sua, cara?"

Martha fez menção de advertir o marido, mas Swai-Phillips não pareceu minimamente dissuadido. "Foi o que quis dizer", falou ele, friamente. "Não só financeiramente oneroso, embora uma boa representação legal possa ser cara." Esticou a mão estranha outra vez, um quadrilongo branco alinhado com seus dígitos atarracados. Martha apanhou o cartão. "Eu não pego casos de dano pessoal com honorários condicionados ao ganho da causa", observou perfunctoriamente. "Na verdade, poucos advogados aqui em Vance pegam, e sem dúvida não quando a parte queixosa tem qualquer ligação com o povo tradicional. Mas acho que o cônsul provavelmente já contou isso para o senhor, né?"

Swai-Phillips inclinou o esmerado globo de sua cabeça na direção de Martha, como que tocando a ponta do chapéu para ela. Então reposicionou os óculos de sol.

"Tenha um bom dia, senhora", disse. "Foi um prazer conhecê-la, e seus filhos também, claro." Em seguida, o vidro espelhado da janela do SUV ergueu-se com um pequeno guincho, substituindo a máscara burlesca de Swai-Phillips por um reflexo dos rostos perplexos dos Brodzinski, e o carrão manobrou e partiu.

Eles ficaram ali fitando as lanternas traseiras conforme ele ganhava a rua. Martha parecia prestes a explodir de raiva, mas Tom se sentiu inteiramente desconectado.

Como ele podia saber?, ele se perguntou, inutilmente. Como diabos ele sabia que eu me encontrei com o cônsul?

3

Após toda uma — obscenamente onerosa — hora ao telefone, no apartamento, Tom conseguiu adiar o voo de volta da família em três dias. Primeiro ele berrou, depois adulou e, finalmente, implorou ao funcionário da companhia aérea. No fim, cobraram-lhe apenas quinhentos dólares extras, mas a mudança nas reservas resultou em que teria de sair de Vance às quatro da manhã, para então fazer duas paradas: a primeira em Faikwong, e a segunda em Tippurliah, lugar do qual Tom nunca ouvira falar antes, mas que se revelou um minúsculo atol no meio do Pacífico.

"Como é possível que, tipo, um voo internacional pare nesse lugar?", perguntou Dixie quando ele terminou a ligação e estava consultando seu atlas de bolso. "Quer dizer, é tipo do tamanho de uma, tipo, uma unha, um negócio assim."

"Sei lá", grunhiu o pai. "Deve ser porque tem alguma instalação militar nesse cu de mundo. No fim da Segunda Guerra Mundial eles fizeram umas pistas de pouso pras Fortalezas Voadoras em alguns desses fiapos de terra. De um jeito ou de outro, a gente vai ter que ficar por lá dezessete horas, então vamos ter um bocado de tempo pra descobrir."

"Eu tô na maior fissura de conhecer Faikwong", disse Dixie, mudando de assunto de repente; "todo mundo diz que os shoppings de lá são, tipo, uma coisa do outro mundo. Quero comprar uns negócios bem da hora".

"Eu também."

Tommy Junior dera o ar de sua gorda graça na sala do apartamento e fazia contorções faciais para o videogame, que segurava na mão esticada. "Esse negócio já tá ultrapassado pra caramba — eles têm o novo VX90 em Faikwong. E vai ser bem mais barato, também."

"Não sei de onde vocês pensam que sai o dinheiro pra tudo isso...", começou Tom, num tom dos mais razoáveis, mas à medida que falava sua voz foi subindo e subindo, com pequenos ganidos aflitos. "Nenhum de vocês parece dar a mínima pro fato de que o pai de vocês — quer dizer, eu, crianças — está numa encrenca séria aqui.

"Só a mudança do voo já custou quinhentos paus; não tem mais dinheiro sobrando pros seus brinquedos. Eu posso até precisar de bem mais dinheiro do que a gente tem pra cuidar dessa situação. Não dá mesmo pra esperar que o Tommy entenda isso, mas você, Dixie, cacete, ou você está sendo tão estúpida quanto ele, ou está sendo só UMA PORRA DE UMA EGOÍSTA!"

O sangue sumiu do rosto bronzeado da garota, deixando manchas branco-osso sob seus olhos. Seu pescoço comprido se arqueou para trás, e o disco absurdo de cabelo loiro com gel, que pairava sobre sua cabeça como um halo grotesco, bateu na abstração decorativa da cadeia hoteleira.

A moldura de alumínio raspou na parede de tijolo. O penteado de Dixie ficou todo desfigurado, como um ninho de passarinho caído junto às raízes de uma árvore. Ela mordeu o lábio. Lágrimas inundaram suas órbitas oculares — bifocais de puro sofrimento. Ela mordeu os nós dos dedos e gaguejou: "Você... você!" Então se virou abruptamente, desmanchando o halo ainda mais, e disparou para o quarto dos fundos, onde, depois de mais alguns segundos, Tom a escutou começando a se lamuriar, com toda a mundana angústia de uma sirene de ambulância.

Tommy Junior continuou exatamente onde estava, fazendo caretas diante do videogame.

Mais tarde, depois de as crianças se refrescarem na piscina do Mimosa, os Brodzinski atravessaram a faixa de estacionamento para o calçadão.

Quando chegaram a Vance, três semanas antes, o panorama deixou Tom tão encantado quanto tranquilizado: a grama cuidadosamente aparada e os canteiros ovais de mata tropical, que se esparramavam suavemente até o calçadão, o longo passeio de deque que orlava desimpedido a baía de Vance, suas estacas de sustentação mergulhadas no fundo da praia lodacenta.

Agora, contudo, só conseguia ter consciência de como aquilo tudo não passava de uma imposição estrangeira: as flores eram demasiado ostentosas e carnudas, a grama, pesadamente irrigada, verde demais. Quanto ao calçadão, embora a madeira curtida usada para construí-lo se destinasse a fazer a serpenteante estrutura harmonizar com o entorno, o efeito era arruinado pelos "postos de informação" a intervalos regulares — cada um com seu toldo de acrílico, todos exibindo um estentóreo cartaz de PROIBIDO FUMAR, completado com uma lista obrigatória de graves punições.

Ao lado do calçadão, havia um parquinho lindamente equipado. Trepa-trepas, gangorras e balanços brilhantes em cores primárias instalados em seguros tanques de areia branca e fina. Havia até mesmo uma área de brincadeiras aquáticas, onde jatos ocultos criavam uma correnteza artificial. Contudo, o inflado orgulho municipal na questão da inclusão, que chegara até a fazer balanços para crianças dependentes de cadeiras de rodas, agora parecia estranho a Tom, instalado de frente para o lodo salobro da baía, onde passava semissubmerso o ocasional crocodilo de água salgada, ou então alguma ave de aspecto pré-histórico.

Enquanto comiam seus hambúrgueres com fritas em uma das mesas de madeira perto do café, Martha comentou o que Tom já sabia muito bem — mesmo enquanto tentara convencer o funcionário da companhia aérea —, embora não ousasse admitir nem para si mesmo. "Só tem duas alternativas, Tom", começou ela.

Ao passo que ele, desamparadamente, tentou detê-la com um "Será que não é melhor discutir isso quando estivermos só nós d…?"

Ao que ela repudiou com um gesto de mão e "As crianças podem muito bem ouvir agora mesmo. É uma lição valiosa pra elas" — virou-se para incluir todos os filhos na homilia — "sobre como todas as nossas ações têm consequências. Seu pai assinou uma caução, viram, e essa caução é a palavra dele, porque ele é um homem honesto; e como ele deu a palavra dele, ele vai ter que ficar aqui por mais uns dias, até conseguir acertar esse negócio com o senhor Lincoln, o homem que ele machucou.

"Muito bem. Mas se a gente quer chegar em casa a tempo de vocês crianças começarem na escola, e eu voltar a trabalhar" — aqui, Martha fuzilou Tom com um olhar particularmente fulminante, pois, segundo ela, o marido nunca concedera a sua carreira a mesma importância que dava à sua própria — "então a gente vai ter que ir sem ele. Tá vendo" — virou para Tom outra vez — "não foi fácil?"

Jeremy espremeu uma batata frita entre os dedos imundos, até ela ejacular polpa branca em seu prato de papel lambuzado de ketchup.

"Que que é caução?", ele perguntou.

Quando se separou de sua família, Tom foi direto à loja da CellPoint que vira no dia anterior. Ficava a cerca de meio quilômetro de distância em Dundas Boulevard, a avenida ampla e reta que se estendia do prédio cor de terracota do Mimosa até a região central de Vance.

A loja da CellPoint, com suas vitrines de vidro laminado cobertas de adesivos azuis e laranja, e os suportes modulares de plástico exibindo as reluzentes conchas moluscoides dos celulares, era profundamente reconfortante para Tom. Havia uma revendedora exatamente como essa no shopping perto da cidade onde moravam, Milford.

A CellPoint, para ele, passava uma ideia de comunicações globais eficientes e, o mais importante, do que estava sendo comunicado: a saber, determinados padrões de decência humana e prática de negócios decente.

Assim que Tom pisou dentro da loja, o ar-condicionado descolou a camisa úmida de suas costas. As prosaicas formalidades de alugar um celular também eram reconfortantes, e contudo Tom não conseguiu deixar de examinar o pessoal de vendas com um olhar novo e mais precavido.

Enquanto, durante suas férias, ele permanecera vivamente vendado às diferenças raciais dos moradores locais — pois acaso não era, perguntava-se com sua frouxa consciência liberal, exatamente o mesmo que em seu país? —, ele agora achava a mulher atrás do balcão desconcertantemente estrangeira. Ainda que ela dedilhasse o teclado de seu computador exibindo toda a eficiência monótona de uma atendente primeiro-mundista, Tom não conseguia tirar os olhos de sua pele café com leite. Seus pulsos eram cingidos pelas mesmas faixas protuberantes de carne esbranquiçada que os braços da mocinha do café, no Mimosa. Cicratização, não era assim que chamavam? E como faziam aquilo? Infligindo um padrão regular de queimaduras, depois esfregando cinzas sobre elas? Mas que tipo de cinza? Certamente, não de cigarro?

Cicratização. Não seria isso o mesmo tipo de modificação corporal que Dixie e suas amigas procuravam fazer às escondidas no estúdio de piercing daqueles maconheiros atrás do Milford Mall? Aqueles pulsos estrangeiros... isso cheirava a luz de fogueira enfumaçada, confusão e agitação de braços desnudos, palavrórios em línguas exóticas...

Seu escapismo na domesticidade virou pó, Tom mal pôde esperar para assinar os papéis e voltar à rua.

Assim que terminou de enviar uma mensagem de texto com seu novo número de celular para Adams, a concha prateada na palma de sua mão vibrou com vida. Um ruidoso toque percussivo saiu de seu pequenino alto-falante; o barulho engoliu inteiramente o preguiçoso "pop-pop-pop" da travessia de pedestres automatizada. Uma das ubíquas guardas de trânsito de Vance passava por ali: uma anglo murcha em uniforme laranja militarizado, com palmtop e câmera digital. Ela relanceou Tom e fez uma careta.

Ele atendeu a ligação — era Adams. "Fico feliz em ver que arranjou um celular", disse, sem qualquer preâmbulo. "Aconteceram alguns, aah, fatos novos. Preciso que venha imediatamente até minha casa; o endereço está no cartão que dei pra você."

"Fatos novos?" Tom estava perplexo.

"Não quero falar sobre isso ao telefone", respondeu Adams. "Pegue logo um táxi e dê o endereço para o motorista. Ele consegue encontrar. Venha agora. Agora mesmo."

O taxista era lânguido ao ponto da inanição, e Tom podia jurar que dirigira metade do caminho segurando o volante com os joelhos. Ele deixou Tom em uma rua do subúrbio que serpenteava até se perder no sopé das colinas. Casas pré-fabricadas de madeira de um único andar guardavam um bom recuo da rua atrás de verdes gramados divisórios. Eram construídas sobre pilares de madeira e cercadas por palmeirais e bambuzais.

A um primeiro olhar, o preguiçoso S da entrada asfaltada e os bem-cuidados jardins podiam pertencer a qualquer subúrbio no mundo desenvolvido subtropical. Mas então Tom notou as áreas térreas que serviam de porão sob as casas: ele viu velhas máquinas de lavar, televisores descartados e novelos amalucados de tela de galinheiro empilhados sobre o imundo concreto entre as estacas. O cheiro do lugar era mais de podridão do que floral e, farejando, Tom passou entre duas sebes espinhentas, depois subiu a periclitante passarela de madeira que ligava o jardim frontal da casa de Adams à casa propriamente dita.

Abriu a porta de tela e, vendo a porta principal entreaberta e nenhum sinal de campainha ou aldrava, chamou: "Alguém aí?", com o que imaginava ser uma voz forte e assertiva.

Não houve resposta. Tom empurrou a porta. A sala que surgiu diante dele não tinha nada de notável: esteiras de fibra trançada sobre as tábuas do assoalho lustroso; poltronas de ratã com encostos de almofadas; um par de pequenas estantes cobertas de livros na vertical e revistas na horizontal. Havia pinturas nativas nas paredes inteiramente brancas: torvelinhos geométricos de pigmentos brilhantes e pinceladas de dedo, aplicadas sobre escudos curvos de casca de árvore. Com seu leve ar de austeridade de solteiro, e sua exagerada escolha de artefatos nativos, o interior era exatamente o que Tom esperara do cônsul.

Então, acima da vibração regular das cigarras, que inflara para ocupar o vácuo sônico deixado pelo táxi que partira, Tom se deu conta dos arrulhos e tabefes linguais da fala nativa vindos de baixo.

Refazendo o caminho pela passarela, Tom desceu desajeitadamente o barranco íngreme até a parte inferior da casa. Ali, na riscada cacofonia de raios de sol, um espetáculo admirável cativou seu olhar: cinco nativas corpulentas sentadas em uma comprida limusine preta. Tom na mesma hora as reconheceu como sendo handrey. Disso ao menos ele sabia, pois o chalé de turistas em que os Brodzinski haviam se hospedado quando visitaram a floresta nublada era gerenciado pelo Conselho Tribal Handrey.

As mulheres tagarelavam entre si, as duas nos bancos da frente girando o corpo de modo a se dirigir às outras três ensanduichadas no banco traseiro. Inicialmente, Tom achou incrível que pudessem ter dirigido até lá no enorme carro preto, um veículo que ele associava com o centro financeiro das grandes cidades em sua terra natal. Mas olhando com mais cuidado, percebeu que o carro não passava de uma casca: os vidros filmados quebrados, a lataria pontilhada de buracos de ferrugem. Duas portas simplesmente haviam sumido, e em vez de se apoiar sobre pneus Firestone, a carcaça do automóvel era sustentada por tijolos.

As mulheres gordas e animadas estavam absortas na conversa, enquanto trançavam os dedos no cabelo lanoso umas das outras. Catavam e puxavam conforme matraqueavam, desalojando os piolhos, que esmagavam destramente entre as unhas, antes de jogar fora.

As mulheres o ignoraram; Tom não tirava os olhos delas.

Ele pensou nos anúncios que vira em seu país: grandes outdoors que o haviam encorajado a voar com sua família por meio mundo para chegar àquela ilha-continente. Neles, sorridentes empregados anglo, trajados em branco imaculado, arrumavam serviços de mesa sobre a toalha impecável, enquanto mais atrás uma imponente formação rochosa ardia laranja sob o sol oblíquo. "Já pusemos a mesa, olhamos embaixo e não vimos nenhum saltador", dizia o slogan. "Então cadê você?"

O que faltava naquelas imensas fotografias, com seus grupos de modelos sorridentes, era a miríade de microfigurantes: os insetos. Tom pensou nas saúvas que vira na sacada naquela manhã, nas formigas pretas carregando Rice Krispies na hora do café, nas cigarras enchendo o quintal de Adams com seu monótono ruído fricativo. No alto das montanhas, ele vira os montes góticos de cupins, com cinco e até seis metros de altura.

E, é claro, os outdoors — que também mostravam surfistas sorridentes nas praias ao sul, e mergulhadores borbulhantes na Angry Reef, ao norte — eram destituídos de rostos negros ou escuros. Os nativos, como os insetos, não eram uma atração turística. Ocorreu a Tom que se as coisas funcionassem como o governo queria, tudo que os visitantes do país veriam de seus povos aborígenes seriam os motivos alegres e ingênuos: faixas pretas e brancas, pontos vermelhos e espirais azuis, em camisetas, sarongues e lemes de aviões.

Todas as crianças pegaram piolho — Martha também. O produto químico malcheiroso que Tom obteve na farmácia não adiantou nada, de modo que, no fim, Martha passara boa parte de suas férias penteando os filhos e ela mesma. Martha arrancou os cabelos de tanto limpar cachos infestados.

Essas mulheres handrey eram diferentes. Enquanto as observava, Tom começou a apreciar o fato de que seu exercício de tirar piolhos fosse parte de uma intimidade espontânea, em que a conversa animada era complementada pelo conforto do toque. Olhando-as ele se lembrou das corpulentas donzelas polinésias pintadas por Gauguin, mas o que faziam ali?

Enfim ele resolveu falar: "Aqui é... a casa do senhor Adams... o cônsul?"

As mulheres continuaram a ignorá-lo, e Tom se sentiu dominar por uma onda de irritação, até que Adams em pessoa surgiu dos densos arbustos do quintal.

O cônsul exibia um amplo sorriso, e um pequeno aventi de couro. Trazia um par de tesouras de jardinagem na mão, enquanto com a outra abria passagem entre as folhagens espinhentas e luxuriosas.

"Aah, senhor Brodzinski!", exclamou, "fico feliz que esteja aqui. Deixe-me guardar meus apetrechos de jardim e podemos subir para conversar".

Tom pensou que podia vir a odiar o "aah" de Adams, um tique sugestivo de que tudo que o cônsul dizia era criterioso, ponderado e não obstante inteiramente provisório. A chegada de Adams não interrompeu a tagarelice das mulheres, e ele teve de erguer a voz para se fazer ouvir.

Tom achou estranho que o jeito do cônsul fosse tão despreocupado — contente, até. Observando-o com mais vagar, notou ainda outras transformações: os olhos de Adams estavam brilhantes, e havia um alegre relaxamento em seu caminhar.

Tom esperou enquanto o homem mais velho tirava o avental e o colocava, junto com a tesoura, em um armário muito antigo atrás da limusine. E depois seguiu o traseiro estreito de Adams por uma escada descoberta, que dava na sala que ele já vira da porta da frente.

"Uma bebida?", perguntou Adams, no que Tom julgou ser uma inconveniente leviandade, dada a urgência com que o cônsul o instara a vir.

"A essa hora, normalmente preparo um drinque longo pra mim, um daiquiri misturado com a aguardente de palmeira local. Alguns anglo dizem que este clima não, aah, permite que se beba cedo, mas eu digo que eles é que não aguentam."

"Hmm... não sei, certo, tudo bem, então", murmurou Tom; e depois, recuperando a fala, continuou: "Aquelas mulheres ali embaixo na limusine — elas são, tipo, clientes suas ou o quê?"

Adams, que abrira a frente de um armário de bebidas e misturava coquetéis com virtuosismo semiprofissional, emitiu uma bufada como negativa. Parou e olhou para Tom. Por um momento, foi como se pensasse em começar a dar uma explicação sobre a presença delas, mas depois simplesmente soltou: "Não, amigas."

Tom, embora compreendendo muito bem que Adams queria evitar discutir sua vida privada, não se deixou deter: "E quanto à limusine?", insistiu. "Lugar esquisito pra ver uma."

O cônsul deu um longo gole em seu daiquiri antes de responder, e Tom, que já se apoderara de seu copo alto gelado, imitou-o sem pensar. O drinque foi um repelão físico, jogando--o direto no presente com um tranco, fazendo seu rosto bater na dura realidade.

Seria o destilado de palmeira parecido com mescal ou algo assim?, perguntou-se Tom, porque na mesma hora a pulsação das cigarras ficou bem mais alta, o calor mais insistente; os remoinhos das pinceladas nativas de Adams ameaçaram rodopiar como cata-ventos.

Adams alisou o longo U de seu queixo, na falta de um cavanhaque. "Eu estava trabalhando no sul, na nossa embaixada da capital. Quando precisei tirar minha aposentadoria precoce..." Adams fez uma pausa e, de forma deliberada e muito à vontade, ergueu a mão bem acima da cabeça, depois a foi abaixando para suavemente bater na própria nuca. Ele retomou: "A limusine foi oferecida para mim como parte do meu, aah, pacote de encerramento. Só conseguiu chegar até aqui. Não era o melhor jogo de rodas para, aah, off-road."

Deu outro trago em sua bebida e sentou na poltrona de ratã de frente para a outra onde Tom desabara. Pousou o copo na mesinha de centro também de ratã e se inclinou para a frente, engaiolando o alvoroçado momento em suas mãos fibrosas. "Duas coisas, senhor Brodzinski." Adams puxou um dedo comprido muito para trás, com o outro. Aquilo parecia doer. "Um: o senhor Lincoln, infelizmente, desenvolveu uma infecção."

"Infecção?"

"Dois: o assistente da promotoria já esteve no Mimosa, junto com os especialistas em balística da polícia..."

"Balística?"

"Senhor Brodzinski, eu ficaria grato se não me interrompesse. O pessoal da balística determinou — para satisfação do promotor público, pelo menos — que a trajetória da sua, aah, ponta de cigarro o teria levado para o interior da zona de exclusão que proíbe fumar num raio de dezesseis metros de todos os edifícios públicos."

"Não entendo." Tom estava mais do que incrédulo: oscilava entre mergulhar e sair da histeria. "Fumar é permitido em nosso apartamento; verifiquei isso quando a gente se registrou."

"É simples, Brodzinski." Todo riso agora sumira dos olhos do cônsul; eles se fixaram em Tom. "Embora os limites imediatos do apartamento sejam um local privado — na medida em que se esteja pagando por ele —, o conjunto, como um todo, é um espaço público. Quando a, aah, guimba, deixou seu apartamento — e antes de entrar no do senhor e da senhora Lincoln —, sua parábola a conduziu, ainda que brevemente, para o interior da zona de exclusão que cerca o Mimosa.

"Como tenho certeza de que o senhor é capaz de avaliar, este fato, combinado à, aah, condição deteriorada da vítima, acarretou consequências positivamente graves para sua, aah, situação."

Tom, sabendo ser um erro, deu outro gole no daiquiri. Imaginava que a qualquer segundo a grande onda da carência de nicotina o engolfaria. E será que, a despeito de todas suas resoluções, Tom não deveria se deixar carregar por ela? Apenas a absurda ironia de que um cigarro jogado fora havia sido o culpado de toda essa terrível provação impediu Tom de sair correndo pela rua afora em busca de um maço.

Felizmente, dessa vez a bebida agiu, e Tom sentiu que se distanciava e flutuava levemente. Ele conseguiu perguntar, com razoável dose de calma: "Que consequências?"

"Bom" — Adams, suspeitava Tom agora, estava na verdade achando graça — "é complicado, e o caso pode até mesmo estabelecer um novo precedente; porém, basta dizer que não é mais possível resolver a questão por meio de uma negociação direta com o senhor Lincoln, ou mesmo com a, aah, família de sua esposa. O promotor deixou claro que pretende assumir o caso, e tem grandes probabilidades de instituir um processo por..."

Sem aviso, Adams, que até ali parecera fluir em plena cheia, secou inteiramente. A cara de cavalo tombou para a frente, e o cônsul começou a bulir com o laço de um de seus sapatos de camurça.

"O quê! O quê? Processo pelo quê?", falou Tom, aos atropelos.

Adams suspirou. "Por tentativa de homicídio, senhor Brodzinski, e, caso o pior aconteça, naturalmente por homicídio, propriamente."

Tom se levantou de modo abrupto e andou até a janela do fundo. A tela de mosquitos transformava a vista lá fora numa imagem sépia: uma fotografia velha de uma encosta tropical verdejante. Mais além ficavam os prédios incongruentes da potência colonial, que sem dúvida enxameavam de homens magros e febris usando chapéus safári grandes demais para suas cabeças.

As nativas montanhesas sob a casa começaram a cantar calmamente, "Bahn-bahn-bahn-buush. Bahn-bahn-bahn-buush...", sem parar.

Tom virou-se para Adams. "Acho que isso quer dizer que não vou voltar pra casa nesta quinta."

"Nem quinta, nem tão cedo, senhor Brodzinski. Escute." Tendo soltado sua mais recente bomba antibunker, Adams foi, mais uma vez, conciliador. "Eu nem sequer por um segundo acredito que essas acusações se sustentarão por muito tempo. Haverá uma troca de apelações. Tem também a questão delicada da indenização — a forma de justiça, aah, preferida pelos tayswengo — dentro de quaisquer, aah, parâmetros justos. O promotor é parte tugganarong, e o prefeito, dois quintos inssessitti. Ambos enfrentam campanhas por reeleição durante os próximos seis meses; todos esses fatos precisam ser levados em consideração."

De repente, Tom foi até a cadeira de Adams e, abandonando toda dignidade, caiu de joelhos. Chegou até a segurar o braço despido do cônsul com as duas mãos. "Pelo amor de Deus, Adams", foi dizendo sem pensar. "Sei que você é uma espécie de diplomata e não pode foder com os nativos, mas podia ao menos me orientar. Não ia ser melhor pra todo mundo se eu simplesmente sumisse? Ninguém confiscou meu passaporte; com certeza não vão pôr alguém pra vigiar na Imigração. Quer dizer, não sou nenhum assassino, pelamordedeus, só joguei uma bosta de uma guimba vagabunda!"

Tom parou. Adams livrou o braço de um jeito feminino, como se estivesse rejeitando a importunação de um pretendente ansioso. Ficou de pé. "Senhor Brodzinski, há grandes chances de que eles tenham seus dados no sistema informatizado do aeroporto. Mesmo se o senhor pudesse efetuar uma, aah, partida deste país de alguma outra forma — e permita-me lembrá-lo que, embora a costa seja vasta, as distâncias oceânicas para qualquer outra terra firme são igualmente grandes —, o senhor está se esquecendo dos papéis que assinou hoje de manhã.

"Não temos acordo de extradição, mas existe um negócio chamado Asset Transfer Convention, um recurso para transferência, do qual ambas as nações são signatárias."

"O q-que isso quer dizer?"

Tom estava agachado sobre as pernas esqueléticas, de volta ao acampamento de verão da infância, brincando do jogo de perguntas da tribo moicana.

"É... bom, é incomum — meio confuso, até." Mais uma vez, o cônsul estava cativado pelas complexidades insondáveis de seu país de adoção. "Só posso imaginar que isso foi um descuido da parte do Departamento de Estado, ou que eles não compreenderam exatamente o que a Convenção significaria quando aplicada ao direito consuetudinário, mas, candidamente, caso o senhor, aah, se evada à justiça, seus haveres para o valor de sua presumível caução estariam sujeitos a serem destruídos — não confiscados, veja bem, destruídos — pela parte querelante."

"Eu — eu não entendi."

"Os Lincoln poderiam, caso assim o desejassem, destruir quaisquer haveres dentro do valor da caução, que é de dois milhões. E", resfolegou Adams, "acredite ou não, isso já aconteceu antes.

"Um clã aval renegado insistiu com as autoridades westfalianas pra explodir a casa de um turista alemão que atropelou uma manada de seus auracas no interior e depois fugiu. E elas — com medo de um incidente diplomático — concordaram. Ouvi dizer que o alemão acabou indo parar nas minas de bauxita em Kellippi. A situação dele não é das melhores."

Adams ficou de pé e começou a andar de um lado para o outro. Parou e encarou Tom. "Mas tudo isso é especulação, senhor Brodzinski. Fique tranquilo. O senhor não está fazendo nada que ponha em risco o senhor mesmo, sua esposa ou seus filhos. Sua esposa, segundo todo mundo diz, é uma mulher extremamente adorável…"

Teria sido a imaginação febril de Tom, ou Adams de fato lambera os lábios nesse ponto?

"Hoje pela manhã, sugeri que o senhor procurasse um bom advogado. Tomou alguma medida nesse sentido? Se necessário, o consulado pode recomendar alguns profissionais aqui em Vance…" A voz de Adams enfraqueceu, depois sumiu.

Tom se virou para a janela. O cônsul apanhara um lagarto-saltador de madeira no chão e passava o dedo em torno das espiras entalhadas do dorso da escultura. Tom sentiu uma compaixão momentânea pelo homem, que, assim suspeitou, talvez estivesse tentando fazer algo decente por ele.

"E uma vez que eu tiver contratado um advogado, o que faço em seguida? Me oriente, por favor."

"O senhor vai precisar se apresentar à delegacia de polícia. Então será detido, acusado formalmente e — se houver um juiz disponível —, com grandes chances, afiançado na mesma hora. O senhor tem algum meio de conseguir transferir fundos para uma conta do governo? Não temos agenciadores de fiança por aqui, senhor Brodzinski."

"Acho — imagino que meu gerente do banco pode, hmm, fazer a gentileza."

O "imagino" e o "gentileza" caíram bem, o tipo de terminologia ponderada que o próprio cônsul poderia ter usado. Tom sentiu que recobrava a compostura.

"E o advogado?"

No exato momento em que Adams dizia a palavra "advogado", Tom, que nem mesmo tinha consciência de que sua mão estava em seu bolso, sentiu a borda do cartão que Jethro Swai-Phillips lhe dera. Um cartão que, de puro desdém, se recusara a guardar na carteira, mas meramente enfiara naquelas trevas sudoríferas, povoadas de fiapos.

Ele o puxou e, sem pensar duas vezes, estendeu-o ao cônsul, dizendo: "E quanto a este sujeito, ele serve?".

Adams apanhou o cartão e deu uma olhada. "Swai--Phillips?", disse, com uma risada curta. "É um dos melhores, e para não, aah, faltar com a verdade, no seu caso particular, o mais indicado. Tem sangue gandaro e aval; montanha e deserto. Tem uma pitada de tugganarong também e, é claro, a mãe de sua mãe era belga. Assim, ele cobre todo o, aah, panorama. Se existe alguém capaz de conseguir sua fiança, esse alguém é ele."

"Fiança...", murmurou Tom, pensativo. Pela primeira vez caía a ficha de que podia realmente se ver no interior de uma cela de polícia antes que o rubor fundido do sol poente se esparramasse ostentoso pelas águas palustres da baía de Vance.

"Ligue pra ele do meu telefone", continuou Adams, "e se ele puder encontrá-lo lá, eu lhe dou uma carona. Depois temos de ligar para o escritório da promotoria, pegar os dados da conta e cuidar da transferência do dinheiro".

"Q-quanto acha que vão querer?"

Tom já podia ouvir a voz de incredulidade do seu gerente ecoando do outro lado do mundo: "Precisa do quê?"

"Acho que no mínimo uns, aah, cem mil — quem sabe até o dobro."

Tendo isso soado como um dobre fúnebre financeiro, Adams pousou o lagarto no assoalho polido. Fez um gesto para Tom: "Entre aqui no meu escritório, vamos fazer as ligações."

Uma hora ou algo assim mais tarde, Tom se desenroscou do banco do passageiro no Toyota do cônsul para encontrar o advogado já esperando por eles nos brilhantes degraus de concreto branco da delegacia de polícia.

Tom ficou aliviado ao ver que Swai-Phillips vestira uma camisa, mas surpreso de que fosse uma tão espalhafatosa: o *skyline* de Manhattan cingia seu peito poderoso. Os arranha-céus eram negros e pontilhados de centenas de minúsculas janelas oblongas amarelas, como a imagem negativa de dentes rilhados.

Swai-Phillips fez um gesto dispensando a mão ofertada por Tom, ao mesmo tempo em que recusava educadamente os reiterados pedidos de desculpa que seu novo cliente já fizera ao telefone. Envolveu os ombros de Tom com um braço imenso e nodoso, enquanto apertava vigorosamente a mão de Adams com o outro. Os dois colegas trocaram rajadas de pídgin, as consoantes voando como chumbo grosso, depois riram juntos.

"Tudo bem daqui pra frente, Jethro?", disse Adams, mudando para o inglês.

"Certo — certo, sem problema, parceiro", respondeu o advogado, e, ainda abraçando Tom, girou-o, galgou com ele os degraus e passou sob o pórtico de mármore maciço — detalhe que Tom, mesmo em seu estado de choque e ébrio entorpecimento, podia reconhecer como sendo absurdamente pomposo para uma delegacia provinciana.

No saguão igualmente grandioso — piso de mármore reluzente, incrustado de brilhantes dourados formando o desenho das constelações meridionais —, Swai-Phillips estreitou Tom ainda mais em seu abraço. "Você", soprou em seu ouvido, o cabelo afro cheirando a sândalo fazendo cócegas nas bochechas de Tom, "não fala nada. Bico fechado".

Então o advogado avançou para a mesa da recepção, entalhada em um estilo rústico mas artesanal a partir de um bloco de rocha nativa, cor de ferrugem. Atrás havia uma policial anglo em uniforme camuflado. Usava ainda um colete à prova de bala um pouco curto, como um vestido decotado. Um fuzil de assalto estava apoiado em seu terminal de computador, enquanto, encostado na parede atrás dela, havia um feixe de lanças de caça, algumas com quase quatro metros de altura.

Assim que Swai-Phillips terminou de explicar o que faziam lá, outra oficial os conduziu até uma sala de interrogatório. Ali havia um par de cadeiras de plástico e uma mesa de aço sobre a qual fora montado algum tipo de aparelho; aquilo, a julgar pelos botões e painéis de LED, era o equipamento de gravação, presumiu Tom. Câmeras de vigilância postavam-se nos quatro cantos da sala; eram o mesmo modelo compacto que ele vira por toda a cidade, inutilmente guardando os vãos entre os prédios, aboletadas no topo de postes como ascetas estilistas de controle remoto.

Sentindo os efeitos do daiquiri de Adams, Tom desabou pesadamente numa das cadeiras. Swai-Phillips foi até a janela e, entreabrindo as lâminas da persiana, apontou uma lancha atracada na marina. A elevada superestrutura branca era coberta de alumínio reluzente como prata, e um bambuzal de antenas de rádio brotava no teto da casa do leme, enquanto um feixe de grossas varas de pesca projetava-se junto à popa.

"Aquela ali é minha", disse Swai-Phillips casualmente. "Levo você pra passear, um dia desses."

O vácuo da porta sendo aberta com vigor se fez sentir às suas costas, e Tom virou para dar com um homem muito robusto e de pele marrom entrando na sala. Era claramente um oficial de alta patente, pois, embora usasse o mesmo uniforme em estilo militar da polícia estadual, e sua cabeça maciça estivesse encimada pelo mesmo chapéu de origami brilhante — todo ele ângulos agudos, com uma pala parecendo um bico de cegonha —, o dele era agaloado com medalhões esmaltados e enfeitados.

O oficial — que Tom presumiu, corretamente, ser um tugganarong — marchou direto até ele, farejou seu hálito com as narinas calibre doze e vociferou: "Bebendo, hein? A desgraça do anglo, por essas bandas." Então riu e virou para o advogado. "Vai dar um rolê por aí naquela sua caçarola, né, Jethro?" Sacudiu um polegar na direção da marina. "Se quer saber, aquela banheira sua não dá pro gasto. Cê toca o terror na peixarada. Eles fogem de medo. Sábado passado eu saí pra pescar e peguei trezentos quilos só com meu bote."

Swai-Phillips bufou de menosprezo. "Eu? Eu tirei quinhentos quilos de atum da água lá em Piccaboy antes do almoço, nesse dia aí. Juntei, limpei e assei pros meus camaradas na varanda lá de casa. Estou dizendo pra você, Squolly, aquela minha belezinha não acha só os peixes — ela *chama* os bichos pro convés!"

Os dois homens — um duas cabeças mais alto que o outro — continuaram a se gabar de seu hobby por mais uns cinco minutos, suas fanfarronadas ficando cada vez mais fantásticas.

A certa altura, Swai-Phillips devia ter entregado ao oficial, a quem chamava de Squolly, a notificação passada por fax do Milford Chemical Bank sobre a transferência do dinheiro de Tom, porque ela não estava mais em sua mão quando parou de falar e disse para Tom, "Vamo nessa, agora"; depois para Squolly, "Tenho que levar esse aqui embora antes que ele tenha um treco com o estresse desse negócio todo".

Os dois amigos — pois claramente era o que eram — então trocaram um cumprimento espalmado, e, segurando o ombro de seu cliente como se fosse a cana do leme num veleiro vagaroso, Swai-Phillips guiou Tom para fora do prédio.

Assim que se viram no SUV do advogado, e a uma boa distância da delegacia, rodando ao longo dos amplos bulevares através do bairro comercial, Tom recobrou a fala e perguntou a Swai-Phillips: "O que aconteceu lá dentro? Quer dizer, Adams disse que eu ia ser preso."

"Você foi."

"E aquele troço de você-tem-o-direito-de-permanecer-calado blablablá? Ele, S-Squolly, ele não leu meus direitos."

"Direitos!" Swai-Phillips deu risada. "Os únicos direitos por aqui são os que a gente faz!"

E para ilustrar essa pérola, sinalizou e pegou a direita no cruzamento seguinte.

Tom ficou ruminando sobre isso por algum tempo, depois disse: "Quando o juiz vai decidir sobre a fiança?"

Dessa vez o advogado riu durante um bom tempo e bem alto; uma série de urros tão poderosos que até o enorme veículo sacudiu.

"Oh." Ele se recompôs e bateu no joelho nu de Tom. "Você já teve sua fiança, com certeza, desencana, meu amigo, né. Com cem mil assim na bucha, o velho Squolly tinha soltado até um pederasta!"

E Swai-Phillips explodiu numa gargalhada outra vez, seu cabelo afro sacudindo como a copa de uma bétula.

Indignado, Tom quase perguntou se, já que não vira nem sinal de juiz, um suborno não estivera envolvido. Mas depois pensou melhor: estava começando a compreender como eram desconhecidas essas águas em que nadava. Perguntar ao advogado uma coisa dessas só serviria para fazê-lo chafurdar ainda mais naquela traiçoeira areia movediça.

O choque, o calor e o estupor provocados pelo daiquiri de palmeira de Adams amalgamavam-se juntos numa terrível dor de cabeça quando o SUV entrou no estacionamento do Mimosa. Swai-Phillips apertou um botão no painel e a música nativa que viera tocando sem trégua — e que, Tom percebia agora, tinha a mesma batida bin'bongue insistente do toque de seu celular alugado — cessou.

O advogado parou o carro e girou em seu banco. Tom fitou os óculos de surfista e viu nas bulbosas lentes escuras seu próprio rosto pálido, sugado de toda cor ou compostura.

"Certo, Brodzinski." O advogado assumia um estilo todo profissional, agora. "Venha ao meu escritório amanhã de manhã, assim que pegar suas coisas e achar um flat mais em conta pra você. O orçamento vai ser algo a se considerar daqui pra frente, né? Eu recomendo o Entreati Experience, em Trangaden Boulevard.

"Vou precisar de um depósito seu. Outra transferência por telefone serve, embora eu prefira em dinheiro. Seja como for, digamos, cinco mil. Minha secretária cuida de mandar a fatura discriminada item por item no final de cada semana.

"Pra sua sorte, sou admitido aqui na ordem local como um *solicitor-advocate*, de modo que você não precisa contratar também um advogado de tribunal. Estou indo ver o promotor hoje à tarde, e minha esperança é convencer o homem a marcar uma data bem próxima pra audiência una, certo?"

"Audiência una?", inquiriu Tom, debilmente.

"Isso mesmo. A fiança precisa ser confirmada por um magistrado; ao mesmo tempo, makkatas nativos vão deliberar sobre a audiência. O juiz não é problema, mas os makkatas precisam vir de lá." Swai-Phillips sacudiu um polegar por sobre o ombro; então, vendo a incompreensão de seu cliente, foi mais específico: "Sabe como é, do deserto. Bom, contanto que considerem você astande, você pode começar imediatamente a tratar da indenização praquele bando intwennyfortee..."

Tom fez um gesto para que o advogado se calasse; nada daquele palavrório legal arcano penetrava em sua cabeça. O que entrou, contudo, foi a pressuposição inicial de Swai-Phillips. "O que o levou a ter tanta certeza", Tom escolhia as palavras cuidadosamente, "de que vou sair do Mimosa de manhã? Minha mulher e meus filhos só vão tomar o voo n..."

"Por favor, senhor Brodzinski, dá uma olhada aí atrás."

Tom se virou rapidamente: os gêmeos, Jeremy e Lucas, estavam brincando no canteiro de flores diante do bloco de apartamentos. Enquanto ele olhava, Jerry apanhou um punhado de cascas de árvore paisagísticas e as jogou sobre o irmão. Tommy Junior estava concentrado, perdido em um divertimento solipsístico, morosamente pulando no meio-fio, tendo por parceira uma mala de viagem com rodinhas que ele sacudia para frente e para trás pelo puxador.

Nesse minuto, as portas duplas de vidro se abriram, e Martha e Dixie apareceram, arrastando juntas a enorme mala que transportava o grosso das posses familiares.

Tom girou outra vez para encarar os olhos de inseto de Swai-Phillips. Era uma reprise desconcertante da cena que fora rodada naquela mesma locação, pelo mesmo elenco, naquela manhã. Só que dessa vez Tom deu voz a seu mal-estar: "Como sabia que minha família estava de partida? Como! Você é, é...", disse, se atrapalhando, "...médium ou qualquer coisa assim?"

Swai-Phillips começou a dar aquela sua risada exasperante, teatral. Entretanto, foi cortado por Martha, que largou a mala e veio como um trator na direção do SUV. Abrindo com tudo a porta do passageiro, ela se curvou sobre o marido e começou a gritar com o advogado: "Que porra de brincadeira é essa, moço? Está tentando se aproveitar do meu marido? O que quer da gente, dinheiro? É a porra do dinheiro?"

Até mesmo o imperturbável Swai-Phillips pareceu atônito quando as coisas tomaram esse rumo. Involuntariamente, ergueu a mão e tirou os óculos. Era como se — isso ocorreu a Tom mais tarde — estivesse rejeitando a venda para expressar com ainda maior ênfase sua indiferença àquele pelotão de fuzilamento de uma mulher só, medindo-a de alto a baixo.

A não ser pelo fato de que o advogado não podia de fato medir alguém de alto a baixo uma vez tendo sua máscara removida. Pois, embora um de seus olhos fosse penetrante, verde e firme, o outro rolava para trás em sua órbita, semitoldado por uma membrana gelatinosa rósea que atravessava obliquamente o branco do olho. Os três permaneceram paralisados, chocados cada um a seu modo pela revelação daquela deformidade. Sem dúvida, nem Tom, nem Martha Brodzinski jamais haviam visto nada como aquilo antes.

4

Mais tarde, enquanto os Brodzinski aguardavam no check-in do aeroporto até que um casal de velhos anglo redistribuísse sua montoeira de bugigangas nativas, Tom perguntou à esposa por que reagira com tamanha veemência.

Foi um erro. Até aquele preciso momento, vinham se dando bem. Tom aceitara que de pouco adiantaria Martha e as crianças ficarem, ao passo que, se fossem embora de imediato, poderiam tomar um voo direto para casa, com apenas uma breve parada na Agania, para reabastecimento do avião.

De sua parte, Martha havia se segurado para não admoestar o marido na frente das crianças. Chegara até a, espremidos um ao lado do outro na traseira do táxi, segurar a mão suada de Tom em sua mão fria e lhe aplicar uma série de pequenos apertos ritmados, como que tentando bombear nela parte de sua férrea determinação.

Contudo, quando Tom levantou a questão de Swai-Phillips, a expressão de Martha se endureceu. Ela desviou o rosto, terminou os procedimentos de check-in e então mandou as crianças à loja de presentes com algumas notas. Fazendo um gesto para Tom, conduziu-o na direção oposta, perto de um denso matagal: árvores inteiras, com trepadeiras enroscadas, estavam plantadas em um vaso gigante, junto com um matacão basáltico.

Assim que se viram escondidos atrás daquilo, Martha soltou os cachorros. "Entendo que você cometeu um erro, Tom", começou, bastante razoável, "mas o jeito como você teima em contemporizar está além da minha compreensão. É bem de você essa necessidade de se afundar — e levar o resto da gente junto. Meu Deus!", exclamou em fúria, depois mordeu com dentes perfeitos a almofada do polegar, um sinal patético de aflição que Tom não conseguia se lembrar de vê-la fazendo desde aqueles dias negros, pouco após terem adotado Tommy Junior, quando ele estava sendo — embora hesitantemente — diagnosticado.

"Eu — eu... eu não tenho certeza se sei..." Ele procurou a fórmula correta para apaziguá-la. "Quer dizer, pensei que você — que você ficou louca da vida quando eu fui grosso com ele, Swai-Phillips."

"Puta merda, meu Deus!", exclamou, furiosa outra vez. "Eu queria que você fosse *educado* com o homem, não que entregasse de mão beijada pra ele toda a porra do nosso dinheiro. Será que você nunca entende nada? Não está vendo onde está? Essa gente tá rindo da sua cara — rindo desde aqui até a porra do banco."

Tom passou a mão no cabelo escovinha; o contato áspero o tranquilizou, e sua dor de cabeça arrefecera graças a dois poderosos analgésicos. Sentiu coragem bastante para voltar a ela: "Olha, Martha, pode ser que você tenha razão, em parte, mas sei muito bem onde estou — bem aqui, e Swai-Phillips é um advogado local, ele sabe tudo sobre esse negócio local, o jeito como o código nativo e o legal funcionam juntos. Merda, até Adams, o cônsul, ele diz que Swai-Phillips é o cara em Vance — ou um deles."

"O cara, o cara", Martha zombou dele. "E isso faz de você o que, o coroa? Não, escuta aqui, Tom. Antes de a gente vir para cá, eu disse pra você ler aqueles livros, ler mesmo, não simplesmente passar os olhos por cima só porque você já tinha dado seu tapinha da tarde e já tinha tomado sua porra de Seven and Seven. Este é um puta país confuso e perigoso e essa gente não está do seu lado — ninguém aqui.

"Enquanto você ficava amiguinho deles, eu andei perguntando por aí. Parece que Adams saiu do Departamento de Estado faz mais de dez anos — ele é só um cônsul honorário, não tem mais influência que você."

Tom se sentia desamparado. Não tirava os olhos do piso encerado do terminal. O esfregão em tesoura manuseado por um tugganarong de aspecto oprimido empurrou uma tripa de fiapos ao passar por onde estavam.

Finalmente, ele disse o que achava que ela queria escutar: "O que eu faço, então?"

Martha franziu os lábios; seu pescoço longo ficou torto de irritação. Fora a coisa errada a dizer.

"O que você faz? Sei lá, Tom, mas se eu fosse você, pelo menos dava uma checada com a embaixada, no sul. Se não puderem orientar você pelo telefone, entra na merda dum avião e vai até lá. Você está sob fiança, não tá?"

"É, mas não tenho certeza se..." Ia explicar a ela sobre as jurisdições estaduais e federais naquela parte do mundo, demonstrando desse modo como não estava na mais completa ignorância.

Após vinte anos de casamento, Martha conseguia prever isso só pelo seu tom de voz. "Uma coisa eu quero que você perceba, Tom, é o seguinte: isso tudo é coisa sua, cem por cento. Você fodeu com tudo aqui, igualzinho como fodeu com o negócio da propriedade em Munnings, e com a porra do plano de saúde do meu irmão."

"Isso..."

"Não quero nem ouvir. Você fodeu com tudo do mesmo jeito que fodeu com a sua relação com a Dixie, com o Tommy Junior, e está indo pelo mesmo caminho com os gêmeos..."

Agora que enveredara por essa trilha, Martha poderia ter continuado indefinidamente, não fosse o fato de Tommy Junior ter descoberto os dois em seu caramanchão tóxico. Ele fitou seus pais brigando, os olhos castanhos brilhantes e indiferentes, depois segurou a mãe pelos ombros e a forçou a olhar para o painel de embarques.

Martha disse: "Ai, meu Deus!" Agarrou sua bagagem de mão e começou a se dirigir à fila que serpenteava através dos cercados de isolamento e que direcionava os passageiros para a área de segurança.

Tom ficou para trás, amuado por alguns momentos, depois a seguiu de perto, o braço sobre o ombro de seu filho, que era mais alto e mais maciço até que o seu.

Na barreira houve uma confusão de despedidas e beijos que erraram o alvo — resvalando em bochechas, perdendo-se em cabelos. Martha se mostrou arrependida. Inclinou-se para Tom e sussurrou: "Estou com medo, querido, só isso."

"Eu também", respondeu Tom, e teria selado a reconciliação com um abraço mais prolongado caso os gêmeos não houvessem agarrado suas mãos e tentado brincar de balançar com elas. Quando conseguiu se desvencilhar, sua esposa havia desaparecido, e Dixie esperava do outro lado do detector de metais, chamando seu pai para que impelisse os irmãozinhos através do aparelho.

Dois dias depois, despertando sob a mortífera monocromia de um alvorecer tropical, Tom ficou escutando a agitação tiquetaqueante das baratas no motel delas. Pensava naqueles últimos minutos no aeroporto. Ainda que Dixie houvesse ligado para ele durante a parada temporária da família em Agania, Tom não conseguia tirar da cabeça a ideia perturbadora de que Martha não deixara o país coisa nenhuma. Ele não vira a esposa partir, e agora sentia intensamente sua presença no quarto decrépito e muito quente do apartamento minúsculo.

O Entreati Experience, como ele veio a descobrir, era um albergue de mochileiros com uns poucos apartamentos para alugar no andar de cima. Os cubículos dos mochileiros ficavam em torno de um pátio imundo, através do qual pendiam varais engrinaldados com suas camisetas berrantes e sarongues e bermudas em padrões coloridos, que esvoaçavam sob a brisa tresandando a estiva que vinha do porto de contêineres nas proximidades.

Por aquelas bandas, o lado mais barra-pesada de Vance, viam-se poucos rostos anglo andando pelas ruas. Do outro lado, diante do Experience, havia um bar frequentado por nativos, onde bêbados carrancudos davam plantão dia e noite, antes de, nas altas horas da madrugada, iniciar brigas ruidosamente incompetentes.

Swai-Phillips estava com a razão, contudo: o valor mensal pelo apartamento de Tom era uma bagatela; fato explicado pelo gerente, que o lembrou que a temporada turística estava terminando. Logo, toda a rapaziada bronzeada iria meter as mochilas nas costas e arrastar os chinelos de volta à faculdade, a meio mundo dali.

Tom se sentia ambivalente em relação a isso. A turma de faculdade era de enlouquecer, acelerando o motor de suas Campervans a qualquer hora da noite, os veículos para turistas incongruentemente pontilhados de buracos de balas.

Gigantes loiros imberbes monopolizavam Tom pelos corredores bafientos do albergue e desfiavam as narrativas de suas aventuras no interior. Suas namoradas ficavam por perto, dando risadinhas, mastigando chiclete, rearrumando as alças de seus biquínis para expor os corpos um pouco mais.

Mesmo assim, depois que a moçada finalmente se mandasse, Tom iria se sentir solitário. Ele fora invadido por uma nostalgia dolorida ante a mera ideia de uma viagem aérea, como se as fuselagens prateadas direcionadas por computador pertencessem a uma era passada. Lá estava ele, encalhado: a mais lamentável das visões, um turista deixado para trás. Em sua lamentável mala iam seus lamentáveis pertences: tubos meio espremidos de protetor solar, calções de banho com uma palavra grande escrita neles, romances de aeroporto que jamais passariam por um aeroporto outra vez, uma câmera digital carregada com imagens ultranítidas de felicidades fantasmagóricas.

A folha de papel enumerando as imposições de seu advogado estava pregada na escabrosa porta da geladeira com um ímã no espremido formato em L da grande ilha-continente desertificada.

Dia após dia, agora, a umidade ia encorpando rumo às monções. Na maioria das manhãs, Tom levava até o meio-dia para se levantar, vestir alguma roupa e se aventurar pela esponja quente de Vance. Parado na calçada, ele erguia o rosto e observava as colossais formações de cúmulos-nimbos costeando, vindas do oceano; seus picos brancos bulbosos e bases cinzentas horizontais espelhavam as superestruturas e cascos dos navios de cruzeiro espalhados pela baía — embarcações que se preparavam para partir, fugindo às pressas da tempestade iminente e rumando para águas mais seguras, cidades mais agitadas, compras mais pródigas.

Na beira do cais, Tom tirou o motel de baratas do saco plástico. Abriu a portinha acrílica e as baratas, antenas sondando a liberdade, caíram, girando e girando através do ar, na água espumosa. As ondas rebentando contra o concreto ajuntaram seus corpos numa jangada agitada. Tom fez meia-volta e se afastou na direção do shopping mais próximo.

Ali ele fez um desjejum de donuts numa cafeteria, enquanto examinava o jornal. Ignorou as notícias locais, preferindo observar pelo lado invertido de um telescópio de vinte e cinco mil quilômetros eventos esvaziados de todo significado.

Após dias fazendo exatamente a mesma coisa, Tom sentiu que afundava numa inércia pantanosa. A umidade agora em Vance era tal que a atmosfera parecia tão espessa e encharcada quanto uma toalhinha japonesa; foi um alívio quando seu advogado ligou e pediu a Tom que comparecesse a seu escritório.

O escritório de Swai-Phillips ficava no Metro-Center, o bloco de vinte e dois andares que se erguia acima do relativamente baixo centro financeiro de Vance. Conduzido por um sujeito de modos furtivos e pele marrom, que se apresentou como Abdul, assistente do advogado, Tom encontrou Swai-Phillips com os pés descalços sobre a mesa, os óculos escuros presos no rosto e o olhar impenetrável alinhado na direção das enormes janelas que ficavam na parede oposta. Tom presumiu que, como o restante da população cada vez mais minguada de Vance, estivesse mesmerizado pela expectativa das chuvas.

Swai-Phillips também fumava um enorme charuto mal enrolado, cuja folha externa soltava-se parcialmente. Observado por um alarmado Tom, ele umedeceu o dedo com cuspe e o pressionou de leve na glande vegetal.

Deviam ter aparecido pelo menos oito avisos detalhando as leis antifumo de Vance entre as portas do elevador e as portas de vidro jateado do conjunto do advogado. Contudo, quando Tom mencionou isso, Swai-Phillips simplesmente arrotou fumaça e riu. "Ho! Ho! Ho! Elas não se aplicam aqui dentro; este é um escritório *particular*, né, um zoneamento especial."

"Mas e quanto a Abdul?", perguntou Tom.

"Ele? Aquele lá…" Swai-Phillips riu lupinamente. "Ele é meu filho, mais ou menos, viu."

Tom perguntou sobre o prédio: por que era tão mais alto que o resto? Ali era uma zona de terremotos, não era?

O advogado personificou Papai Noel mais uma vez. "Ho! Ho! Ho! Você pode muito bem perguntar — não só uma zona de terremoto, esse prédio tá bem em cima da rachadura, cara. Eu tava sentado aqui um dia, né, e vi as ruas se enrugando que nem um tapete tropeçado! Vou dizer por que é tão alto — o Metro-Center, é porque a porra dos políticos nesta cidade são tão baixos, por isso!"

Tom sentiu-se trêmulo e sentou abruptamente numa cadeira baixa.

"Eu podia perguntar se meu charuto incomoda você", continuou Swai-Phillips, "mas pra que me incomodar, já sei a resposta".

Seria isso grossura pura ou mera arrogância da parte do advogado? Tom abanou a cabeça, sem compreender. As espessas espirais de fumaça pairavam tão pesadamente no piso acarpetado do escritório que quando a secretária de Swai-Phillips entrou com uma xícara de café para Tom, pareceu enroscada em novelos cinza-azulados.

Enquanto o advogado seguia dando suas baforadas no monstruoso mata-ratos, ocorreu a Tom que sua própria oscilação entre beligerância e passividade perante toda aquela situação grotesca podia ser inteiramente atribuída aos efeitos da abstinência de nicotina. Eis o motivo por que se mostrara tão emocionalmente instável: choroso, bajulador, depois irascível. Eis o motivo por que seus encontros — com Adams, Swai-Phillips, até mesmo a atendente na loja de celulares — tinham o caráter vibrante, sombriamente hilário das alucinações. Eis o motivo por que seu juízo se mostrara tão anuviado: pois, em vez de a fumaça ser soprada para fora de Tom a intervalos regulares, ela recuava para dentro de sua cabeça, entrando em seus olhos.

"Não ia fazer merda nenhuma de diferença, viu", bradou para ele Swai-Phillips, "se você começasse a fumar outra vez, no que diz respeito ao povo tradicional. O engwegge — esse é o tabaco nativo — é usado em toda parte, aqui. Porra, os caras não só fumam o negócio, eles mastigam, cheiram, esfregam na gengiva. Eles até misturam nos enemas e enfiam naqueles cus pretos, viu. Não, não é com o bando intwennyfortee que você precisa se preocupar, nesse departamento".

Tirou os pés da mesa e, pondo o charuto em um cinzeiro, adotou um ar mais jurisconsulto. "Contudo, caso a gente enfrente um julgamento integral — que, espero, não aconteça —, é mais do que provável se ver diante de um júri majoritariamente anglo; a defesa não tem nenhum direito de veto a jurados, por aqui; e, como você provavelmente deve ter percebido, todo esse ímpeto antifumo é, no fundo, de motivação racial. Os anglo podem ter um monte de coisa enfiada no cu deles, mas engwegge não é uma delas, viu.

"Assim, se você não quiser se arriscar a fumar, viu, sempre pode mastigar umas pontas de folha de engwegge. Eu tenho um punhado da melhor qualidade, aqui." O advogado abriu uma gaveta da mesa e pousou um maço feito de folha de bananeira sobre o mata-borrão. Lá ficou ele: cruamente orgânico sobre a superfície cotidiana.

Tom fez uma careta. "Se você não se importa, Jethro", ele disse, "acho que vou deixar pra depois".

"Como quiser." O advogado parecia ofendido. "Esse negócio aí não é uma porcaria qualquer pra queimar — é fumo de ritual. Meus velhos camaradas me mandam de lá. As pontas são colhidas no orvalho, depois cozidas no fogo. Os makkatas do bando do meu pai mascam uns pedaços do tamanho de uma bola de tênis; daí... passado, presente, futuro" — enfiou as mãos de espada na modalidade inelutável de sua própria trança engwegge — "eles conseguem ver tudo ao mesmo tempo. Mas bom" — o advogado se curvou para a frente e deixou o misticismo de deserto de lado, no prosaico escritório — "nada disso precisa deixar você preocupado — ainda não, né. Quero que dê um pulo na minha casa amanhã; tem um sujeito que eu quero que você conheça, viu".

Tom grunhiu uma hesitação. Olhou para a parede insípida: uma gravura de uma cena de caça do século XIX estava pendurada ao lado de um painel magnético com o planejamento anual. Os caçadores de casacos vermelhos no dorso de cavalos perseguiam um bando de moai, as gigantescas aves terrestres nativas.

"O que vai fazer quando sair daqui?", trovejou Swai-Phillips.

"Eu — nem sei..."

"Devia ir até o hospital e ver o Lincoln", ordenou o advogado. "Pode ser que não consiga mais, depois de amanhã, né."

Quando Tom entrou no quarto, encontrou Lincoln lendo uma revista de golfe. Nenhum sinal de Atalaya ou da irmandade do deserto. Uma enfermeira anglo ia de um lado para o outro, os sapatos guinchando no piso brilhante, mudando o pinga-pinga salino do velho com zelosa eficiência.

"Escuta", disse Lincoln, pondo o material de leitura de lado e pegando a mão de Tom na sua. "Você deve ter estourado seu cartão de crédito pra me manter aqui — e não tem necessidade nenhuma — meu seguro-saúde cobre."

"Pensei, quer dizer — como você é tayswengo, isso podia ser parte da compensação."

O velho riu. Sem dúvida, parecia frágil, e havia uma grossa bandagem colada em sua cabeça, que agora estava raspada, mas sua mão continuava a pressionar suavemente a de Tom, e seus olhos pestanejaram com afeto divertido. "Não sou tayswengo", disse Lincoln. "Não me leve a mal — adoro Atalaya, ela e eu... bom." Abanou a cabeça no travesseiro alvo. "Somos almas gêmeas... queria, queria ter conhecido ela vinte anos atrás..."

Tirando o fato de que ela ia ter menos de dois anos, pensou Tom — mas então se segurou, pois o velho estava sendo muito educado, e ele se sentiu um calhorda por não ter aparecido para visitá-lo antes.

Ele limpou a garganta e indicou a sacola de supermercado que colocara sobre o armarinho ao lado da cama. "Trouxe algumas frutas, revistas e doce. Peguei um pouco de cada coisa, porque não sabia do que você gostava."

"'Brigado." Lincoln sorriu mas não fez nenhum gesto para olhar a sacola. "Não me desvie do assunto, meu jovem, isso é importante. Você provavelmente acha — ou então foi o que aquele cu de burro do Adams falou — que, se bancar minhas contas médicas, vai agradar o bando intwennyfortee, mas não é nada disso..." Sua voz minguou, e Tom percebeu que até mesmo aquela conversa curta deixara Lincoln exausto.

Fez menção de soltar a mão da do velho, enquanto murmurava: "Não quero deixar você cansado..."

Mas Lincoln agarrou a mão de Tom com mais força ainda. "Estou inquivu, entende, nada que eu diga ou faça conta mais merda nenhuma. O negócio é que" — olhou para a porta pela qual a enfermeira saíra, como se suspeitasse que ela pudesse estar escutando — "você não é nada enquanto não recebeu o corte". Sua mão apertou ainda mais forte, o grau de rouquidão em sua voz aumentou. "O corte, Tommy Boy, o corte — você precisa fazer! Já, Tommy Boy, agora mesmo!"

A insistência de Lincoln no "corte" — fosse lá o que isso fosse — deixou Tom abalado, assim como o modo pouco lisonjeiro com que se referiu a Adams. Ao deixar o hospital, ele finalmente seguiu o conselho de Martha e ligou para a embaixada, que ficava em Capital City, oito mil quilômetros ao sul, do outro lado do coração desértico da acidentada ilha-continente.

Depois de esperar e esperar mais um pouco, e de ser transferido de um assistente para outro secretário, ele finalmente conversou com uma adida de segundo escalão. Para começar, o tom de voz jovial da mulher era tão evocativo de sua terra natal quanto um comentário de beisebol. "Ãhã, claro, entendo", interpunha ela conforme Tom explicava seu calvário. Ele tentava não parecer como se tivesse apreensões relativas ao cônsul honorário, mas a adida ainda assim captou-as no ar. "Olha, senhor Brodzinski", suspirou. "Compreendo que o senhor se encontra numa situação das mais desagradáveis, mas não há muito o que possamos fazer daqui onde estamos. Adams é o nosso homem no local, e conta com pleno apoio do embaixador. Ele nos enviou um relatório, e está confiante de que tudo pode ser acertado sem o cumprimento de nenhum período em prisão.

"Se eu fosse o senhor, senhor Brodzinski, seguiria com ele nisso. Caso qualquer coisa muito inesperada surja na audiência preliminar, ou alguém do meu departamento vai até aí, ou, se o juiz permitir, o senhor pode vir até aqui pra uma reunião.

"Uma coisa é certa, senhor, e essa é nossa missão: a gente nunca, jamais, deixa nossos cidadãos ao deus-dará. A cidadania é um laço sagrado pra nós — deve compreender isso. Não importa do que qualquer um dos nossos seja acusado, ele continua a ser exatamente isso: um dos nossos."

Ao deus-dará. Que expressão ridícula, pensou Tom, com o celular escorregando entre seus dedos suados.

Mas então, quando Tom tentava transmitir o absurdo de um mero acidente ser tratado como crime, os modos da adida mudaram abruptamente, sua voz adquiriu uma tonalidade mais ríspida. "Olha aqui", disse. "Não estou em posição de julgar suas intenções nem de saber exatamente o que foi que o senhor fez. O que sei, porém, é que o senhor Lincoln é um homem de idade, e muito doente. Outra coisa que sei com certeza é que fumaça de cigarro é prejudicial em particular e em público..."

"Eu ia largar!", desabafou Tom no telefone. "Era a merda do meu último cigarro!"

"Vou pedir que pare por aí mesmo, senhor Brodzinski." O tom afetado da adida veio carregado de moralismo ameaçador. "A equipe da embaixada tem o direito de empreender seu trabalho livre da ameaça de violência física ou intimidação verbal. Terei de encerrar essa ligação imediatamente, como resultado direto de sua atitude nesta conversa. Sugiro que esfrie a cabeça e dê um pouco mais de atenção a suas próprias responsabilidades, em vez de procurar mais vítimas para sua perigosa hostilidade."

Posteriormente, sentado no cadáver de sua cama no Entreati, ocorreu a Tom que aquela conversa fora uma reprise enjoativa do próprio piparote do cigarro: uma ejaculação impensada no ouvido da adida, seguida de uma reação emocional exacerbada.

Ruminar dessa maneira aproximou Tom da essência do que lhe acontecera. De pé na sacada do Mimosa, convencendo-se de que aquela seria a última teta amarga que iria chupar, Tom não vinha levando em consideração a sua, a de sua família, nem de fato a saúde de quem quer que fosse; ele não plotara a acentuada curva ascendente das despesas médicas contra a da vagarosa declinação da doença crônica. Não.

Tom se dava conta agora, com horror crescente, de que sua guimba de cigarro descuidadamente descartada percorrera aquela — talvez fatal — trajetória impelida por um único e exclusivo combustível: um tanque de orgulho inflamável. Ele estava Fazendo a Coisa Certa — e só por isso merecia o respeito no mais alto grau.

Assim, a guimba descrevera sua parábola e atingira seu alvo, criando um ferimento de entrada menor, uma bolha minúscula. Mas, oh, o ferimento de saída! O colossal, escancarado e sanguinolento ferimento de saída, através do qual a guimba ganhara velocidade, fragmentando-se em miríades de guimbas menores, que agora atingiam seus filhos, sua esposa, e causavam terríveis danos colaterais.

Tom comeu no café do calçadão. Estava vazio, e serviram-lhe um hambúrguer malfeito, ainda cru no miolo. Desanimado demais para se queixar, ele mordiscou as beiradas. O garçom permaneceu no limite de dezesseis metros, fumando e olhando para o mar: o último navio de cruzeiro sumia no horizonte, e acima de seu castelo de proa erguia-se um gênio de um quilômetro feito de uma calombosa nuvem tempestuosa, lutando para fugir da noite tropical.

Nessa noite, Tom sonhou que se hospedava no motel de baratas. O lugar estava lotado, e os demais hóspedes, que vestiam extravagantes camisetas de batique e óculos espelhados, cutucavam-no impiedosamente com suas antenas. Foi um alívio quando o carcereiro daquela prisão de plástico abaixou-se para pegá-la e esvaziá-la no mar. Girando e girando pelo ar ao cair, Tom ergueu os olhos e viu o gigante Swai-Phillips, a cinzenta cabeleira afro coruscando como o halo do sol eclipsado em torno de seu rosto escuro e impassível.

A casa do advogado ficava mais afastada de Vance do que a do cônsul honorário, no alto das primeiras colinas pertencentes à Grande Cordilheira Divisora. Quando o táxi subia penosamente as angulosas curvas da estradinha de pista única, Tom se viu diante primeiro dos paredões de vegetação impenetrável, depois, do panorama da cidade lá embaixo ficando cada vez menor, reduzida em seu status sujo e confuso de lugar de habitação humana a um mero pontilhado de imaculados cubos brancos junto à baía azul-turquesa.

Quando o táxi finalmente parou, a estrada também o fez. A pista descrevia um arco através dos arbustos e desaparecia entre sulcos profundos de terra avermelhada. Bufando para manobrar o veículo, o taxista, um obeso tugganarong, grunhiu: "Aqui."

E quando Tom questionou o lugar, dizendo: "Tem certeza?", o homem deu uma risada de incredulidade. "Claro que tenho certeza, porra. A casa do Phillips é aqui faz uma data. Tem mais tempo que a droga de Vance, né."

Tom ficou observando o táxi sacolejar de volta pela estradinha e desaparecer colina abaixo. Havia uma caixa de correio pregada em um tronco, no alto, e mais além uma trilha conduzia ao mato indecifrável — uma miríade de plantas e árvores além da compreensão de Tom, sua babel de foliáceas línguas estrangeiras ainda mais complicada pelos musgos parasitários e arabescos de trepadeiras.

Relutante, Tom reuniu coragem e começou a abrir caminho em meio à selva. A calmaria era opressiva — nem um sopro de vento. Os raios do sol penetravam através da folhagem, lancetando sua nuca. Suas sandálias derrapavam com as folhas mortas e enroscavam em raízes de árvores. Ele tentou não pensar nas sete espécies de cobra venenosa, ou nos três tipos de aranha venenosa.

Tom topou com um canil. Dois cães nativos típicos de focinho comprido e pelo malhado dormiam ali. Ele passou furtivamente. Em seguida, a Landcruiser do advogado emergiu entre o verde, estacionada em uma área no fim de uma pista de cascalho.

Os cachorros deviam ter acordado a despeito dos passos cautelosos de Tom, pois seguiu-se uma agonia de ganidos e o impacto de patas pesadas através do mato rasteiro. Tom fugiu pela trilha, cambaleando e tropeçando, até se ver lançado em pleno clarão do sol a pino.

Parou diante de uma cerca de chapas de ferro corrugado, além da qual se estendia uma grande propriedade que ocupava o pico da colina. Estava prestes a se atirar por cima da cerca — pois não avistava nenhum outro meio de acesso — quando os latidos cessaram, estrangulados. Virando, Tom viu o enorme cachorro, o focinho sujo de saliva, dançando freneticamente nas patas traseiras: ele chegara à ponta de sua longa corrente.

Tom riu, desumano, depois procurou os degraus de apoio do jeito mais moroso que pôde e subiu por eles, olhando para trás de um em um, a fim de incitar o animal.

Do outro lado ele esperava encontrar o advogado, ou algum empregado, mas não havia ninguém, só a terra rachada, e espalhados por ela pedaços de andaimes, um misturador de cimento, pilhas de blocos de concreto e montes de argamassa endurecida. No lado mais distante da propriedade, projetando-se do ponto em que a colina mergulhava num barranco, via-se uma laje sobre a qual pilhas de tijolos haviam sido depositadas negligentemente. Um indício, pensou Tom, de onde uma casa podia ser erguida, se alguém — naquele calor sufocante — se desse o trabalho de construir uma.

Tom foi até lá e parou sobre a laje de concreto. Verificou o celular. Tinha sinal — se Swai-Phillips não aparecesse, podia ligar. Então, ouviu um ruído de algo deslizando, como de um lagarto em movimento, e, espiando pela borda da laje, descobriu que não estava sozinho.

Três metros abaixo, na exígua rampa de sombra na base da plataforma, estava um homem muito alto, preto fosco. Ao primeiro olhar, Tom pôde ver que era extremamente magro, as compridas coxas não mais grossas do que suas panturrilhas. Todos os seus membros estavam encolhidos, de modo que parecia um guarda-chuva fechado.

Tom desceu deslizando pela terra friável do barranco. De perto, o homem era ainda mais bizarro. Usava apenas uma comprida tanga de couro muito suja, que lhe trouxe à mente o avental de jardinagem de Adams. À parte três longos tufos de cabelo acima de cada orelha pendular, tinha a cabeça raspada; era como um quinto membro estiolado, o rosto tão enrugado quanto um cotovelo, os olhos cor de amêndoa e vítreos. Uma protuberância na bochecha do homem era a única parte dele que se movia, revolvendo vagarosamente. Tom quase podia sentir a pasta amarga do engwegge, e compreendeu que aquele devia ser o makkata.

Não querendo perturbar o transe do feiticeiro — talvez fosse prejudicial —, Tom deu meia-volta. Contudo, relutante em se afastar, sentou a pouca distância dali, em um toco de árvore. Através da bruxuleante opressão do meio-dia tropical vinha o som rítmico e ruidoso da mastigação do makkata. Tom se perguntou se não estaria mergulhado em uma visão do futuro e, nesse caso, se podia ver a casa nova de Swai-Phillips, o terraço cheio de cadeiras ocupadas pelos amigos influentes do advogado? Estaria o makkata assistindo enquanto garotas em topless brincavam na piscina, os seios balançando quando pulavam do trampolim? Não — um trampolim estava fora de questão. Tom não via um fazia anos, e ali em Vance — mais do que em qualquer outro lugar — um divertimento tão perigoso certamente seria ilegal.

Swai-Phillips, como era seu talento especial, surgiu do nada. Num instante não estava lá — no seguinte estava, parecendo embolorado e com a barba por fazer, em um jeans branco sujo cortado no joelho e nada mais. Pequenas pelotas de pelo grisalho cobriam seu peito, observou Tom, cada uma um miniafro. Teria esquecido de raspar aquilo também?

Swai-Phillips estava de pé alguns metros mais abaixo, no barranco, gesticulando e chamando alguém no alto da laje. "Vamulá, Prentice!", exclamou. "Desce logo aqui, seu bunda-mole!"

Terra e pedregulhos rolaram. Swai-Phillips empurrou os óculos escuros para o alto da testa e piscou para Tom com o olho ruim. Tom levantou de seu toco e virou para ver um anglo mais ou menos da sua idade equilibrando-se a muito custo conforme descia o barranco.

O penteado do sujeito era absurdo: o topo de sua cabeça era completamente calvo, ao passo que o cabelo castanho cobria não só as laterais, como também a testa. Essa fímbria não se resumia a alguns fios esparsos que ele penteava sobre a cabeça; antes, parecia ter sido deixada para trás enquanto o restante de seus cabelos batia em retirada.

O anglo veio bem na direção de Tom com um andar bamboleante — caminhava como um homem gordo, mesmo não o sendo. Ofereceu para Tom a mão que era ao mesmo tempo magra e carnuda. "Brian Prentice."

"Tom", disse Tom, apertando a mão com relutância. "Tom Brodzinski."

Prentice vestia um blue jeans muito novo e rígido, de corte justo, no estilo preferido dos criadores de gado locais. Nos pés calçava botas de biqueira de metal com elástico nas laterais, nas costas levava uma camisa safári cáqui. Todo o traje autêntico era arrematado por um chapéu de aba larga costurada a uma rede de mosquitos cuidadosamente enrolada, que Prentice carregava na mão livre. O traje caracterizava Prentice como um arremedo de aventureiro, determinado a desbravar as vastidões sem lei do interior — ou, pelo menos, a tentar passar essa impressão. Tom o desprezou instantaneamente, pois o rosto de Prentice desmentia qualquer determinação nesse sentido.

Era, como sua mão úmida, magro mas carnudo. Os olhos eram igualmente irresolutos: pálpebras rosadas, cílios avermelhados e pupilas aquosas como as de um embrião. Quando falava — com seu irritante sotaque zurrado —, os lábios gorduchos mas exangues expunham suas gengivas. Ou o sujeito sofria de uma erupção cutânea provocada pelo barbear, ou pegara uma micose num dos fétidos boxes de chuveiro em Vance, pois seu queixo frágil e seu pescoço de peru eram cheios de calombos e marcas. Para resumir, Tom não conseguia se lembrar de jamais ter conhecido um indivíduo mais desagradável.

O aperto de mão de Prentice era, como seria de se esperar, dissimulado: um dedo arqueou para trás e ficou preso na palma da mão de Tom, como se ele fosse um maçom involuntário. Quando Tom a soltou, a mão voltou a pender molenga ao lado de seu dono.

Swai-Phillips observou o encontro com indisfarçada hilaridade. "Doutor Livingstone", gracejou, "esse é o senhor Stanley. Stanley, esse é o famoso doutor Livingstone. Espero que sejam muito felizes juntos!" Então ele voltou sua atenção para o makkata em transe e desfiou um longo jorro de consoantes abruptas e estalos palatais em sua direção.

Tom não ficou surpreso de que o advogado falasse um dos idiomas nativos; entretanto, o som veemente da língua tornou a deixá-lo admirado. Os povos do deserto não usavam as mesmas partes da boca para falar que os anglo; ou melhor, eles quase nem sequer usavam a boca. Dentes, palato e laringe conspiravam juntos para produzir aquele ruído percussivo.

O makkata despertou de seu devaneio na mesma hora, expeliu o engwegge mascado na palma da mão, enfiou-o em sua comprida tanga e, juntando os membros de graveto sob o corpo, ficou de pé. Seus amplos olhos negros eram translúcidos, mas não mostravam qualquer sinal de intoxicação. Apontou para Tom e Prentice enquanto matraqueava ainda mais enfaticamente que Swai-Phillips.

O advogado sorriu. "Ele diz que vai fazer o teste cerimonial agora mesmo — você primeiro, Brodzinski."

Tom se encolheu todo; era um menino magrelo mais uma vez, empurrado na direção do cavalo de ginástica pelo sádico professor de educação física.

"E o Prentice, aqui né? Eu... não é nada com você, Prentice — mas que droga *ele* está fazendo aqui? É um cliente seu, Jethro? Acho que tenho o direito de saber."

"Direitos!", bufou Swai-Phillips. "Direitos, direitos, direitos — é sempre a droga dos direitos com a sua gente. Direitos de propriedade, direitos pessoais, direitos humanos, direitos animais, direitos da puta que o pariu, droga. Brodzinski, eu sou seu advogado, pelo amor de deus, e estou dizendo pra você, isso não tem nada a ver, nada, com a droga dos direitos de ninguém, né. É só um procedimento ritual muito simples e muito rápido. Esse homem viajou um caralhão de quilômetros pra fazer isso. É um homem muito importante, e, por mais estranho que pareça pra você, na verdade ele tá com uma droga de pressa. Assim, se você não se incomoda" — Swai-Phillips fez uma pausa, de modo a deixar ainda mais claro para Tom que não ia discutir sobre o assunto — "acho que meu conselho, como seu advogado, é que você faça exatamente o que ele quer, que no seu caso é baixar as calças — *agora mesmo*. Por favor".

Swai-Phillips tomou Prentice pelo braço, e desceram a colina na direção do paredão de selva. Mesmo enquanto desafivelava o cinto e deixava que as calças deslizassem por suas pernas, Tom se perguntava se aquela débil submissão não seria também devido à abstinência da nicotina. Não tinha a menor ideia do que o makkata ia fazer com ele. Ocorreu-lhe o terrível pensamento, ali parado, seminu, sob o sol ofuscante, que aquilo fosse uma brincadeira, bolada para a perversa diversão do advogado. Que estava disposto a humilhar Tom só porque podia. Talvez Prentice fosse na verdade um velho amigo de Swai-Phillips, trazido ali para testemunhar a situação constrangedora.

O makkata se aproximou de Tom e ajoelhou. Fazia um som de clique-claque com os lábios enrugados, secos e frouxos. Tom — embora fosse incapaz de conceber algo menos provável — advertiu-se a não ficar excitado. Porém, o mero pensamento provocou a excitação: sentiu a familiar comichão no fundo das coxas, o enrijecimento do escroto. O hálito do makkata estava agora na frente de sua samba-canção, e Tom conseguia farejá-lo mesmo com o cheiro de apodrecimento vegetal da mata. Era um odor picante, misturado ao pó ferroso do deserto.

Tom jogou a cabeça para trás em seu pescoço suado. Pesadas nuvens de tempestade juntavam-se acima, suas massas esponjosas saturadas e prenhes de chuva. Turistas como ele — e os anglo nativos, depois de tomar umas e outras — louvavam as belezas daquela terra poderosa. Contudo, agora que ficara para trás, Tom achava que podia olhar para aquilo com os olhos mais realistas dos nativos, observando as encostas desmatadas das cadeias costeiras, sentindo a podridão fecal dos mangues.

Certamente não havia nada de pitoresco nas partes do interior que percorrera com sua família: as bacias salinas que escamavam como um eczema, os verruguentos cupinzeiros, o infindável esboço a carvão dos eucaliptos sobre o pergaminho ondulado dos prados. Mesmo ali, no litoral, Tom percebia a paisagem estrangeira às suas costas, a apreensão de uma porta entreaberta na própria realidade, por cujo vão se podiam vislumbrar horrores em fermentação.

O makkata, agarrando firmemente a carne na parte interna da coxa de Tom entre o polegar e o indicador, disse "Vou proteger você" num inglês sem sotaque. Tom sentiu uma pontada, uma queimação, voltou o rosto para a frente e, aterrorizado, viu o feiticeiro vagarosamente recolher a lâmina de uma faca.

O sangue escorria pela coxa de Tom. Ele sentiu tontura, cambaleou e, estorvado por suas calças, quase caiu. Então percebeu Swai-Phillips o segurando.

"Seja homem", disse o advogado. "Não é nada, é só um corte."

Ele passou um punhado de Kleenex para Tom, que o levou à coxa. Enquanto Tom arrumava a roupa, o advogado acocorou-se ao lado do makkata, que examinava a terra manchada de sangue, já cintilando com moscas esfomeadas. O makkata remexeu ali e fez uma lama vermelha com a lâmina de sua faca, recitando um encantamento de estalidos.

"M-mas, ele fala um inglês perfeito", disse Tom, de modo irrelevante. Moveu-se alguns passos trêmulos para o lado. Prentice continuava a cinquenta metros de distância, as costas tortas resolutamente viradas.

Swai-Phillips se aproximou. "Vamos lá", disse. "Eu ajudo você a entrar em casa. Minha prima vai fazer um curativo nesse arranhão, e garanto uma coisa, parceiro, você vai gostar, né."

Quando era levado, Tom perguntou: "E o Prentice?"

"Prentice?" Por um momento, o advogado ficou confuso — então, disparou: "Ah, ele! Certo! É a vez dele agora, não é? O idiota filho da puta tem o mesmo problema que você, precisa de um makkata pra decidir se é astande."

O advogado meio que arrastou Tom morro acima, depois começou a fazê-lo marchar pelo terreno aberto. Tom se libertou com um repelão. "E eu, sou?", retrucou. "Eu sou astande?

Porque se não for, vou meter você e aquele porra daquele curandeiro no pau, pode apostar, cara."

"É, né." O advogado tirou os óculos escuros, e seu olho bom piscou. Estava achando graça. "Não esquenta, parceiro, você tá beleza."

Em meio à gelosia vivente da mata, a casa de Swai-Phillips surgiu. Dado o tamanho, Tom ficou perplexo de não tê-la visto do alto da colina. Tinha três andares, com uma varanda enorme de pelo menos trinta metros. A construção inteira — incluindo as aleias cobertas que ligavam a casa principal a diversas estruturas externas — era costurada com ferro corrugado. Grandes chapas desse material, riscado pela ferrugem, haviam sido dobradas e marteladas para compor cumeeiras, peitoris, colunas, telhados, chaminés e balaustradas. Havia até uma piscina de ferro corrugado.

O efeito era ao mesmo tempo tolo e grandioso: era a moradia de um idiot savant *bricoleur*, que tendo visto a foto de uma mansão sulista neoclássica, criara sua própria versão com o material que tinha à mão.

A despeito da palpitação elétrica em sua coxa ferida, e da aflição cada vez maior de pensar que a faca do makkata talvez estivesse infectada com tétano — ou coisa pior —, Tom ainda assim sentiu vontade de rir do absurdo palacete do advogado. Ou pelo menos até que lhe veio à mente o que a casa o fazia lembrar ainda mais: a minivan em miniatura que Tommy Junior quisera comprar, aquela que, segundo o velho anglo explicara a Tom, era uma perua espírito gandaro. O artesanato habilidosamente trabalhado que era um tabu para um anglo sequer tocar, quanto mais possuir.

Minutos mais tarde, sentado em um dos gazebos galvanizados, em um banco galvanizado, a respiração de Tom começou a ir e vir com alguma regularidade. Swai-Phillips, sentado diante dele, bateu palmas bem alto e chamou: "Gloria! Betsy! As bebidas, diacho! Agora!"

Do fundo das entranhas metálicas do couraçado vieram o som de vozes femininas e o retinir estrepitoso de seus pés descalços.

Tom examinou um pouco mais a casa: trepadeiras se enroscavam entre as chapas de ferro corrugado das aleias, enquanto brotos de árvores se insinuavam através das balaustradas. Árvores mais crescidas abriam caminho por paredes retorcidas e telhados enferrujados, os galhos raspando e rangendo contra o metal à medida que a brisa marinha aumentava com a escuridão crescente.

"Ele consegue — quer dizer, quem vai..." Tom não conseguiu formular a pergunta; começou de novo: "Prentice, será que ele consegue subir aqui depois d..."

"Depois de ser esfaqueado? Ah, claro, o makkata vai dar uma mão pra ele — contanto que ele seja astande também, né. Claro que se ele for inquivu, ele vai ter que deixar o homem por lá mesmo. A condição é essa."

Tom ia perguntar para o advogado do que Prentice estava sendo acusado, quando o som de passos retumbou na varanda e Martha Brodzinski veio na direção dos dois homens, uma bandeja equilibrada na palma da mão, como se fosse uma despreocupada garçonete numa sofisticada brasserie.

À visão do talhe esguio de Martha, e de seus bastos cabelos loiro-acastanhados roçando ruidosamente em seu pescoço longo, Tom cravou os dedos no braço do banco de ferro. Apesar do calor, gotas geladas de suor deslizaram de suas sobrancelhas para suas bochechas. Conforme Martha avançava pela aleia, o coração de Tom parecia que ia explodir. Fora por isso que ele não a vira passar no detector de metais do aeroporto? Por isso que ela não pegara o telefone quando ele ligou durante a escala do voo?

Por que ela ficara para trás? Por alguns instantes, Tom se permitiu acreditar que era porque decidira ficar a seu lado, dar-lhe seu apoio; e que se escondera na casa do advogado com a intenção de fazer uma surpresa, como se fossem um casal de namorados jovem e brincalhão outra vez.

O aviãozinho de papel dessa fantasia voou livremente por milissegundos, depois chocou-se contra um pilar de ferro, amassou e caiu. Não era nada disso, Tom percebeu. Pelo contrário, Martha estava ali porque tramava algo com Swai-Phillips — e tinha um caso com ele, também. Ela mandara as crianças de volta para casa, sozinhas, a meio mundo de distância, para poder ficar ali na folia com aquele safado bigodudo, aquele casanova piadista!

Ele ficou de pé para confrontá-la... e desabou de volta, porque, assim que a mulher pisou no gazebo, Tom se viu diante não da estampa pálida de traços puritanos de Martha, mas de um rosto que era uma paródia deles: o lábio mais grosso, o nariz mais bulboso, os olhos menores. A mulher que lhe serviu o copo alto transbordando de fruta não era exatamente feia, mas era mais rude — vulgar, até — do que Martha.

Embora estivesse rindo, Swai-Phillips ainda assim conseguiu apresentá-los: "Brodzinski, essa é minha prima em segundo grau, Gloria; ela cresceu em Liège, na Bélgica, mas já faz algum tempo que está morando aqui."

"B'dia", disse Gloria.

"Vo... você podia ter me avisado!", atacou-o Tom.

"Avisado? Avisado sobre o quê, exatamente?" O advogado mergulhou um dedo na bebida que a prima lhe dera e traçou um círculo úmido no peito sem camisa. "Ah, a propósito, Brodzinski, tenho uma prima que é a cara da sua esposa... Você ia achar que eu tava maluco. Melhor vir e ver por si mesmo, né. Mesmo assim" — fez uma pausa, deu um gole na bebida e pôs o copo na mesa — "isso esclarece uma coisa pra você".

"O quê?" Tom se odiou por tomar parte naquela brincadeira cruel.

"Foi por isso que fiquei tão encantado com a senhora Brodzinski, né. Acredite, se ela for tão, hmm, prestativa quanto minha prima, então você deve ser — normalmente — um homem muito feliz, é mesmo."

Tom abandonou-se à própria passividade. O que estava acontecendo com ele? Por que os acontecimentos faziam pouco caso dele com sua própria impotência? O makkata havia misturado seu sangue com a terra e proferido que era astande, porém ele permaneceu inerte enquanto Gloria se ajoelhou a seu lado, encorajando-o a erguer o traseiro de modo que ela pudesse abaixar suas calças, para então limpar e proteger a ferida.

Em algum momento mais tarde a escuridão descera inteiramente. Raposas-voadoras pipilavam em uma mangueira na frente da varanda. Tom conseguia ver apenas suas asas de oleado abrindo e fechando, o brilho de seus olhos felinos. Pensou no makkata — e foi assim que ele apareceu no círculo de luz projetado por um sibilante lampião a gás que Gloria acendera antes de se recolher. Trazia Prentice pela mão — o homem parecia destituído de volição conforme entrou cambaleando na varanda. Havia uma brutal faixa de lama vermelha na bochecha de Prentice, e não estava mais com a estúpida afetação daquele seu chapéu.

5

Tom se enfurnou no Experience e esperou que a ferida em sua coxa sarasse. Entediado, aventurou-se numa livraria que vira no shopping ali perto. Quando deixou escapar para a atendente que talvez fosse viajar "por lá", ela lhe empurrou um grosso volume chamado *Canções dos tayswengo*, de O. M. e E. F. von Sasser.

"Esse é o lance", disse a garota. "Os Von Sasser viveram lá por várias décadas — primeiro o pai, depois o filho. Conhecem tudo que tem pra conhecer. Coletaram todas as histórias — e escrevem ma-ra-vilhosamente, também."

Seus olhos eram um pouco loucos; suas palavras saíam em jorros entusiasmados.

Tom não achou *Canções dos tayswengo* maravilhosamente bem escrito coisíssima nenhuma. Era inchado, abarrotado de jargão antropológico, e as canções pareciam ao mesmo tempo bobas e incompreensíveis: "Tagarela na areia pra mim, lagarto-saltador / Deixa eu esfregar tua moela com amor" era um par de versos representativo.

Toda vez que começava a ler o pesado livro de capa dura, Tom pegava no sono — para então acordar assustado, sonhando que uma criança maldosa sentava em seu peito.

Cheio dos Von Sasser, Tom comprou mais livros e os esquadrinhou em sua cama colada de suor no Experience, uma espiral contra os mosquitos queimando ao lado. Mas esses escritores eram igualmente confusos. Um propunha um bizarro modelo psicológico das tribos montanhesas, enquanto outro dizia que isso era uma bobagem: os handrey eram tão semelhantes aos anglo quanto um indivíduo é de outro.

Havia disputas até sobre questões básicas: alguns especialistas afirmavam categoricamente que os povos do deserto estavam lá havia cem mil anos; enquanto outros insistiam que quando os primeiros exploradores anglo cruzaram o interior, encontraram makkatas inssessitti, que lhes disseram que seu povo se estabelecera na região apenas uma década antes, tendo chegado por mar das ilhas Feltham.

As próprias areias migratórias dos desertos e os escorregadios rios lamacentos nas terras tropicais do interior serviam para ocultar qualquer evidência material que pudesse haver para sustentar ou refutar essas competitivas contendas. E assim se dava que a própria terra era amnésica, desmemoriada acerca de sua própria história; e ignorante, até, de sua própria extensão apavorante.

Alguns dias depois, Swai-Phillips ligou.

"Não tenho data ainda para a audiência preliminar, viu", foi dizendo sem qualquer preâmbulo.

"Bom, quando vai ter?"

"É difícil dizer."

Tom imaginou o advogado em seu escritório no topo do Metro-Center, dando baforadas num charuto engwegge fedido e embromando atrás da cara mascarada.

"Mas contanto que o tribunal aceite a evidência do makkata, você pode fazer a primeira viagem de reparação pra lá agora mesmo, viu."

"Primeira?"

"Talvez precise de várias, mas o bom é que você já pode se mandar enquanto o processo criminal estiver em andamento — o que pode levar várias semanas."

Procurando se situar com essa nova informação, Tom perguntou: "Eu estou, tipo, iniciado, agora?"

Swai-Phillips desdenhou. "Não se iluda, Brodzinski", falou. "Se você tivesse sido burro o bastante — e alguns anglo são — pra ter feito sua iniciação com alguma tribo do deserto, não ia estar passando seus dias nessa vadiagem, lendo, enquanto espera um julgamento justo. Aquele makkata teria quebrado cada osso de seu corpo com um bastão punitivo — depois as mulheres de Atalaya iam mijar em cima de você — em sinal de humilhação.

"Mas deixa pra lá, quando vai subir aqui em casa outra vez? Gloria tem perguntado por você. O Squolly vem com o bando dele aqui no domingo, a gente vai armar um baita churrasco. Peixe e cerveja a rodo, um caralhão de criança em volta da piscina. Faz um bem pra você mesmo, parceiro, vem curtir uma horinha da boa e velha vida em família."

Tom não queria ver Gloria outra vez; ele não tinha certeza se conseguiria lidar com aquela imitação grotesca das feições de sua esposa em plena luz do dia. A ideia de entornar umas e outras na companhia do policial tampouco era atraente.

Tom tinha de se reportar à polícia dia sim, dia não. Squolly — ou comandante Squoddoloppolollou, como se chamava, propriamente — era sempre na dele e amigável. Mesmo com a pomposa entrada de mármore se enchendo com o estrépito de botas de solado de aço, e caminhões carregados de paramilitares cantando o pneu ao entrar e sair do estacionamento, o oficial com corpo de tonel ainda assim achava tempo para trazer um refrigerante para Tom, e depois fazer-lhe companhia no interior agradavelmente fresco da sala de interrogatório.

Squolly zombava de todo o negócio ritualístico do bando intwennyfortee. "Sabe, Tom", disse ele, "a gente acredita que o que conta são as intenções do sujeito, né. A gente não julga o autor do delito pelo que ele fez, né, só pelo que ele pensou que ia fazer".

"Mas eu pensei que era nisso que o povo nativo acreditava, também…"

Squolly riu e bafejou na pala reluzente do seu chapéu, que estava segurando na mão, produzindo um círculo de condensação. "Não, não, os bandos do deserto — os tayswengo, com quem você andou se metendo; os aval, o pessoal do pai do Jethro; os inssessitti e os renegados, os entreati — bom, os caras são osso duro, velho. Bem selvagens, né. Na cabeça deles, qualquer ato que a pessoa comete é sempre por vontade própria, não tem nem papo: um soluço, ou um homicídio."

"Disso eu sei. Andei lendo as *Canções dos tayswengo*, dos Von Sasser."

"Ah, certo, bem… *autêntico*." O policial sorriu, expondo dentes tão fortes e quadrados quanto seu próprio torso. "As tribos da montanha, né, elas já são diferentes. Acreditam grandão em espíritos. Um espírito pode estar entre um homem e a esposa dele, um homem e os filhos, a mão do homem e uma droga de lata de pêssego em calda! Eles vivem rezando, fazendo oferenda — querem se proteger dos espíritos entornando a droga da birita no chão.

"Se um handrey ou um ibbolit apronta uma das brabas — um estupro, um homicídio —, a gente precisa trazer ele aqui embaixo, né, achar a porra do makkata dele e pedir *pra ele* invocar o espírito certo, pra que o espírito possa contar pro makkata por que fez o cara fazer aquilo!"

Squolly abanou a cabeça ante a mera ideia daquela tolice. Puxou do bolso um lenço coberto de manchas amarronzadas de engwegge e começou a lustrar a pala de seu chapéu. "Bom, já com a gente, o povo do litoral — anglo, tugganarong —, a gente é mais racional, viu. Se o sujeito é acusado de fazer um negócio ruim — tipo você, é — a gente não põe ele na parede e interroga. A gente não enche ele de porrada, viu. Não, a gente observa ele. Manda uns homens seguir — na moita, né, sem alarde — e fica de olho pra ver como o cara leva a vida. Como ele pede o café da manhã, compra o jornal, lida com as coisinhas irritantes do dia dele. Então a gente faz um relatório sobre que tipo de tendência o cara mostra. Não tem nada de ultratecnologia, a gente não usa nenhum recurso do outro mundo, psicólogo forense pra fazer perfil de criminoso, nada disso, é só o bom e velho policial batendo perna na rua, mesmo."

Por estranho que pareça, a vigilância não incomodava Tom — ainda que os homens de Squolly estivessem tentando ler seus pensamentos de um jeito que normalmente ninguém faria, exceto talvez uma mãe ou uma namorada.

Pelo contrário, quando enfrentou encharcado as primeiras tempestades das monções para comprar o jornal, ou sentou sob toldos inflados para tomar seu café, a visão de um policial à toa junto às portas do shopping, metido num impermeável molhado, era quase reconfortante. Muitas vezes, sua sombra se aproximava para bater um papo com ele, comentando a força do vento na noite anterior, filosofando se a monção desse ano não estava sendo mais pesada que a do ano anterior.

À tarde, no breve intervalo entre o açoitamento de uma rajada de chuva e a seguinte, Tom vestia as velhas calças de agasalho e saía para correr um pouco. Deixando a área das docas, ele atravessava o bairro do comércio. Nessa época do ano, o enregelado ambiente dos shoppings ficava vazio, a não ser por uns poucos anglo. Os turistas haviam desaparecido por completo, e os mineiros não viriam do interior senão pouco antes do Natal. O centro financeiro tampouco exibia atividade; um ou outro funcionário de escritório ou gerente, vestido em sua versão tropical de um terno — paletó e calça curtos, revelando braços brancos e pernas mais brancas ainda —, trotava pelas calçadas, pulando poças, o rosto impassível, como que dizendo: "Esse negócio de pular a droga das poças é sério pra burro, viu."

Tom, chapinhando, passava por eles. Relanceava o topo do Metro-Center para ver se o advogado estava no escritório; depois, baixando a cabeça, tomava o amplo Trangaden Boulevard, que cruzava os limites da cidade, onde galpões envidraçados vendiam implementos agrícolas, depois passava entre outdoors cada vez mais dilapidados, até minguar em uma única faixa de concreto, antes de finalmente terminar na longa orla arenosa da praia.

Em geral, haveria alguns outros desportistas de fim de tarde por lá junto com Tom, enquanto os pescadores açoitavam as ondas preguiçosas com suas linhas. As formas retorcidas dos atóis ao largo da costa, que com tempo bom eram adoráveis ornamentos incrustados na baeta cerúlea, agora assemelhavam-se a destroços enrugados à deriva naquele atoleiro oceânico. As nuvens amortalhavam os sopés das colinas, obscurecendo os subúrbios mais elevados de Vance. Desse modo, Tom empreendeu seu exercício ao longo de um corredor cor de areia, entre muros vaporosos.

Entrar no mar, é claro, estava fora de questão. Na estação seca havia tubarões e cubomedusas, enquanto a monção trazia consigo mexilhões de Sangat, os mexilhões-bexiga. Quando o vento aumentava e as ondas estouravam, desalojavam as ávidas criaturas marinhas do leito oceânico. Qualquer um desafortunado o bastante para ter um deles agarrado à sua pele logo se veria hospedando uma próspera população de bivalves necróticos. Tom presenciara algumas vítimas dos mexilhões-bexiga em Vance, andando ruidosamente pelas calçadas com seus braços ou pernas despidos verrugosos de nácar. Pareciam cavaleiros medievais apeados e privados de suas armaduras a não ser por braceleiras ou grevas.

Toda tarde Tom fazia toda a extensão da praia, depois voltava para o Experience. No total, estava correndo de dez a onze quilômetros. Mas enquanto as primeiras vezes o deixaram arfando em busca de ar, ao final de uma semana ele já tirava de letra.

A cada novo alento, o ar úmido descobria novos tecidos para energizar. Tom tinha lido em algum lugar que, se inteiramente expandido, o pulmão humano cobriria dois campos de futebol, e agora era como se estivesse retomando a ocupação daquele gramado vivente que por tantos e tantos anos fora lavrado com alcatrão.

Sempre antes que o aguaceiro voltasse a cair, uma pequena janela de oportunidade se apresentava, e, agradecido, Tom enfiava sua cabeça por ela, inspirando profundamente a cada passo. Em momentos como esse, ficava quase feliz com sua permanência prolongada. Sentia um orgulho estupefaciente com sua própria realização: será que eu teria mesmo conseguido largar o cigarro, ele se perguntava, se toda essa merda não tivesse acontecido?

Depois de voltar ao apartamento, tomar uma ducha e beber algumas garrafas de água mineral, Tom saía uma vez mais. Essa era a parte mais onerosa de sua rotina diária: ligar para casa.

Havia inúmeros postos telefônicos no centro de Vance. Nessas grutas friamente iluminadas, os tugganarong que realizavam o trabalho subalterno da cidade trocavam seus salários por alguns minutos de bate-papo com suas famílias nas ilhas Feltham.

Os postos telefônicos tinham dupla função, oferecendo também serviço de câmbio monetário. Mais de uma vez Tom viu tugganarong humildes gastando mais da metade do que ganhavam com a Western Union, depois a metade do que restara com a Bell Telephone. Squolly lhe dissera que os tugganarong recebiam salário mínimo, a justificativa sendo a de que seus empregadores — fosse uma família, o município ou uma empresa — proporcionavam acomodação e comida. De modo que, assim que terminavam a visita a um posto telefônico, não lhes restava mais que alguns trocados no bolso, o suficiente para uma garrafa embrulhada em papel pardo a ser bebida na rua, e depois eles voltavam cambaleando a seus alojamentos, choupanas depauperadas no extremo mais distante da cidade.

Os tugganarong cheiravam à lanolina que utilizavam para moldar seu cabelo grosso imitando penteados anglo. Eram também ruidosos, empreendendo suas ligações para casa com uma mistura de frustração e raiva. Quando gritavam nas frágeis cabines, seu linguajar era impenetrável para Tom, e parecia consistir de consoantes ásperas, entremeadas de sílabas que soavam todas como "olly". Fazendo suas chamadas a cobrar, que envolviam negociações com mais de três telefonistas, todo mundo na linha simultaneamente, Tom tinha de enfrentar o seguinte rugido de fundo: "Gollyrollyfollytolllybolly!"

Quando escutava o som familiar do telefone preso à parede em sua própria e reluzente cozinha americana, a frustração de Tom estancava e ele se sentia apenas infeliz, pura e simplesmente. Ao atender, as crianças iam passando o fone de mão em mão, desta para a seguinte. Ele as visualizava numa fila de altura decrescente sobre o piso cerâmico vermelho: Von Trapped.

Os gêmeos o bombardeavam com notícias da escola e dos amigos — as ineptas, inconstantes alianças de crianças de oito anos —, depois passavam Tom para Tommy Junior, de modo que o lúmpen de catorze anos de idade pudesse arengar sobre seus jogos de computador e sua coleção de figurinhas. "Golyvolllytolly...", parecia dizer Tommy Junior, enquanto a toda volta de Tom os tugganarong continuavam com a mesma algaravia incompreensível. Tom imaginava Tommy Junior como um tugganarong, a pele branca escurecida, o topete de camundongo ensebado. E não era verdade — ruminava Tom enquanto o menino balbuciava — que Tommy Junior era seu próprio trabalhador estrangeiro? Sobrara para Tom o serviço subalterno de cutucar aquela consciência.

Os diálogos mais difíceis eram com Dixie. Quando ela entrava na linha, Tom apertava o fone com tanta força em sua orelha que podia ouvir a cartilagem estralar. Dixie, que ficara encarregada de explicar a seu pai, a meio mundo de distância, por que àquela hora do dia — oito da manhã, pelos seus cálculos — sua mãe não estava na cozinha preparando o café, fazendo sanduíches ou penteando cabelos. Não estava, em resumo, fazendo nenhuma das coisas que uma mãe, por ora sem marido, deveria estar fazendo.

Nas primeiras vezes em que Tom ligou e foi atendido por sua filha em lugar de sua esposa ele se mostrou compreensivo. Como poderia ser de outro modo? Certo, Martha já foi trabalhar, certo, ele compreendia. Claro que tinha de ter saído cedo — ele entendia isso. Continuava na cama...? Dixie poderia acordá-la, se ele insistisse... Mas não, ele não insistiu, porque compreendia totalmente, sabe. Sua mãe deve estar cansada depois de chegar tão tarde.

Assim foi, dia após dia; até que finalmente Tom perdeu as estribeiras e gritou com a procuradora de sua esposa: "Dixie! Dixie! Cadê a sua mãe, porra? Não falo com ela desde que vocês chegaram em casa, e isso faz mais de duas semanas! Vai chamar ela agora mesmo. Agora! Ouviu o que eu disse?"

Dixie preferiu não ouvir essa explosão.

"Pai? Pai? O que foi, pai?" Veio repercutindo sob o mar, ou através da estratosfera. "Pai? Pai?"

Então o telefone ficou mudo, e o "Gollybollyfolly" inflou, engolfando Tom Brodzinski com o exílio dos próprios tugganarong naquela costa fatídica.

Nessa noite, derretendo na sauna que era seu apartamento, a monção desabando na noite do lado de fora, Tom começou a pensar na guimba mais uma vez. Ele se viu de volta à sacada, observando Atalaya Intwennyfortee no andar de baixo. Será que havia fitado seus seios com muito ardor? Bater os olhos — isso sem dúvida era a coisa mais natural; mas será que a secara de um modo lascivo? Não conseguia se lembrar se ela o tinha visto, embora a questão não fosse essa — eram as intenções que contavam.

E depois havia a própria guimba em si. Deitado na cama, o pesado volume dos Von Sasser acampado em sua barriga, Tom pressionou a unha do indicador contra a almofada do polegar. Quanta tensão havia ocorrido? Quanta pressão ele exercera? Assim — ou assim? Os dedos frios de Gloria haviam se movido destramente, limpando a incisão em forma de crescente que a lâmina do makkata fizera na coxa de Tom. Tom não sentira nenhuma excitação — só alívio.

Agora ele estava excitado. Os nativos que bebiam no bar do outro lado da rua estavam sendo tocados dali pelo queixume baixo da sirene de uma radiopatrulha. O aguaceiro tamborilava. As primeiras baratas a se hospedar no motel se impacientavam em seus compartimentos, lamentando desde já sua escolha de acomodações. Tom ensaiou puxar a alavanca que liberaria seu sossego. Sob o lençol, não era sua mão, mas a de Gloria. Ela desceu, buscando a cicatriz proeminente em sua coxa... Os dedos de Gloria apalparam ali — ou seriam os de... Martha?

Ele sentou aprumado e pressionou abruptamente a luz que desnudou em nítida materialidade as paredes sórdidas, as cortinas de náilon e as hóspedes retardatárias do motel, fugindo desbaratadas atrás de um esconderijo.

"Eu tava em choque." Tom disse, em voz alta. "Eu tava em choque e ela tava usando maquiagem — talvez até uma prótese."

Sua esposa de quase vinte anos em conivência com aquele advogado. A performance nos Mimosa Apartments não passara disso, encenada para despistar Tom. Ele não a vira passar pela segurança porque ela nunca passara; e lá estava Martha, na repelente mansão de lata de Swai-Phillips, fingindo ser outra pessoa.

"E pra quê?", implorou ele, à noite e às baratas.

Abalado demais para dormir, agora, Tom se levantou e enfiou as roupas. Lá fora, na rua, juntou as pregas de sua capa de chuva em torno do corpo e chapinhou a água no rumo do calçadão. Acolheu de bom grado a presença de sua sombra, embora ficasse surpreso de ver o policial de atalaia àquela hora da noite. Quando chegaram ao deque do passeio, buscaram abrigo nos toldos acrílicos adjacentes de duas cabines de informações. A gravação de áudio na cabine de Tom era a história dos primeiros colonos, mas ele não queria ouvir aquilo outra vez. Em vez disso, ficou à espera da aurora cinzenta, e da maré vazante esverdeada do alagadiço, que iria expor os horríveis crocodilos.

Uma ou duas vezes lhe passou pela cabeça censurar o policial pela hipocrisia — e possivelmente até ilegalidade — de fumar em serviço; mas então pensou melhor e voltou a se entregar às imprecações contra sua própria burrice e estupidez, contra a perfídia e traição de sua esposa.

Na noite seguinte, Tom tinha um jantar com Adams, na casa do cônsul honorário. Levou consigo uma garrafa decente de Côte du Rhone que conseguira desencavar nas prateleiras empoeiradas de uma loja de bebidas. Tom a mostrou para Adams quando seu anfitrião desceu lepidamente a passarela da porta de entrada e foi abrir a porta do passageiro do táxi de Tom.

"Excelente, excelente", murmurou o cônsul consigo mesmo, enquanto Tom pagava o motorista. Depois, quando se virou para encará-lo, Adams disse: "Isso aqui vai muito bem com o prato principal. Minhas, aah, amigas estão preparando um binturang pra nós."

Curvou-se sobre Tom, como que o vendo pela primeira vez. "Você não é, aah, vegetariano, né, Brodzinski?"

À noite, a casa de Adams ganhava uma certa elegância. O assoalho escuro refletia as pás dos circuladores de ar, e os espirros de cor que eram as abstrações nativas do cônsul brilhavam à luz dos lampiões. Sentado em uma cadeira de ratã, Tom aceitou um daiquiri e se determinou a fazê-lo durar. Como que num acordo tácito, os dois não conversaram nada sobre o assunto da guimba. Em vez disso, Tom contou a Adams como ficara espantado ao ver as vítimas de mexilhões-bexiga caminhando dificultosamente pelo centro.

"É, aflitivo, não?" Adams deu um gole em sua bebida, seu tom de voz sugerindo que achava tudo menos isso.

"O centro de pesquisa daqui vem fazendo um trabalho de primeira com o problema. Já conseguiram obter um paliativo eficaz; o negócio é que ele é caro, muito acima dos meios de qualquer um que não seja, aah, elite — e gente assim não costuma ser idiota, ou desesperada, suficiente pra nadar no mar." Sorriu com malícia. "Eles têm piscinas."

Tom se sentia bem de estar daquele jeito, embriagando-se suavemente com os daiquiris do cônsul e conversando disso e daquilo. Contanto que não precisasse pedir nada a Adams, o homem era uma companhia decente. Além do mais, havia algo que queria confiar a seu anfitrião: uma revelação que guardava para si, como uma criança faz com um segredo culpado mas precioso.

A chuva começou do lado de fora, tão súbita quanto uma torneira sendo aberta, e o cônsul ergueu a voz para superar a percussão no telhado de madeira. Estava contando para Tom, havia considerável tempo — e com certos embelezamentos a sugerir que ou extrapolava de algo que havia escrito, ou que não era a primeira vez que contava a história —, sobre sua viagem até Vance na limusine.

De tempos em tempos uma das handrey entrava na sala, os pés descalços fazendo sucção nas tábuas do assoalho, e se curvava sobre Adams para sussurrar em seu ouvido. Cada vez que isso acontecia, ele se dirigia a Tom: "Quase pronto, o binturang é um bicho danado de difícil de fazer — o tempo de preparo é crucial."

Em certo momento, Tom achou ter visto Adams levando a mão em concha ao pesado seio de uma das mulheres e fazendo uma carícia, mas não podia ter certeza. Pressupunha desde o início que a relação de Adams com aquelas nativas implicava exploração — provavelmente, de ambas as partes.

Adams descrevia como o carro quebrou e ele ficou preso nas Comunidades Tontinas, no cinturão da bauxita. "Algumas peças não tinha como conseguir por aqui, e levava várias semanas pra mandar trazer de fora. A situação em alguns momentos foi... bom, pra ser franco, fiquei com medo. Mas abandonar o carro estava fora de questão. Ele tinha virado" — sorriu de um modo humilde — "bom, virado parte da minha, aah, busca por descobrir o país. De me tornar parte verdadeira dele".

Tom não poderia ter feito menos caso da busca de Adams, tampouco aguardava com grande ansiedade o binturang. Ele vira esses animais na selva, quando os Brodzinski excursionaram por uma reserva natural nas Highlands. Binturang era o nome nativo desses grandes mamíferos arbóreos, antropoides na forma e no volume, embora felinos em seus movimentos e no modo como se reclinavam, em geral estendidos de corpo inteiro nos galhos horizontais do elevado dossel da selva.

Embora Tom houvesse se entusiasmado por provar a cozinha local quando sua família estivera com ele — os guisados cremosos espessos das tribos montanhesas, os ricos pratos à base de curry dos tugganarong —, agora que estava sozinho ele sonhava com a boa e velha junk food caseira. Entrava nos estabelecimentos de fast-food e lá ficava a absorver gordura hidrolisada e xarope de milho, as mãos agarradas à mesa aparafusada no chão. Bebericando seu balde de papel parafinado cheio de refrigerante, Tom esticava os ouvidos para o som cascalhento e familiar das lascas de gelo ali dentro e, estreitando os olhos, tentava divisar qualquer coisa em seu campo visual — uma espiga de planta estrangeira contra a janela de vidro laminado, o penteado pompadouriano oleoso de uma tugganarong jantando — que ornasse com essa nostalgia doméstica.

Uma delgada mesa de laterais dobráveis fora posta para dois no quarto do cônsul honorário. No canto do austero aposento, com suas paredes brancas e piso de madeira encerada, havia um estreito catre do exército, arrumado com uma coberta marrom e um lençol cuidadosamente dobrado. Em cima de uma cômoda, diante de um espelho oval, viam-se escovas de prata e borrifadores de perfume de cristal.

Tom teria comentado a estranheza disso tudo, não fosse a presença do binturang cozido. O comprido cadáver esfolado reluzente e rosa jazia numa enorme tábua de cortar carne colocada sobre a mesa, que mal parecia forte o suficiente para aguentar tudo.

As handrey haviam removido a cabeça do binturang antes de assá-lo no espeto. A cabeça repousava ao lado sobre uma pilha de rúcula, as cavidades oculares negras e crocantes, os dentes de agulha expostos. Tom achou que o animal parecia uma foto forjada de cadáver alienígena em uma instalação militar secreta. Preparou o espírito com uma talagada de daiquiri antes de sentar, depois pousou o copo ruidosamente na mesa, na esperança de que uma das mulheres o reabastecesse.

O rosto de Adams traiu uma expressão de desagrado e ele disse com irritação: "Acho que vou pedir que sirvam aquele vinho excelente que você trouxe, Brodzinski. Destilado não cai bem com o binturang."

Começou a afiar a faca longa de trinchar com gestos lentos e deliberados em uma pedra de amolar cilíndrica. Então Tom observou, enojado, conforme Adams serrava uma das patas traseiras inteiramente estendidas. A mesa balançava para a frente e para trás com o movimento, as garras da pata que Adams cortava respingando gotículas de gordura na frente de sua calça de algodão marrom-clara. Ele parou um minuto para limpar o suor da testa, depois retomou a tarefa.

"Vinho?", disse uma das handrey, passando a Tom uma taça cheia até a borda. Ele apanhou o copo, agradecido.

O binturang se revelou muito saboroso. A carne era tão macia que desmanchava sob o garfo, em longos filamentos que se podiam enrolar como espaguete. O sabor ficava entre perdiz e porco. Com a ajuda de meia garrafa de Côte du Rhone, e das mulheres handrey despejando conchas de pasta de taro e legumes ao curry em seu prato, Tom comeu a maior parte de uma perna, junto com alguma carne da barriga, que segundo Adams era a parte mais valorizada do animal.

A mulher que os servia permaneceu no quarto, acocorada junto ao rodapé. Mastigando lentamente, expôs os nós da pata que Adams cortara para ela. Ocasionalmente, Tom relanceava em sua direção e observava o modo como segurava a pata delicadamente, como se fosse a mão de uma criança pequena.

Permaneciam em silêncio enquanto comiam. Adams muito curvado sobre o prato, o maxilar trabalhando com esforço regular. Após alguns inícios em falso, a cantoria das handrey pegou embalo sob a casa. O volume foi crescendo até que o ritmo de seu "bahn-bahn-bahn-bahn-buush" competia com o tamborilar sobre suas cabeças.

Tom estava meio grogue quando a tábua de carne, com a maior parte do binturang ainda intocada, foi carregada para baixo a fim de servir as cantoras. Por esse motivo, considerou seu gambito conversacional razoavelmente astuto. Limpando a boca com um guardanapo engomado, perguntou ao anfitrião: "Conhece aquele sujeito, Brian Prentice, que o Swai-Phillips está representando?"

Adams pareceu não escutar. "Acho que a gente pode tomar nosso café aí do lado", disse, limpando escrupulosamente a boca contorcida para baixo. "Disse a elas que não precisavam se preocupar com sobremesa; espero que não se incomode?"

Tom resmungou que não e voltou cambaleando à sala, onde desabou numa das rangentes cadeiras de ratã. Após mexer no aparelho de som em uma prateleira, o cônsul afundou diante dele. Um fiozinho de música new age — campainhas de vento, flautas e um theremin — infiltrou-se através da paisagem acústica pesadamente cadenciada da casa. Tom julgou a escolha uma modesta revelação, não o que teria esperado do circunspecto Adams. Seu anfitrião distraidamente meneou os dedos, como que regendo a melodia pobre, depois disse: "Prentice? Bom, ele não é um dos nossos, então não me diz respeito, diretamente. Obviamente, meu interesse é maior do que seria com outros cidadãos estrangeiros, e, por coincidência, aconteceu de eu conversar com o adido deles aqui em Vance, *Sir* Colm, aah, Mulgrene. Sem mostrar indiscrição de espécie alguma, pudemos apurar que a situação de ambos guarda certas, aah, similaridades."

"Eles têm um adido bem aqui em Vance?" Tom ficou surpreso; isso dificilmente correspondia às respectivas influências globais das duas nações.

"É uma dor de cabeça, claro", disse Adams. "Não que eles fossem a potência colonial por aqui, mas mantiveram amplos interesses durante muitos anos. Por acaso" — seus lábios equinos se franziram — "fiquei sabendo que você alimenta dúvidas concernentes às minhas, aah, capacitações..."

Tom tentou emitir uma negativa, mas Adams não permitiu. "Posso não ser mais um funcionário assalariado do Departamento de Estado, mas, acredite-me, isso aqui é um consulado plenamente funcional, e estou autorizado a fazer tudo que for necessário para ajudá-lo. Tudo."

Encarou Tom friamente, antes de acrescentar: "O mesmo não se aplica a, aah, Prentice."

"Do que ele é acusado?", perguntou Tom, abruptamente.

"Não posso dizer", retrucou Adams.

"Não pode ou não quer?", alfinetou Tom.

"Não posso. Não quero. Não devo. Existem leis rígidas por aqui, processos criminais não podem ser, aah, objeto de intriga — sobretudo quando as acusações envolvem os povos tradicionais. Você vai ficar agradecido por essa abordagem, aah, discreta quando chegar o momento de sua própria audiência preliminar. Significa que os juízes não podem ser influenciados sabendo do que o réu está sendo acusado a não ser bem no último momento, quando ele senta no banco."

Tom nadou através da música aguada na direção da luz. "Swai-Phillips disse que Squolly teria soltado sob fiança um abusador de crianças se o sujeito entrasse com a grana certa. É verdade? Foi isso que Prentice fez, sexo com uma criança nativa? Sem dúvida, ele faz o tipo."

Tom teria prosseguido se uma handrey não houvesse entrado carregando uma bandeja com um serviço de café e um pratinho com trufas. Depois que o café foi servido e ela se retirou, Adams vagarosamente inclinou sua colherinha, de maneira que considerável quantidade de grânulos do açúcar turco fossem despejados em sua minúscula xícara. Então ele suspirou. "Olhe, sem tergiversações, Brodzinski; nós dois sabemos que não é Prentice que está deixando você preocupado, e sim Swai-Phillips."

Tom se arrependeu de ter pegado uma trufa. Seu polegar e indicador agora exibiam uma camada de chocolate derretido reluzente como tinta. Ele chupou os dedos no que esperava ser uma postura sábia e meditativa, antes de responder: "Martha — minha esposa. Eu vi ela na casa do Swai-Phillips. Ela continua aqui. Acho que — eu acho..." Uma pausa, depois as palavras vieram num jorro: "Acho que anda tramando alguma coisa com ele. Tentei ligar pra ela várias vezes — em Milford ela não tá, disso eu tenho certeza."

Tom parou. Adams ficou de pé abruptamente e agora assomava ao lado dele, um esquisito meio sorriso em seus lábios reservados. "Pra começar", disse com firmeza, acalmando uma criança briguenta, "sei de quem está falando — na casa do Swai-Phillips, quer dizer —, a prima dele, Gloria Swai-Phillips. Mulher admirável, cuida de vários orfanatos nas Comunidades Tontinas. E, de fato, a semelhança dela com a sua esposa é incrível". Fez uma pausa, suspirou. "Se quer saber a verdade, o motivo pelo qual você e sua família foram, aah, notados, pra começo de conversa, foi devido a essa semelhança."

"Notados?", disse Tom, surpreso.

"Bom", Adams deu uma risada curta, "a gente recebe um monte de turistas anglo aqui na temporada, e uma leva não parece nada diferente da seguinte. Sua esposa fez sua família se destacar — Gloria Swai-Phillips é muito popular, uma pessoa muito influente".

Adams foi até o armário de bebidas. "Pelo que sei Seven and Seven é seu veneno", disse, segurando a garrafa de uísque. "Mas acho que não tenho 7 Up; quer seu Seagram Seven com um pouquinho d'água?"

Adams guardou o argumento decisivo até que as bebidas estivessem servidas e ele, mais uma vez, sentado. "O negócio, Brodzinski, é que não tem como sua esposa estar aqui em Vance."

"Ah, não?" Tom bebericou seu uísque; o gosto não era o mesmo sem o disfarce açucarado do refrigerante. "E por quê?"

"Porque eu mesmo conversei com ela. Ela me ligou — e eu retornei a ligação, para, aah, Milford."

"Ela ligou pra você? Por quê? Ela ficou preocupada comigo?" A chuva arrefeceu, uma fenda se abriu no céu ameaçador, e através dela brilhou o revigorante sol da consideração de Martha.

Adams pôs um ponto final nisso: "Olha, sei que deve ser meio doloroso pra você, Brodzinski; que eu, praticamente um estranho, possa estar, aah, compactuando com essa pequena deslealdade de sua esposa; mas fatos são, aah..." Esticou um dedo longo e ossudo. "...fatos. Ela quer tranquilizar você quanto ao, aah, interesse dela — mas não conversar diretamente. Ela me ligou a respeito de outro assunto, um pouco, aah, aflita por causa de alguma coisa — ou, antes, alguém — que viu no seu shopping local".

"No shopping? Quem?" Tom definitivamente bebera demais. As palavras saíram arrastadas de sua boca e se viram de repente no piso lustroso.

"Ao que parece", disse Adams, mudando para um tom acadêmico, "foi exatamente na mesma hora em que o makkata fazia a cerimônia astande na casa de Swai-Phillips — talvez uns vinte minutos antes. Sua esposa viu — ou achou que viu — um tayswengo no L. L. Bean".

"No L. L. Bean?"

"No L. L. Bean, experimentando umas, aah, calças. O que veio bem a calhar!" De um modo perverso, Adams parecia estar se divertindo. "Porque, tirando o que usava da cintura pra baixo, estava completamente nu."

"Deixa eu ver se entendi direito", prosseguiu titubeante Tom, acompanhando a lógica maluca do cônsul. "Está me dizendo que minha esposa ligou pra você porque viu... o makkata no L. L. Bean do Milford Mall?"

A despeito do ridículo disso, Tom percebeu que ele também não tinha dificuldade em imaginar o feiticeiro bem ali: junto a um guarda-corpo de alumínio, às voltas com jeans e calças, enquanto do lado de lá do vidro laminado adolescentes cheios de espinhas em suas lunares jaquetas estofadas observavam o sujeito que pilotava a máquina raspadora de gelo executar arrojados desenhos no rinque de patinação.

"Mágica", disse Adams, "é um, aah, conceito muito mal compreendido. Sem falar, Brodzinski, que não estou dizendo que foi isso, necessariamente. Mas ninguém vive aqui por muito tempo sem se dar conta da habilidade do povo tradicional em, aah, como devo dizer, influenciar certas coincidências".

Tom não sabia como responder a isso — então não disse nada. O que, em termos da críptica etiqueta de Adams, deve ter sido a coisa certa a fazer. Porque, após fitar Tom por sob as sobrancelhas de bombril durante algum tempo, o cônsul disse: "Ótimo, fico feliz que tenha compreendido. Agora, passemos a um assunto mais mundano. Jethro passou aqui um pouco mais cedo e deixou alguns testemunhos da promotoria."

Adams se levantou, voltou até a estante, apanhou uma pasta transparente e a jogou no colo de Tom. "São relatórios da balística, depoimentos de testemunhas — esse tipo de coisa. Jethro esteve lá" — sacudiu um polegar por sobre o ombro — "agora mesmo. Vai estar de volta a tempo pra audiência preliminar, que agora está marcada para esta sexta. Enquanto isso, perguntou se posso examinar esses papéis com você".

Adams empurrou um banquinho de bambu entre os dois com o pé, depois começou a distribuir formulários e diagramas que tirava da pasta.

"Veja aqui", começou. "Isso é um diagrama gerado por computador da, aah, parábola da guimba; esses números são a força estimada que teria sido exercida pelos seus dedos, e aqui é a velocidade que a guimba alcançou antes de atingir a cabeça do senhor Lincoln. Caso a promotoria opte por adotar uma linha evidencial-intencional, será necessário para a defesa argumentar contra esses dados."

Tom deu um gole ponderado em seu uísque, então disse: "Por quê?"

"Por quê?" Adams repetiu de forma devastadora. "Por quê? Porque, Brodzinski, se esses, aah, cálculos não forem refutados, eles poderão sugerir que você empregou mais força em, aah, jogar a guimba do que um ato de negligência implicaria. O promotor vai mostrar que você usou a guimba como um — como um lançador de granada, ou qualquer outra arma de assalto."

Tom ficou absorvendo esse absurdo por algum tempo, junto com os sininhos new age, as mulheres handrey cantando e a chuva batucando. Cabia a ele, percebeu, pensar fora da caixa. Adams era incapaz disso — havia se tornado um nativo. Swai-Phillips tampouco — ele *era* uma droga de nativo. Havia uma peça crucial faltando naquele quebra-cabeça maluco.

Tom se curvou para a frente e, pegando o diagrama no banco, balançou-o diante do rosto cavalar de Adams. "Que motivo concebível", perguntou Tom, "teria eu para atacar o senhor Lincoln?"

"Motivo? Motivo?" Estranhos sons asmáticos saíram de Adams, suas pálpebras pestanejaram, seus olhos azul-claros se encheram de água. Era uma risada. "Motivo é o que não falta, Brodzinski", conseguiu sufocar enfim. "Inveja, para começar. Atalaya já contou ao comandante Squoddoloppolollou que você olhou para os, aah, seios dela antes de jogar a guimba..."

"Ah, pelamordedeus!", exclamou Tom.

Mas Adams continuou: "Ou então, se a polícia resolver pintar um cenário ainda mais, aah, negro, eles podem dizer que foi um crime de ódio racial."

"Mas Lincoln não é preto!", objetou Tom.

"O senhor Lincoln é um iniciado dos tayswengo, Brodzinski." Seus lábios se torceram com a ironia. "E, no que lhes diz respeito, eles só vêm em uma, aah, cor."

Uma hora ou algo assim mais tarde, Adams acompanhou Tom ao longo da passarela escorregadia até um táxi parado junto ao meio-fio. O cônsul tinha apenas um pequeno guarda-chuva, e o manuseava desajeitadamente a fim de proteger ambos. Adams foi trombando contra o traseiro de Tom. Ebriamente, Tom se perguntava se Adams não estaria um pouco bêbado.

Tom abriu a porta do carro e virou para encarar seu anfitrião. "Olhe", disse, "me desculpe se eu meio que perdi a calma agora há pouco. Você — você está sendo decente comigo, Adams — sei que está tentando fazer o melhor para ajudar, e obrigado pelo jantar — o binturang estava ótimo".

A chuva agora caía com tanta força que era como se os dois estivessem sob uma cachoeira. A mão de Adams, apertando o cabo do guarda-chuva, estava a poucos centímetros da bochecha de Tom.

"Bom, aah, obrigado, Brod... — quer dizer, diacho, posso chamar você de Tom, não se incomoda?"

"N-não." Tom foi pego de surpresa.

"E você pode me chamar de Winnie, tudo bem?" Havia uma ansiedade patética nos olhos de Adams.

"Cl-claro, Winnie", disse Tom.

Então, como que para selar o contrato, o cônsul inclinou a cabeça e beijou Tom na testa, colando seus lábios ali por vários segundos. Tom ficou espantado de ver como era úmido e cheio o contato dos lábios de Adams, considerando como sua boca parecia seca e reservada. Quando os removeu, ouviu-se um audível "plop" da contrassucção.

Tom ficou parado, olhando para o rosto do cônsul, cinzento e molhado na noite encharcada. Sentiu uma gota de saliva consular escorrer pela ponta de seu nariz.

"W-Winnie", disse Tom, para quebrar o encanto. "Tem alguma coisa que eu possa fazer, qualquer coisa?"

Adams inclinou a cabeça mais uma vez, forçando os olhos de Tom a se fixarem nos seus. "Você sabe, não sabe, quem é o Astande?", ele disse.

"Não."

"Ele é 'o Célere', na cosmologia tayswengo, o 'Retificador de Erros'; então sempre tem algo mais que você possa fazer. Você foi visitar o senhor Lincoln; bom, vá de novo. Por mais refratário que ele possa ser, continue a conversar com ele. Se existe alguma coisa capaz de minimizar as acusações dirigidas contra você, é a disposição de ser astande a despeito do inquivu dele. Então, vá. Agora mesmo."

Com isso, Adams pousou a mão no ombro de Tom e pressionou-o a entrar no carro.

Tom abaixou a janela para se despedir, mas Adams já voltava patinando pela passarela em direção à porta. Quando o táxi se afastava, as luzes na pequena varanda já haviam sido apagadas. Adams e suas cinco handrey gordas preparavam-se para ir para a cama.

Tom imaginou o cônsul todo esticado em seu catre militar, o cobertor grosseiro puxado sob seu comprido queixo.

"Mas como?", ele perguntou em voz alta. "Como ele sabia que eu sempre bebo Seven and Seven?"

"C'méquié?", interpôs o taxista; mas seu passageiro não deu explicações, apenas pediu que o levasse para o hospital.

6

O taxista desembarcou Tom no estacionamento do hospital. Ambulâncias davam ré e eram carregadas, suas luzes girando e projetando lantejoulas nas cortinas de chuva. Tom tentou abrir caminho por entre as macas de rodinhas, sobre as quais jaziam todos os estilos de gente nativa bêbada e ferida. Todos encharcados até a alma — nenhum deles estoico: seus gemidos e grunhidos eram plangentemente teatrais. Cada um com seu cortejo de mulheres chorosas tentando empurrar a maca. Os paramédicos e policiais em suas reluzentes capas de chuva batiam-se em uma justa com esses cavaleiros horizontais, forçando-os a recuar das portas duplas do pronto-socorro.

Vendo o policial que o seguira pelo calçadão na manhã anterior, Tom se aproximou e foi admitido com um aceno. Depois da escaramuça do lado de fora, o silêncio dos corredores de azulejo branco pareceu inquietante. Ele não viu o menor sinal de equipe médica quando caminhou rumo aos elevadores centrais. Pelo vidro nas portas da ala, na altura do olhar, Tom viu fileiras de leitos, vazios na maioria, embora aqui e ali se avistasse o feto descomunal de um paciente adormecido.

Enquanto esperava o elevador, Tom se perguntava por que tantas vítimas eram deixadas do lado de fora tomando chuva quando ali dentro o hospital cochilava, sonhando seus sonhos de pureza antisséptica.

Havia mais atividade no quinto andar. Um enfermeiro carregando um rim cheio de um líquido malcheiroso entrou no elevador quando Tom saiu. Uma enfermeira anglo atrás do balcão conversava com um paciente anglo em roupão de banho. Ela parou e perguntou a Tom o que ele queria.

Sem compreender por que fazia isso, Tom puxou a perna de seu short e apontou a cicatriz de um palmo provocada pela lâmina do makkata.

"A-Astande", disse. Os dois anglo aquiesceram vigorosamente, como que dizendo: isso explica tudo.

"Vai lá, né", disse a enfermeira para Tom. "Acho que o bando intwennyfortee já terminou o ritual, agora." Ele agradeceu e foi em frente.

À noite, o corredor que levava ao quarto de Lincoln parecia mais longo. Dava guinadas e virava, passando por recessos onde se viam máquinas misteriosas, seus cabos elétricos em espiral e rodas de borracha sugerindo que eram tão mortíferas quanto silenciosas. Então Tom escutou o tamborilar de água pingando no piso cerâmico e os estalidos de fogo.

Dobrou a curva seguinte: alguém acendera uma pequena fogueira no corredor empilhando galhinhos perto da parede. A fumaça serpenteava para a boca sugadora de um duto de ventilação; um sprinkler fora ativado e seu jato espirrava no chão. Onde a água respingava sobre o fogo, ele sibilava com vapor, que difundia a dura luz das lâmpadas fluorescentes em suas cores constituintes, de modo que um pequeno arco-íris se projetava da parede ao piso.

Tom ficou hipnotizado pelo sistema climático a portas fechadas. Então, vendo um botão de emergência, esticou a mão em sua direção, mas alguém o deteve.

"Eu não faria isso se fosse você, viu."

Era um médico, vestindo um casaco branco de corte militar. Havia um estetoscópio enfiado sob uma dragona.

"Por que não?", perguntou Tom.

O sujeito, que tinha o ar cansado mas confiante de médicos de hospital em qualquer parte do mundo, pareceu desconcertado por um momento, depois explicou: "É o bando intwennyfortee: estão fazendo as coisas deles por aqui, né. O engwegge — precisa secar."

O médico ajoelhou e, apanhando alguns ramos verdes junto da fogueira, ergueu um deles até os lábios e o mordiscou. "Coisa boa", disse, sorrindo para Tom. Era bem jovem, com uma carapaça de cabelo ruivo e óculos de aros grossos e pretos. Os olhos ampliados do médico — ao mesmo tempo abatidos e brincalhões — ficavam aprisionados nesses pequenos tanques.

"Estou, hmm, surpreso", disse Tom, escolhendo as palavras com ébria circunspecção. "Que vocês permitam que gente tradicional execute essas, hmm, cerimônias no hospital."

"A gente não tem escolha, viu." O médico se aprumou e encarou Tom. "Depois que entraram — estão dentro, droga. Além do mais, fogueira em corredor de hospital, acusação criminal pra um sujeito que joga guimba de cigarro — faz tudo parte de um mesmo lance sem pé nem cabeça, viu."

"Você — você sabe quem eu sou, então?" Tom não ficou assim tão surpreso.

"É, sei, claro. No estado que tá o velho e com você astande, você ia ser um tonto de não pintar por aqui. Vou perguntar pro manager espiritual da Atalaya se tudo bem você ver ele agora, né."

"Manager?" Tom não entendeu nada.

O jovem médico riu. "O mediador espiritual dela. Nenhum tayswengo pode conversar diretamente com o makkata dela; esse negócio de ritual é organizado por um manager, viu. Mas tá na cara que não é esse o termo que eles usam; uma tradução literal é uma coisa tipo 'explicador informado do enigma mente–mundo–corpo'."

"Eu acho incrível como todo mundo por a…"

"Está por dentro dos bin'bongues?" O médico sorriu, enquanto Tom ficou examinando seu rosto à procura de algum sinal de ironia. "Faz parte do pacote, né. Não dá pra atender eles se não estiver."

"Meu nome é Vishtar Loman, falando nisso." Estendeu a mão e Tom a pegou.

Chapinharam ao longo do corredor até a porta do quarto de Lincoln. O doutor Loman abriu e entrou discretamente. Tom esperou. Um cheiro de carne cozinhando espicaçou suas narinas. A pequena fogueira sucumbiu aos sprinklers e eles se desligaram. Os fiapos de fumaça e vapor foram sugados pelos dutos de ventilação. Estes permaneciam em silêncio, saciados, e mais uma vez Tom escutou os nativos no estacionamento uivando que queriam entrar.

O médico apareceu.

"Pode entrar, agora." Curvou-se para a frente e sussurrou: "Escuta, parceiro, não vou ficar de sacanagem com você, né. Seu cara tá mal pra caralho. A gente tá socando antibiótico nele, mas não consegue derrubar a septicemia. Se continuar desse jeito, vamos ter que tentar drenar a infecção.

"É por isso que o bando intwennyfortee tá aqui; o makkata de Atalaya veio, tipo, purificar eu e o senhor Bridges — o cirurgião do hospital — antes da gente fazer a operação."

Perscrutando o interior escuro do quarto, Tom viu que uma bateria de equipamentos fora instalada desde sua última visita: caixas metálicas com visores de LCD piscando, uma bomba que arfava com vigor maquinal, um monitor no qual ondulavam oito gráficos em tempo real. Entretanto, convivendo com todo esse high-tech estavam minúsculas lamparinas a óleo, feitas de latas cortadas. Elas haviam sido colocadas sobre cada superfície disponível e o ambiente pesava com a fumaça fuliginosa.

Ainda sussurrando, o médico puxou Tom para dentro. "Apliquei uma injeção de diamorfina em Reggie, assim ele podia aguentar o ritual, né. Ele tá um pouco doidão."

Acostumando-se gradativamente com a penumbra, Tom viu as feições de Reginald Lincoln bem delineadas contra a pilha branca de travesseiros. Os olhos do velho cintilaram febrilmente quando ele ergueu a mão dos lençóis imaculados e fez um gesto. "Tommy." Estranhamente, tinha a voz forte e confiante. "Vem cá, fi'o, a gente precisa trocar uma ideia."

Quando se dirigia para lá, um corpo surgiu do nada e braços fibrosos o cingiram. Tom foi atraído junto de peitos tão resolutos que os mamilos pareciam dedos tateando. O cabelo de Atalaya Intwennyfortee estava arrumado no estilo tayswengo, e a beirada do penteado discoide raspando no pescoço de Tom provocou um choque erótico que foi de sua nuca até a base da espinha.

"Eu sabia que você vinha pra aqui", farfalhou a voz dela em sua clavícula. "Agora que tu é astande, todas coisas danadas podem ficar direitas."

Tom parou rígido nos braços que o seguravam, mas quando ela enfiou sua perna entre as coxas dele, ele a abraçou, suas mãos percorrendo a linda pele negra seca e fosca.

Relutantemente erguendo os olhos do cabelo de Atalaya, Tom viu que conseguia ver — e ser visto. Os aparatos funcionais de um quarto de hospital — o leito elevado, as venezianas na ampla janela, uma cômoda brutal, uma luz elétrica articulada — foram expostos em todo seu obsceno prosaísmo.

Além de Lincoln, do doutor Loman, de Atalaya e dele mesmo, havia mais cinco pessoas no quarto. Um makkata sem roupa estava sentado ao lado da cama folheando uma revista de golfe. Lado a lado no sofá sob a janela havia três mulheres tayswengo, todas com penteados de disco em airosos ângulos sobre seus crânios longos e finos. De pé junto à porta de vidro que abria para a sacada havia uma quinta tayswengo. Ou será que não era tayswengo — nem sequer era mulher?

Sua postura era de pura confiança, uma perna esquelética mais à frente. Estava nua e não exibia um único pelo, as sobrancelhas e o púbis raspados, assim como sua cabeça. Em uma época muito remota, passara por uma mastectomia dupla radical, cujas cicatrizes marcavam seu peito como duas pences malcosturadas nas costas de um vestido. Em uma mão segurava uma colher de cabo longo, ao passo que entre suas canelas de tesoura Tom notou um fogão de acampamento com uma panela de alumínio borbulhando sobre o fogo.

"Intwakka-lakka-atwakka-ka-ka-la!"

Tom entendeu em parte o que a mulher disse. De algum modo compreendia que era uma feiticeira entreati, oriunda das mais selvagens e menos assimiladas tribos do deserto; e também que era a assim chamada manager de Atalaya.

Tom sentiu seu escroto enrijecer e um de seus joelhos começar a tremer incontrolavelmente. Não havia ninguém no quarto do hospital além dele e da feiticeira: a noite, a chuva, os outros, tudo desapareceu. A feiticeira estava no sótão empoeirado da vida de Tom, seus pés como lâminas desventrando as lembranças negligentemente acalentadas de amigos esquecidos. Ela se curvou para apanhar um patim de gelo enferrujado, um embolorado anuário escolar. Claramente, estava à procura de qualquer coisa que pudesse usar.

Uma das tayswengo se levantou e abriu a porta da sacada. O encanto se quebrou. Uma lufada de chuva e vento penetrou no ambiente, as lamparinas bruxulearam e morreram. O dr. Loman acendeu as luzes do teto. Todos se sobressaltaram; mãos foram levadas aos olhos. Murmurando, a feiticeira se retirou para a sacada.

A infecção na cabeça do velho inchara gravemente. Era um cume vermelho e raivoso, agora, e fluxos magmáticos de sepse percorriam seu cabelo esparso. A infecção tinha uma presença psíquica distinta e maligna. As sobrancelhas de Lincoln e uma de suas bochechas estavam inchadas e tesas — mesmo assim seus olhos cintilaram, e o dedo artrítico gesticulou. "Vem cá, Tommy Boy", ele disse. "Vem cá."

"Tudo bem, vai lá pra ele." Atalaya pressionou o braço de Tom. "Você ungido agora — você astande."

Outra tayswengo levantou do sofá e lhe passou um pequeno pote. Atalaya enfiou um dedo ali e quando o tirou ele estava coberto por uma substância viscosa. Ela ergueu a mão e untou Tom nas duas bochechas e na ponte nasal.

"Vai lá pra ele", reiterou. "Vai."

Tom se aproximou da cama alta com cautela, mas Lincoln grasnou: "Vem cá, senta aqui do meu lado."

Tomando todo cuidado para não encostar nos tubos e fios, Tom içou o corpo sobre o colchão. Lincoln cheirava mais carnalmente que a carne cozinhando no fogãozinho da feiticeira. Seu corpo decrépito fora maturado por milhares de murros somáticos, curado pela fumaça de sessenta vezes essa quantidade de cigarros. Agora era uma coisa pútrida. Ele agarrou o colarinho da camisa de Tom e puxou seu rosto para bem perto. Bosta e troça tresandavam no hálito do velho.

"Vai lá, rapaz", exclamou a voz rouca.

"Como é?", perguntou Tom.

"Vai lá, rapaz", disse Lincoln outra vez; e, seguindo as alfinetadas das pupilas do velho, Tom notou primeiro a absurda inturgescência armando barraca nos lençóis da cama, e então, mais além, exposta pelo ato prosaicamente esponsal de colocar uma comadre na prateleira, a vulva escancarada de Atalaya Intwennyfortee.

"Vai *lá*, rapaz", disse Lincoln, com rouca ênfase. "E quando cair fora de lá — cai fora daqui! Não faz as malas, não liga pra ninguém — só pica a mula…" A voz de Lincoln ficou ainda mais áspera, e foi rateando como uma catraca até o som ficar parecido com uma folha de ferro galvanizado sendo sacudida por uma ventania: "Falei com o embaixador lá no sul, em Capital City — aquela bichinha do Winthrop Adams já organizou a coisa." O dr. Loman se aproximou, mas Lincoln fez sinal de que os deixasse. "Seu perdão tá arranjado, então aproveita a maré, Tommy."

Tom tentou se livrar, mas o velho segurou sua camisa com mais força ainda. Perdigotos cor de churrasco respingaram no peito de Tom. "Acerta com ela pra valer", ele quase gritava. "Preciso que faça isso, rapaz — depois, cai fora. Cai fora!"

Lincoln sofreu um espasmo, depois desabou de volta nos travesseiros. Atalaya se aproximou com um prato de papel, e seu marido tossiu uma coisa marrom ali.

"Engwegge", suspirou o dr. Loman. Depois, virando para Tom, disse: "Acho que é melhor você ir, agora."

Atalaya deu um largo sorriso para Tom quando ele seguia o avental branco ao sair do quarto.

O hospital retomara uma aparência de normalidade. Havia equipes médicas e de apoio no saguão principal. Pacientes bêbados e feridos eram despejados em cadeiras de plástico.

"O que tava acontecendo antes?", Tom perguntou a Loman. "Não podia entrar ninguém."

"É o engwegge", explicou o médico. "Olha isso."

Saiu com Tom pela porta do pronto-socorro, então apontou o brilho escuro no chão do estacionamento. "Tá vendo aquele monte de coisa marrom?"

Tom divisou a custo as cusparadas de engwegge mascado a dezesseis metros de onde estavam, desmanchando com a chuva.

"O negócio", continuou Loman, "é que o engwegge não é permitido no hospital, né. A gente precisa fazer eles cuspirem o fumo, antes de pegar pra cuidar".

"Por pior que seja o estado deles?"

"Droga, eles podem estar até morrendo, parceiro, mas a gente não trata enquanto estiverem prejudicando a própria saúde. Escuta", disse Loman, encolhendo os ombros, "tenho que voltar lá pra dentro. Você deve conseguir um táxi na entrada principal — quase sempre tem uns de bobeira, mesmo tarde assim". Começou a se afastar.

"O que — quer dizer, o engwegge", chamou Tom atrás dele. O médico virou e o fitou com expressão divertida. "Elas tinham lá em cima, no quarto — tavam dando pro senhor Lincoln."

"Ah, isso", riu Loman. "Algumas regras têm exceções, quando se trata desses bandos do deserto — exceções bem importantes."

106

* * *

A funcionária na loja de conveniências onde Tom comprava seus mantimentos tinha um crachá na lapela. HITLER, dizia. Tom perguntou a Swai-Phillips sobre isso, e o advogado disse. "Claro, devia ser o nome dela, com certeza. Ela era o que, ibbolit? Gandaro, talvez?"

"Acho — acho que sim", disse Tom, que, embora a essa altura soubesse diferenciar as tribos montanhesas das do deserto, ainda tinha dificuldades com os subgrupos menores.

"Filhos da puta, os bandos da montanha." O advogado deu um gole na cerveja e gesticulou para o barman, que trouxe outro copo do tamanho de um dedal e apanhou vinte e cinco centavos da pilha sobre o balcão. Depois se retirou para seu próprio poleiro, um banquinho alto perto de uma máquina de despejar amendoins no formato de um amendoim. Os gabinetes de refrigeração perfilados na parede atrás do balcão lançavam uma luz de legista sobre o couro cabeludo raspado e cheio de marcas do barman. As cicatrizes brancas e protuberantes, pensou Tom, observando sua fachada feiosa, deviam indicar as sedes de sua animosidade e mau caráter.

"Eles acham que quase porra nenhuma é a merda que devia ser, viu", continuou o advogado, enigmático. "Toda essa besteira de culto à carga e esses nomes estúpidos pra caralho que eles arrumam. Acham que dá poder, sabe, mantêm os espíritos ruins longe do pé deles, viu." Bufou com desprezo. "Besteira! Uma droga de superstição total. Mas deixa pra lá, Brodzinski, pra que você tava fazendo compras?"

Tom deu um gole em sua cerveja antes de responder. Os dois tomavam cerveja — o clima assim o exigia. Mas Tom já entornara umas e outras antes de Swai-Phillips aparecer. Estava um pouco bêbado e tentou disfarçar falando calculadamente. "Me acostumei a cozinhar pra mim mesmo no Experience. Tem uma quitinete, e é mais barato."

"Sai fora!", objetou o advogado. "Dá pra comer com alguns centavos na praça de alimentação. Qual o motivo de verdade?" Acossou Tom, ergueu os óculos, apontou o olho ruim.

"Bom, se você quer saber, é o Prentice."

"Ele anda incomodando você — ou, como é, se intrometendo?" Como era tão comum em se tratando de Swai-Phillips, Tom ficou com a desconfortável sensação de ser alvo de zombaria.

"Não, não exatamente incomodando, é mais, tipo, colando na minha cada vez que eu ponho o pé pra fora da porra do albergue. Mas onde ele tá hospedado, afinal?"

"Prentice?" Swai-Phillips pareceu confuso com a pergunta. "Sei lá — com Mulgrene, o adido deles, acho. Isso você precisa perguntar é pra ele — ou pro Squolly. Prentice está sob condições de fiança mais restritivas que você."

Tudo que Swai-Phillips dizia em relação a Prentice parecia uma provocação a Tom quanto a sua ignorância sobre o crime do outro. Não que ainda se sentisse ignorante, já que tivera indícios suficientes: Prentice era um criminoso sexual de algum tipo, provavelmente o que o advogado chamou de "pederasta". Sem dúvida, o papel caía nele como uma luva, com seu cabelo amalucado, sua cara pastosa e suas roupas de rancheiro.

Prentice, pensou Tom, devia andar de tocaia no Experience, assim como os tiras. Pois na semana anterior, sempre que Tom saía do albergue, Prentice lá estava, caminhando em sua direção pela calçada, seu chapéu idiota — ou qualquer outro objeto idiota — enfiado sob a asa galinácea de seu braço.

"S'incomoda de eu dar uma volta com você?", dizia, e, mesmo se Tom objetasse, ele insistia: "Olha, amigão, não tem *um* chegado meu aqui em Vance, então eu ia ficar agradecido pra burro por uma companhiazinha."

Uma companhiazinha, sei. Tom quase deu um tabefe naquela cara, cara que estava ficando cada vez mais depravada pela erupção que se espalhava desde o queixo. Talvez fosse por pena, mas Tom sempre cedia, e juntos saíam caminhando entre outros, menos culpados, pedestres.

Em episódios que duravam o tempo decorrido até chegar ao shopping ou ao posto telefônico, Tom escutava a história de Prentice.

"Minha patroa", disse, "está lá pros lados do sul. Um primo dela tem uma terrinha a uns duzentos ou trezentos quilômetros de Capital City. Migrou pra cá atrás duma vida melhor — sabe como é. O pessoal no meu país, bom, a gente tem uma ligação forte com esse lugar, você sabe. Não é bem uma sensação de propriedade, está mais pra, bom... intendência. A gente precisa ficar de olho por aqui, tomar cuidado pros anglo locais não ficarem muito desleixados."

"Você acredita mesmo nessa merda?" Tom estava incrédulo; Prentice fora para lá como um fidalgote, enviado para as colônias com vistas a carregar o fardo do homem branco.

"Ah, mas claro." Prentice não se abalou. "Pegue o lugarzinho lá do primo da minha mulher. Ele tem uns vinte e seis mil hectares de terra — mas não consegue mais fazer valer a pena. Sabe" — ele se curvou conspiratoriamente — "esses bin'bongues, eles queimaram a droga do mato por um puta tempo. Fodeu completamente com o lençol, lixiviou todos os nutrientes do solo e só deixou sal no lugar. Gerard — o primo da minha mulher —, ele precisa de 260 hectares pra criar cada cabeça de gado".

E Prentice, as pernas arqueadas, seguiu pisando duro pela calçada, perdido em suas fantasias de intendência.

Tom se perguntava o que devia pensar da droga do seu advogado bin'bongue. Prentice era uma criatura além da caricatura; as linhas que o descreviam eram distorcidas demais. Sempre que o via, Tom chegava quase ao ponto de gritar: "O que foi que você fez, exatamente? Diz logo — agora mesmo!"

Mas nunca gritou. Para completar, conforme seus passeios errantes continuavam, Tom encontrou um curioso alívio nessa circunspecção mútua. Era como se a incapacidade deles de conversar a respeito do que os retinha ali em Vance fosse uma espécie de estoicismo — de virilidade, até.

Swai-Phillips tinha uma explicação alternativa, que externou entornando mais uma cerveja: "O makkata, né. Bom, ele vaticina diferentes graus de astande: astande por mio, astande vel dyav, astande hikkal. Uns são pra homem, outros pra mulher, alguns são só pros tayswengo — outros pros inssessitti. Tem bandos cruzados, ou híbridos, também, e cada grau de astande se relaciona de um jeito diferente — tanto entre cada grau de inquivu como entre si, né."

"Falando assim, parece confuso", observou Tom, à toa. Ele havia lido a respeito em *Canções dos tayswengo*, mas na ocasião — assim como agora — achara impossivelmente cabeludo unir os elos desse sistema mágico bizantino aos olhos de seu próprio entendimento entorpecido.

Ouviu-se um ruído farfalhante do lado de fora do bar. Um dos homens de Squolly sacudia a água de sua capa de chuva. Ele entrou, sentou no balcão e balançou a cabeça com familiaridade para Tom e Swai-Phillips. Depois tirou o fuzil automático que levava a tiracolo e checou o dispositivo de segurança, antes de pousar a arma cuidadosamente em um *bar mat* atoalhado. O carregador era curvo como um pênis moldado no torno. O policial começou a bater papo com o barman, que, sem precisar ouvir qualquer pedido, trouxera-lhe uma cerveja.

Swai-Phillips continuou, baixando a voz: "É confuso — até mesmo pra mim, e eu cresci com isso. Mas a coisa mais estranha é que você descobre agindo qual seu grau de astande, por meio das coisas que pode fazer por outras pessoas — e o que elas podem fazer por você. Você e Prentice, como os dois se meteram com os tayswengo, você vai descobrir, se é que já não descobriu, tem coisas que só você pode fazer por ele — e vice-versa."

"Como comprar a porra do 'cigarrinho'", murmurou Tom, irônico. Pois lhe ocorrera que talvez fosse esse o motivo de Prentice ficar no seu pé feito um cachorro. Toda vez que estavam em um de seus passeios forçados, Prentice dava um tapa no bolso da camisa safári cáqui e exclamava: "Diacho! Esqueci outra vez. Olha aqui, Brodzinski, você não se incomoda de dar um pulo na loja pra mim, s'incomoda? O problema — não sei exatamente por quê — mas não consigo criar coragem de comprar um maço do cigarrinho eu mesmo. Você não se incomoda, s'incomoda? Fico superagradecido e coisa e tal. Um Reds de trinta tá ótimo."

Parado no balcão, a nota de dez ereta em sua mão, Tom se perguntava por que concordara tão prontamente em buscar o "cigarrinho",* epíteto que considerava tão risível quanto sinistro

---

* No original, *fags*: gíria britânica para "cigarro", mas também "homossexual" (depreende-se por diversas expressões saídas da boca de Prentice que ele é inglês). (N. do T.)

— exatamente como o próprio Prentice. Além do mais, seu pedido de que Tom os comprasse dava a entender que o outro anglo, a despeito do que o advogado havia alegado, sabia perfeitamente bem quais eram as acusações contra ele.

Vendo Prentice esgaravatar com os dedos roídos o celofane de seu maço gordo de cigarros, aquele rosto de branquelo azedo assombrado pela necessidade celular, Tom sentiu, uma vez mais, uma onda de orgulho virtuoso por seus próprios nobres esforços em romper com o vício. Esforços que já haviam sido recompensados com uma vantagem: não ter de olhar as fotos horrormédicas com que as autoridades sanitárias enfeavam os maços — imagens lúgubres de bocas carcomidas de dentro pra fora e de narizes cutucados numa caca cancerosa.

Swai-Phillips olhava atentamente para Tom, uma mancha de cerveja espumante na capa peluda sobre o grosso lábio superior. "É, bom", disse o advogado. "Depois da audiência de amanhã pode ser que você nunca mais cruze o sujeito outra vez. Não sei se vou conseguir fechar um acordo pra ele, né."

"Como assim? Está me dizendo que o Prentice também vai tá lá no tribunal, amanhã?"

"Isso mesmo", engrolou o advogado. "Dei um jeito de fazer um acerto com a promotoria e o bando tayswengo — acho que você pode chamar de arranjo em bloco. Serve pro tribunal — serve pros tayswengo, também. Tem os makkatas, os managers, as testemunhas…"

"Testemunhas? Que testemunhas? Você quer dizer Atalaya?"

"As testemunhas", continuou Swai-Phillips, ignorando a interrupção. "Elas precisam vir todas de lá." Ele sacudiu o polegar por sobre o ombro. "Além do mais", continuou, erguendo o novo copo de cerveja para o policial, "os homens do Squolly não podem largar a patrulha pra testemunhar por muito tempo, ou sabe deus o pandemônio que vai virar por aqui!"

O policial deu uma gargalhada com isso e virou a cerveja. O barman também riu, e Swai-Phillips, naturalmente, achou uma graça enorme em sua própria piadinha fraca. Não querendo ficar de fora, Tom também deu risada e, com um trago de cerveja, afundou um pouco mais na nauseabunda jacuzzi da embriaguez.

Mais tarde, Swai-Phillips deu uma carona para Tom de volta ao Experience. Do lado de fora, na Landcruiser, ele perguntou: "Você já mandou fazer sua roupa, não mandou?"

"Já." Quem esse cara pensa que é? pensou Tom. Minha mãe?

Ele fora ao alfaiate recomendado por Swai-Phillips: um asiático ictérico cuja alfaiataria era na própria casa, que ficava entre as lojas de mergulho perto do píer, de onde, na temporada, os barcos partiam para a Angry Reef. Prentice acompanhou Tom, pois ele também precisava de roupas.

Tom optou por um tecido de algodão, mas Prentice apanhara as amostras de fazendas de lã e, passando de uma em uma, escolhera uma risca de giz que um presidente de banco ou CEO teria usado em seu país.

Tom riu na cara dele. "Você não pode usar um terno feito com esse tecido! Vai ficar encharcado de suor antes mesmo do júri fazer o juramento."

O rosto de Prentice se anuviou, e com uma aspereza pouco usual ele retrucou: "Qualquer tribunal tem ar, Brodzinski, cê vai ver. E não tem júri em audiência preliminar", acrescentou, como arremate da investida.

De volta ao apartamentinho de merda, Tom acendeu uma espiral de mosquito e sentou numa cadeira forrada de vinil cor de diarreia. Minutos depois escorregava no próprio suor. O ar-condicionado do apartamento matraqueava como um pau numa cerca de estacas — e vazava um fluido amarronzado. Na maioria dos dias, Tom nem sequer se dava ao trabalho de ligar, preferindo padecer a escaldada umidade.

Ficou sentado olhando para o terno ridiculamente truncado, pendurado na porta do armário. Será, ruminava ele, que eu não deveria ter optado por um tecido mais escuro? O juiz pode ser um bin'... o juiz pode ter algum tabu rígido de que eu não sei porra nenhuma.

Suspirou, depois apanhou um saco de papel pardo com a boca dobrada para fora, formando um rufo. Mandou o trago de uísque pela goela abaixo mais uma vez: uma ressaca parecia uma péssima ideia.

Tom apanhou a câmera digital. Não conseguia se lembrar de tê-la tirado da mala quando se mudara do Mimosa. Certamente não a usara nas três últimas semanas — o que podia ter fotografado? Prentice? O makkata fazendo o corte?

Apertou o botão de ligar, selecionou a pasta e começou a repassar as fotografias de férias da família Brodzinski. Estavam todos lá, Martha, Dixie e os gêmeos, divertindo-se em um poço de rio na floresta nublada, fazendo pose perto do carro, comendo numa parada de estrada. As imagens eram nítidas, vívidas — muito mais do que o mundo encharcado no qual ele chapinhava agora. Apesar de sua massa volumosa, Tommy Junior dificilmente estava presente naquele álbum. Havia uma ou duas fotos mostrando a ampla largura de suas costas, mas nenhuma do rosto.

Tom examinou seu dorso com atenção — ou, mais exatamente, o dorso do pescoço de Tommy Junior. Em uma foto a cicatriz vertical que corria da base do crânio do menino até o cocuruto ficava claramente visível, exposta pelo modo como ele passava gel no cabelo. Tommy Junior viera para eles desse jeito — uma marca pavorosa em um lindo bebê. Martha, que cuidara de todos os detalhes da adoção, dera a entender a Tom que o que estava por trás da cicatriz explicava, em parte, por que um bebê que em tudo mais era perfeito — e mais ou menos branco — encontrava-se disponível naquela agência em particular, que geralmente buscava crianças nas regiões mais pobres, e pardas, do mundo.

A cicatriz... Tom vira uma como aquela bem recentemente — mas onde? Então lhe veio à mente: o velho anglo, curvando-se para pegar a guimba no caixa eletrônico na cidade da montanha.

Tom suspirou e desligou a câmera. Desrosqueou a tampa do uísque e deu um gole. Pegou seu dinheiro e a chave do apartamento e saiu para fazer a visita da noite a sua família, no posto telefônico.

Em seu estado meio tocado pareceu a Tom que o "Gollybollyfolly" dos tugganarong estava ainda mais alto do que o normal. Ele teve de apertar um ouvido com o dedo e pressionar o fone com força no outro, de modo que Dixie pudesse lhe contar que "eu meio que fiquei... tipo, do lado... da Stacey não, mas, hmm, do Brian, e ele escolheu, tipo, um médio e dois extragrande, né? Então foi meio assim, tipo, um saco".

Ela parou e Tom, nem aí para seus sentimentos, pediu-lhe que pusesse um dos irmãos na linha.

"Eles, tipo, hmm, saíram, pai", explicou ela. "Mas a mamãe tá aqui do lado — quer falar com ela?"

Desde que Adams o pusera a par da pequena deslealdade de sua mulher, Tom deixara de sequer se dar o trabalho de perguntar se Martha estava em casa. Foi pego de surpresa e só conseguiu murmurar: "Áh, é, quero, acho."

Houve um "clonk" na linha, seguido de um chiado de estática tão elevado que Tom teve de afastar com tudo o fone da orelha. Quando encostou outra vez, Martha dizia: "Tom, está ouvindo?" E parecia preocupada.

"É, é, estou, amor", apressou-se a dizer. "Estou ouvindo, e você, como está? Eu tava começando a ficar preocupado."

Mais uma vez um clonk, depois um chiado.

"Estou bem." A voz de Martha emergiu do nevoeiro sônico, equilibrada, imperturbável. "Mas já deve estar quase chegando a hora da sua audiência no tribunal. As crianças me contaram tudo sobre isso."

Tom aguardou, presumindo que diria mais alguma coisa. Ela não disse — os milhares de quilômetros que os separavam zuniam metalicamente.

"É amanhã", disse Tom, enfim. "É só uma audiência preliminar. Swai-Phillips diz que posso fazer, aah, reparações para o bando intwennyfortee — o povo do senhor Lincoln —, e depois a gente pode prosseguir em, aah, bases melhores."

Clonk-chiado.

"Ouvi dizer que é um bom advogado." Tom julgou detectar uma peculiar insipidez na entonação de Martha. "Tenho certeza de que se confiar plenamente nele, depois ele vai recompensá-lo."

Martha não falava assim, de jeito nenhum. Confuso, Tom deixou cair o fone. A peça bateu ruidosamente na borda onde o aparelho ficava apoiado, depois se seguiu outro chiado de estática e, num sibilo fistular, ele escutou a voz de Martha reiterando: "Ouvi dizer que é um bom advogado. Tenho certeza de que se confiar plenamente nele, depois ele vai recompensá-lo."

Devagar e com cuidado, Tom recolocou no gancho a serpente venenosa do fone. Ele se demorou emplastrando o cabelo com o suor que puxava da testa. O "Gollymollydolly" dos tugganarong se dilatou como a fricção de grilos. Tom foi pagar o gerente do posto telefônico, que estava em uma cabine, cercado de surfistas e salva-vidas, assistindo a um programa de televisão transmitido do sul.

Mais tarde, nessa noite, quando Tom sonhava com um corroboree no deserto — centenas de mulheres entreati nuas, os seios faltando, uivando para uma lua de sangue —, seu celular foi acometido de calafrios febris. O aparelho vibrou até cair da cabeceira compartimentada da cama em cima de sua cabeça. Atarantado, ele o apanhou e levou ao ouvido sonolento.

No início, houve ruídos desordenados, que em seguida se converteram numa rítmica marcha tilintante. Presumindo que alguém deixara o teclado do celular desbloqueado e que o aparelho discara seu número automaticamente, Tom estava prestes a interromper a ligação quando, acima do som da marcha, uma risada metálica vibrou.

"Ah! Tii-hii-hii!" Seguido da voz de Martha: "Bom, você sabe como é, você precisa dizer essas coisas pra manter eles felizes, né? Quer dizer, os egos minúsculos e ridículos deles precisam disso, né?"

Exceto pelo fato de que não podia ser Martha — ou seja, a menos que estivesse deliberadamente personificando o sotaque anglo local, com suas vogais rouquenhas e partículas afirmativas inúteis com que uma em cada duas frases era concluída.

7

Sentindo que dava muito na vista em seu terno azul-celeste sob medida, com paletó de mangas curtas e calças curtas, Tom chegou ao tribunal com o que esperava fosse certa antecedência. Eram apenas sete da manhã, entretanto, os funcionários de escritório de Vance já andavam apressados pelas ruas encharcadas de chuva.

O Central Criminal Court ficava em Dundas Boulevard. A horrorosa massa informe de um edifício de cinco andares. A fachada de concreto era texturizada de modo a se assemelhar ao intrincado padrão de troncos encontrado em uma casa comunal gandaro. Janelas de fendas, como seteiras num castelo medieval, faziam malograr a patética ilusão do arquiteto: aquele era um prédio anglo, a um só tempo ameaçador e ridículo — um ditador usando um chapéu de festa.

Havia um escudo fixado no desgracioso frontão. Era uma versão ampliada dos distintivos nos reluzentes chapéus dos policiais. Com boca e bico, um auraca e uma moa sustentavam no alto a Coroa da República contra um céu de estrelas meridionais. Sob cascos e garras serpenteava um pergaminho estilizado, no qual se via inscrito o moto do Departamento de Justiça Criminal: ABYSSUS ABYSSUM IN VOCAT.

Como uma colegial desajeitada, Tom se abaixou para puxar até o joelho as meias brancas três quartos que completavam seu visual; meias que lavara à mão na pia da quitinete de seu miserável apartamento. Um vagaroso estrondo de palmas reverberou pela baía de Vance.

Endireitando o corpo, Tom viu que, longe de estar adiantado, mal chegara a tempo; pois dispostos em um semicírculo a dezesseis metros da entrada principal havia uma quantidade de homens de terno fumando com estudada concentração. No meio desse arco estava Jethro Swai-Phillips e, a despeito do charuto engwegge enfiado nos lábios grossos, o advogado parecia na maior estica em seu traje formal.

Seria uma coincidência ou Prentice — dando suas baforadas ali ao lado, banhando-se aos raios da elegância refletida do advogado — havia sido previamente informado? Pois seu terno e o de Swai-Phillips eram feitos do mesmo tecido. No advogado, a risca de giz escura exibia um ar senhorial: punhos brancos brilhantes estavam dobrados por cima das mangas curtas do paletó e presos com abotoaduras ovais de ouro. As meias três quartos de Swai-Phillips ficavam presas com jarreteiras de borlas douradas, enquanto de seus ombros largos pendia uma beca curta plissada, decorada com fitas roxas e rosa. No alto de seu cabelo afro estava instalada uma antiquada peruca de magistrado — e mesmo assim só fazia confirmar a dignidade de sua aparência.

Fazia-lhe companhia um anglo de rosto céltico e jovial; orelhas de abano, vão entre os dentes, bochechas sardentas. O sujeito tinha um nariz vermelho de beberrão. Tom presumiu que devia ser Mulgrene, o adido, e perguntou-se onde Adams, o representante do seu governo, podia estar escondido.

Quando Tom se aproximou, percebeu que os óculos que eram a marca registrada de Swai-Phillips haviam sumido, e que o glaucoma desaparecera como que por milagre de seu olho direito. No lugar estava uma vítrea imitação de olho: o branco demasiado branco, a pupila preta demais, a íris castanha fixa e paralisada. Notando a consternação de Tom, o advogado foi logo falando: "É uma lente de contato, Brodzinski, não precisa ficar assustado." E Prentice sufocou uma risada.

"Você está muito maneiro", continuou Swai-Phillips. "As relações vão ser divulgadas a qualquer momento, agora, e então vamos descobrir quem vai primeiro."

Virou para o homem que fumava a seu lado na fila, e Tom reconheceu o assistente que vira no Metro-Center. "Está com os testemunhos, Abdul?", bradou Swai-Phillips, e o assistente mostrou uma valise de couro estufada de documentos que estavam presos com o mesmo tipo de fitas que pendiam da beca de seu chefe.

"Ok." Swai-Phillips juntou Tom e Prentice num abraço conferencial. "Aquele cara lá" — usou o toquinho do seu charuto para apontar — "é o promotor, Tancroppollopp".

O sujeito era gigante — dois metros de pura solidez. Adams dissera que o promotor tinha sangue tugganarong — Tom suspeitava que fosse o prototugganarong, o Ancestral, aquele que impulsionara o outrigger das ilhas Feltham usando apenas as mãos do tamanho de remos. Numa delas o promotor segurava o dígito fumacento de um cigarro, virado para dentro da mão em concha, como um aluno furtivo faria. O contraste entre o gesto prosaico e os musculosos antebraços do homem seria cômico, não fosse a expressão beligerante de seu rosto acobreado, e as duas agressivas tatuagens descendo em espiral de sua cabeça raspada para contornar suas orelhas de barbatana de tubarão.

"Com quem caralho ele tá falando?", foi dizendo Tom.

"Shh, sossega o pito!", disparou Swai-Phillips — e Prentice cacarejou umas risadinhas, porque o homem conversando com Tancroppollopp fumava um cachimbo: de um tipo longo e curvo com fornilho de cerâmica.

Talvez o homem houvesse escolhido aquele cachimbo porque o objeto se conformava a sua morfologia; pois também ele era comprido e curvo. Um anglo, quase tão alto quanto o promotor, mas um varapau como os homens das tribos do deserto. As pernas de seu traje haviam sido cortadas bem alto, expondo uma grande área das coxas esqueléticas. Podia ter feito com que parecesse ridículo — mas não, porque ele exibia o tenso ar vigilante de um raptor. O rosto do fumador de cachimbo também era ornitoideo: o bico afiado de um nariz cheio de veias, olhos amarelos e próximos, bochechas encovadas. Portava um pincenê de ouro e uma beca igual à de Swai-Phillips — embora suas fitas fossem vermelhas e brancas.

"Aquele é Von Sasser", explicou o advogado de Tom. "É o chefe da promotoria — deve estar servindo de advogado para a Província Ocidental. Eu esperava que estivesse lá para o sul, né. Normalmente, ele só pega os casos mais sérios. Não sou de mostrar droga de fraqueza nenhuma." Swai-Phillips tragou profundamente seu charuto, depois falou através de uma nuvem negra pessoal: "Mas aquele é um formidável filho da puta de oponente."

"Von Sasser?", inquiriu Tom. "Pensei que fosse um antropólogo?"

"O irmão", respondeu Swai-Phillips. "Esse é Hippolyte — o outro é Erich. Você nunca encontra ele aqui em Vance, civilização demais pro homem aguentar, é..."

Parecia que o advogado iria dizer mais alguma coisa sobre isso, mas de repente — como que reagindo a um assobio ultrassônico audível apenas para fumantes — os homens formaram uma fila no dólmen metálico de um cinzeiro e, um a um, descartaram suas guimbas. Von Sasser esvaziou cuidadosamente o cachimbo antes de voltar a guardá-lo em um estojo de couro. Depois todos eles subiram em fila pelos degraus e entraram no Central Criminal Court.

O saguão era sombrio, mesmo após a obscuridade sépia do céu de monção lá fora. A correria era tremenda, com oficiais de justiça, policiais, funcionários do tribunal e advogados chispando de um lado para outro a fim de consultar as compridas listas pregadas nos quadros de aviso, para depois voltar às pressas e confabular com seus clientes. Abdul mergulhou naquela batalha campal, e, emergindo minutos mais tarde, atravessou o saguão e foi conversar com Swai-Phillips.

O advogado se acercou de seus clientes. "Boas notícias!", bradou. "Você é agora de manhã, Prentice, e você, Brodzinski, vai ser chamado bem no começo da tarde.

"Você." Deu um puxão na gravata de Prentice. "Vem comigo. E você" — pressionou Tom pelo ombro a sentar em um banco — "fica aqui".

Tom ficou olhando Prentice sendo levado embora como um carneiro sarnento para o matadouro. Esperava que alguma ansiedade transparecesse nos traços ovinos do molestador, mas Prentice parecia inteiramente despreocupado.

Assim que as sessões matutinas tiveram início, a agitação apaziguou. Uns poucos habitantes das montanhas permaneciam nos recessos mais escuros do saguão, agrupados em círculos estreitos e cantando seu "bahn-bahn-bahn-buush" tão surdamente que Tom não conseguia ter certeza se eram eles e não seu próprio sangue agitado pulsando em seus ouvidos.

No grande balcão da recepção um policial checava seus armamentos de um modo minucioso mas indolente, removendo as balas do pente uma a uma, para polir com um lenço e depois encaixá-las de volta.

De tempos em tempos algum advogado ou funcionário do tribunal surgia numa das elevadas portas duplas que havia no fundo do saguão e saía apressado do edifício. Ali eles iam e vinham pela linha de dezesseis metros, levando à boca fosse lá o que estivessem fumando e tagarelando no celular, antes de correr para dentro outra vez.

Tom baixou os olhos para as coxas túrgidas e brancas. Perguntou-se onde Adams se metera — e Atalaya Intwennyfortee, por falar nisso. Estava sentindo uma falta terrível do cônsul honorário e da parte queixosa: como se ainda fosse um fumante e eles um maço de cigarros e um isqueiro. Uma ou duas vezes, Tom se pegou apalpando os bolsos de seu paletó, como que na expectativa de sentir minúsculos corpos enfiados ali: Adams com seu sorriso de seersucker, Atalaya com sua pele preta fosca.

Vagarosos aplausos trovejantes vieram; em seguida, finalmente, como uma ejaculação longamente postergada, o chiado da chuvarada. Tom se sentiu ilhado no saguão, escutando o "bahn-bahn-bahn-buush" dos nativos, o rateio de um ar-condicionado defeituoso e as bofetadas cadenciadas de um enorme relógio digital.

Às onze, varrendo as gotas de seu poncho plástico, Gloria Swai-Phillips entrou esbaforida. Ela esquadrinhou o ambiente e, vendo Tom em seu banco, atravessou o saguão e sentou a seu lado. Sua proximidade dos traços de Martha foi ao mesmo tempo imperiosa e confortadora: a boca ampla e o lábio superior comprido se contraíram conforme se livrava da capa de chuva. Por baixo usava um corpete creme de linho e saia plissada. Tom fixou o olhar nos poros ásperos de sua panturrilha recém-depilada.

Inicialmente, Gloria nada disse, apenas se curvou e tateou a perna de Tom. Seus dedos encontraram o ferimento do makkata.

"Está doendo, né?", perguntou.

"Você ligou ont...", começou Tom, então se deteve. "Não muito", respondeu, em vez disso. "É como um ferimento de guerra — lateja quando vai chover."

Gloria deu uma risada curta e tirou a mão. "Estou de partida hoje à tarde", disse. "Vou tomar um avião pra Amherst, na costa oeste, depois pego a Autoestrada 2 com um comboio para as Comunidades Tontinas..." Fez uma pausa e olhou para

Tom. Ele devolveu o olhar, se perguntando o que tudo isso tinha a ver com ele. "Você sabe", ela continuou, "os orfanatos que eu cuido lá, eles precisam de suprimento, né?"

"Claro", disse Tom. "Sem dúvida — entendo."

"Eu — eu…" Ela tomou a mão dele na sua, virando-a de um lado e depois do outro. Suas unhas eram compridas, curvadas como foice, e com um esmalte metálico. "Espero vê-lo por lá, né?"

Antes que Tom pudesse pensar em uma resposta, Gloria enfiava a capa outra vez. Seus saltos matraquearam no piso de pedra até as portas de entrada. Ela o relanceou por sobre o ombro, depois cobriu a madeixa loira de cabelo com o capuz pontudo e saiu de volta para a chuva.

Tom não teve tempo de analisar a aparição: as portas do Tribunal n.º 3 abriram ruidosamente, e o primo de Gloria surgiu com passadas largas. A reboque vinham Abdul, o assistente, e Mulgrene, o adido. Prentice veio em seguida, junto com um punhado de funcionários do tribunal. Mulgrene dizia, muito alto, como que fazendo propaganda para futuros clientes de Swai-Phillips: "Isso foi impressionante, Jethro, absolutamente impressionante, droga! Acho que nunca vi alguém enfrentar Von Sasser com tanta coragem. Você merece uma bebida, cara."

O grupo todo veio na direção de onde Tom estava sentado e se reuniu em torno, ignorando-o enquanto contavam em voz alta os feitos advocatícios que haviam acabado de testemunhar. Tom tentou fazer Prentice olhar para ele, mas este fitava Swai-Phillips com uma enjoativa expressão de adoração.

Tancroppollopp e Von Sasser passaram direto por eles e saíram para a chuva. Um funcionário se aproximou do grupo da defesa e estendeu um pedaço de papel para Mulgrene. O adido o examinou com olhos arregalados, seu sorriso de palhaço triste virado de ponta-cabeça.

"Quatro grosas de bicos reutilizáveis, a mesma quantidade de fraldas descartáveis. Ribavirin — quatrocentas doses em ampolas, amoxicilina, lenços antissépticos…" Parou de falar e olhou para Prentice. "Nada que não estivéssemos esperando. Você tem fundos pra isso, né?"

Prentice fez que sim.

"Então pode carregar amanhã", bradou Swai-Phillips. "Agora cai fora daqui, caralho!"

O almoço se arrastou por horas. O grupo acomodou-se à volta das mesas forradas de fórmica cercadas por arbustos que os ameaçavam com suas folhas de dentes serreados. Swai-Phillips, achando uma brecha nos contínuos brindes de cerveja que comemoravam sua marcante vitória, explicou para Tom: "O tribunal só volta a se reunir lá pelas três, viu. Eles têm que construir um arco de cruzeiro, pra que Atalaya e a manager dela possam dar seu depoimento pros makkatas. Tente não ficar tão ansioso, Brodzinski; vai dar tudo certo. Toma uma droga de cerveja e relaxa, né."

Tom não conseguia. Ele saiu da praça de alimentação. A chuva golpeava a varanda envidraçada quando apertou a tecla de rediscagem pela vigésima vez nesse dia: "Este número se encontra temporariamente fora de serviço, sua ligação será atendida pelo serviço de mensagens AdVance..."

Quando o sinal de bipe tocou, Tom despejou toda sua ansiedade reprimida: "Puta que pariu, Adams. Cê vai me deixar plantado aqui ou o quê?"

Outra vez lá dentro, um freezer de rodinhas era passado de um homem para outro. A cada rodada esvaziavam copos de cerveja, depois faziam outro brinde, à "Justiça!", ou "Retórica!", ou "Argumentação!" Paletós pendiam dos espaldares das cadeiras. Antebraços despidos misturavam-se a canecas lambuzadas de curry, entre caspa de coco ralado.

Swai-Phillips ocupava a cabeceira da mesa, a gravata afrouxada, seu globo de cabelo tão orvalhado de suor que parecia uma redinha com joias. Porém estava sóbrio se comparado a Mulgrene e Prentice — ambos irremediavelmente bêbados.

Às duas e meia, Tom enfiou quarenta paus na mão de um dos garçons para que fosse à loja de bebidas e lhe comprasse um Seagram's. Quando o homem voltou, Tom deu duas goladas rápidas na garrafa. O uísque esbofeteou-o languidamente na cara, um soco-inglês de ebriedade que o atingiu sob o olho. Com a cabeça girando, Tom ergueu o rosto e observou o aguaceiro castigando a claraboia. Swai-Phillips mirou a lente pintada na direção de seu cliente. Seu queixo poderoso era uma barba de mexilhões-bexiga, sua boca, um alto-falante robótico através do qual a voz dele pipocou: "São duas e quarenta e cinco, Brodzinski. A corte vai se reunir daqui a quinze minutos; a gente não pode se atrasar, parceiro."

Deixando Prentice, Mulgrene e os demais, voltaram chapinhando através do aguaceiro vespertino. Abdul jogou um impermeável sobre os ombros largos de seu chefe. Debaixo do casaco, o terno e a beca do advogado permaneceram obstinadamente secos; enquanto Tom, com apenas um guarda-chuva dobrável para se proteger, deu com seu paletó coberto de manchas escuras.

Quando entraram no saguão, foram recebidos pelo cônsul honorário, que, segurando Tom pelo braço, conduziu-o diretamente à sala do tribunal. Como era de se esperar, Adams vestia um terno de seersucker marrom-claro. Sentado ao lado das imponentes figuras na corte, parecia um colegial supercrescido, impressão reforçada pela faixa azul que usava, que, presumia Tom, devia ser a insígnia de seu — deveras especioso — posto.

A bancada dos juízes estava desocupada, mas Hippolyte von Sasser e Tancroppollopp, o promotor, sentavam a uma mesa do outro lado da fileira onde a defesa havia sentado.

Curvando-se, Adams sussurrou: "Desculpe pelo atraso, Brodzinski, mas como deve avaliar, estou em uma posição prenhe de, aah, potenciais animosidades, haja vista que preciso considerar os interesses da, aah, parte querelante, também. Precisei ir ao hospital hoje de manhã; ocorreram alguns, aah, desafortunados progressos relativos ao senhor Lincoln."

Adams parou e Tom, a rédea solta pelo uísque, relinchou: "Que progressos?"

Adams pediu que fizesse silêncio quando a porta atrás da bancada abriu e um maceiro veio andando à frente dos juízes.

Fitando o trio bizarro que entrava, Tom ficou desconcertado de ver como a sala do tribunal o havia tapeado. Ao chegar, o lugar parecera ordinário ao ponto da banalidade: as fileiras de mesas comuns, a galeria do público separada pela balaustrada, o estenógrafo e os funcionários sentados a uma mesa abaixo da bancada. Que as lâmpadas fluorescentes parecessem cruéis e o tapete, dotado de padrões desagradáveis, ele punha na conta do Seagram's. Esse astigmatismo mental talvez também explicasse o modo como o escudo parecia se inclinar na parede acima da bancada em um ângulo abrupto.

Entretanto, quando o juiz nativo, seu corpo preto elaboradamente pintado com listras brancas, esgueirou-se atrás da ponta do anteparo espinhento que dividia a sala, Tom se deu conta de que nem sequer havia notado aquela esquisita divisória orgânica.

Percebendo a consternação de Tom, Adams sussurrou: "Espinho de karroo: recém-trançado pelos tayswengo vindos do deserto. Como expliquei, nem a senhora Lincoln, nem ninguém do povo dela pode prestar testemunho em tribunal aberto."

O maceiro bateu com sua maça retorcida no chão e exclamou: "De pé!"

Tom se levantou e encarou boquiaberto os dois juízes restantes: um anglo, um tugganarong. Seus mantos talares eram tão decorados com faixas de vários matizes que pareciam bonecas de pano com cabeças humanas presas no alto.

Houve uma pausa desconfortável enquanto o maceiro tateou procurando um botão oculto. Coletivamente, a corte limpou suas diversas gargantas. Então ouviu-se um crepitar de estática, seguido da gravação de uma fanfarra tão insegura que os trompetes soavam como kazoos. Em uma dissonância de vozes, toda a congregação principiou a cantar:

> *Do mar brilhante ao temível deserto,*
> *Do coral ameaçador ao abundante filão,*
> *Esse reino dourado de inefáveis promessas,*
> *É teu chão, oh Senhor, é teu chão...*

Tom escutara o hino antes — até mesmo o parodiara para seus filhos. Com sua melodia animada e estudada versejadura, parecera-lhe a própria essência do caráter nacional kitsch. Agora ele observava pasmo com que convicção era entoado, e, quando olhou à sua direita para Swai-Phillips, ficou boquiaberto ao ver lágrimas enchendo seus olhos. Lágrimas que, enquanto Tom olhava, engrossaram e desceram pelas maçãs do advogado.

> *A ti oferecemos, oh Senhor, nosso país,*
> *Nós o oferecemos... aaaa... tii-iiii...!*

A fita continuou chiando por alguns segundos, depois silenciou. "Sentados!", bradou o maceiro, e todo mundo sentou, menos o promotor, que, sem mais preâmbulos, começou a recitar as acusações contra Tom. "Que em 26 de agosto deste ano, o réu, Thomas Jefferson Brodzinski, na época temporariamente residente nos Mimosa Apartments, em Dundas Boulevard, deliberadamente, e com pleno conhecimento dos efeitos prováveis de sua ação mal-intencionada, serviu-se de uma arma projétil com uma carga tóxica para atacar o senhor Reginald Lincoln Terceiro — doravante referido como a vítima —, e que a vítima, tendo ficado gravemente ferida, nesse momento apela a este tribunal — tanto por intermédio de meu gabinete como por intermédio da manager espiritual de sua esposa — pelas três formas de justiça proporcionadas sob as provisões constitucional e de Título Nativo correlacionadas. A saber: punitiva, retributiva e corretiva.

"Antes que meu estimado colega, o senhor Von Sasser, apresente o processo movido pelo governo da Província Oriental contra o réu, creio que seria do interesse da corte, excelências, que essas complexidades jurisdicionais sejam elucidadas inteiramente, para que nenhuma confusão venha a surgir em um estágio posterior dos procedimentos."

Destoando de suas feições monumentais e impassíveis, o promotor falou com grande vivacidade. Claramente, gostava do estrondo da própria voz e se preparava para uma peroração mais prolongada. Tom, pasmo de ouvir uma guimba de cigarro jogada sendo referida como "arma projétil com uma carga tóxica", já mergulhara na confusão prevista pelo promotor.

Então ele escutou o juiz anglo, que disse com irritação: "Certo, certo, senhor Tancroppollopp, acho que estamos todos perfeitamente cientes desse… desse *negócio*. Vamos permitir que Von Sasser faça suas considerações iniciais, agora."

O juiz era velho e moderado na conduta — olhos azul--claros perscrutando acima de grossas bifocais —, e mesmo assim conseguiu deter o ponderoso Tancroppollopp em seu trilho. O promotor sentou-se abruptamente, e um murmúrio de deleite percorreu o tribunal. O público da galeria começou a conversar; o estenógrafo parou de escrever e tomou um gole d'água em uma garrafa de plástico.

Swai-Phillips sussurrou para Tom: "Isso tudo é só duelo de retórica, Brodzinski. A promotoria nunca revela seu processo numa audiência preliminar; a queixa do bando intwennyfortee leva a precedência. Toda a ação importante acontece atrás do biombo, viu."

O contraste entre as sinuosas curvas orgânicas do anteparo e os desgastados painéis de madeira era total. Na parte da frente do tribunal, onde o biombo vegetal se retorcia em um túnel e enroscava na bancada, ele era mantido no lugar por meio de cabos presos a ganchos, que estavam aparafusados no teto, no piso e até no próprio banco.

Através de fendas entre os ramos fortemente trançados e espinhosos, Tom conseguia ver o juiz makkata sentado de pernas cruzadas em sua ponta da bancada, como uma aranha em uma teia de vime. Por toda parte, atrás do biombo, formas escuras passavam rapidamente, e havia um murmúrio gutural constante. Tom tentou divisar a silhueta flexível de Atalaya Intwennyfortee entre as demais. Ele se perguntava, distraidamente, por que diabos logo ele que fora considerado astande estava no entanto se comportando como se fosse inquivu, completamente passivo perante aquela monstruosa inquisição.

Adams o cutucou. "Brodzinski", sussurrou. "O que eu quis dizer agora há pouco foi que o senhor Lincoln…" Só que mais uma vez foi interrompido.

Von Sasser se levantara; o público na galeria ficou em silêncio; o estenógrafo ergueu as mãos como um concertista de piano.

"Excelências, estimados colegas." Acenou com a cabeça para Tancroppollopp. "Cidadãos de Vance." Lançou um olhar promotorial para a mesa da defesa, antes de prosseguir: "Devo proceder por analogia?"

A pergunta brusca captou a atenção de todos. O juiz tugganarong, antes absorto em uns recortes de jornal que arrumava diante de si, na bancada, ergueu o rosto para o chefe da promotoria e disse: "Por que não?"

Von Sasser puxou duas das fitas que havia em sua beca. Segurou-as esticadas entre o polegar e o indicador de cada mão, enquanto mantinha as longas costas eretas.

"Não preciso explicar a nenhum dos presentes — exceto talvez ao próprio réu — em que medida a introdução de elementos estrangeiros contaminou essa terra outrora imaculada."

Até mesmo o povo nativo atrás do biombo agora cessara de murmurar. Von Sasser torceu seu bico num sorriso, depois retomou. "Sejam esses elementos compostos de pessoas, seus costumes ou até as espécies que trazem consigo, os resultados foram quase invariavelmente desastrosos, tanto para nossos povos aborígenes como para seu meio ambiente.

"Bem." Von Sasser virou-se para ficar inteiramente de frente para Tom, e deitou sobre ele seu olhar de raptor. "Aqui temos um — um *turista* — na falta de qualquer outro nome — que vem para cá na ignorância tanto de nossas leis civis como consuetudinárias. Que não apenas se entrega a um imundo hábito estrangeiro, como também emprega o vil instrumento de seu vício para atacar — atacar violentamente — um estimado ancião de nossa comunidade.

"Sem dúvida, em breve irá se valer de meu colega, o doutor Swai-Phillips, para alegar que sua ação foi 'um acidente'; e, sem dúvida, o réu também alegará — assim como o fizeram inúmeros compatriotas seus — que o mexilhão de Sangat é 'um acidente', que a tontina é 'um acidente', que a asbestose dos mineiros de Kellippi é 'um acidente', que…"

"Protesto, meritíssimos!"

Swai-Phillips ficou de pé — Tom estava hiperventilando. À medida que calúnia era empilhada sobre mentira pelo promotor esquelético, ele se viu subjugado pela injustiça daquilo tudo: de que aquele anglo ainda fumante fosse hipócrita a ponto de acusá-lo.

"O senhor tem a palavra, doutor", murmurou o juiz anglo.

"Comparar meu cliente com um elemento invasivo isolado talvez forneça ao meu douto amigo a substância para uma analogia…" Swai-Phillips fez uma pausa, afagando vaidosamente a peruca. Tom ficou impressionado com a clareza de sua dicção — nenhum traço de cerveja, ali. "Mas atribuir ao senhor Brodzinski todos os males do colonialismo é, atrevo-me a sugerir, um falso silogismo: toda espécie estrangeira é destrutiva. O senhor Brodzinski é uma espécie estrangeira. CQD… Mas estou seguro de que não preciso explicar a premissa oculta para mentes tão lógicas e finamente sintonizadas quanto as de vossas excelências."

Sentou de repente, visivelmente muito satisfeito consigo mesmo.

A bancada também parecia cativada pela argumentação de Swai-Phillips. O juiz anglo virou para seu colega tugganarong e os dois principiaram um urgente colóquio *sotto voce*. Conversas brotaram em todo o resto da sala. Tom virou-se para Swai-Phillips e perguntou: "Quanto tempo isso vai demorar, exatamente?"

"É de nosso interesse", disse o advogado, "abreviar o máximo possível. Mas, pelo andar da carruagem, eu não esperaria uma conclusão dessa audiência para antes de uma semana."

"Uma semana!", engasgou Tom.

Os cinco mil que ele depositara inicialmente para Swai-Phillips haviam sido gastos só com as reuniões pré-julgamento; mais dois mil com a cerimônia astande. Tom dera um jeito de transferir mais dez mil para a conta do advogado, mas Swai-Phillips fora bem franco acerca dos custos de sua representação: "É mil por dia, todo dia que estivermos em corte. Só porque sou um *solicitor-advocate*, isso não significa que eu não seja o melhor, viu."

Notando a aflição de Tom, Adams teve pena. "Jethro só está tirando uma onda com você, Brodzinski. Não esqueça que a reivindicação retributiva do bando intwennyfortee leva a precedência. Precedência imediata — principalmente depois que o senhor Lincoln entrou em coma."

"Coma?"

"É, coma, em algum momento essa noite. Você vai ver: isso vai abreviar muito as coisas na audiência preliminar. O bando intwennyfortee vai tentar arrancar o máximo que conseguir de você imediatamente, caso..."

"Caso o quê?", interrompeu Tom.

Adams deu um suspiro cansado. "Caso o velho morra. Porque daí a acusação vai ter que mudar pra assassinato, e o, âh, *blood money* deles"* — o nariz de Adams franziu com o cheiro ruim da expressão — "possivelmente vai ficar preso em juízo como caução do governo — e resgatar o dinheiro pode levar anos".

---

* Literalmente, "dinheiro de sangue": reparação paga por réu aos membros da família da vítima. (N. do T.)

O cônsul girou em sua cadeira. "Mas se não estou enganado, lá vem o médico do hospital com o boletim. Isso vai sacudir as coisas — você vai ver."

Escoltado por dois policiais armados, Vishtar Loman se aproximou da bancada e passou ao velho juiz anglo um envelope. Seu colega tugganarong ignorou a cena; ele havia puxado um canivete de seu manto de boneca de pano e limpava conspicuamente as unhas. Loman e o juiz anglo trocaram algumas palavras, e o médico foi então dispensado. O juiz anglo recostou relaxado em sua cadeira, uma expressão de alívio no semblante sereno. Um burburinho generalizado veio à tona na sala do tribunal. O juiz anglo passou o envelope para seu colega, que o abriu e leu. Depois se deslocou ao longo da bancada de modo a poder falar através do biombo de espinhos com o makkata pintado. O makkata, por sua vez, retransmitiu a informação para uma figura contorcida a seu lado, e que Tom achou que devia ser a manager de Atalaya, a feiticeira entreati.

Então, uma tremenda ululação se ergueu vinda de trás do anteparo e formas negras se jogaram contra ele. O juiz anglo fez um gesto para o maceiro, que golpeou o piso com seu bastão até que a ordem fosse restaurada.

"Esta sessão está suspensa", disse o juiz. "Senhor Tancroppollopp, doutores Von Sasser e Swai-Phillips, quero todos em minha sala dentro de dez minutos. E senhor Swai-Phillips" — o advogado de Tom se levantou, respeitosamente — "traga seu cliente junto".

Tom permaneceu durante todo o intervalo sentado, tremendo, no banco que ele ocupara toda a manhã. Swai-Phillips saiu para fumar — e Adams foi com ele.

O promotor e o chefe da promotoria passaram rapidamente. Então Von Sasser se virou e se aproximou de Tom. "Senhor Brodzinski." Ele voltou para baixo seu bico falconídeo.

"P-pois não?"

"O senhor quase certamente estará se dirigindo para lá em um futuro não muito distante. Se por acaso encontrar meu irmão, Erich..." Fez uma pausa.

"O quê?" Tom estava perplexo. "O que tem ele? Quer dizer, isso é provável? 'Lá' não é um lugar enorme?"

"Não tenha dúvida." Von Sasser falava com preciosística precisão. "Entretanto, meu irmão é dono de uma personalidade muito expansiva — ele percorre um bocado aquele interior, ele..." Mas então Von Sasser parou, claramente sentindo que dissera mais do que devia, e, girando nos calcanhares, afastou-se estugadamente, sem dar nem até logo.

Quando Swai-Phillips voltou, Tom lhe contou sobre o encontro.

"Esses Von Sasser", bufou com desprezo o advogado. "Agem como se lá fosse a droga do feudo familiar. Sabe, já faz anos q..." Mas então ele mordeu a língua e, junto com Adams, começou a conduzir Tom por um corredor que levava aos fundos do prédio.

"Achei que Von Sasser e o promotor também tinham que comparecer à sala do juiz?", protestou Tom.

Swai-Phillips bufou outra vez. "Aquilo? Ah, aquilo foi só pra inglês ver, né."

Mas quem?, pensou Tom, enquanto Adams batia em uma porta de aparência comum, e eram admitidos pelo maceiro.

Na mesma hora, Tom foi invadido pela forte impressão de uma atmosfera doméstica enjoativa. Havia toalhinhas rendadas nas mesas, difusas aquarelas da selva tropical na parede de painéis de madeira, enquanto uma jarra elétrica gorgolejava e cuspia numa bandeja.

Então ele viu o bando intwennyfortee. Sentavam em poltronas de lona verde-oliva, ao redor de uma mesinha atulhada de revistas: Atalaya, a feiticeira entreati e duas outras mulheres reconheceram Tom do hospital. Com elas estava o juiz makkata zebrado. A chaleira devia já ter fervido antes, pois todos os nativos seguravam uma caneca fumegante, e, observado por Tom, o makkata se curvou para a frente a fim de despejar dois adoçantes na sua. Atalaya mastigava um cookie com gotas de chocolate.

"Chá, senhor Brodzinski?"

Tom se virou abruptamente; pairando junto a seu ombro havia um homenzinho anglo minúsculo vestindo apenas uma samba-canção estampada e uma camiseta de baixo listrada, por onde escapavam alguns esparsos cabelos peitorais.

"C-como é?", gaguejou ele.

"Chá", reiterou o velho. "Está servido?"

Foi só então que Tom notou o manto de magistrado, com suas madeixas de fitas multicores, pendurado em um mancebo, e se deu conta de que quem lhe dirigia a palavra era o juiz.

"Hmm, ahã, claro, 'brigado, excelência", atrapalhou-se todo.

"Brodzinski." Swai-Phillips agarrou seu tríceps. "Este é o presidente Hogg."

"M-meritíssimo." Tom fez uma ligeira mesura para o velho, sem saber se deveria oferecer a mão. O juiz Hogg não pareceu minimamente ofendido. Moveu-se de lado, e começou a emitir observações enquanto servia chá para os recém-chegados.

"Perdoe a informalidade. Essas drogas de mantos são muito desconfortáveis — nunca me acostumei com eles, né. Meu colega, o juiz Antollopollollou, se escafedeu. Você deve compreender — acordos de indenização, esses negócios temporários... isso pra ele não tem interesse nenhum. Açúcar? Leite? Limão, talvez?"

Durante todo esse tempo o bando intwennyfortee e o juiz makkata mastigaram cookies com expressão impassível. Contudo, assim que o grupo da defesa se acomodou em suas próprias poltronas, e o juiz Hogg se empoleirou na quina de sua enorme escrivaninha de gavetas laterais, o makkata pôs-se a emitir uma série de estalos de dentes e cliques palatais. Swai-Phillips também abriu fogo, e os dois foram em frente, disparando um contra o outro a saraivada de plosivas.

Tom relanceou Atalaya. Ela sentava como uma adolescente, as pernas jogadas sobre o braço da cadeira, um sorrisinho enfatuado para seu cookie. Tom deu um gole no chá. Doce e aleitado, o líquido dissolveu o coágulo de uísque em sua boca ansiosa.

Inclinando-se na direção de Tom, o juiz Hogg explicou: "Isso vai levar algum tempo, viu."

"Sobre o que eles estão conversando?", perguntou Tom.

"Bom, acho que isso é o que o seu povo chamaria de *horse trading*, mas aqui essa negociação tem uma função ritual, também, né. Eles estão tentando chegar a um acordo sobre os termos de sua indenização para o bando intwennyfortee."

"E o meu advogado — ele está tentando, aah, baixar um pouco?"

"Não é bem assim", sorriu Hogg. "Uma vez que o senhor foi considerado astande, é sua obrigação oferecer mais do que eles podem aceitar por direito, né. O senhor é o retificador de erros. O makkata e a manager espiritual do senhor Lincoln irão pouco a pouco baixar as reivindicações sobre o senhor a um ponto em que sejam aceitáveis."

Aceitáveis para quem? quis perguntar Tom, mas Swai-Phillips, interrompendo as negociações, virou para ele, dizendo, "Já estamos quase lá, Brodzinski. Não sei por quê, exatamente, mas a parte queixosa está sendo pra lá de conversável." E então voltou a matraquear.

Na opinião de Tom, Atalaya não estava sendo nada disso. Enquanto as outras nativas tinham a atenção presa no fogo cerrado do acordo, ela continuava a ocupar os dentes, ao mesmo tempo em que olhava distraidamente pela única janela da sala, um minúsculo vidro oblongo com cortinas de chita.

Haviam chegado a algum tipo de conclusão, pois, num pedaço de papel de imprimir que obtivera com o juiz, o makkata laboriosamente escrevia uma lista com uma caneta hidrográfica. Depois de terminar, ele a ergueu, de modo que todos os presentes pudessem ler:

DOIS RIFLES DE CAÇA SEMINOVOS
UM JOGO COMPLETO DE PANELAS
$10.000

"Só isso?", perguntou Tom. "E quanto aos remédios? Prentice teve de comprar remédios."

"Diferentes, aah, procedimentos para pessoas diferentes", disse Adams, tolamente. "O bando com que Prentice teve de lidar é na maior parte das Comunidades Tontinas; o seu é bem mais pra lá." Sacudiu um polegar por sobre o ombro. "Bem depois de Eyre's Pit, no coração da tribo tayswengo. Esse povo é do deserto, Brodzinski, essas são as coisas de que eles mais precisam."

A delegação Intwennyfortee se preparava para ir embora. O makkata ficou de pé, se esticou langorosamente e puxou um naco de engwegge de sua tanga. As mulheres tayswengo, e a atemorizante aparição que era sua assexuada manager espiritual, tagarelavam acima de uma distante Atalaya. Tom estava dividido: seria aceitável que perguntasse pelo velho — ou isso atentaria contra mais outro tabu? As nativas se anteciparam a qualquer gesto seu fazendo Atalaya ficar de pé e saindo da sala, sem nem se despedir.

"Bom", Tom perguntou a Swai-Phillips, que esperava ao lado do juiz Hogg enquanto este enfiava umas calças curtas por cima da samba-canção, "o que acontece agora? Será que simplesmente dou pra eles o dinheiro, as panelas e os rifles e ponto final?"

O grandalhão riu. "Ho-ho! Oh, não, Brodzinski, nada por aqui é *tão* simples assim. Toda indenização precisa ser feita pessoalmente. Você vai ter que alugar um carro e se mandar pra lá — cê tem chão paca pela frente. Mas pelo menos eu tenho uma notícia boa."

O advogado e o juiz trocaram olhares conspiratórios. Irritado, Tom foi ríspido: "O que é, então?"

"Bom", disse Swai-Phillips, com um sorriso, "Prentice está a caminho das Tontinas, então vocês dois podem rachar as despesas, sem falar que você vai ter uma companhia pra viajar — pelo menos, nos primeiros sei lá quantos milhares de quilômetros".

8

"O senhor já alugou com a gente antes?"

A funcionária encarou Tom Brodzinski com distanciamento profissional. Tom inferiu pelo olhar rotineiro que, embora a temporada turística pudesse ter terminado, um anglo continuava a ser exatamente igual a qualquer outro. Ele notou as manchas arroxeadas sob aqueles olhos indiferentes. Seu cabelo pixaim havia sido cortado bem curto para se conformar a expectativas ocidentais, ao passo que suas carnes amplas e café com leite haviam sido espremidas em uma saia até o joelho e uma blusa branca com dragonas vermelhas, o uniforme da companhia pelo mundo todo.

Adams contara a Tom que muitos montanheses residentes em Vance sofriam de diabetes. Faltavam-lhes as enzimas necessárias para quebrar o açúcar e outros aditivos das comidas industrializadas que consumiam fosse por indolência, fosse por precariedade financeira, fosse por ambos os fatores.

"Eu — eu já." Tom estava nervoso. Não só já usara aquela empresa antes, como também tratara com aquela mesmíssima funcionária ao alugar a minivan em que a família Brodzinski viajara em sua excursão pelas Highlands.

Tom falara com ela — tanto ao pegar o carro quanto ao devolvê-lo — por pelo menos vinte minutos. Haviam conversado enquanto faziam a vistoria juntos. Houvera também algumas ligações que fizera a fim de saber onde ficava o estepe, e para perguntar sobre um amassado no para-lama. Tom sabia seu nome — que, de qualquer modo, estava em seu crachá —, e contudo ela esquecera até de sua existência.

"Meu nome é *Brodzinski*", enfatizou. "Vai aparecer no seu sistema."

Ela correu os dedos pelo teclado, seus olhos pestanejando da tela para os papéis. Emitia perguntas concisas sem olhar para ele. "Seguro contra colisão, perdas e danos? Milhagem ilimitada? Seguro contra sobretaxa de combustível? Seguro pessoal? Apólice tontina?"

Tom grunhiu afirmativamente para tudo isso, menos a última. "Com licença", interrompeu. "Apólice tontina, o que é isso?"

"Seu seguro pessoal não tem cobertura nas Comunidades Tontinas, senhor. Então oferecemos nossa própria apólice tontina, viu."

"O que isso significa, exatamente?"

A funcionária suspirou fundo. "Se o motorista ou o passageiro incorrer em condição de inviabilidade de vida na referida municipalidade, o prêmio básico previsto é dez mil a duzentos mil para a outra parte, dependendo da causa imediata. Isso é garantido pela Companhia em associação com a Premium Eagle Assurance. Os detalhes completos de todas as tontinas estão discriminados na subseção A19 do contrato de locação, viu."

A atendente descarregou tudo isso tão rápido que, embora a estranheza da ideia deixasse Tom perplexo, tudo que ele disse foi: "É por isso que tem esse nome? Quer dizer, as Comunidades Tontinas?"

Ela o encarou diretamente pela primeira vez — e como se olhasse para um idiota. "Apólice tontina?", insistiu.

Tom relanceou atrás de si, onde Prentice estava sentado, numa cadeira baixa, seu chapéu pretensioso sobre um dos joelhos ossudos, a meia-careca protegida pela folha cerácea de um arbusto qualquer. Prentice acenou com a cabeça.

"Hmm, certo, acho que sim", disse Tom à atendente.

"Nesse caso" — seus dedos rechonchudos martelaram o teclado e uma impressora resfolegou com vida. A mulher girou o corpo, destacou o papel impresso, girou de volta e o pousou sobre o balcão. "Assine aqui, aqui e aqui. Dê um visto aqui, aqui, aqui, aqui, aqui e aqui. O senhor Prentice vai precisar assinar aqui pela tontina."

Tom ficou com vontade de perguntar como sabia o nome de Prentice mas não o seu; sobretudo considerando-se que Prentice não podia dirigir. Entretanto, ela seguiu despejando: "Aqui estão sua carta de motorista e seu cartão de crédito. Deduzimos um depósito de dois mil, padrão para locação por lá. Aqui estão as chaves; se puder me dar alguns minutos pra apanhar minha capa de chuva e o checklist, encontro o senhor no pátio pra vistoriar o veículo, né."

Os respectivos enviados dos governos de Tom e Prentice estavam esperando lá fora. *Sir* Colm Mulgrene puxou Prentice de lado, enquanto Tom perguntou a Adams sobre a tontina. Mas o cônsul pareceu não escutá-lo; estava fuçando em uma bolsa de farmácia. Tom podia imaginar os remédios que o homem mais velho andara comprando: emplastros para remover calos, talcos micóticos, comprimidos para aliviar o sujeitinho viscoso do inchaço abdominal engendrado pelos excessos na temperada cozinha handrey.

A cobertura das nuvens estava muito baixa nessa manhã. Tão baixa que a metade superior do Metro-Center desaparecera em suas fímbrias arrastadas. Havia vestígios de pancadas de chuva pela superfície esburacada e oleosa do pátio, embora o verdadeiro aguaceiro do dia ainda estivesse por vir.

Tom cutucou Adams: "Então, o que é essa merda de tontina?"

Mas o cônsul não dava o serviço. "Eu diria que você vai descobrir, aah, no caminho, Brodzinski. Pense nisso como um pouco de aventura extra para sua viagem. Para ser franco, sinto inveja de você. Cruzar de carro dia após dia aquela paisagem fantástica, as montanhas gigantes parecendo simples ondulações no horizonte…

"Sabe, Tom" — a imagem romântica fez Adams pender pela intimidade — "os povos do deserto acreditam que a terra está sempre em processo de vir a ser — nunca, aah, terminada. Que toda vez que um viajante visita a região, o lugar, aah, se forma para ele, assumindo as características de sua mente…"

Conforme sua voz morria, Tom lembrou daquele primeiro encontro no café da manhã dos Mimosa Apartments. Naquele momento, Adams lhe parecera o verdadeiro epítome da probidade diplomática certinha e convencional: o típico segundo escalão de Ivy League que chega ao topo quando acha a fraternidade ideal, e que depois encontra um nicho no Departamento de Estado, onde pode lentamente declinar. Agora Tom já não tinha tanta certeza. Teria Adams um parafuso solto?

Talvez para confirmar isso — bem como para mostrar sua capacidade de ler pensamentos — o cônsul honorário ergueu a mão esquerda bem alto no ar, depois a trouxe para baixo e remexeu o cabelo na parte de trás de sua cabeça. Era algo que Tom o vira fazer antes, embora fosse estudado demais para ser apenas parte de seu gestual.

A atendente da locadora se aproximou. Chamando a atenção de Tom para a posição inabitual do estepe — alojado embaixo do para-lama dianteiro —, disse: "É só pra uma emergência, né, então não passe dos sessenta com ele, nem ande fora do asfalto."

"Isso não é um pouco idiota?", objetou Tom. "Quer dizer, é um veículo off-road, e até onde sei a maior parte do trajeto é de terra, com distâncias enormes entre uma parada e outra — centenas de quilômetros."

Ela derrubou seu argumento com a verdade nua e crua: "Olha, esse aqui é o único veículo que vocês vão conseguir alugar pra ir lá — quer dizer, sujeitos como vocês."

Os olhos dela correram para onde Mulgrene descarregava fardos com pacotes de fraldas da traseira de sua Land Cruiser. Prentice vadiava por perto, fumando, como sempre.

"Não é um carro ruim", continuou ela, emoliente, conforme deslizava para o banco do motorista. "Sabe usar uma alavanca de câmbio, né? Cinco marchas mais a ré, e tem essa chave aqui pra ligar o 4x4, viu."

A distância entre eixos do SUV parecia curta demais para um terreno difícil, e o teto era da altura da cabeça de Tom. Os bancos da frente eram muito apertados — o de trás, não mais que um banco estreito, e o porta-malas era obviamente inadequado. Tom começou a ficar preocupado.

"Onde vou guardar minha bolsa? Sem falar de todas aquelas coisas que tenho que levar pra Ralladayo?"

Ele tampouco apreciou o fato de que o SUV fosse de um branco brilhante. Havia presumido que receberiam um com cores do deserto — ou camuflado, até.

"Calma, não precisa tirar a cueca pelo pescoço", gracejou Prentice. "Tem o bagageiro em cima, sabe."

Desde que dera as caras no Entreati Experience naquela manhã, Prentice se revelara a encarnação da impertinência. Parecia encarar como um passeio no parque a viagem de milhares de quilômetros para reparar os crimes pervertidos que cometera.

Ou isso — ou seus crimes haviam sido tão vis que a viagem pelo deserto *era mesmo* uma forma de indulto judicial.

Tom socou sua bolsa de voo no espaço atrás do banco do motorista. Afinal, não havia quase nada ali dentro: apenas artigos de higiene pessoal, algumas camisetas e shorts, cuecas, e seu exemplar de *Canções dos tayswengo*, de Von Sasser. O resto dos destroços patéticos deixados para trás após o naufrágio de suas férias familiares ele enfiara em um caixote de papelão que o gerente do Experience prometeu manter guardado.

E havia ainda o pacote que Gloria Swai-Phillips deixara no albergue para que Tom levasse às Tontinas. Com o tamanho e o formato de uma bola de futebol americano, era um embrulho feito com várias folhas de jornal e preso com barbante; pronto, ao que parecia, para ser rasgado por mãozinhas infantis assim que a música cessasse.

Prentice indicou a própria bolsa — um modelo retrô achatado de valise médica — com a ponta de seu cigarro. "Eu, ãâh, Brodzinski, s'incomoda?"

"Me incomodo?", exclamou Tom. "Me incomodo com quê?"

"S'incomoda de pôr isso na traseira pra mim. Meu cotovelo não tá legal." Dobrou-o de um jeito patético. "Tá doendo paca — não dá nem pra mexer direito."

Adams se aproximou. "Os homens do comandante Squolloppoloppou vão encontrar vocês na Goods Shed Store; fica na Webley com Frangipani…"

"Conheço", interrompeu Prentice.

O cônsul o ignorou e continuou: "Você encontra os rifles e as outras coisas lá. Acho que o Prentice precisa ir atrás dos, aah, remédios. Você tem que apresentar pra polícia essa cópia do mandado judicial, e essa aqui da carta dispensando o visto; e em troca eles vão dar pra você o salvo-conduto. Receio que eu tenha que ficar com seu passaporte, agora; você não vai ter, aah, necessidade dele."

Trocaram a documentação relevante, Adams ordenadamente guardando o passaporte de Tom em sua pasta. Para Tom, era como se houvessem completado um círculo, de volta àquele café da manhã no Mimosa. Adams se mantivera afastado dele desde a noite em que jantaram o binturang. O cônsul havia zipado a si mesmo no saco plástico de seu distanciamento profissional.

Tom entrou no carro. Adams se curvou na janela e o encarou com seus gélidos olhos azuis. "Como já tive oportunidade de comentar antes, a lei aqui opera por vias indiretas. Confie em mim, Brodzinski, entregue a mercadoria pros intwennyfortee, volte pra cá e a situação terá mudado — pode ser que não hoje ou amanhã, mas num dia próximo, e então ela terá mudado pelo resto da sua vida."

A título de resposta, Tom girou a chave na ignição. O SUV resfolegou com vida. Olhando de esguelha, ele verificou se Prentice terminara as considerações com seu próprio diplomata, então disse: "Entendi."

"Certo mesmo?", apertou Adams.

"Certo", concedeu Tom com relutância.

A atendente usou o ombro para tomar o lugar de Adams. "O primeiro mandamento do carro é: diesel sempre, gasolina nunca. Não esquece", riu ela. "Ou vocês vão se ver numa merda federal."

Tom acelerou, e o motor pipocou como um teco-teco.

"Pode acontecer", retomou Adams, obviamente relutando em deixar que Tom partisse, "de eu, aah, cruzar com você nas Comunidades Tontinas. Minhas obrigações diplomáticas exigem m…"

Mas o discurso de despedida de Adams foi abafado quando Tom, cansado da situação, meteu o pé na tábua. O SUV saiu a toda pelo pátio e ganhou a rua.

"Uauu!", gritou Prentice. "*Sir* Colm estava com a mão na janela — você podia ter machucado o homem."

Tom parou ao entrar numa travessa e o encarou furiosamente. "Prentice, eu quero deixar uma merda bem clara desde já."

"O q-que foi?"

"Sem cigarro na porra do carro. Sacou? Sem cigarro na porra do carro. Só isso, e quem sabe a gente chega no fim dessa história do caralho sem eu ter que pular no seu pescoço."

Tom voltou a andar. A raiva trouxe uma sensação de alívio — um linimento quente esfregado em sua irritação, que era — ele pensou — o equivalente psicológico da infecção micótica cada vez mais nojenta de Prentice.

"Calmaê, amigão, não precisa bancar o touro descontrolado", disse Prentice. "Era só pedir."

Arremessou a guimba pela janela, depois enfiou as achatadas mãos de peixe entre as coxas de denim, murmurando: "Tô com a sensação de que isso não vai ser o começo de uma linda amizade."

Um carro sem qualquer identificação estava parado no estacionamento da Goods Shed Store. Até mesmo Tom, quase um leigo no assunto, percebeu que tinha blindagem, e que a antena era comprida demais para um veículo civil. Dentro dele, três policiais estavam gollydollyando entre si. Os rostos redondos e acobreados impassíveis, os intrincados chapéus enterrados na cabeça. Sob suas capas de chuva transparentes, as armas junto ao tórax pareciam obscenamente letais.

O policial chefe — um sargento — checou os papéis de Tom e de Prentice. Os outros dois os revistaram bruscamente, apalpando de cima para baixo, antes de revistar também o carro.

Dentro, os funcionários anglo — uma dupla de nerds com longos cabelos frisados e camisetas de heavy metal — fingiram não notar a presença da polícia. Quando, finalmente, Tom e Prentice se acercaram do balcão, os atendentes os trataram como o fariam com qualquer cliente.

"Em que posso ajudar, senhor?", disse um deles para Tom. Ele olhou para os corredores cavernosos que se estendiam além do balcão. Nas prateleiras estava estocado todo tipo de equipamento necessário "por lá": fardos de arame, oleados de lona, tonéis plásticos, picaretas, galochas, botes desmontáveis, enormes moai chamarizes, rolos de corda, pilhas de estepes e cabrestantes com correntes.

Mais ao fundo, as luzes dicroicas iluminavam sacos de aniagem com gêneros alimentícios e garrafões plásticos de produtos químicos, combustível e líquidos potáveis.

"Hmm, bom", disse Tom, buscando ânimo. "Não preciso de muita coisa." Involuntariamente, sua mão se dirigiu ao grosso rolo de notas que escondera na virilha. "Preciso de algumas panelas e, bom, dois rifles de caça."

"O senhor manda, doutor, podemos providenciar." O balconista agitou os braços esqueléticos. "Mas vamos começar pelo começo: pra que tipo de bando são essas coisas, montanha? Deserto?"

"Deserto."

"Muito bem. Certo, aval, inssessitti, tayswengo ou..." Baixou a voz. "Entreati, talvez?"

"Tayswengo. Olha, faz mesmo diferença?"

"Ah, claro. Claro que faz", o rapaz exultou. "Seus tayswengo andam comendo auraca grande por lá, viu, quase só isso, e precisa de uma panela especial. A mesma coisa com as armas — eles praticam um tipo de caça muito especial por lá."

Tendo completado sua explicação, o balconista partiu pelo piso de borracha, os tênis guinchando, depois suspendeu o corpo numa escada de rodinhas que deslizava por um dos corredores.

Sumiu por alguns instantes. Nesse meio-tempo, o balconista de Prentice conseguira pegar, de uma caixa farmacêutica trancada que ficava no alto, junto às vigas da prateleira gigante, as caixas de ribavirin e amoxicilina que seu cliente pedira.

Prentice aguardava batendo o chapéu na perna e estalando as botas, calcanhar contra calcanhar. Envolveu o atendente em uma conversa mole de entendido sobre os medicamentos. "Esse Apo-Amoxi aqui, esse troço vem em cápsulas de duzentos ou quinhentos miligramas?" E quando o ribavirin chegou em caixas gravadas SANDOZ, Prentice disse: "Hum, não sabia que a gente encontrava genérico por aqui."

"Por quê?", chiou Tom. "Por acaso sua indenização consiste desses remédios, em especial?"

"Vai saber, amigão, o que eu sei é que tem uma porrada de hepatite nas Tontinas, só que aids tem tanto quanto — se é que não tem mais. A amoxicilina trata um montão de infecções — do peito, do ouvido, urinária..." Afetou uma expressão pensativa. "Olha, Brodzinski, não sei bem quanto você tá por dentro de como são as coisas naquelas favelas — ou por lá, de modo geral —, mas não fique pensando nem por um segundo que é como Vance. Estamos falando de condições de Quarto Mundo pros bin'... pros povos nativos."

"Sei disso, Prentice", disse Tom. "O que não entendo é por que você tem que levar remédio e eu tenho que levar armas."

"Tem alguma coisa a ver com a natureza de nossos delitos, imagino." Prentice respondeu jovialmente; depois, virando de volta para o funcionário, perguntou: "Esse troço Apo-Amoxi, é indicado pra criança, né?"

Tom podia ter saído na porrada com ele ali mesmo, bem na frente dos policiais, que haviam regressado da revista no carro e estavam reunidos junto a um filtro de garrafão, gollyfollyando. Mas seu próprio atendente voltou, os tênis guinchando, puxando atrás de si um carrinho de supermercado carregado de rifles.

Ele os foi tirando um a um e pousando em cima do balcão, conforme fazia a apresentação: "Este aqui é um H & K PSG-1. É um .308, manja, pente destacável pra cinco ou vinte disparos. Encaixe pra tripé — e aqui tem o scope Hendsoldt com iluminação reticulada... E essa belezinha aqui é um Parker-Hale M-85." Apontou Prentice com o queixo. "Que seu amigo aí pode estar mais familiarizado. É também um .308, pente destacável pra dez tiros, um belo scope. É uma arma de fogo de primeira, precisa, de longo alcance. Tem gente que diz que é um pouquinho comprido demais, um pouquinho pesado demais — eu não ia saber dizer, pode ser que seu amigo aí saiba?"

Prentice se estufou, presunçoso. "Já usei um, pod'crer", disse. "Não achei pesado demais."

Tom não acreditou nele sequer por um segundo, mas o atendente balançou a cabeça, enganchando o cabelo atrás das orelhas. Então tirou a última arma do carrinho, dizendo: "Estamos com uma oferta nesse aqui, o ããh, rifle de caça Galil, $355 cada, ou cinco por um pau. É um .308 também, só que com pente destacável pra vinte tiros. Uma arma magnífica: cano de vinte polegadas, e a coronha dobra até onze polegadas. Tem scope Nimrod e bipé integrado. Pesa 6,4 quilos, é robusto sem ser pesado demais — é tiro paca praqueles auracas."

Conforme o funcionário discriminava cada detalhe, ia passando as mãos de menino pela arma. Agora ele desdobrava a coronha e abria as duas pequenas pernas articuladas no encaixe do cano. Montou o fuzil apontado para as portas abertas e o aguaceiro que caía na tarde lá fora. O fogo de barragem de um trovão reverberou pela baía de Vance.

Tom não tinha o menor interesse em armas de fogo. Alguns amigos seus em Milford costumavam caçar, mas ele, tudo que fizera fora sair certa vez para caçar lebres com uma .22, quando criança. À parte as que iam penduradas na cintura de policiais, ele só vira uma pistola em carne e osso uma vez na vida.

Apesar disso, assim que viu os rifles no carrinho, Tom percebeu que havia alguma coisa errada com eles. O Galil era o mais errado de todos. O cano era perfurado na ponta, e o encaixe era de metal verde-oliva. A coronha era de madeira muito nodosa, a correia comprida, de lona cáqui e o carregador — ou "pente", como o atendente falava —, curvado como os dos fuzis de assalto da polícia paramilitar.

Os policias agora se aproximaram e começaram a examinar a mercadoria. O sargento — que se apresentou para Tom como Elldollopollollou — apanhou o Galil e verificou a trava de segurança. Então mirou no canto oposto da loja e puxou o gatilho.

"Sistema de gatilho de dois estágios", disse, a ninguém em particular. "Na prática, dá na mesma, ao que eu saiba." Removeu o carregador e pousou o fuzil de volta no balcão. "Me diga mais uma vez", falou para Tom. "Pra onde mesmo vocês estão indo, né?"

"Nós dois vamos pras Comunidades Tontinas", disse Tom. "Depois eu sigo pra região dos tayswengo — até Ralladayo."

Elldollopollollou sorriu ao ouvir isso, um sorriso lânguido e prolongado. Apontou o fuzil Galil. "Esse é o seu brinquedinho, então", disse. "Está mais pra um fuzil de assalto com melhoria de precisão, né. Os israelenses criaram ele pra" — sorriu com malícia — "supressão em contextos urbanos. A caça que os tayswengo querem ir atrás é... bom, meio que a mesma merda, hein". Virou para os colegas e ergueu a voz: "Que cês acham?"

Todo mundo riu com vontade, enquanto Prentice se juntou a eles com seu desprezível cacarejo sarcástico.

O sargento virou para Tom. "Cê vai precisar de umas calças, botas e coisas assim, por lá. Os espinheiros acabam com sua roupa. As lascas de pedra e o púmice cortam o pé que nem gilete. Seu amigo aí" — jogou o polegar na direção de Prentice — "pensou certo".

Virou para o balconista. "Traz pra esse cara aqui umas calças de deserto e o resto do equipamento que ele vai precisar. Pega um pouco de munição pra esses fuzis também, né, e uns freezers pros remédios desse outro. Aquela lata velha lá fora não tem ar-condicionado digno do nome", disse para Tom e Prentice. "Os remédios vão estragar antes que vocês terminem de cruzar os canaviais.

"E é pra ontem!", exclamou quando o funcionário virou. "A gente tem que levar esses dois até a entrada da cidade e voltar a tempo pro jogo."

Essa admissão masculina de negligência ao dever foi o momento mais hilariante de todos; de modo que os policiais, os funcionários e Prentice começaram a rir outra vez.

Eram quase quatro horas quando alcançaram a junção peculiar onde as quatro faixas asfaltadas da Cidade de Vance — incluindo seus meios-fios de códigos coloridos, os hidrantes vermelhos brilhantes e a sinalização fluorescente — chegavam a um final abrupto, para dar lugar à pista única esburacada da Autoestrada Interprovincial 1.

O carro sem identificação dos policiais freou estrepitosamente no cascalho do acostamento, e Tom estacionou atrás. Todo mundo desceu, e o sargento Elldollopollollou ordenou a seus colegas que apanhassem os dois fuzis Galil, em suas profiláticas capas verde-oliva, no porta-malas de seu carro e os prendessem no rack na traseira do SUV. O restante das indenizações já havia sido carregado: caixas abarrotavam o estreito porta-malas do SUV, enquanto os fardos de fraldas iam amarrados ao bagageiro.

"Aqui estão suas permissões para as Tontinas", disse aos dois anglo. "E no seu caso, Brodzinski, para o Território Tribal Tayswengo. Não se esqueçam, vocês estão sujeitos à jurisdição da Polícia Provincial — é por isso que seus passaportes vão ficar retidos aqui em Vance. Isso significa que vão precisar carimbar esses salvo-condutos, emitidos pela Ulterior Deployment Agency, em cada posto que passarem. Se não fizerem isso, vão terminar em cana."

Estendeu a bolsa plástica contendo os documentos para Tom. "Agora, não esqueçam, meninos", acrescentou Elldollopollollou, "o bicho pega por lá". Sacudiu o polegar. "Então olhem muito bem onde estão pisando."

Ele dobrou o torso de barril petrolífero para se acomodar no banco de passageiro do carro. O último pedaço de seu corpo visto por Tom foi a parte de trás do pescoço raspado e profundamente vincado. Ali, descendo em volteios desde a área mais escura que marcava o antigo cabelo, havia diversos arabescos brancos protuberantes: tudo que restara, presumiu Tom, das tatuagens tribais tugganarong, removidas a laser pelos médicos da polícia quando ingressou na corporação.

O carro dos policiais sacolejou pelos calombos da Auto-estrada 1, manobrou de volta à pavimentação molhada da pista e então partiu sob as cortinas de chuva em direção ao centro de Vance.

Tom ficou olhando, até que Prentice o chamou lá do carro: "Eu, ááh, você não tem uma câmera aí, tem? Acho que a ocasião merecia um registro."

Pelo visor, Tom enquadrou o pequeno milagre de três distintos sistemas climáticos simultâneos no céu. A monção ensombrecia o vão entre os cubos esbranquiçados do centro cívico e a massa escura de nuvens. Um arco-íris se distendia acima do próprio Metro-Center, seu espectro tão nítido quanto um diagrama didático. Mais ao norte, na direção do aeroporto, um trovão crepitou e estourou, e enquanto Tom olhava, um raio se bifurcou sobre as planícies alagadiças de Vance. Contudo, no primeiro plano, Prentice posava, o rosto iluminado pelo brilhante sol da tarde, a orla relvada a seus pés vaporando suavemente. O obturador capturou Prentice nesse expansivo panorama e guardou-o na minúscula caixa de alumínio: outro espécime.

A mais ou menos cem metros de onde estavam, uma betoneira começou a misturar cimento ruidosamente. Observando as pilhas de blocos de concreto e o topo de colina careca e orlado por uma paliçada, Tom subitamente se deu conta de onde estavam: perto do complexo de Swai-Phillips.

Tom sabia que o advogado fora "para lá". Um dia após a audiência preliminar, Swai-Phillips havia ligado para Tom. Ele estava no Cap'n Bob's, a lanchonete de crianças no calçadão, comendo um cachorro-quente e tomando uma Coca.

"Melhor ir até lá e se despedir", disse o advogado sem qualquer preâmbulo.

"Me despedir de quem?"

"Do Lincoln, claro."

"Mas ele tá em coma, não vai nem saber que eu passei lá."

O cachorro-quente estava destruído, agora — um troço de lixo hospitalar num chumaço de suturas ensanguentadas.

"Quantas vezes tenho que dizer pra você, Brodzinski, você é o retificador de erros..."

No hospital, Lincoln acampava solitário numa barraca de oxigênio. Nenhum sinal de Atalaya ou de qualquer outro tayswengo. Tom perguntara por Vishtar Loman, mas o jovem médico estava de licença, e também ele partira.

À luz do dia, o quarto de Lincoln reassumia o caráter prosaico; apavorante em sua antecipação da extinção mundana, vidas humanas se desligavam como os aparelhos elétricos usados para mantê-lo limpo.

Tom ficara por ali, junto com uma enfermeira que o monitorava, e observara o velho por algum tempo; todo seu vigor, sua ativa venalidade, exauridos. O estado comatoso, pensou Tom, parecia pior do que a morte: um término provisório, o equivalente — em termos de estados cerebrais — a um dos "aahs" de Adams.

Agora, seguindo Prentice de volta ao SUV de nariz arrebitado, Tom percebia que mesmo nesse estágio terminal ele alimentara a esperança de algum sinal — ou até de uma recuperação milagrosa: o velho sentando-se ereto, como que dotado de mola, rindo alegremente. "Só tava brincando!" Passando a mão na enfermeira, depois pedindo uma cerveja e um cigarro.

Pelo menos Tom se vira livre de Prentice naquela manhã. O outro tivera de procurar um dentista para tratar de um abscesso que o incomodava. Tom achou que esse antiquado problema dentário caía bem em Prentice. Havia esperado que o tratamento fosse proporcionalmente arcaico: uma extração, sem anestesia.

"Uma puta chatice, mas acho que é melhor fazer." Prentice segurara a bochecha inchada na mão conforme explicava: "Quer dizer, dificilmente a gente vai achar um profissional capacitado por lá."

Ele lembrava Tom dos funcionários coloniais que seu país enviara para a selva durante sua breve era imperial. Tom havia lido em algum lugar que esses homens tinham de passar por uma apendicectomia antes de partir; uma investida preventiva contra seus próprios órgãos redundantes, a fim de que uma inflamação não os impedisse de apaziguar tribos recalcitrantes.

Tom agora dava uma última olhada na paisagem. Conforme a tempestade se dirigia para o norte, os prédios lavados de chuva reluziam com a luz do sol. A cidade feliz, limpa, *racional* de Vance, com seus amplos bulevares e sebes de jacarandás, jasmins e mimosas, sobrevoadas por beija-flores brilhantes como joias, então desapareceu.

A pirâmide de mármore do cassino, o pináculo hipodérmico no prédio da Provincial State Assembly, o maciço do Central Criminal Court — esses eram os verdadeiros atores ocupando o proscênio da baía de Vance. Makkatas nus e juízes de roupa de baixo, cônsules beijoqueiros e esposas doppelgängers — essas eram as criaturas da mera fantasia, dotadas de tão pouca substância quanto as nuvens que singravam a cidade vindas do mar aberto, cujas vanguardas lenticulares guardavam uma distinta semelhança com as lentes de enormes óculos escuros de surfista.

Tom abanou a cabeça. Atrás de seus próprios novos óculos escuros seus olhos se agitaram fatigados. Ele não havia dormido bem. Pensou no motel de baratas, que, após muitas ponderações, decidira levar; isso a despeito de, mesmo com um hashi velho que encontrara na cozinha engordurada de seu apartamento no Experience, ter sido incapaz de remover seu último hóspede.

Entrando no carro, Tom olhou feio para seu companheiro, que sentava com o corpo parcialmente para fora do lado do passageiro, soprando fumaça.

"Eu sou Astande", disse Tom, imitando os estalidos dos moradores do deserto. "O Retificador de Erros."

Prentice jogou fora o cigarro e bateu a porta do carro — outro hábito irritante. "E eu sou Astande Por Mio", disse. "O

Transferidor de Fardos." Abriu sobre os joelhos o primeiro de seus mapas rodoviários seccionais. Isso fez com que parecesse, mais do que nunca, a mãe senil de alguém.

"O que cê quer dizer com isso?", implicou Tom, engatando o carro.

"Exatamente o que eu disse, Brodzinski — esse é o grau de astande que aquele charlatão bin'bongue deu pra mim."

"Você com certeza vem transferindo suas porras de fardos pra cima de mim, ultimamente."

Tom quis acelerar e ganhar terreno pela estrada, mas um hatch miniatura com placas de motorista iniciante se materializou do nada, de modo que ficaram presos atrás, sacolejando a quarenta por hora.

"É", ruminou Prentice. "Coisa das mais estranhas, essa. Quer dizer, não acredito em porra nenhuma dessa macumba ridícula, mas mesmo assim eu fico meio… bom, não sei muito bem como explicar, eu me sinto meio que *obrigado*."

Eu também, pensou Tom. Eu também. E quando a chuva voltou a cair, ligou os limpadores.

Andaram em silêncio durante as três horas seguintes. A Autoestrada 1, após serpentear pelas formações limítrofes da Grande Cordilheira Divisora, assentou nas planícies baixas. De ambos os lados da estrada esparramavam-se densos canaviais, com suas folhas lanciformes, fileiras e mais fileiras fulgurando num indistinto verdor estroboscópico. A chuva arrefeceu após cerca de uma hora, deixando espectros de névoa agarrados às canas-de-açúcar. Ocasionais palafitas surgiam aqui e ali com o aspecto cadavérico de uma súbita aparição.

Trilhos de bitola estreita cruzavam a estrada a intervalos, percorridos por estrepitosas locomotivas que puxavam vagões de cana cortada: tanta doçura, pensou Tom, num lugar tão amargo. Ele tinha de parar para esses trens, mas quando avistava um rodotrem, fosse mais adiante, fosse no retrovisor, tinha de sair com tudo da pista, para não ser esmagado como um bicho atropelado quando os três — ou até quatro — semirreboques passassem rugindo por eles.

Dirigir era ao mesmo tempo tedioso e enervante para Tom; ao passo que, como navegador, Prentice não tinha absolutamente nada para fazer. Havia uma única autoestrada inter-provincial: e era aquela, estavam nela; e nela permaneceriam por mil quilômetros de regiões canavieiras, mais mil de regiões montanhosas e outros dois mil de deserto antes de chegarem às Comunidades Tontinas. Ali, Tom desembarcaria Prentice, tomaria a esquerda e seguiria em frente.

O SUV atravessava alegremente os amplos leitos dos regatos e matraqueava ao passar pelas pontes de dormentes ferroviários com um reconfortante rumor de pneus. Tom, apesar da necessidade de intermitentes manobras ágeis, mergulhou naquele sonho desperto que é a virtualidade das longas distâncias ao volante.

Além do mais, ele já viajara pela Autoestrada 1 antes, com sua família, até o chalé na floresta nublada e depois de volta a Vance. Tentava se convencer de que essa era meramente mais uma excursão, e Prentice, apenas mais uma criança retardada. Uma criança que Tom levava para fazer rafting ou paragliding — pois as placas coloridas anunciando esses esportes brotavam a todo momento na beira da estrada, o metal amaciado com o tiro ao alvo praticado pelos motoristas que passavam.

Atravessaram vilarejos ermos castigados pelas chuvas onde os únicos sinais de vida eram os semicírculos de homens fumando em pé ao longo das linhas de dezesseis metros, do lado de fora dos bares, e as brilhantes vitrines de vidro laminado das lojas de implementos agrícolas. A escuridão desceu sobre a terra, tão subitamente quanto um pano sobre uma gaiola de passarinhos. Os faróis do SUV carregavam uma pista de betume maltratado diante deles, e desse modo alçavam voo no vazio, vezes e vezes sem conta.

O carro tinha para-choque de impulsão contra moai, mas, mesmo assim, Tom sabia que, uma vez tendo chegado às montanhas, e depois ao deserto, teriam de evitar rodar à noite. Ele fora advertido de que as gigantescas aves terrestres corriam para as luzes de veículos em movimento; eram criaturas condenadas pela própria psicologia inevoluída a bombardear os ocupantes humanos com seu volume plumoso e, no processo, cometer suicídio.

Eram dez e meia quando Tom estacionou no pátio de um motel solitário. O losango luminoso da placa estava forrado de insetos, e, assim que desceu do carro, Tom foi aspergido pela espessa atmosfera noturna.

Esperando na recepção cafona, enquanto uma carrancuda garota anglo copiava laboriosamente os números seriais de seus salvo-condutos no livro de registros, Tom fitou um retalho de espelho de corpo inteiro fixado na parede e viu os dois, agora vestidos de modo idêntico com botas de elástico, jeans e camisetas cáqui. Como sua *bête noire*, Tom adquirira até mesmo um chapéu safári de aba larga, completado por uma tela de náilon para mosquitos. Ele queria agarrar o braço magrelo da garota e gritar: "Eu sou *diferente* dele! Só estou viajando com ele porque *sou obrigado*." Em vez disso, tudo que disse diante do rosto pálido foi: "Tem algum lugar por aqui que dê pra comprar uma bebida?"

No momento em que Tom voltou, Prentice se retirara para seu quartinho. Mas quando Tom tirava os dois fuzis Galil do rack, o outro reapareceu para perguntar: "Eu, ããh, Brodzinski, seria muito incômodo…" O pedido foi completado pelo tubo de creme que segurava na mão, e um gesto com o queixo débil expondo a erupção purulenta.

"Quer que eu passe esse negócio na merda do seu pescoço?" Tom deu um gole incrédulo na garrafa de uísque.

"É que, hmm, é que… bom, lá em Vance, Lady Mulgrene fazia a gentileza…"

Prentice não estava envergonhado; apenas hesitante, como as mariposas esvoaçando perto de suas cabeças sob a luz dicroica amarelada.

"Isso tem alguma coisa a ver com o grau de astande meu e seu?", disse Tom. O uísque aplainava suas emoções com movimentos impetuosos.

"Ah." Prentice sorriu. "Acho pouco provável, amigão. É só que é difícil pra caralho passar uma camada por igual. S'incomoda?"

Tom deu mais outro trago. "Escuta, Prentice." Engrolou as palavras um pouco. "Se eu fosse fazer uma coisa dessas, ia precisar de luva de borracha — eu não quero *pegar isso*."

"Acho muito pouco provável." O pronunciado tom de voz de Prentice sugeria que Tom cometera um pavoroso solecismo. "Sabe, Brodzinski, é psoríase — só estoura desse jeito quando eu tô estressado pra burro!"

Tom pousou cuidadosamente a garrafa no concreto e pegou o tubo. Prentice grunhiu suavemente conforme Tom espalhava o linimento. Seu hálito era azedo. A carne sob os dedos de Tom parecia profundamente rachada — com fissuras, até. Depois de terminar, ele disse: "Preciso lavar as mãos, agora."

"Claro, amigão, claro", falou Prentice, embora não fizesse a menor menção de agradecer ou sequer de abrir a porta do quarto de Tom.

Sentado de lado na cama, Tom tomava seu uísque e folheava os guias turísticos que haviam sido deixados sobre o travesseiro. Caso tivessem vontade — sendo ali uma região canavieira —, ele e Prentice poderiam visitar o Giant Sugar Sachet em Wilmington pela manhã, depois ir a um hotel-fazenda em Villeneuve onde dava para cavalgar auracas domesticados.

O volume em seu saco incomodara Tom o dia inteiro: dez mil somavam um intumescido maço de notas. Ele desapertou o cinto e tirou o bolo: cheirava a seus genitais manuseados pelos dedos de uma caixa de banco. Tinha de encontrar um esconderijo melhor. Relanceando em torno, os olhos de Tom pousaram em *Canções dos tayswengo*. Nem no dia de são nunca ele ia desbravar todo aquele catatau — umas poucas páginas já o punham a nocaute. Tom pegou a tesourinha de unha e passou os vinte minutos seguintes cortando a área central de cada uma das páginas que compunham o capítulo final do livro; intitulado, observou distraidamente, "Despertares tayswengo: um novo futuro".

Após ter criado um compartimento grande o bastante, enfiou o *blood money* de Atalaya Intwennyfortee ali dentro e fechou o livro. Com alguns pedaços de fita adesiva habilmente colados, seria possível que qualquer pessoa pegasse o pesado volume, e até mesmo lesse as seções iniciais, sem se dar conta da pequena fortuna que continha.

Conforme o nível da garrafa de uísque baixava, a cabeça de Tom descia igualmente sobre o livro: um travesseiro entesourado. Olhando alcoolizadamente para o criado-mudo, ele contemplou seu celular e sua câmera digital. Sem firmeza, Tom alinhou os dois aparelhos, na esperança, turvada de sono, de que de algum modo os dois se entendessem durante a noite.

Nessa noite, Tom se viu na presença do sargento Ell-dollopollollou. O enorme policial tugganarong usava uma fralda suja — ele esticava os braços musculosos e marrom-avermelhados para Tom. "Dá um abracinho!", gemia. "Dá um abracinho!"

Tom encarou isso como uma ordem.

9

Acabaram de fato visitando o Giant Sugar Sachet, em Wilmington. Prentice insistiu com Tom para que o fotografasse no topo do prédio, posando junto ao parapeito, uma grade de metal que simulava papel amassado.

Pelo visor da máquina, Tom enquadrou a cabeça de Prentice e, mais atrás, nuvens de vapor branco sendo cuspidas pelos tubos de resfriamento da refinaria. Prentice queria fazer o passeio pela usina, também, mas Tom objetou razoavelmente. O ar cheirava a açúcar queimado. Tom, com dor de cabeça, sentia ânsias, e disse: "Se a gente quiser chegar no Tree Top Lodge antes do anoitecer, precisa ir andando."

À medida que o dia progredia, o território mudava. A firme cadência dos canaviais começou a ratear e assumiu o ritmo do staccato. Campos menores com cultivos aráveis surgiam. As choupanas de tábuas perderam suas palafitas e desenvolveram peles de ferro corrugado. A Autoestrada 1 guinou, desviou, encolheu os ombros betuminosos e começou a galgar a Grande Cordilheira Divisora numa série de curvas em ziguezague. A floresta tropical, atapetada de fetos, entrelaçada de lianas, despencou para vir de encontro ao SUV insignificante que forcejava morro acima.

Não se viam mais rodotrens. Passaram por carretas de um único semirreboque, transpondo lentamente as curvas muito fechadas, e criando semoventes pontes temporárias sobre os regatos revoltos nos valos montanhosos. O único outro tráfego consistia de caminhonetes policiais de cinco toneladas. Em suas traseiras abertas sentavam-se pelotões de tugganarong impassíveis, as mãos segurando firme seus fuzis, os olhares vazios.

Pararam para almoçar em um bar em Hayden, a cidade montanhosa onde Tom tentara comprar a perua espírito gandaro para Tommy Junior. Os artesãos locais e vendedores de bugigangas não estavam mais sob o baobá. Mal se viam carroças puxadas por auracas ou riquixás na lama pisoteada das ruas. Ao passar pelo caixa eletrônico onde sacara dinheiro muitas semanas antes, Tom meio que esperou encontrar o velho bebum, mas dele tampouco viu sinal. Na verdade, havia pouquíssima gente nativa em Hayden e, dentre os que patinhavam entre um e outro cubo de concreto que eram as lojas, uns poucos gatos pingados podiam ser descritos como anglo de alguma espécie.

Sentado ao balcão, atracando-se com um hambúrguer entupido de ovos, tomates, pedaços de abacaxi, fatias de queijo e de bacon torrado, Tom observou: "Ainda não entendi muito bem como pode ter tão pouco anglo morando aqui. O povo local deve depender pra caralho dos turistas — o que esse pessoal faz depois que eles vão embora?"

"Ah, bom, Brodzinski." Prentice dobrou a franja rebelde com seus dedos nicotínicos. "Esses bin'bongues nunca trabalham, o que a gente chama de trabalho. Ficam com a bunda na casa comunal lá deles, mastigando seu engwegge, arremessando umas sementinhas pela porta. A droga do solo aqui é tão fértil que você não precisa nem cultivar. Quando o taro brota, eles mandam as mulheres tirar da terra e moer."

Tom desejou avidamente que o barman nativo viesse até eles e esbofeteasse Prentice, mas o sujeito estava grudado na tevê acima do balcão, que exibia os clarões e rajadas de armas automáticas, e um caminhão de combustível tombado de lado na areia do deserto, como uma baleia encalhada na praia.

O som estava abaixado, mas a faixa colorida passando na parte de baixo da tela era percorrida pelo texto: "Emboscada na estrada a leste das Comunidades Tontinas deixa vinte e duas vidas inviáveis. Os rebeldes culpam…"

"Sabe o que eles dizem, Brodzinski", continuou Prentice. "Os tugganarong são a etnia que os anglo gostariam de ter descoberto quando chegaram aqui, enquanto essa turma" — apontou flagrantemente para o barman — "foi o que eles encontraram, na verdade".

"Tô pouco me fodendo pra tudo isso", disse Tom. Então, chamando o barman, pediu: "Ei, campeão, será que você se incomoda de ligar o aquecedor um pouco? Tô com um puta frio."

Chegaram ao topo da escarpa mais ou menos uma hora depois do almoço. Tom se arrependeu da dose que tomara para esquentar. Por mais cuidadoso que fosse ao ajustar o aquecimento do carro, ou sentia calor e sono demais, ou ficava tremendo demais de frio para desviar das crateras que começavam agora a se multiplicar pelo asfalto.

Prentice não notou nada disso; virava espalhafatosamente as enormes páginas de um jornal de seu país. Tom era incapaz de compreender como conseguira comprar aquilo em Hayden. Prentice insistia em lhe fornecer atualizações sucintas, textuais, sobre um esporte que despertava ardente interesse nele: "*Bowl-out* pra Addenley, não tem como a gente evitar o *follow-on* agora." Mesmo quando estavam em Vance, Tom lhe explicara que não só não tinha o menor conhecimento do jogo como também não dava a mínima.

Enquanto Tom lutava com o volante, forçando a vista para enxergar pelo para-brisa embaçado, seu indolente companheiro se reclinava, pés sobre o painel, como se estivesse em uma poltrona Barcalounger. E se Prentice dava suficiente valor a seu pescoço para não acender um cigarro dentro do carro, ele todavia perguntava de tantos em tantos quilômetros quando Tom achava que poderiam fazer uma parada. Então, no antegozo de seu "break pra um cigarrinho", ele puxava uma ponta de filtro de dentro do maço e ficava brincando com o pênis branco em miniatura, até seu chofer — se remoendo de desejo e repulsa — encostar.

Pelo menos a paisagem fazia a parada valer a pena. Enquanto Prentice, empertigado como um peru, gorgolejava fumaça, Tom examinava a floresta nublada. O dossel se esparramava para baixo a partir da estrada, mergulhando em pequenas grotas isoladas, para então voltar a ascender num turbilhão de rufos e pregas verdejantes, de onde se projetavam as trombas-d'água petrificadas de necks vulcânicos. A bruma se agarrava a esses gargalos rochosos; enquanto nos vales profundos, onde as construções handrey traçavam os contornos de um mapa topográfico em tamanho real, as névoas se agitavam vagarosamente.

A impressão geral era ao mesmo tempo despretensiosa e fantástica, efeito intensificado, assim que retomaram a viagem, pelas pastagens de quintas anglo, com seus muros de pedra seca e grama impossivelmente verde, onde o gado holandês pastava. O quebra-cabeça chocolate e branco de suas malhas, uma pura incongruência: adesivos de crianças amalucadamente colados no ambiente estranho.

Casas comunais handrey empoleiravam-se no alto das vertentes vertiginosas. Algumas eram, adivinhou Tom, enormes, suas paredes curvas de troncos aparelhados a enxó fazendo com que parecessem estruturas orgânicas, não feitas pelo homem.

Auracas selvagens se agrupavam no limiar do arvoredo, esfregando os recíprocos pescoços: os ramos peludos de uma mata subsidiária. A certa altura, um bando familiar cruzou a estrada diante do SUV: touro, vaca, três ou quatro bezerros, pulando muro e vala, seus cascos derrapando, seus pescoços meneando. Tom pisou com tudo no freio, e Prentice, erguendo os olhos do jornal, comentou: "Animais magníficos."

Tom praguejou, engatou a marcha, seguiu caminho.

Pouco antes do crepúsculo, chegaram ao Tree Top Lodge, onde os Brodzinski haviam passado os três dias mais felizes de suas férias. Tom punha fé na perspectiva de uma pausa relaxante da longa viagem desde Vance. Ele se recordava do grasnado gargalhante de crianças escuras nuas pulando na piscina, e se misturando docilmente com as crianças mais pálidas e rosadas dos turistas.

Seus pais ficavam por perto, no deque de teca da piscina em forma de lágrima, enquanto os pais das crianças escuras lhes traziam coquetéis gelados e apetitosos espetinhos de carne.

Ali, na floresta nublada, Tom, Martha e as crianças tinham encontrado a paz. Não parecia haver nada da tensão étnica que em tudo mais arruinava aquela terra idílica. Tommy Junior emergira de seu mundo virtual e, de sunga, pulara na piscina multirracial, fazendo bomba com seu próprio corpo pardacento. As crianças guinchavam de alegria; os adultos se recolhiam na indulgência.

Nessa noite, em seu lindo chalé — uma réplica em pequena escala de uma casa comunal handrey —, Tom e Martha se abraçaram ternamente. Só isso.

O bando handrey não estava mais lá. Tom puxou alguns nomes da memória e perguntou sobre eles para o gerente da temporada chuvosa, um anglo de fisionomia ignóbil sentado atrás da mesa, na recepção às escuras.

"Hildegard", perguntou, "e era Harry? Achei que fossem os gerentes... no interesse do Conselho Tribal".

"Conselho Tribal!" O velho deu uma bufada de desprezo. "Porra nenhuma. O dono põe os bin'bongues aqui dentro na alta temporada pra dar uma cor local." Estava mastigando engwegge, e Tom achava difícil tirar os olhos dos pelos longos e eriçados que subiam e desciam no pomo de adão do sujeito.

Deu uma cuspada do fumo e errou a escarradeira.

"Aquele bando", disse, estalando os lábios sujos. "Não iam conseguir organizar uma orgia numa droga de puteiro."

As mãos do velho anglo tremiam quando Tom lhe estendeu seus documentos e os de Prentice. Ele relanceou superficialmente os salvo-condutos, depois virou o livro de registros para que Tom assinasse.

"Pode assinar por ele também", falou com voz áspera o velho, e Tom se perguntou se estavam ali tempo suficiente para que pudesse dizer seus respectivos graus de astande só de olhar.

Prentice permanecia a distância, atrás de um divã de ratã sobre o qual se esparramava o outro parceiro daquele duvidoso empreendimento: um tugganarong obeso, que, completamente chumbado, babava diante da tela de tevê que emprestava ao saguão um toque de aconchego surrealista, com a imagem em close de mais um comboio de caminhões-tanque atacado e ardendo num incêndio crepitante.

Fora isso, a única luz em toda a pousada provinha dos lampiões pendurados em pregos nas paredes e nos troncos das árvores, projetando-se através dos passeios de deque que conduziam aos chalés. Quando manquitolava ao longo de um deles, o gerente riu consigo mesmo: "O gerador foi pro saco. Só sobrou energia na bateria solar pra tevê. Sem tevê não dá, né?"

Mostrou-lhes chalés contíguos; depois, antes de se afastar, perguntou a Tom: "Vocês tem alguma arma de fogo no carro?"

Quando Tom admitiu que sim, o gerente assumiu um ar prestativo. "Vou mandar o Stephen pegar e trancar no armário de espingarda. Por mais chutado que ele esteja", cacarejou, "é igual a qualquer outro tuggy quando o negócio é segurar um fuzil, né".

Assim que se viu só, Tom foi direto até o banheiro para tomar uma ducha. Não encontrou sabão nem xampu; em vez do cesto lotado de artigos de higiene, como se lembrava da outra vez, o lugar estava vazio, exceto por um pedaço de papel que ao ser desamassado se revelou uma promissória para "produtos de banho diversos", assinada numa letra trêmula por "W. F. Turpin, gerente".

O mesmo se deu com o minibar, a não ser pelo fato de que agora eram várias promissórias, com diferentes datas ao longo de semanas, dizendo "NOTA PROMISSÓRIA um gim miniatura, marca London Particular", todas elas assinadas com a mesma assinatura dickensiana.

Tom não precisou perder muito tempo pensando nisso, porque Prentice bateu em sua porta para se queixar: "Como é que eu posso tomar uma ducha só com esse fiozinho de água gelada depois de um dia inteiro me matando naquele carro?"

Caçoando dele com sua própria superabundância, o céu escolheu esse momento para despencar, e a chuva caiu chiando sobre o colmo acima de suas cabeças. Tom comentou que quem dirigiu o tempo todo foi ele, mas Prentice apenas cantarolou, melifluamente: "Eu, ááh, Brodzinski, acho que por acaso você não teria aí umas cuecas limpas pra me emprestar, teria?"

O jantar foi um evento melancólico. Sentaram na comprida varanda, olhando para a piscina vazia de água e cheia de folhas mortas. À luz débil dos lampiões, o gerente veio manquitolando através das portas de vaivém que davam para a cozinha. Além delas, Stephen, o gordo tugganarong, estava, explicou ele, "mandando bala no jantar". Comentário confirmado pelo barulho de palavrões e coisas quebrando e batendo que disputavam espaço com os trovões reverberantes acima deles.

A entrada foi um coquetel tão pálido quanto o rosto lambuzado de creme cor-de-rosa de Prentice. Tom não conseguiu sequer contemplar a possibilidade de provar aquele grude; seu companheiro, contudo, engoliu sofregamente o seu e depois, com um conciso "S'incomoda, amigão?", mandou ver também o de Tom.

Em seguida, uma longa espera.

Um rodotrem com dois semirreboques entrou no estacionamento encharcado. Na penumbra, as duas sorridentes mulheres mediterrânicas idênticas pintadas nas laterais eram uma visão sinistra: ícones votivos de deusas antigas. Sob seus rostos arreganhados lia-se o slogan MAMÃES PRECAVIDAS SEMPRE SERVEM PIZZA SIBYLLINE.

Os quatro poderosos faróis da jamanta brilhavam sob um rímel de insetos, e um bezerro de auraca ainda se contorcendo estava preso nas mandíbulas de seu para-choque de aço.

Com um chiado cortante, o motorista acionou os freios pneumáticos. Desligou o motor e pulou da cabine; um sujeito massudo, peludo, vestindo uma camiseta regata. Tom, notando as feições regulares e os olhos oblíquos quando o homem pisou duramente na varanda, imaginou que tivesse um traço de sangue tugganarong.

O motorista cumprimentou o gerente, dizendo "Fala! William! Cerveja!", depois escolheu uma mesa o mais distante possível dos dois únicos fregueses. Bebeu sua cerveja e comeu seu coquetel em silêncio. O bezerro de auraca ficou imóvel na grade.

Tom estremeceu — estava morrendo de fome, e com frio. Seu olhar recaiu sobre o esfíncter manchado de sangue de um Band-aid jogado no deque. Ao lado da piscina havia uma bermuda embolorada feita de um jeans cortado, um chinelo de borracha estragado, uma máscara com snorkel toda rachada.

Prentice, percebendo um noticiário que o interessava, desapareceu no saguão para assistir à tevê. Finalmente, o gerente — ou William, como Tom agora pensava nele — veio depressa da cozinha, três enormes travessas aninhadas nos braços. Apresentou uma delas a Tom com um floreado, entoando: "Uma frugal moa defumada, a especialidade de Stephen, né." Depois pousou a segunda travessa no lugar de Prentice antes de se dirigir rapidamente à mesa do motorista.

"Estrada pesada, senhor McGowan?", falou, tentando agradar.

O motorista apenas resmungou: "Outra cerveja, William." Arrotou, puxou uma arma da cintura da calça e a pousou na mesa.

O prato de moa consistia de finas fatias de carne branca da ave gigante sobre dois pedaços de pão com manteiga. Nos cantos do prato, cubos de abacaxi e um cintilante céu de carambolas fatiadas. O nada apetitoso espetáculo era arrematado com o mesmo molho rosado que cobria o coquetel da entrada.

Tom resmungou e deu um longo gole em sua cerveja. William o informara sentenciosamente que não havia uísque disponível, e isso a despeito do fato de que Stephen se servia abertamente de uma garrafa de Jack Daniel's.

Prentice voltara do saguão. "*Follow-on* pra eles", disse a Tom, depois enfiou o nariz no moa.

Tom continuou sem fazer a menor ideia do que ele estava falando. Olhou miseravelmente para suas próprias fatias de pão amortalhadas em carne. A constipação da viagem já começara a exercer efeito, cada esburacado quilômetro de estrada alicerçando um pouco mais seu ânus. Tom lembrou sonhadoramente dos pratos à base de curry e leite de coco que as alegres handrey haviam servido nessa mesmíssima varanda naquele verão. Cutucou sua comida com o garfo, e uma das compridas fatias estremeceu.

Pouco depois o senhor McGowan aproximou-se com pisadas duras da mesa onde estavam e parou junto deles com uma expressão confusa. "Tudo bem sentar com vocês?", perguntou, e então, sem esperar pela resposta, puxou uma cadeira da mesa vizinha e desabou nela. "William!", berrou. "Cerveja aqui pra nós!"

Depois, nada.

O trio permaneceu em hesitante silêncio por um bom tempo. Tom e McGowan bebiam; Prentice se dedicava metodicamente a seu montículo de comida. Na cozinha, Stephen sofria uma espécie de colapso mental. Tom podia escutá-lo soluçando, e as imprecações sussurradas por William, tentando silenciar o chef temperamental.

Tom se sentia um bocado bêbado — mas uma embriaguez desagradável. A cerveja parou no alto de sua barriga, um garrafão de palha subcutâneo, frio e vascolejante. Finalmente, McGowan fez um gesto na direção do SUV, que estava estacionado ao lado de seu caminhão. "É de vocês?"

"Isso", admitiu Tom, e então acrescentou, como que dando a entender que, se fosse possuir um veículo daqueles, seria um modelo muito melhor, "Alugado."

"Imaginei." McGowan abanou a cabeça. "Olha aqui" — enganchou os polegares nas alças da camiseta — "vocês vão precisar ter à mão um pouquinho de combustível extra se estão indo pra lá." Um polegar sacudido. "No mínimo dez galões — talvez quinze, viu."

"Pelo que entendi", disse Tom, "tem várias paradas de estrada por toda a Autoestrada 1 até as Tontinas..." Fez uma pausa, e então, pela primeira vez, acrescentou a superfluidade: "...viu."

McGowan o encarou por cerca de trinta segundos em silêncio, então explodiu numa risada incontrolável. "Tii-hii! Ho-ho-ho! Ai, né." Engoliu de volta as ébrias gargalhadas. "Tem muita parada na estrada, tem mesmo. Só não fique pensando muito em *parar* nelas, meu amigo."

Pouco depois dessa conversa, Tom pediu licença e foi para seu chalé. Quando enfiou o oscilante lampião pela porta, o remoinho brilhante banhou um reluzente regato de baratas, escalando a cama de casal pela ponta do lençol caído no chão, depois serpenteando através dele rumo a uma agitação revolta de suas conspecíficas que tentavam entrar no motel trazido de Vance por Tom. Uma outra torrente de baratas fluía sobre os suaves contornos do pacote de Gloria Swai-Phillips, que Tom também pusera em cima da cama.

Tom quase deixou cair a lanterna. Então, odiando-se por isso, circundou o prédio de volta ao saguão, evitando Prentice e McGowan, que fumavam pensativamente no pátio do estacionamento, a dezesseis passos da varanda e a cinco um do outro.

William deu uma risadinha quando viu as baratas. "A criançada deixa cair comida nos chalés", disse. "Os pais, o que cê imaginar. Vou dizer, parceiro, o ambiente aqui é muito fértil, muito rico."

Ele trouxera consigo uma garrafinha de squeeze contendo água com açúcar. Apertou-a e fez uma trilha da cama até a porta.

"Deixe a porta aberta e elas logo vão embora", instruiu Tom, e então acrescentou: "Durma bem."

Tom não dormiu.

A mulher em sua convoluta paisagem onírica era Martha, era Gloria, era ambas. Sentada na cadeira em um canto do chalé, ela se queixou de como o ratã pinicava suas nádegas nuas. Suas estrias eram exageradas — marcas vermelhas de garra na barriga branca. Segurava com as duas mãos o pacote que Gloria confiara a Tom e martelava suas coxas. "O tribunal está em sessão", anunciou. "Estou presidindo — e Estou com um sangramento, Tom, Estou com um sangramento…"

Isso era uma minimização, pois as tábuas de teca sob a cadeira estavam cobertas com seu sangramento, sangue que escorria pelas fendas no trançado do assento, assim como a monção caía das nuvens carnosas acima da Grande Cordilheira Divisora.

O pesadelo o acordou, e, depois de cambalear até o banheiro para urinar, Tom voltou a pegar no sono e começou a ter outro.

Ele estava na cama, fumando; ou melhor, ele era feito de trapos secos dourados, revestindo o cilindro fino como papel de sua pele. Soltou o ar, e sua boca queimou terrivelmente quando a fumaça foi expelida.

"Você está com febre", disse Atalaya. "Fique descansando, vou lavar sua cabeça."

Ela se inclinou sobre ele, pressionando os seios contra seu rosto.

"N-Não", Tom tentou adverti-la — mas tarde demais. Com um pequeno ganido e um espasmo, ela se afastou.

"Pra que caralho fez coisa dessas?", exclamou raivosa para ele.

A boca de Tom ardia terrivelmente; ele exalou outra coluna de fumaça…

E acordou sobressaltado. Estava deitado de costas. Fachos de luz filtravam através da veneziana, e neles pôde ver a bruma de seu próprio hálito condensando.

Tom subiu na varanda para encontrar Prentice já empenhado em um elaborado café de frituras. "Um prato de ataque cardíaco", comentou, com jovialidade. "A melhor coisa pra uma ressaca."

Convidou Tom a sentar do outro lado regendo-o com um garfo lambuzado de gema amarelo-ouro.

Nenhum sinal de McGowan ou de seu caminhão. No SUV respingado de lama diversas galinhas empoleiravam-se no capô. Amontoados de excremento manchavam o para-brisa. Tom massageou lugubremente a própria fuça de lixa, já prevendo para quem ia sobrar a limpeza daquilo.

Stephen, o chef histérico, depositou um prato diante dele e grunhiu: "Café?"

Tom sentou, nauseado com o fedor de comida, e olhou para os ovos fosforescentes, as beligerantes tiras de bacon, os discos de morcela que cintilavam como betume oleoso.

Prentice limpou a garganta. "Erunf. Odeio dizer isso, mas" — tirou o maço de Reds do bolso da camisa — "não tem jeito melhor de rebater um café desses do que fumando um cigarrinho".

Tom se curvou sobre a privada do banheiro minúsculo. Massageou as pregas de sua barriga, inventando encantamentos para uma evacuação mágica. Não funcionou. As xícaras de Nescafé com que inundara o cérebro deixaram-no irritadiço. Era capaz, pensou, de cometer um ato verdadeiramente desagradável nesse dia: carregar a câmara de uma das Galils com os compridos cartuchos de aspecto maligno. Mirar indolentemente na perna de denim de Prentice e estilhaçá-la numa explosão de fogo.

"Eu, ááh", disse Prentice, baixando o rosto para o coto, "pra que você fez isso, diacho?"

Tom riu consigo mesmo, desenrolou o papel higiênico, raspou a pele assada.

Não conseguiu encontrar nem William, nem Stephen, mas os fuzis em suas capas verde-oliva haviam sido presos ao rack do SUV, e o excremento de galinha fora removido do para-brisa. Achando uma relação de preços na recepção, Tom checou as contas. Já estava mais do que na hora de ele e Prentice racharem as despesas: até então, tudo fora debitado no cartão de crédito de Tom, ou ele pagara em dinheiro. Prentice nem sequer se oferecera para contribuir, embora por algum motivo Tom achasse difícil pedir.

Tom chamou: "Stephen? William?"

Periquitos tagarelavam na varanda dos fundos, mas o Lodge era puro silêncio — um silêncio ominoso. Até mesmo a tevê estava desligada. Tom imaginou os dois relaxadamente abraçados sobre um colchão úmido de porra. A cara de rato de William aninhada entre os peitões de seu amigo tugganarong. Tom saiu na ponta dos pés do saguão e desceu os degraus de madeira até o estacionamento. Tinha a consciência de deixar alguma coisa irrevogável para trás — e sentiu um impulso de voltar ao chalé e verificar outra vez. Prentice já estava à espera dele no SUV, sentado de lado no banco do passageiro, soprando fumaça de cigarro à luz dourada da manhã.

Rodaram a manhã toda, parando apenas para encher o tanque e comprar o galão recomendado por McGowan.

A paisagem ia atingindo uma espécie de crescendo: a estrada se enroscando em nós à medida que abria caminho em meio a um labirinto de morfologias vulcânicas. A floresta nublada se adensava, de modo que atravessavam túneis mosqueados de luz, trepadeiras longas e musgosas resvalando no para-brisa.

Dificilmente se via algum outro veículo trafegando, mas de tempos em tempos dobravam uma curva para dar com a estrada à frente bloqueada por um bando de handrey avançando laboriosamente, as mulheres rechonchudas e envoltas em togas de padrões coloridos, os homens tocando os auracas carregados, as crianças sem roupa, correndo em torno e brincando de pega-pega.

Quando a massa escura de humanidade se dividia ao meio para abrir passagem, Tom baixava o vidro de sua janela e trocava saudações, feliz de se ver absorvido — ainda que temporariamente — pelo alegre povo das terras altas.

Prentice permanecia impassível. Imóvel como um toco, olhar fixo adiante, as feições de jovem-velho contorcidas de nojo; e quando Tom acelerava, desfiava sua enfiada de injúrias: "Droga de bin'bongues preguiçosos do caralho. Esses liberais por aí acham que eles têm uma ligação próxima com Deus — mas estão é de mãos dadas com as drogas dos macacos. Vou dizer uma coisa, Brodzinski, os bandos do deserto são piores ainda, uns selvagens pelados filhos da puta. Só o tugganarong vale alguma coisa, sabe, porque foi subjugado pela potência colonial, como era pra ser. Teve treinamento, aprendeu a servir seu senhor. Sem o trabalho que a gente teve com o tugganarong que veio pra cá agora, esses anglo tavam todos fodidos. Já eram."

Tom não era louco de interromper: cortar fosse lá o que emergisse pela boca de Prentice só serviria para trazer à tona mais do mesmo.

"Lá no sul conheço um tugganarong — bom, claro que não é meu amigo, mas eu respeito o Jonas..."

Prentice continuava com a conversa mole quando entraram em uma clareira, onde, em plena luz de meio-dia, dois pelotões inteiros de polícia paramilitar descansavam nas rochas vermelhas. Uns ferviam chá em fogões portáteis; outros haviam tirado o uniforme e se refrescavam nas águas cristalinas de um regato. Um grupo se reunia junto a uma metralhadora de grande calibre presa em um tripé. Quando o SUV passou cauteloso, o oficial anglo que se debruçava sobre ela acompanhou-os apontando a malévola boca da arma.

Isso calou Prentice por alguns instantes. Rodaram em silêncio, Tom atormentado pela mera proximidade de Prentice — sua presença pútrida, cloacal —, embora sentindo-se irremediavelmente solitário. Como uma esposa, Prentice invadia o espaço de Tom o tempo todo: pedindo emprestado o cortador de unha e o xampu; instando-o a levantar isso, carregar aquilo. E, igualmente esponsal, o outro deixava Tom em paz para ser imolado pelos próprios sentimentos coléricos.

A paisagem estava mudando. A cobertura de copas escasseava, a estrada se desenroscava, as extrusões vulcânicas cediam terreno para o capim alto. Lá em cima, os cúmulos se condensavam — depois evaporavam, deixando para trás apenas pinceladas de cirros sobre o *primer* cobalto da tela celeste. O calor foi ficando maior e maior. Então, a uma determinada — ainda que, em toda sua significação, despercebida — altura, o pequeno SUV transpôs o fulcro central da Grande Cordilheira Divisora, e eles se viram propelidos ao descer pelo flanco oposto em um mundo novo e antigo.

"Agora sim", exclamou Prentice. "Agora sim é que chegamos lá *de verdade*, pode crer. Ah, é isso aí, meu velho. Ah, né."

Tom rilhou os dentes, embora também ele estivesse subjugado pelo panorama que se descortinava diante de seus olhos: um país tão vasto e extenso e antigo; um país de formações rochosas bege dotadas da suave aerodinâmica de cetáceos e como que encalhadas pelo refluxo de oceanos primevos.

Um país de capim amarelecido, seco, inflamável, e de esguios eucaliptos, seus troncos escurecidos de fogo escorchados por quinze, vinte metros até a luz trêmula do dossel. As árvores eram tão esparsas que davam a impressão de uma plantação colossal. Os olhos de Tom percorreram aleias com quilômetros de extensão de ambos os lados da estrada, à procura das moradias dos silvícolas perseverantes.

A estrada vacilou, rateou, até que finalmente o asfalto sumiu por completo. A Autoestrada 1 era agora uma trilha de terra vermelha densamente enrugada, de modo que as rodas do carro eram macetadas buraco a buraco, enchendo o interior com um troar grave e insistente. Tom mudou a marcha para evitar derrapagens, e seguiram socando adiante.

Uma enorme placa de estrada flutuou aquosa na direção deles como uma miragem bruxuleante — a primeira que encontravam naquele dia. Os destinos ali indicados — COMUNIDADES TONTINAS, MINAS DE BAUXITA DE KELLIPPI, AMHERST, TRANGADEN — soavam prosaicos, embora as distâncias fossem impensáveis: 2.134 KM, 2.578 KM, 5.067 KM, 5.789 KM. Tom adicionou os mil quilômetros extras que teria de cobrir em trilhas pelo deserto de dunas migratórias a partir de Trangaden, para totalizar uma soma que sugeria uma circum-navegação marítima de um globo até então desconhecido.

Prentice as viu primeiro e gritou: "Encosta!"

Parando com uma guinada brusca, Tom girou o tronco para seguir a batuta cerácea do dedo de Prentice na direção onde, a meio quilômetro de distância, a massa compacta das aves gigantes tropeava através do mato. Tom pôde divisar as plumagens peroladas, e o curioso movimento de suas patas articuladas para trás. Devia haver cerca de uma centena de moai, e mesmo daquela distância os homens conseguiam escutar seu gorgolejar rouco monstruoso.

"Eu é que não ia querer ser pego num descampado no meio daquele bando, amigão", disse Prentice. "Você sabe que esses bichos são agressivos pra diabo. Lá no sul..."

Foi interrompido por um vórtice negro de moscas, que entrou pela janela aberta e espiralou direto em sua boca. Tom teria dado risada — mas em segundos o carro virou um maelstrom de flocos varejadores, agitado pelos dois homens que abanavam as mãos em meio ao tumulto.

"Ah, é", gaguejou Prentice. "Chegamos lá de verdade, nesse lugar nenhum abandonado, infecto... e... e você sabe de quem é a culpa?"

"De quem?", hesitou Tom.

"Da droga dos bin'bongues, claro. Droga de bin'bongues de merda."

Tom continuou o mais rápido que pôde. Com o ar--condicionado uivando e as janelas abertas, a sucção da corrente arrastou para fora a maioria das moscas, mas mesmo assim escolhos inteiros se formaram sobre o painel. Prentice enfiou o chapéu e baixou a tela de mosquitos, desse modo completando sua transformação em uma missionária solteirona vitoriana. Quando Tom experimentou o seu, descobriu que a tela era opaca demais para enxergar a estrada. Ele travou os molares e foi em frente, determinado a se acostumar às cócegas ariscas em suas narinas, no canto dos olhos e da boca.

Os dois continuaram assim — colossalmente estoicos em face dos inúmeros aborrecimentos minúsculos — pelos trezentos encrespados quilômetros seguintes, até que Bimple Hot Springs apareceu diante deles, e Tom sugeriu uma parada para comer.

"É verdade", disse o senhor Courtney, distraidamente afastando as moscas de seus bulbosos olhos cinzentos. "O que seu amigo aí diz sobre as drogas das moscas. Foram mesmo os bin'bongues — e o pior é que continuam, viu."

"Continuam o quê?", interrogou Tom. Ele também espantava moscas, mas irritado, e se perguntava quanto tempo levaria para fazer tão pouco caso delas.

"Ai, arre." O senhor Courtney escavou um punhado de lama quente da terma barrenta onde estavam mergulhados e passou na fronte ampla e avermelhada de sol. "Sabe, antigamente, os bin'bongues só conseguiam matar um moa ou um saltador de vez em quando, com as lanças primitivas deles, viu. Aí a gente deu as caras, e trouxe fuzis junto, viu.

"Bom, esse nosso bin'bongue, ele é um sujeitinho danado de feliz, pra ele não existe essa coisa de amanhã. Na cabeça dele aparece: 'carne' — ora, pois então, e aí é aquela droga de matança desgraçada do inferno. Já faz oito anos que estão nessa toada. Acabaram com os moai, acabaram com os saltadores, acabaram com os auracas — acabaram com tudo, até com a droga dos camelos e cavalos ferais, né. Olha, mas o bin'bongue só quer corte de primeira — até a droga dos cachorros deles só comem o filé mignon! Toda essa droga de carne largada por aí — esse monte de mosca do caralho."

O senhor Courtney deixou que seu volume considerável afundasse um pouco mais, de modo que tudo que restou dele acima do banho de lama foi a metade superior de seu rosto; seus dentões gigantes de esquilo morderam o barro.

A senhora Courtney — que era ainda mais corpulenta que o marido —- soltou uma bufada de hipopótamo, se ajeitou em sua cadeira de piquenique e reiterou: "Droga de bin'bongues, né."

Droga, pensou Tom. Droga, droga, droga.

Haviam encontrado os Courtney já confortavelmente instalados nas Hot Springs. O Winnebago deles era o único veículo no estacionamento, e, a despeito dos buracos de bala pontilhando as laterais enferrujadas, seu toldo listrado de vermelho e branco, com as cadeiras de piquenique e a mesinha embaixo, emprestava ao pequeno camping uma alegre atmosfera de férias. Assim como a senhora Courtney, que, envolta na tenda de um vestido com alucinógenos girassóis de Van Gogh, insistia em servir chá aos recém-chegados.

"Vocês vão ter sorte se aquela gorda nojenta servir alguma comida pra vocês, né", havia dito conforme se ocupava do bule e dos saquinhos de chá. "A baleia estúpida tem medo até da sombra."

Para Tom, tentando acionar os músculos que as horas ao volante haviam travado, o comentário pareceu duplamente ridículo: a senhora Courtney era mais gorda que qualquer baleia.

A escoriada clareira entre as árvores gomíferas, com a ferida fervente da fonte termal borbulhando vapores sulfurosos, era de uma atmosfera ameaçadora. Assim como o motel, uma construção periclitante de ferro corrugado com uma varanda empenada sustentada sobre tocos.

Para testar a hipótese da senhora Courtney, Tom foi até lá, ergueu o ganchinho na porta de tela e entrou. Uma garota rechonchuda com cabelo de cenoura e maquiagem de desenho animado — um arco do cupido desenhado com batom roxo para mascarar os lábios finos — sentava-se em um banquinho alto mergulhada numa revista de celebridades.

Tom ficou perplexo: à parte uma estreita passagem levando da porta ao balcão, tudo ali dentro ficava atrás de grades — sólidas barras de aço que iam do chão ao teto. Diante do balcão havia uma fenda por onde chaves ou guloseimas podiam ser trocadas por dinheiro. Havia uma infinidade de doces nas empenadas prateleiras de madeira, além de latas de refrigerante e de feijão, e pilhas de cartões-postais de Bimple Hot Springs. Um fuzil automático estava encostado na parede ao lado da garota.

Tom ficou em silêncio; a moça também. Primeiro ele olhou através de uma vidraça embaçada de sujeira, depois para o chão, onde, entre seus pés metidos em botas, moscas agrupavam-se em grumos distintos, cada um deles a mutação fluida de algum líquido viscoso entornado.

A garota, muito deliberadamente, lambeu o indicador e depois o polegar. Não parecia com medo coisa nenhuma. Virou uma página.

"A gente tá lotado", disse, devaneante. "E não tem nada pra viagem, só hambúrguer — os bin'bongues atacaram a última droga de comboio."

Prentice vinha trazendo para as termas os hambúrgueres que Tom mandara buscar. Quando vira o nome no mapa, junto com o símbolo indicando um posto de parada na estrada, Tom imaginara clareiras entre as árvores e revigorantes poços hidrominerais. A realidade era aquele atoleiro malcheiroso cercado de espectros resiníferos, o córtex descascando de seus troncos macilentos. As náiades eram essas refugiadas anglo obesas provenientes do sul, que perambulavam interior adentro em férias permanentes.

Pelo menos o fedor mefítico mantinha a maior parte das moscas a distância. Tom desatolou-se com esforço do lodo. Seu torso e membros estavam cobertos por uma macia camada de lama cor de café.

"Você tá parecendo uma droga de bin'bongue", riu a senhora Courtney, e Prentice cacarejou com a boca cheia de hambúrguer.

No momento em que Tom voltava de um banho de ducha ao ar livre, Prentice havia terminado seu lanche e tirava animadamente a roupa, uma toalha — que Tom reconheceu como uma das suas — enrolada na cintura à maneira de um kilt.

Prentice mudou o peso de uma perna para outra, desajeitado, lutando para sair do jeans. Encurvou-se para ocultar as partes. Tom fez uma careta. Porém, apesar de todo seu trabalhoso recato, quando Prentice puxou os calções de banho, as abas da toalha se abriram, expondo suas coxas brancas e um escroto rosado e sem pelos.

Tom sentiu uma pontada na cicatriz que a faca do makkata deixara em sua própria coxa. Contudo, não foi senão quando Prentice deitava de costas no banho de lama que Tom se deu conta do que provocara isso: a virilha de Prentice não exibia marca de espécie alguma.

Assim que chegou ao banho de lama, Prentice afundou ali dentro e começou a se refestelar na imundície, mergulhando a cabeça e contorcendo o corpo. Ao sair para respirar, abriu arcos para os olhos com dedos-limpadores, e então disse: "Eu, ááh, Brodzinski. Acho que devo estar parecendo bem engraçado coberto com esse troço — cê não se incomoda de bater uma foto, s'incomoda? Minha patroa vai achar engraçado pra burro."

O hambúrguer era intragável — queimado nas beiradas, quase congelado no meio. O pão amanhecido esfarelou, pousando no chão de terra batida sob a mesa de piquenique dos Courtney; choveu gergelim no colo úmido de Tom. Ele recordou o texto publicitário dos cartazes: "A mesa está posta, a prataria polida, já olhamos embaixo e não tem nenhum saltador — então cadê você?"

O molestador de crianças chafurdava nas fontes termais, aplicando lama à depravação em seu pescoço.

"Isso ajuda", observou o senhor Courtney. "Danado de bom pra eczema e coisas assim, né. Essas fontes termais foram o único lugar decente que sobrou por essas bandas", continuou. "As drogas dos bin'bongues danaram toda terra boa daqui até as Tontinas."

"Como assim?", perguntou Tom.

"Isso mesmo que eu disse." O senhor Courtney ergueu outro punhado de lama e o deixou cair com um plop em seu occipital. Eles desraigaram as árvores tudo. Eles pegam uma corrente, esticam duma picape pra outra e passam no meio do mato. Depois que a cobertura das árvores acaba, as primeiras chuvaradas que vêm levam o solo bom embora. Mas se isso não faz virar deserto rápido o bastante praqueles coração de tição, daí eles jogam sal na terra, só por garantia.

"Toda essa imensidade" — fez um gesto amplo — "era danada de boa pra droga do gado antes dos bin'bongues saírem lá do buraco deles. Eles danaram a caça; agora tão danando a mata também."

"Mas por quê?", interpôs Tom.

Mas o senhor Courtney seguiu em frente: "Quer saber o que me deixa mais doente?"

"O quê?"

"Aqueles políticos liberais lá do sul cheios de merda na cabeça, eles dão uma droga de *verba* pros bin'bongues fazerem isso, né."

"Dão! A droga é que dão!", fez coro a senhora Courtney, que se materializara pela porta do Winnebago e vinha agora farfalhando na direção deles, uma moa espalhafatosa que de algum modo conseguira escapar à hedionda hecatombe nativa.

Estavam a uma hora de Bimple Hot Springs quando a paisagem começou a mudar outra vez — mudar de um modo a se conformar à descrição do senhor Courtney, ainda que não necessariamente à sua análise.

O intervalo entre as árvores gomíferas foi aumentando, ao passo que o capim amarelo ressequido escasseava, para dar lugar a tocos denteados, troncos supinos e galhos cor de osso tombados pelo chão. Bacias salinas delatavam o caminho para eles entre as árvores remanescentes, suas margens cintilando ao sol escaldante, que calcinava impiedosamente o pequeno SUV.

As moscas também eram impiedosas. Em desespero, Tom disse a Prentice que podia fumar no carro; chegou a ponto de pedir que soprasse fumaça em seu rosto. Prentice o atendeu de bom grado. Para Tom, o cheiro da fumaça de cigarro era inacreditavelmente instigante — como um grosso filé grelhando entre os dedos de seu companheiro de viagem. Para contrabalançar a fome pavorosa, Tom perguntou: "Você não acredita naquele negócio dos nativos recebendo verba pra desertificação, acredita?"

"Claro que acredito, amigão", soprou Prentice. "Porque é uma absoluta droga de verdade."

"Mas com certeza foram os ranchos dos anglo que danaram..." Gesticulou para o mato moribundo. "...tudo isso?"

"É isso que aqueles progressistas esperam que as pessoas pensem." Prentice cruzou os braços, satisfeito consigo mesmo. "Mas a verdade é que eles *querem* que os bin'bongues tenham mais do seu adorado deserto. Eles dão um pau pra cada hectare desmatado — é isso que diz o primo da minha esposa.

"Tem gente", continuou, "que não vai sossegar enquanto a terra cultivada não tiver acabado toda — a região canavieira do norte, até as boas pastagens e as terras aráveis perto de Amherst. Que se dane toda essa droga."

Bloody-this, bloody-that, bloody-all-of-it. Droga isso, droga aquilo, que se dane toda essa droga. Por que, quis saber Tom, *bloody* era a interjeição preferida de toda aquela nação? Além do mais, com toda aquela sangueira logorreica, devia haver um bocado de sangue de verdade. Essas ruminações coagularam em sua cabeça gangrenada, e uma cantoria soou no ouvido de sua mente: "*Bloody-this, bloody-that, bloody-all-of-it. Bloody-this, bloody-that, bahn-bahn-bahn-bahn-buush...*", quilômetro após quilômetro, conforme a bola de fogo descrevia seu arco e Prentice soprava sua fumaça.

Tom estava tão absorto com o mantra que mal notou os primeiros veículos incendiados na beira da estrada, buracos de bala pontilhando a lataria, para-brisas estilhaçados e pneus escorchados pelo fogo. Então, helicópteros de duas hélices vibraram seus rotores acima deles. As aeronaves sacolejavam no ar quente, tão desajeitadas no voo quanto baratas.

Então Tom viu o fim da fila.

Havia Winnebagos e sedãs, rodotrens com múltiplos semirreboques e caminhões menores, picapes e SUVs — todos eles carregados de caçadores nativos, suas caças amarradas aos para-choques.

A fila se formara mais para o canto da estrada, e havia espaço para passar. Tom fez isso por um ou dois quilômetros, até que, sem nenhum sinal de um fim na procissão de veículos, parou e virou para Prentice: "Quanto falta para a próxima parada?"

Prentice examinou o mapa. "Mais uns cinco quilômetros, talvez."

Tom cumprimentou um nativo, que sentava ereto ao volante de uma picape Ford antiga. "Vocês tão na fila pra quê?"

O sujeito virou os olhos vermelhos injetados de engwegge para Tom; seu rosto era uma máscara de indiferença. "Gasolina", estalou. "Depois bloqueio. Gasolina só por uns mil quilômetros — bloqueio, tem de porrada."

Bufou com ironia, depois cuspiu um jato de suco marrom pela janela na estrada avermelhada.

10

O motel era um conjunto de blocos de concreto cinza-azulado com um telhado de ferro corrugado. Parecia uma latrina construída por cavalos inteligentes. A porta de cada estábulo era equipada com um fecho operado a moeda, dentro do qual o "hóspede" era obrigado a inserir vinte dólares se quisesse obter sua chave. Não se via sinal de funcionários.

Tom, tendo deixado Prentice ao volante do carro com instruções estritas de seguir adiante caso a fila andasse — "Que se foda a porra do seu grau de astande" —, agora voltava ao longo dos inúmeros veículos paralisados, tentando trocar em moeda a quantia necessária conforme andava.

A maioria dos motoristas ignorava seu pedido. Permaneciam em seus fornos quentes, indiferentes às moscas dançando diante de seus rostos, e escutando no rádio — fossem anglo, tugganarong ou nativos — a transmissão do mesmo esporte pelo qual Prentice era obcecado.

Conforme ia de torcedor em torcedor, Tom inferiu que o jogo estava ocorrendo no Capital City Oval, entre a equipe nacional e uma do país de Prentice. Os locutores tagarelavam as usuais trivialidades, mas Tom pôde perceber — com considerável prazer — que o time de Prentice estava perdendo feio.

Isso explicou a expressão amuada em seu rosto quando Tom enfim se juntou a ele. Tom despejou a soma de quarenta paus em moedas nas suas mãos em concha.

"Vai até o motel e faz a reserva", ordenou. "Isso pelo menos você pode fazer, não pode?"

Prentice amassou o cigarro no cinzeiro do carro com desnecessária violência. "Contanto que eu não tenha que carregar nada, Brodzinski."

"Nada?"

"Nada." Então Prentice tentou bancar o emoliente; isso não lhe caía bem. "Olha, você sabe, não tô nem aí pra essa merda bin'bongue, mas fico sentindo que, bom, que sou *forçado* a obedecer. E…" Girou em seu banco, os olhos indo e voltando para as caixas de suprimentos médicos. "Bom, se eu não levar esse negócio pras Tontinas, as coisas podem ficar bem feias pro meu lado."

Era a primeira vez que Prentice se referia diretamente ao seu crime. Tom mais uma vez sentiu crescer dentro dele uma premência de forçar aquele sujeitinho vil a revelar o que fizera. Imaginou uma execução sumária ao pôr do sol no deserto: Prentice ajoelhado junto a uma cova rasa que, numa quebra de tabu, ele próprio cavara. Seu rosto era um modelo de contrição; "Tchau, amigão", dizia. "Desculpa qualquer coisa…"

"Esquece." Tom pipocou de volta ao presente. "Vou esperar aqui; se a gente não encher o tanque agora, as coisas vão ficar pretas pra nós dois."

O sol inchou, escureceu, seu volume maduro aboletou-se no horizonte. O bled pedregoso, tão desagradável à luz crua do dia, evoluiu rapidamente mediante uma desconcertante transição de matizes intensos: vermelho róseo, violeta primaveril, gris argênteo — até que a noite purpureou as gigantescas mesas longínquas, e estrelas em pencas penderam do empíreo.

A fila da gasolina mal saíra do lugar.

O jogo de Prentice havia muito cessara com a chegada da noite, e a estação de rádio deixara de transmitir pouco depois. Tom girava o dial, mas não conseguia encontrar nenhuma outra. Os dois esperavam, mudos, e Tom ruminava: será que as coisas aconteceriam como Swai-Phillips sugerira? Assim que os fuzis, as panelas e o dinheiro fossem entregues, o emperrado processo no tribunal de Vance iria andar? Talvez ele estivesse em sua casa em Milford a tempo para o Dia de Ação de Graças. As velas modeladas como efígies dos Peregrinos fundadores estariam acesas sobre o aparador, na sala de jantar, a cera pingando da aba de seus chapéus pretos.

"Olha", disse Tom, finalmente, "preciso dormir uma horinha. Vou afastar o carro da estrada um pouco, depois a gente pode pegar as coisas de valor e ir até o motel. De manhã a gente consegue a gasolina".

"Tem certeza que convém, amigão?"

Tom ficou simplesmente grato por não poder ver a expressão de superioridade de Prentice, e a prega solta idiota de seu cabelo tingido. Tom girou a chave na ignição e saiu da Autoestrada 1. Com os faróis desligados, sacolejaram cerca de cem metros pelo deserto. Depois, jogando nas costas os fuzis, a munição e as caixas de ribavirin e amoxicilina de Prentice, Tom o seguiu na direção das luzes brilhantes da parada.

Mais tarde, estavam na linha de dezesseis metros do motel, enquanto Prentice fumava e Tom passava linimento em sua psoríase.

"As fontes quentes parece que melhoraram isso aqui", disse. Então, odiando-se por soar como uma esposa preocupada, acrescentou: "Você devia ter ficado por lá."

Prentice apenas grunhiu.

Estavam ambos cansados e famintos. Não havia alimentos quentes disponíveis, a não ser tortas de carne no posto de gasolina: umas empadas pesadas recheadas com um purê nojento de carne picada e batata. Nem mesmo Prentice fora capaz de terminar a sua.

Além disso, uma exalação rançosa e vapores de gasolina pairavam pela área toda, enquanto a polícia paramilitar pesadamente armada guarnecendo o lugar contribuía com tensão nervosa à atmosfera de sujeira.

"Vou dar uma cochilada, agora", disse Tom, e passou para Prentice o tubo de creme.

Por alguns segundos, o aparte viril o animou, depois Tom se viu sozinho sob a luz neon de seu cubículo alugado, com seu insecutor azul crepitando e estalando conforme os insetos noturnos cometiam autoimolação não premeditada.

Tom acordou na mais completa escuridão. Pôde ouvir o chiado asmático e o gotejamento do ar-condicionado, um gerador martelava, um helicóptero pairava acima. Havia adormecido lendo os Von Sasser, e o pesado tomo continuava sobre seu peito, pressionando-o no lugar, um amante sonolento prostrado pelo coito. Fragmentos de sonho rodopiaram por trás de seus olhos. Ele estivera lendo sobre a cerimônia engwegge antes de pegar no sono: como as mulheres mastigavam os brotos secos, passando depois o bolo de suas bocas para as dos homens. Ele sonhara com

Gloria fazendo o mesmo para ele, sua língua assídua empurrando a amarga ruminação.

Tom tateou em busca do fio e puxou. O tubo fluorescente piscou e a luz brutal emprestou teatral existência às paredes de bloco cinzento, ao piso de concreto e aos fuzis apoiados num canto. O súcubo de Gloria fugiu na direção do insecutor, depois crepitou e desapareceu num estalo daquele micropalco. Tom tateou pela garrafa de água mineral e deu um substancioso gole em seu conteúdo morno e salobro. Sentiu vontade de um cigarro; sentiu a necessidade profunda e visceral da nicotina por tanto tempo ausente. Sentiu isso como se isso fosse um modo banal de luxúria.

Do lado de fora, as lâmpadas de xenônio iluminavam intensamente o posto de controle. A longa fila da gasolina havia evaporado e os únicos veículos que Tom conseguia ver eram alguns half-tracks da polícia estacionados diante da barra de ferro atravessada na Autoestrada 1.

Ele foi caminhando até a enorme cobertura do posto de serviços. Atrás do vidro laminado, um balconista sentava junto à caixa registradora, tomando uma Coca em lata. Poderia ser algum lugar nos arredores da própria cidade de Tom — a construção era internacional a esse ponto, sem graça a esse ponto. A placa oval exibindo o logo da empresa constituía uma categoria a priori: era assim que criaturas como Tom viam o mundo.

Viu-se do lado de dentro, acariciando o balão crepitante de um saco de batatas fritas. O atendente ergueu o rosto com o ruído.

"Greens de quarenta", disse Tom.

O atendente puxou um ectomórfico pacote do suporte acima. "A gente só tem de cinquenta, parceiro", explicou ele, segurando-o no ar.

Tom tirou umas notas molengas do bolso de seu jeans. Junto com os cigarros, recebeu um isqueiro de brinde gravado com o slogan EYRE'S PIT: EXPERIMENTE AS PROFUNDEZAS DESSA JAZIDA.

De volta para a noite, Tom caminhou furtivamente até a beirada da cobertura, depois deu dezesseis passos cuidadosos. De olhos fixos no cascalho entre suas botas, pôde divisar a previsível linha de guimbas, a vazante de destroços deixada pela grande vaga da necessidade humana, com suas baixas de vazios e picos de saciedade.

Tateando, procurou a cordinha no celofane, desesperado agora por abrir um para-quedas de fumaça sobre sua cabeça.

E parou.

De que adiantaria? Até parece que ia ficar só naquele — depois dele, viriam mais vinte ou trinta mil, todo um cinturão de trançado tabagístico encilhando a circunferência da Terra...

Gloria. O sonho. O engwegge — o pacote. Tom lembrou que deixara a porra do negócio no carro. Enfiou o maço intocado no bolso da camisa e marchou pelo deserto. A cada passo se estufava todo de orgulho: era astande, nenhuma dúvida, o Célere; o retificador, de seus próprios erros, pelo menos.

Se Prentice estava agradecido de encontrar o carro com o tanque cheio estacionado perto do motel quando se levantou e saiu na manhã seguinte, ele se mostrou muito bom em disfarçar. Seus olhos eram dois ovos crus na aurora monocromática: albúmen cinéreo que esfregava com os dedos torpes.

"Droga de noite ruim do caralho", grunhiu. "Fizeram a festa em mim. Juro por deus que essa porra de insecutor só deixa os filhos da puta mais elétricos."

"Olha aqui, Prentice." Tom estava determinado. "O motel ontem foi vinte paus, o Tree Top Lodge, sessenta e cinco. O aluguel do carro foi todo na porra do meu Amex. Tem também a gasolina, as refeições... Quanta coisa mais cê acha que eu vou bancar, caralho?"

"Ei, ããh, amigão." Prentice fez pouco caso, enquanto Tom entrava e saía do quarto pisando duro, carregando o carro. "Parece que alguém dormiu com a bunda descoberta.

"Brodzinski", disse, com uma entonação conciliatória, "eu pretendo pagar minha parte tintim por tintim, é só que estou passando por um pequeno contratempo financeiro — o ribavirin me deixou a zero".

"Ah, sério?" Tom imitou o sotaque de Prentice, com sarcasmo. "Como foi então que pagou nosso velho conhecido, o senhor Swai-Phillips, amigão?"

"Bom, ããh, pra dizer a verdade", falou Prentice, sem graça, "ele pegou meu caso na base dos honorários condicionados. Mas olha aqui." Ele prosseguiu rápido, claramente não querendo se aprofundar muito nisso. "O primo da minha mulher prometeu que ia mandar uma grana pras Tontinas; lá a gente acerta."

Tom mal escutou; estava pensando em Swai-Phillips, lembrando do comentário abrupto do advogado: "Não pego casos de dano pessoal com honorários condicionados." Será que isso não era mais uma confirmação — se é que ainda precisava de uma — de que desde o início o delito de Prentice fora bem mais grave que o seu?

Depois que conseguiram vencer o labirinto de anteparos de concreto cobertos de arame laminado, aguardaram — calados mas tensos — enquanto os entediados policiais tugganarong checavam o lado de baixo do SUV com espelhos telescópicos, e Tom ficou surpreso com a inspeção superficial de seus salvo-condutos. O oficial curvou-se através da janela e largou os papéis no colo de Tom.

"Estão indo pras Tontinas?", perguntou.

"Isso mesmo", respondeu Tom.

"Então boa viagem." Fez sinal que fossem em frente com o cano da submetralhadora.

Além daquela parada a Autoestrada 1 se estendia a perder de vista, uma língua suja se flexionando sob o calor cada vez mais forte. A pista alternava entre pavimentação e terra, de modo que Tom se concentrou ao volante, mudando a marcha quando chegava ao fim de um trecho asfaltado, para evitar derrapagens.

À parte a agitação das moscas e o murmúrio do vento pelas janelas, o carro era só silêncio. Cerca de uma hora depois, Prentice ligou o rádio. Houve uma breve erupção jubilosa. "Ééé! Ele está fora! A bola passou direto — essa ele não vai esquecer tão cedo, ele ia..." — e então sumiu e mergulhou na estática. Com uma expressão torturada, Prentice se curvou sobre o rádio e dedilhou os botões como se fosse um afinador de pianos cego. Depois, desconsolado, recostou no banco.

Tom se perguntava: cadê todo o movimento? Os rodotrens, as picapes e os Winnebagos de aposentados que haviam esperado na fila da gasolina na noite anterior haviam todos evaporado. A estrada estava vazia, e no doloroso céu azul não se viam mais os ruidosos helicópteros de duas hélices do dia anterior.

Perto do meio da manhã, Tom avistou um carro incendiado na beira da estrada. Diminuiu para checar se era coisa recente; mas quando viu a ferrugem sarapintando a lataria amassada, e o interior entupido de areia, acelerou.

Logo outros veículos abandonados surgiram. Alguns mais ou menos intactos, apenas talvez um para-choque vergado, vidros constelados de trincos e alguns buracos de bala nas laterais. Outros haviam sido esmagados por forças fora do comum, a carroceria retorcida e dobrada, como se uma criança gigante, cansada dos antigos carrinhos, houvesse dado vazão a uma birra destrutiva. Havia SUVs, picapes — até mesmo os caminhões usados pela polícia paramilitar. Todo tipo de veículo com que Tom cruzara na Autoestrada 1 estava presente naquela cidade fronteiriça de carcaças. Mais adiante na estrada, ele avistou um caminhão de combustível, seu tanque aberto em pétalas de metal enegrecido.

Prentice, sempre propenso a dar seu pitaco sobre essa ou aquela atração de beira de estrada, permaneceu calado, balançando e gingando com o sacolejar do carro.

A seguir, surgiu um sedã dos mais comuns — o ornamento de uma caixa de lenços de papel ainda intacta sobre o painel do vidro traseiro — que continuava em chamas. As línguas de fogo lambiam o capô amassado, densas bolas de fumaça preta rolavam pelo ar. Prentice despertou ligeiramente quando passaram — depois mergulhou no torpor. Sem pensar em outra coisa para fazer, Tom seguiu em frente.

Porém, quilômetros depois tiveram de parar.

O primeiro sinal de que havia alguma coisa muito errada veio quando um punhado de helicópteros rugiu baixo sobre o carro. Eram aeronaves de um só rotor, com bulbosas cabines de plástico. Ainda que houvessem ido embora poucos instantes depois, Tom pôde ver os mísseis acoplados sob eles. Onde os helicópteros desapareceram no horizonte, uma coluna de fumaça era visível; se isso fora causado por eles ou se era um efeito que tentavam dissipar, ele não conseguiu ter certeza.

Tom diminuiu a marcha quando dois policiais se aproximaram do SUV. Segurando cassetetes fluorescentes, orientaram-

-no a tomar uma faixa formada por cones listrados. Eles também levavam placas. Uma dizia PROIBIDO ARMAS, a outra, FIQUE NA FAIXA. Mais além dos policiais, um toco amassado na cratera por um dedo negro de fumaça, avistou o rodotrem de McGowan.

Mais adiante no bled, os helicópteros pairavam, as faces reluzentes se encarando numa roda de conversa. Os rotores giravam vagarosamente num bate-papo ocioso, como convidados entediados numa festa cujo prato principal fosse o gigantesco churrasco.

"Qual o problema?", perguntou Prentice ao sargento que se aproximou de sua janela.

Tom ouviu isso como a demencial negação do óbvio, mas o tugganarong recebeu a pergunta com a maior naturalidade.

"Os diabos dos bin'bongues puseram outro IED na estrada, senhor", disse, apanhando os papéis que Prentice estendeu para ele. "Não tem com que se preocupar, é bando aval, já devem ter se mandado pra lá, a essa altura, né." Sacudiu um polegar por sobre o ombro, depois prendeu o cassetete entre as coxas grossas, de modo a poder verificar os passes e salvo-condutos.

"Esses fuzis aí atrás são dos senhores?", perguntou o segundo tira, aproximando-se da janela do motorista.

"Áh, é. Quer dizer, são, claro", respondeu Tom, nervosamente.

"Lamento informar que eles vão ter que ser apreendidos por enquanto. Pura rotina de segurança — e a munição também. Eu devolvo daqui a meio quilômetro, quando os senhores voltarem pra estrada, tudo bem?"

"Tudo, claro. Acho."

Tom estendeu as caixas de munição, depois esperou enquanto o policial tirava os Galils com suas capas verdes do rack. Quando o sargento devolveu os papéis a Prentice e batucou no teto, Tom se afastou.

A faixa de cones os conduziu a um nítido desvio através do bled, evitando o rodotrem em chamas. Prentice fez menção de acender um cigarro, mas Tom gritou com ele: "Porra, cara, cê tá ficando louco? Por que acha que eles tiraram as armas da gente? Tem combustível espalhado pra todo lado."

Glóbulos, pinceladas e até poças de uma viscosidade negra e espessa manchavam o pavimento escuro. Um dos semirreboques de McGowan voara pelos ares e caíra em cima de outro. Os dois pegavam fogo. De cem metros de distância, Tom podia sentir a pulsação furiosa das chamas. Chamas que lambiam os rostos desfeitos das mamas napolitanas gigantes. Engradados destruídos na explosão haviam expelido seu conteúdo: os discos de massa jaziam esparsos pelo chão — chuva de escombros fast-food, ao ponto. O cheiro de mussarela derretida fundia-se fantasticamente aos vapores da gasolina.

O caminhão, contudo, mal fora danificado. Estava no alto da estrada, apenas algumas costelas retorcidas da carenagem a sugerir que não se tratava de uma mera pausa na viagem antes de partir com um rugido de motor. Havia isso, e também o cadáver de McGowan, em que ambos puderam dar uma boa olhada assim que retomaram a estrada trepidante.

O rosto do motorista era uma máscara de compostura, sua pose, relaxada, seu cabelo alisado na cabeça arredondada — tudo isso parecia estranho, porque o tronco de McGowan vergava de costas pela janela da cabine, como se estivesse executando o estilo Fosbury para tentar se salvar bem no instante em que expirou. Seu peito também havia se liquidificado, de modo que em cada furo de sua camiseta regata se contorcia um verme de purê de tomate.

A faixa de cones terminava em um bloqueio improvisado. Policiais ficavam por ali, com seus rifles e capacetes voadores. O sargento se aproximou em um jipe e descarregou os fuzis de Tom.

Tom desceu do carro e foi ajudá-lo a prender as armas no rack. "Tem alguma coisa q..." Decidiu mudar o discurso: "Como o senhor avalia a situação da segurança daqui até as Tontinas, senhor?"

Tom imaginou que assim soava confiante — corajoso, até. O sargento não pareceu dar a mínima; encarou-o ceticamente.

"Não tem com que se preocupar, senhor", disse. "Os rebeldes só atacam os veículos de combustível e outros suprimentos — cargas destinadas às minas de bauxita, em Kellippi. É só um problema de manutenção da lei e da ordem pra nós — nada de extraordinário. E, com todo respeito, mas esses delinquentes estão pouco se cagando pra dois anglo rodando por aí, sem querer ofender."

"Tudo bem", murmurou Tom.

"Olha", continuou o sargento, "esse negócio só continua pelos próximos mil quilômetros — depois disso, vão estar a uma pedrada das Tontinas". Riu amargamente. "Vale tudo, por lá. A droga que for."

Tom riu também, de um modo que esperava sugeria saber do que estava rindo.

O sargento deu um tapinha num dos fuzis. "Galil", comentou. "Bela arma. Os bin'bongues lá do sul gostam muito — a gente tem uns, também. O gatilho de dois estágios meio que falha; mesmo assim, enfia o pente, mete tudo no automático e você arrepia esses pretos filhos da puta antes que eles cheguem perto, né."

O sargento levou um dedo ao reluzente chapéu de origami e se afastou para se unir aos colegas no posto de serviços. Então ele se virou. "Mas é claro que vocês têm pistolas, né?"

"Escutou aquilo?", Tom perguntou para Prentice conforme acenavam para prosseguirem, e o SUV voltava a avançar pela Autoestrada 1.

"Ah, com certeza, amigão", respondeu o outro.

Surpreso com o tom presunçoso de Prentice, Tom o fitou de soslaio. Ele segurava uma pistola automática. Agitado, Tom olhou para a estrada, depois de novo para a arma. Parecia um objeto do outro mundo na mão macia de Prentice: um balconista empunhando uma pistola de raios. A automática tinha linhas despojadas, funcionais: cano retangular, um retângulo um pouco maior para a coronha. Seu dedo amarelado esfregou o guarda-mato, depois se enfiou ali e acariciou a cedilha do próprio gatilho.

"Essa porra tá travada, espero", Tom exclamou.

"Claro que tá, amigão." Prentice falou com expressão pensativa, sonhadora. "Cê acha que sou retardado?"

"Onde cê arrumou isso aí? Sabe usar essa porra? Por que não disse que tinha? A gente podia ter sido preso."

Os comentários ricochetearam pelo interior enfumaçado do carro. Até onde Tom sabia, armas de fogo eram um anátema para os compatriotas de Prentice; parecia inclusive muito pouco provável que soubesse manusear uma adequadamente.

Prentice continuava a titilar o gatilho, e quando respondeu, foi com um ar de devaneio erótico. "Honestamente,

Brodzinski, eu não achava que você fosse um cagão ingênuo desse jeito. Não tem nada de ilegal em portar arma por essas bandas — qualquer um com bom senso tem uma. Se você não estivesse tão fechado nesse seu mundinho, teria se dado o trabalho de verificar a situação da segurança com um pouco mais de cuidado."

"Que se foda", cuspiu Tom. "Você sabe usar essa coisa?"

"É do primo da minha mulher." Prentice ergueu a pistola na altura de sua boca furtiva; por um segundo, parecia que ia beijar o cano. "Trouxe comigo lá do sul; até mesmo em Vance a gente nunca sabe quando um bin'bongue dum negão vai perder as estribeiras e tentar estuprar sua patroa."

Tom girou o volante e pisou com tudo no freio. O SUV deu uma guinada e então trepidou ao transpor a saliência de terra na beira da estrada. Pararam. Tom se virou para Prentice: "Você sabe usar isso? O que estou querendo dizer é: já usou de verdade uma arma de fogo, seu veado metido do caralho?"

Por alguns instantes pairou o silêncio do choque, depois as moscas, que haviam ficado hipnotizadas pelo contato da superfície sólida e vítrea com suas patas peludas, começaram a esvoaçar.

Prentice limpou a garganta. "Eurgh-aham, bom, já que tocou no assunto, Brodzinski, não, nunca disparei, exatamente, mas conheço a arma como a palma da minha mão. É uma Browning BDM. Carregador pra quinze tiros, calibre nove milímetros. Esse pininho aqui" — mexeu nervosamente na coronha — "muda pra 'modo revólver'…"

Tom não estava escutando. Bateu no câmbio do SUV e voltou derrapando à pista. Só falou outra vez quando rodavam pela estrada.

"Guarda essa porra, Prentice", disse. "Põe pra lá. Enquanto a gente não souber atirar, é só mais um peso do caralho. Esconde essa merda, depois…", disse, buscando uma via mais conciliadora, "quando tiver uma boa distância entre nós e aquele, ãh, acidente, a gente acha um lugar tranquilo pra praticar com ela e com os fuzis. Tudo bem por você?"

Prentice sinalizou seu consentimento tirando o carregador da automática. Com gestos muito determinados, guardou-o, junto com a pistola, no porta-luvas do carro.

* * *

O SUV zunia suavemente através do deserto interminável. O calor subia em espirais; os homens se desmanchavam em suor. Prentice baixou o mosquiteiro do chapéu. A paisagem, que, desde que deixaram o posto de serviços naquela manhã, se revelara de uma intimidante ausência de qualquer traço distintivo, agora se alterava imperceptivelmente, ganhando aos poucos feições ameaçadoras, para então se tornar completamente apavorante.

As silhuetas bruxuleantes das mesas no distante horizonte norte declinavam. O bled, absorvendo o volume delas, arqueou-se e então as obliterou. Sulcos profundos surgiram em sua superfície, agregando-se e se consolidando em severos uádis. As cores passaram de brilhantes a espectrais: vermelhos ferrugem fulguravam escarlate, areias de tênue bege tornavam-se vastidões de terra amarelo-pus. A purpurina mineral das bacias salinas se intensificava, azul depois mais azul.

A cada cigarro aceso por Prentice, Tom sentia sua própria fissura por nicotina subindo na garganta. Ele a engolia com a ajuda do orgulho. Nessa abnegação residia sua força, sua probidade, sua — Tom empalideceu com a expressão, ainda que adotando-a — fibra moral.

O clarão ofuscante perfurava como um laser as escuras lentes Polaroid de Tom. Ele podia sentir a pele se esticar, os lábios em bolha descascando. Decidiu comprar óculos de sol melhores, mais bloqueador solar e hidratante, assim que encontrassem uma loja decente.

Pelo menos aquelas badlands ocultavam os veículos calcinados. A Autoestrada 1 mantinha sua trajetória oeste reta como uma flecha, por sobre aterros e através de cortes no terreno, enquanto as carcaças de carros ocultavam-se em depressões: o metal encrespado obscurecido pela rocha encrespada, sua pintura camuflada pela curvatura enganosa do deserto. Tom sabia que jamais veriam a escória encrespada se aproximando.

Seguiram velozmente por cinquenta, cem, trezentos quilômetros. Já passara bastante do meio-dia, quando Prentice — adotando o tom choroso, infantil, que fazia seus pedidos soarem como "Tamo chegando?" — quebrou o silêncio. "Ããh", arriscou. "Tô morrendo de fome, Brodzinski, que acha da gente dar uma parada pra um piquenique?"

"Claro", respondeu Tom. "Mas por que não? Um piquenique e um tiro ao alvo nas panelas, hein, Prentice? É bem disso que a gente precisa, *amigão*."

Montaram acampamento no leito de um uádi profundo e íngreme em que Tom tomou o maior cuidado para entrar com o SUV. Estavam a apenas uns cem metros da estrada, mas completamente fora de vista, graças aos barrancos rajados de roxo dos cintilantes depósitos minerais.

Prentice remexia nas coisas como uma velha senhora. Da pilha de lixo acumulada no banco traseiro do SUV, ele resgatou um retalho de algodão branco que esticou sobre uma rocha achatada. Encontrou os sanduíches que Tom comprara durante o aprovisionamento noturno e os serviu, junto com duas garrafas de água mineral, em cima do pano.

Tom disse, indolente: "Coquetel de camarão ou frango ao coentro, hein, Prentice? A escolha é sua."

Prentice desembalou o coquetel de camarão do celofane e se encolheu todo com o cheiro. Depois, diligentemente, começou a mastigar.

Tom decidiu espairecer, simulando partilhar de um convescote ocioso. Levou uma das quentes garrafas de água mineral aos lábios ressecados, depois a segurou diante dos olhos para examinar o rótulo. "Nas vastidões desérticas da Província Ocidental", escrevera o redator, tremendo de frio numa geladeira de vidro fumê em Capital City, "o lago Mulgrene se estende por mil quilômetros através da região, uma extensão cristalina de saúde, pureza e equilíbrio hidrolítico.

"Aqui, o povo entreati monta seus acampamentos de inverno, às margens do que para eles é 'O Grande Espelho do Rosto de Deus'. E, empregando uma tecnologia aperfeiçoada ao longo dos milênios, refinam e destilam o líquido precioso que você está prestes a beber. Eles o chamam de *entw'yo-na-heemo*, 'As Lágrimas do Paraíso'. Nós a chamamos, simplesmente, de Água Mineral Mulgrene — porque sabemos como você gosta dela: pura."

Tom riu amargamente e deu um gole na água salobra. Os maxilares de Prentice pararam de trabalhar. "Precisa ir devagar com esse negócio aí, Brodzinski. A gente só tem mais uns dois ou três litros."

"Eu tenho", disse Tom, e deu outro gole longo e desafiador. Limpou a boca ferida com o dorso da mão. "Eu tenho, Prentice — você não tem nada, velhinho. Você é o grau errado de astande, né. Você não tem nada pra fazer a não ser saracotear por aí, saracotear por aí." Cantarolou: "Trá-lá-lá, sa-sa-saracotear por aí!"

Um vácuo se abriu na cabeça de Prentice, e suas feições sofreram um prolapso ali dentro. "O que cê tá querendo dizer com isso?", berrou. "Que droga cê tá querendo dizer?" Depois, recuperando a compostura, pontuou: "Amigão."

"Nada." Tom ficou assombrado pelo modo como o outro recuou. "Porra nenhuma. Fica calmo, Prentice. Come a merda do seu sanduíche de camarão."

O resto do repasto transcorreu em silêncio. Abrigaram--se à sombra nitidamente delineada da rampa do uádi. Seria possível, imaginava Tom, ficar mais quente ainda? Ao contrário de Vance e seu clima tropical, o calor ali era seco. Desejou ardentemente suar mais — mas só lhe vinham gotículas. Sentia os órgãos cozinhando no próprio sal.

Prentice terminou o sanduíche. Com vulgar escrupulosidade, apertou um lenço sujo nas acentuadas covinhas de seu rosto neotênico.

"Mas uma coisa eu posso fazer", disse.

"Ah, e o que é?"

"Usar uma arma — Jethro disse que isso tudo bem."

Tom riu, mas Prentice já se levantara da rocha onde estivera sentado e gingava em direção ao SUV. Tom recolheu o lixo do piquenique e foi atrás. Juntos, tiraram os fuzis, pegaram a automática e acharam a munição.

Sopesando o fuzil Galil fora da capa em seus braços nus, Tom se sentiu verdadeiro e completo. Ergueu a coronha quente junto ao rosto: um sugestivo cheiro de óleo penetrou em suas narinas. Olhou pela mira telescópica. Por uma chanfradura no barranco do uádi um trecho de bled a quinhentos metros de distância se ampliou com excitante proximidade: as barbelas sob o pescoço de um lagarto-saltador balançavam conforme ele arquejava em comunhão silenciosa com sua própria verdade e completude. Tom quis tocar as barbelas com o dedo. Lentamente, dobrou-o em gancho, sentindo primeiro um clique sólido, depois um tranco firme no ombro.

"SAIDIIBAAAIXUUUiiiiiiiuuuuu!", sibilou o fuzil. O lagarto estava de costas, as patas traseiras pedalando, garras agarrando a terra.

"Excelente tiro, amigão!", exclamou Prentice, deliciado. "Excelente tiro, droga!"

"Sua vez", disse Tom com modéstia, e Prentice tomou posição.

Se o Galil cantava, a pistola rugia: um estrondo estremecedor que ecoou através do seco leito de rio. Braços e joelhos flexionados, Prentice absorveu o recuo da enorme Browning. A garrafa de água mineral em que havia mirado sumira: estilhaços plásticos jaziam nas Lágrimas do Paraíso.

"Cê viu só? Cê viu? Cê viu?" Prentice exultava. Arrancou o chapéu safári da cabeça e bateu com ele na perna. Sapateou uma contradança no chão arenoso, as botas cavoucando pequenos diabos de poeira que a brisa tirou para valsar.

Um irrefreável gritinho festivo escapou dos lábios rachados de Tom: "Uuu-huu! Aêêê, Prentice!"

De repente, Prentice ficou sério, a automática de metal mirando o chão diante das botas de Tom.

"Brian", falou. "Por favor Tom, me chama de Brian."

"Ãh, tá." Tom se deixou seduzir pela informalidade do tiroteio recíproco. "Então tá, aah, Brian." E completou a deflagração da paz tirando o maço de Greens de cinquenta do bolso da camisa e estendendo para Prentice.

Tom se apaixonou perdidamente por disparar o Galil: parecia ter nascido para aquilo. Tirar os cartuchos das caixas de papelão, encaixá-los na câmara, ajustar a câmara à culatra, erguer a coronha junto ao rosto — eram ações excitantemente instintivas, quando, com os batimentos acelerados, Tom manuseava seu próprio ser rumo à consumação balística. Os dois homens voltaram a tomar posição, e num segundo sua avidez se evidenciou na fumaça que subia entre as pedras irregulares — e mesmo assim continuaram a mandar bala.

Tom posicionou o pé sobre um montinho de seixos e fez fogo a média distância, mirando pedras que se lascaram com um silvo agudo. Prentice foi à carga contra o primeiro plano, descarregando tiros com total abandono. A câmara da automática esvaziou antes da do fuzil e ele exclamou: "Eu, Tom, cara, uau!"

Tom parou de atirar. Seu osso malar queimava no ponto onde o Galil lhe acertara um direto.

"Que tal uma foto?" Prentice estava zonzo de excitação. "Minha patroa vai achar o máximo quando me vir assim."

Relutante, Tom foi buscar a câmera no carro, e, com Prentice exibindo sua pose de macho idiota, captou mais algumas imagens no cartão de memória da máquina, onde foram se entremear às de Prentice em Bimple Hot Springs, Prentice na floresta nublada, Prentice no topo do Giant Sugar Sachet.

Então o celular de Tom tocou. Ele nem sequer se dava conta de que estava ligado. Como podia ser, perguntou-se estupidamente, de a bateria não ter acabado, após viajarem todos aqueles dias sertão adentro?

Tom meteu o dedão no botão e interrompeu o minicarrilhão. A mão tremendo, levou a concha de mexilhão à orelha. Nada — ou, melhor dizendo, um chiado espumoso nas areias de uma praia terminal. Enfiou o aparelho de volta no bolso.

A boca de Prentice pendia, aberta. "Que car...", começou, mas foi cortado quando o celular começou a trilar novamente. Tom o pegou, apertou o botão, escutou o chiado. Então segurou o celular longe do rosto, interrogando-o com seus olhos arregalados.

"Deve ser só um defeito ou qualquer coisa", disse para o companheiro. "Quer dizer, a gente tá fora da área de cobertura, não tá? Bom, vou desligar."

Prentice tomou posição outra vez e deu um tiro num montículo de arenito. O montinho se desintegrou.

Então o telefone tocou mais uma vez.

"Puta que pariu! Puta que pariu!" Urrando, Tom puxou o celular com um gesto brusco e o deixou cair. O aparelho ficou no chão perto dos seus pés, pipilando como um passarinho machucado. Prentice se aproximou e, apanhando o celular, voltou a desligar.

"Não faço ideia do que tá acontecendo, Tom", disse, passando-lhe o telefone. "Mas não estou gostando. Melhor a gente pegar as coisas e picar a mula."

Tom foi até o SUV. Estava prestes a abrir a porta quando uma voz desconhecida falou — distintamente, mas sem se erguer — "B'dia, parceiro."

O dono da voz estava a alguns palmos do para-choque do carro. Tom se deu conta, com a clareza da adrenalina, que devia ter avançado por uma das valas que desciam no uádi. Era um anglo muito alto e musculoso. Segurava um fuzil de modo a sugerir que tinha Tom e Prentice sob controle, ainda que não estivesse apontando diretamente para eles.

O silêncio reinou por alguns momentos. A coluna de moscas que pairava atrás de Tom coroou sua cabeça em um diagrama atômico sonoro. O anglo, a despeito da súbita materialização, do tamanho avantajado e da arma, dificilmente podia ser considerado uma figura ameaçadora. Tinha um rosto arredondado e infantil; suas calças curtas eram tão curtas, e as mangas da camisa azul-celeste combinando tão abreviadas, que pareciam um mijãozinho de bebê.

O anglo cumprimentou Prentice: "E 'dia pra você também, parceiro."

Espantando as moscas de seus olhos, Prentice respondeu: "Era você? No celular, quer dizer."

O enorme anglo deu uma risadinha. "Ah, arre, isso mesmo, parceiro. Tem um transmissor no caminhão, sabe. A gente manda um sinal de vez em quando, viu."

"Mas pra quê?", quis saber Tom.

O homem o encarou como se fosse muito estúpido. "IEDs, parceiro, droga de IEDs. Os bin'bongues — os bandos mais modernos deles, quer dizer — usam celulares pra detonar, além de detonação teleguiada com fio. Se a gente desconfia que tem algum rebelde por perto, a gente faz uma surpresinha, pode acontecer de disparar a armadilha deles um pouquinho antes da hora — no mínimo, a gente fode com os planos deles. A gente triangula nosso sinal com uma torre lá no monte Parnaso." Sacudiu um polegar de salsicha por cima do ombro. "Daí a gente consegue determinar a posição e aparece pra dar uma checada na situação, quem sabe até" — acionou a culatra de seu fuzil — "fazer uma pequena faxina".

Como confirmação de que já se dera por satisfeito na checagem da situação, o baby-face recostou o fuzil no carro.

Prentice, sempre do contra, objetou contra não mais serem considerados como objeto de preocupação. Mantendo as mãos para cima, na altura dos ombros, disse: "Mas não quer ver nossos documentos? Não quer saber o que a gente tá fazendo aqui? Pra onde a gente vai?"

"Estou cagando e andando, parceiro." Pela primeira vez, o anglo pareceu ofendido. "Desde quando sou uma porra de tira tuggy com autoridade pra isso."

"E-e", disse Prentice, balbuciando entre a fanfarronada e a covardia, "e se a gente estivesse armado? Quer dizer, a gente tá, você sabe".

Servindo-se de um cigarro e acendendo, o anglo inclinou a cabeça para trás e casquinou. "Senhores", disse, apontando atrás deles, "quero apresentar minha esposa".

Prentice girou nos calcanhares. Tom fez meia-volta, entrecerrando os olhos sob o sol, agora já em pleno arco descendente de seu zênite. Cindindo a oblíqua radiação luminosa, os braços como as asas de um anjo vingador, uma silhueta aquilina se delineava atrás de uma metralhadora no cume do barranco alcantilado. Erguendo-se, ela exclamou: "Parece que chegou a hora das apresentações. Daphne Hufferman, e esse aí é o meu darling, Dave."

Era uma voz feminina, embora o corpo fosse tão grande e musculoso quanto o de seu marido.

"Olhaí, cês dois", continuou, "não sei o que planejam fazer, mas se estão pensando em dar uma parada na estalagem da perfuração de cento e vinte quilômetros, então podem esquecer. Os bin'bongues tomaram o lugar faz umas semanas. A menos que resolvam ajeitar suas tralhas por aqui mesmo — o que não aconselho —, é melhor virem com a gente pro nosso acampamento, com Dave e comigo."

Enquanto falava, a mulher levou a metralhadora ao ombro e desceu na direção deles. Quando se aproximava, Tom viu que, além de se assemelhar ao marido no físico, também usava o mesmo traje de calças curtas e camisa de mangas curtas. Só que no seu caso era um conjunto rosa-choque. Estranhamente, os peitos grandes pressionando o decote aberto apenas acentuavam o caráter discutível de seu sexo.

"Então." Parou na frente de Prentice e o mediu de alto a baixo com expressão cética. "O que diz, campeão?"

Como um pretendente nervoso, cômico, Prentice murchou sob seu olhar firme. "Ããh... Se... Se vocês, hmm, minha gente, se vocês não são policiais, então são o quê?", conseguiu enfim desembuchar.

Foi a vez de Daphne bufar uma risada. "Nós? Nós? A gente é caçador de ração pra animal, parceiro. Umas drogas de caçadores de ração pra animal. Agora, pra dentro desse seu carro, vocês dois. Até o acampamento tem chão, e a gente quer chegar antes da noite, que é mais preta que o coração de tição dum bin'bongue."

11

O acampamento dos caçadores de ração consistia de um trailer automotor desmontável e de um contêiner refrigerado. O contêiner ficava sob um bosque de árvores gomíferas, gorgolejando. O fluido refrigerador vazando pingava entre as barras de metal, cobertas de verrugosas bolhas de pintura. O trailer era uma cápsula de alumínio prateada, humanizado — se essa era a palavra certa — por cortinas de gaze nas portinholas, e um toldo listrado diante da porta.

Tom parou o carro ao lado da picape dos Hufferman e desceu.

Atrás do acampamento uma malha de cursos d'água secos sulcava a terra: linhas na palma da mão de um gigante. A média distância, os dedos dessa mão se enroscavam com os contrafortes de uma montanha rochosa erguendo-se cerca de mil e quinhentos metros acima do solo do deserto. Monte Parnaso. Um zéfiro quente e arenoso desceu do pico, queimando os lábios sensíveis de Tom.

"Não é grande coisa, mas dá pra chamar de casa", disse Dave Hufferman, ao descer da picape. Estava completamente relaxado — em casa, de fato —, mas a esposa se encaminhou direto para a parte de trás do trailer e começou a tirar o que pareciam ser gigantescas fraldas atoalhadas de um varal.

Dave Hufferman foi buscar cadeiras de armar para os convidados e acendeu a churrasqueira. Em seguida, foi até o contêiner, abriu a trava e baixou a porta de ferro. Uma espessa nuvem branca de condensação soprou ao seu encontro. Ele emergiu abraçando um punhado de latas de cerveja. Tom correu até lá para ajudá-lo a fechar a porta.

O contêiner estava abarrotado até o teto com peças de carne de moai. As gigantescas asas, pernas e peitos estavam cobertas com uma laca de gelo, e acondicionadas muito compactamente — peças de um bizarro quebra-cabeça tridimensional. Na minúscula área livre diante daquele baluarte de ave congelada ficavam as provisões industrializadas dos Hufferman: caixas de pizzas e pratos prontos, potes de sorvete de baunilha e sacos plásticos cheios de filés.

"Enfiei elas aqui antes de sair pra ir atrás de vocês", explicou Hufferman — presumindo que a questão mais premente na cabeça de seu convidado fosse entender por que a cerveja não estava uma pedra.

E não estava. No contêiner havia também uma caixa de mamadeiras. Será que os caçadores de ração tinham um filho em algum lugar por ali? Se tinham, era um senhor bebê — as mamadeiras eram três ou quatro vezes maiores do que as que Tom se lembrava. Ele pensou em Tommy Junior, mas perguntou: "O que acontece quando o contêiner enche?"

"Bom, parceiro", continuou Dave Hufferman conforme caminhavam em direção ao lugar onde Prentice esperava sentado, fumando, "a gente dá uma diminuída no ritmo do trabalho perto do fim do mês, quando o rodotrem está pra passar, né". Atirou uma lata para Prentice, estendeu uma para Tom, e todos os três estalaram o pequeno anel e deram um gole. "O problema é — Oi, parceiro!", bradou para Prentice. "Cê tá dentro da droga da linha!"

"Linha?" Prentice achou graça.

"A linha de dezesseis metros, parceiro. Chega um pouco mais pra lá, né." Hufferman indicou um arco de guimbas de cigarro esmagadas na terra vermelha. "Eu mesmo gosto de dar minhas tragadas de vez em quando, mas o contêiner é considerado local de trabalho, e regras são regras."

Prentice arrastou a cadeira de piquenique para além da linha invisível. Hufferman bufou com sarcasmo. Então, imaginando que Tom estivesse interessado, conduziu-o para longe do acampamento.

Após cem metros atravessaram um biombo de eucaliptos. A visão que surgiu perante os olhos de Tom foi chocante: um matadouro ao ar livre. Havia pesadas mesas de cavalete com tábuas de carne em cima e um suporte de aço cheio de cutelos e facas de açougueiro. Um sarilho pendia do tronco de uma árvore morta, penas ensanguentadas presas em suas articulações. Havia amontoados de plumas enroscados no capim duro, enquanto lascas de osso e retalhos de carne espalhavam-se pela terra nua. As moscas se aglutinavam com tal densidade nas enormes crostas de sangue seco que as transformavam em negros capachos cintilantes.

Hufferman disse: "A flor e eu conseguimos apanhar dez moai por dia, carregar a camionete, trazer pra cá, cortar e guardar no freezer. Mas, como eu ia dizendo, o que tá pegando é que o caminhão não anda tão regular hoje em dia, por causa dos bin'bongues atacando os comboios. Então a gente não gosta de encher tudo enquanto não tiver certeza que eles conseguiram passar, viu. A gente ganha pela empreita, sabe, e se o contêiner não estiver mais apertado que calça de veado a gente não recebe a grana toda."

Mas Tom não via nada disso — o que ele via era McGowan, o motorista do rodotrem, pendurado no sarilho. Um rebelde enraivecido serrava um de seus braços espasmódicos. O calor pulsante dos semirreboques de McGowan em chamas esmagando a tarde crepitante em um Hades de fogo.

Tom deu outro gole metálico na cerveja gelada e virou para seu anfitrião. "Odeio dizer isso", disse, "mas não ficam preocupados com os rebeldes?"

"Nós?" Ele parecia incrédulo. "A gente tem um sistema detector de movimento em volta do acampamento todo, né, montado com bombas de termita. Se os pretos filhos da puta não virarem carvão, a Daphne e eu acabamos com eles. A gente tem óculos noturnos, e a gente é pro, pelamordedeus. Pro, droga. A Daphne" — o grasnado rouco de Hufferman se amaciou com ternura — "é simplesmente a droga da mira mais certeira da Província Oriental".

Mais tarde, o esquisito par de duplas comeu peito de moa sob os cornos prateados da lua crescente. A cerveja continuou a descer. As árvores gomíferas sussurravam ao vento, que trazia consigo um cheiro adstringente, estranhamente agradável. Tom perguntou a Hufferman o que era, e o caçador de ração disse: "Engwegge, claro. Onde tem engwegge, tem moai, viu. Tem bin'bongue também, garanto a você — mas não os desvairados pra valer."

A carne de moa era escura e muito forte. Tom afundou em sua cadeira de piquenique, chupando os sucos rançosos em seu prato de papel. Após alguns instantes, arriscou: "Tem mesmo moai suficiente por aqui pra, aah, fazer valer a pena? Quer dizer, considerando a seg... a situação da segurança."

O eufemismo soava ridículo, um miado de filhotinho naquele ermo terrível.

"Vale a pena não só financeiramente", disse Daphne Hufferman, "vale moralmente, também, viu".

"Moralmente?"

O mulherão, que preparara o churrasco e servira a carne acompanhada de tutu de feijão e salada de repolho descongelada sem mal abrir a boca, agora se animava. "Lá no sul, nas cidades, né, mora um garotinho ou garotinha que adora seu gatinho ou cachorrinho de estimação. Ama de paixão, né. Olha, Tom, é por isso que estamos lutando aqui — por esse amor. É pra isso que a gente vive — e é pra isso que a gente mata as drogas dos moai, viu."

"Eu — Eu não queria ofend..."

"'Magina, parceiro, não esquenta", disse Daphne, e voltou a mergulhar em seu silêncio contemplativo, regado a cerveja.

Prentice permanecera calado durante toda a refeição, o cabelo ralo emplastrado na testa, o pescoço esquelético pálido e descascando, o tronco magro torcido. Para Tom, parecia mais do que nunca uma figura a um só tempo fraca — e perigosa. Pegou-se repetindo mentalmente o nome do companheiro, sem cessar: Prentice, Prentice, Prentice... Até as consoantes ficarem mastigadas, e Tom pensar: pênis, pênis, pênis...

Prentice escolheu esse momento para interromper o próprio silêncio. "Eu, hmm, Dave, acho que por acaso você não tá sabendo quanto terminou o Test, sabe, amigão?"

Dave Hufferman riu. "Seu time levou uma droga duma surra, parceiro. Todos *out* com dois-dois-nove no segundo *innings* seus — uma lavada."

"C-como cê ficou sabendo?" Prentice parecia injuriado, mas conseguiu se controlar. Tom, sacudido de seu devaneio, aprumou-se na cadeira.

"Não tem muita coisa que a gente não fique sabendo por aqui", interrompeu Daphne. "Tem o rádio de ondas curtas, e as pessoas gostam de usar."

"E as Tontinas?", inquiriu Tom. "O que as pessoas estão dizendo no momento? A coisa anda ruim?"

Antes de responder, Dave Hufferman esvaziou sua cerveja, então amassou a latinha em seu punho de aríete e a jogou na pilha cada vez maior de latas vazias.

"Pra caras com o grau de astande de vocês? Bom, complicado, eu diria."

Agora foi a vez de Tom gaguejar: "C-como cê ficou sabendo?"

"Bom", engrolou Hufferman, "como a Daphne disse, por essas bandas as notícias do que a pessoa fez chegam antes dela". Lançou um olhar significativo para Prentice. "Mas isso pode mudar, parceiro — o grau de astande de cada um, quer dizer. Nas Tontinas, é pra quem puder pegar. Você assinou a cláusula, né?"

"Cláusula?"

"A cláusula tontina no contrato de locação do carro."

Tom pensou na locadora de veículos em Vance, na balconista entediada remexendo papéis. A apólice tontina resumidamente explicada, cuja estranheza permanecera incomodando por algum tempo, para logo ser suplantada por outras estranhezas ao longo do caminho.

"É", admitiu. "É, assinei a apólice sim, a mulher disse que funcionava como cobertura pessoal."

Hufferman riu outra vez. "Ah, arre, é sempre isso que eles dizem — e os turistas sempre assinam.

"O negócio, parceiro, é que a tontina meio que deixa você enredado, viu. Essa sua tontina *é* uma espécie de apólice de seguro pessoal, pode crer — só que coletiva. Ela é resgatada por um grupo, né, uma família, um bando, um punhado de colegas no trabalho, pode ser quem for. Olha, sempre que um titular dessa sua tontina se estrepa — e não interessa se é de causa natural ou cortado em dois com um facão —, então o principal é transferido pros sujeitos que sobraram, e assim por diante, até sobrar só um, e ele ficar com a bolada toda!"

Levou alguns instantes para Tom absorver isso — porque estava encharcado de cerveja.

Prentice sacou primeiro: "M-mas, se o dinheiro vai todo pro último titular da apólice, então eles têm o maior interesse em..."

"Danar um com o outro", riu Hufferman. "E-xa-ta-men-te, parceiro. Cê não tá tão perdido."

Ele se curvou para a frente e atirou um punhado de cascas secas de árvore no braseiro do churrasco. As cascas se inflamaram, línguas de fogo que iluminaram a maciça silhueta infantil do caçador de ração. Hufferman prosseguiu com sua voz entoada: um curandeiro diante do crisol.

"Claro, o governo proibiu as tontinas pros anglo lá no sul faz um tempão — só dava problema. Mas aqui... bom, tem gente que diz que a ideia por trás da introdução entre os bin'bongues é fazer eles pensarem, hmm, construtivamente — investir no futuro. Tem outros — esses progressistas por aí — que acham as tontinas um troço cínico, um jeito de liquidar completamente com as tribos do deserto.

"Esses bandos acreditam que nada acontece por acidente — mas acidente por aqui é o que não falta. Acidente a dar com pau — ainda mais nas minas de bauxita, então, onde tem uma porrada deles trabalhando. Se uma pilha de escória desaba em cima de neguinho, ou o caminhão passa por cima — o bando vai atrás dos outros titulares da tontina — nada mais lógico, viu. Daí, os bandos desses vão atrás do bando dele, e assim por diante. A tontina é que nem vírus — aloja direto no cérebro, pira os caras. Eles não conseguem parar. Fazem mais tontina, daí é mais matança, daí fazem mais tontina. E assim vai, infinitamente. Uma droga de círculo vicioso."

"E as Comunidades? O que o lugar tem a ver com essa coisa toda?"

Tom não conseguiu tirar os olhos do rosto bovino de Daphne Hufferman, quando, em resposta a sua pergunta, ela mugiu a pavorosa verdade: "As Tontinas espremem os bin'bongues, né. Não tem nada lá, pra começo de conversa, só um posto de serviço e o setor do governo. Mas o que não falta é corretor de seguro empurrando tontina, e a matança é vinte e quatro horas por dia, sete dias por semana, né."

"O negócio", disse Dave Hufferman, quase num tom de compaixão, "é que se você tem uma tontina, bom... Como eu disse, ela meio que enreda você, viu. O sujeito, por melhor que seja, pode se dar mal numa situação dessa, e um assassino de aluguel bin'bongue não custa mais que uma droga de maço de cigarro".

"Mas o que dá pra gente fazer?" Tom odiou a modulação ébria e histérica de sua voz. "A gente pode cancelar nossa tontina?"

"Há-há, de jeito nenhum, parceiro. É sim ou sim, a típica armadilha benfeita, sabe. Você não viaja se não tiver uma — está no seu salvo-conduto. O melhor que você faz é se mandar direto pro setor do governo; lá vai estar em segurança. Daí você vai precisar negociar um rabia."

"Rabia — o que é isso?"

Mas aí já era pergunta demais para os caçadores de ração. Tanto marido como esposa ficaram de pé e se espreguiçaram, inadvertidamente levando a mão ao tecido atoalhado empapado em suor de suas virilhas.

"Acho que chega de papo por essa noite", disse Dave. "A gente passa o resto do serviço amanhã de manhã. A flor mostra pra vocês um lugar pra largar o corpo. As necessidades, ali perto do contêiner, se precisar, viu. Mas leva lanterna, pode ter ferroador, à noite."

A cabeça de Tom girava. Ficou em pé com dificuldade, suas botas roçaram nas latas jogadas. Então as mãos de alguém o puxaram, com delicadeza, mas firmes. Tom percebeu que era Prentice.

Levou Tom até a latrina, depois esperou enquanto Tom oscilava e esguichava. Prentice o conduziu até o trailer, depois ao cubículo onde Hufferman dissera que podiam dormir. Estreitos beliches de metal eram aparafusados à parede curva; colchas floridas, muito esticadas, forravam os dois.

Tom estava bêbado demais para protestar que Prentice o estivesse ajudando a tirar a roupa; mas, conforme ele desafivelava seu cinto, Tom disse: "Quifoi? Cê é o tipo erradudi... astande..."

O ar-condicionado no trailer era venturosamente eficiente. Esparramando-se em cima da cama, Tom quase sentiu frio. Isso o deixou sóbrio. Acima do ruído rítmico do aparelho, escutou vozes vindas do cubículo onde estavam os caçadores de ração. Tentou ignorá-las. Prentice já adormecera, seu ronco de fumante serrando um tronco no catre de cima.

Então o murmúrio de Daphne Hufferman: "Cadê o bebezão malcriado da mamãe?"

"Ma-Ma. Gu-gu", veio o eco surdo do marido.

"A mamãe precisa trocar o nenê antes de naná", arrulhou Daphne, depois se ouviu um sonoro "pop-pop-pop" do mijãozinho do homenzarrão.

"Qué mamá. Qué talco", choramingou.

"Mamãe vai dar uma boa esfregada, viu, antes de dar mamá, passar talquinho, fazer carinho pra naná o menininho."

Depois disso, Tom tampou os ouvidos para a farra cada vez mais cavalar do bebê adulto e sua babá.

O flashback familiar tomou conta dele: o balcão frondoso no Mimosa, a visão aérea dos peitos perfeitos de Atalaya, a paisagem lunar da careca de Lincoln — depois as derradeiras sucções ardorosas no cigarro terminal.

Para onde haviam ido seus pensamentos? Tom rememorou as próprias reminiscências. Estivera nas montanhas, certo. Na terra poeirenta sob a árvore banyan, onde o nativo se recusou a vender-lhe a perua espírito. Teria acontecido de no próprio devaneio a sua culpabilidade ter se incubado? Tom conseguiria agora precisar — com dedos mentais entorpecidos, bêbados — o exato ponto onde sua desatenção se tornara uma forma de intenção? O rolo cinzento de cinza na palma de sua mão, a guimba nos dedos em pinça, a fumaça soprada em anéis azulados. A guimba mudando de lugar para acumular tensão, conforme o indicador a rolava sobre a almofadada digital do polegar. Daí... o piparote.

Tom dormiu. E viu-se dentro de um quarto brilhando com uma gelada luz de inverno. Podia ver os galhos nus das árvores norte através das vidraças enregeladas. Bem à sua frente estava a fria fatalidade de uma cama perfeitamente feita. Tom pressentia estéreis quinas hospitalares sob a colcha de retalhos ricamente padronizados.

No lado oposto da cama estava sua mãe. Sentava-se ereta, usando calças escuras e um suéter escuro, e fumava. Um braço estava cruzado sob a saliência anos cinquenta de seus peitos; o outro, dobrado para cima, de modo que o cigarro pairava perante seu rosto duramente inescrutável. Sim, ela sentava ereta, e contudo seu talhe esguio adejava pelo quarto: uma mortalha pendurada em cabides de fumaça. Era a descartada roupa de sua humanidade, mais do que a mulher em si.

"Está na hora de você ir, Tom", disse com aspereza característica.

Ele percebeu que era incapaz de responder — ainda que o quisesse fazê-lo. Isso ela pareceu entender: "Está na hora de você ir", reiterou. "Eu sou casada — você também."

A mãe de Tom, fazendo uma careta para a vulgaridade disso, morfou-se em Martha, depois voltou ao que era. Tom estremeceu num calafrio de horror. As transmogrificações continuaram: mãe para esposa, esposa para mãe — indo e voltando com velocidade cada vez maior.

Ele acordou; o lençol mamava o suor em seus poros, a locução *pia mater* grudando, um estilhaço de significado, nas profundezas de seu cérebro dolorido.

O café da manhã foi o feijão do dia anterior — requentado na banha mais uma vez — e suco de laranja reconstituído. Tom conseguiu engolir apenas o suco.

"A gente andou pensando", disse Dave Hufferman, cutucando os pedaços de carvão na churrasqueira através da grelha. "Faltam ainda umas duas semanas pro rodotrem, e nosso gerador principal tá no bico do corvo — a gente vem usando o auxiliar faz um tempo. A Daphne vai dar um pulo nas Tontinas com vocês e arranjar outro."

Tom gaguejou: "M-mas como ela vai voltar?"

"Não esquenta, parceiro", disse Hufferman. "Ela pode pegar uma carona com os tiras. Não é isso, amorzinho?"

"'Xacumigo", disse ela, enfiando as mãos sob os brações de pernil. "E vou tá no lugar certo pra ajudar esses dois se a merda voar no ventilador."

Os Hufferman exibiam ambos um mijãozinho amarelo--canário, nessa manhã, e a expressão largada de animalões sensualmente saciados.

"Isso é muito... é ótimo — quer dizer..." Tom escorregava pela superfície vítrea de sua ressaca.

Prentice — que aplicava ele mesmo linimento em sua psoríase — escorreu nessa brecha: "Puxa, a gente não tem como agradecer tudo que vocês já fizeram — e agora isso. Muito obrigado *mesmo*."

Os Hufferman, que antes, Tom tinha certeza, partilhavam de seus próprios sentimentos instintivos de repugnância em relação a Prentice, pareciam ter mudado de opinião durante a noite. Dave Hufferman deu um soquinho de leve no ombro de Prentice, grunhindo: "Ah, vocês merecem, parceiro."

Então, ao voltar coxeando da latrina, onde vomitara na vala infestada de moscas, Tom ficou perplexo de escutar Hufferman entrando em detalhes: "Sabe, a maioria dos anglo não saca nada dos bin'bongues, né. Afinal, o que eles veem é só a escória que ajunta nas cidades, destruída pela birita."

Fazia uma pose afetada, com uma das mãos apoiada no quadril atoalhado. Deveria parecer ridículo — mas por algum motivo não era.

"Bom", continuou, "não me levem a mal, né. Não tô nem aí pra esses pretos filhos da puta que atacam os comboios ou plantam IEDs — eles merecem cada porrada que a gente desce em cima deles — mas o bin'bongue natural, esse bin'bongue no seu próprio ambiente, bom, aí é um negócio diferente".

"Diferente como?", grasnou Tom.

"Diferente, meu amigo" — Hufferman deitou um olhar cético em seu hóspede que regressava — "porque eu nunca conheci um sujeito mais generoso que um bin'bongue. Droga, ele vai dar pra vocês o último gole do cantil dele quando vocês estiverem por lá". Polegar sacudido. "Mas é justamente por esse motivo que eu nunca conheci um filho da puta mais ganancioso que um puto dum bin'bongue — é por isso que eles piram nas tontinas. Pod'crer, não tem sujeito mais humilde — nem mais arrogante, nem mais controlado — ele passa meses no deserto sem nem pensar em foder —, nem mais tarado quando pinta o sexo oposto."

Olhou para a esposa, que pendurava lençóis molhados no varal, e o monstrão sorriu bobamente. "Tô pra ver um filho da puta mais corajoso ou mais covarde que o bin'bongue. Antes dessa merda toda começar, Daph' e eu, a gente costumava usar eles de rastreador — droga, os melhores. Conseguiam farejar moai vinte quilômetros contra o vento. O governo — os tiras tuggys, eles nunca vão levar a melhor sobre eles. Eles não sacam o bin'bongue — e não sacam a política deles, porque o bin'bongue é um sujeito político pra caralho. Esses bandos do deserto, cada um tem seu conflito interno, e um odeia o outro mais ainda do que odeia nós anglo e nossos soldados."

Tom acordou: "Mas tem um negócio que eu fico sem entender, é por que não explicam melhor a puta zona que tá, aah, por aqui. Quer dizer" — ele vomitava as palavras, mas não conseguia se segurar — "a tevê transmite todo mundo metendo tiro pra todo lado, mas a mídia — o governo — ninguém nunca diz por A mais B como isso aqui é perigoso pra cacete — por que isso?"

O caçador de ração ignorou Tom e chamou a esposa: "Daph', deixa esse negócio aí, benzinho. Esses caras precisam pegar a estrada agora mesmo, senão vocês não vão conseguir chegar." Depois respondeu ao hóspede. "Não tem mistério, parceiro, né. A situação da segurança" — assumiu uma voz portentosa, oficial — "não pode ser informada por motivos de segurança". Então riu e jogou o resto de seu suco de laranja na terra causticada. "Vam'bora", disse. "Acho que seu parceiro tá pensando certo."

Prentice já retirava os fuzis de Tom do contêiner refrigerador. Emergiu em um manto vaporoso que se desfez na mesma hora. O dia começava a esquentar. O monte Parnaso alvejava branco ósseo sob a luz solar, e a torre de rádio que os caçadores de ração haviam usado para localizar Tom e Prentice era um módulo espacial alienígena aterrissado no cume estriado.

"É bom verificar se isso aí tá funcionando direito", Daphne Hufferman exclamou para Prentice. "E põe uma dentro do carro", acrescentou.

A mulher enorme deixara a roupa lavada de lado e passava uma cartucheira pelo pescoço conforme caminhava na direção deles. Levava a metralhadora solta na mão livre e a segurava tão casualmente quanto qualquer outra dona de casa carregaria uma bolsa de compras.

Tom foi até o trailer e juntou seus pertences, que seu companheiro, mostrando consideração, havia levado para lá na noite anterior. Passara-lhe pela cabeça perguntar aos Hufferman se acaso não teriam algum protetor solar — ou um hidratante, até. Mas a estranheza de ver Prentice ativo e solícito o deixou incomodado. Seria verdade, perguntou-se Tom, que seus respectivos graus de astande estavam mudando em relação um ao outro?

Quando Tom voltou, Prentice prendia um dos Galils ao rack do SUV. Enfiou o outro fuzil pela janela traseira. Tom notou que levava a automática num coldre de ombro, e não pôde deixar de dar uma olhada em si mesmo nos empoeirados retrovisores laterais do veiculozinho ordinário.

Dave Hufferman aproximou-se esbaforido segurando um saco de lixo enorme abarrotado de latas de cerveja vazias. Depois empurrou tudo pela janela traseira.

"Cuidado quando jogar o reciclável na perfuração de cento e vinte quilômetros, Daph'", ele disse.

Ela respondeu: "Eu tomo, boneco", então se espremeu dentro do carro com eles, na traseira.

Em seguida, Hufferman jogou uma bolsa de lona pela janela dianteira no colo de Tom. Tom se encolheu.

"Uau, parceiro." O caçador de ração sorriu. "É só a sobra da farra — vai ter um bocado de fêmea pelo caminho pra afiar seus reflexos.

"Olha", continuou, seu hálito golpeando o rosto de Tom, "não sou de tirar uma com o colega anglo, viu, mas às vezes fico imaginando se vocês de fora prestam alguma atenção na própria pica quando mijam..."

"Peraí", disse Prentice.

Mas Hufferman o silenciou com um olhar ameaçador, depois disse: "Qualquer um sabe que a situação da segurança é uma merda por aqui — qualquer droga de idiota que lê o jornal ou assiste tevê percebe isso num segundo. Daph' e eu tiramos vocês dessa..."

"A gente fica superagradecido..."

Outro olhar duro. "Não estou nem aí pra gratidão de vocês, viu." Hufferman deu um profundo suspiro. "Mas o que eu quero é um pouco de respeito, né. Um pouco de respeito com as drogas dos bin'bongues, né."

Com esse curioso comentário, o caçador de ração se endireitou e bateu na capota do SUV. Tom manobrou o carro, descrevendo um arco amplo, e se afastaram sacolejando do acampamento, seguindo a confusão de trilhas que serpenteava pelo deserto afora.

Ele guindou uma garrafa de água mineral do compartimento sob o painel e deu um gole. A água da vida! Em sua boca arruinada o gosto era de água da morte.

Rodaram até o sol atingir seu zênite: um rebite coruscante cravado no céu metalizado. Todo o estresse dos dias precedentes acumulou-se nos ombros de Tom, formando um duro jugo de dor.

Prentice rearranjara as coisas na traseira, de modo que a robusta mulher pudesse sentar, as pernas nuas abertas, com a metralhadora aninhada em seu colo. Sempre que acontecia de Tom dar uma sapeada no retrovisor, lá estava ela, a cara rosada bojuda sob a faixa testeira cor-de-rosa.

As terras altas nos arredores de monte Parnaso haviam declinado em areias brancas escaldantes e bacias salinas desagradavelmente iridescentes. A Autoestrada 1 se estendia adiante, uma tripa reta como uma flechada, rajada pelos veios marmóreos da poeira trazida com o vento. A única vida à vista em todo aquele nada cozido eram as aves comedoras de carniça, sua plumagem tão esfrangalhada e oleosa como os bichos atropelados que elas bicavam antes que o rumor da aproximação do carro as espantasse, na última hora, em um voo desgracioso.

Tom permanecia em silêncio, o sabor mortífero da água mineral ainda em sua boca. Sua mãe continuava a rejeitá-lo com a ponta do cigarro, de uma marca que, como ela, havia muito tempo não se encontrava mais.

Insensível à atmosfera no carro, Daphne Hufferman falava sem parar, enquanto Prentice fumava. Cada vez que ele levava a chama à ponta de um de seus sucessivos cigarros, Tom se preparava para o intumescimento de sua própria necessidade; e cada vez que Prentice jogava uma guimba pela janela, Tom se banhava em seu próprio orgulho radiante.

"Estou confiante, viu", disse Daphne, "de que a situação da segurança está melhorando. O exército está ficando esgotado, viu, e a maior parte das patrulhas por aqui é conduzida pela polícia".

Essa declaração bizarra veio apenas minutos depois de a caçadora de ração ter casualmente observado: "Sabe, a única atividade econômica de verdade daqui até as Tontinas é o assalto sistemático de viajantes, viu."

Então, soando como se houvesse decorado sua fala de um documentário de quarta categoria de um canal educativo a cabo, Daphne saiu com esta: "Com o tempo, viu, os rebeldes vão cansar de suas atividades e trocá-las de livre e espontânea vontade por carreiras na indústria, nas artes e no ensino, viu."

Foi enquanto o cérebro de Tom pulava no risco mental dessa multiplicidade afirmativa — "Viu, viu, viu..." — que os rebeldes os emboscaram.

O IED devia ter sido prematuramente detonado, porque o clarão, depois o estampido, da explosão foi razoavelmente distante. Através do para-brisa pontilhado de insetos esmagados, Tom viu uma pequena fogueira subitamente se acender ao lado da estrada. Ele pensou em crianças travessas jogando bombinhas numa lata de lixo.

Num segundo Daphne Hufferman tinha a boca cheia de disparates, no seguinte ela berrava ordens: "Tira a porra do carro da estrada, cara! Pega as armas, desce, pra porra do chão, já!"

Mais tarde, Tom achara difícil de acreditar na velocidade e eficiência com que todos agiram: um pelotão pequeno e compacto na sincronia da adrenalina.

Tom torceu violentamente o volante, e o SUV derrapou na pista e parou. Esticando o braço para trás, ele apanhou o fuzil Galil. Prentice já estava praticamente fora do carro, protegendo-se atrás da porta. A pistola na mão, olhava pela janela aberta.

Daphne Hufferman, com todo seu tamanho, conseguira de algum modo girar o tronco no assento dobrável, destravar a porta traseira e jogar para fora as caixas de suprimentos médicos. Ela vinha agora rastejando de lado e de barriga pela areia para junto de Tom e Prentice, os joelhos de ambos tremendo como gelatina.

O barulho da detonação ainda ecoava, e um chuvisco de cascalho caiu sobre os pacotes de fraldas presos no bagageiro.

"Abaixa! Abaixa!", ordenou Daphne, e quando todos os três estavam de bruços sob o SUV ela apontou para o sul, onde um profundo canal serpenteava pelo deserto. "Foi ali que eles plantaram a carga, né, no escoadouro. Eles vão aparecer nessa direção daqui a pouco."

Tinha razão.

Quatro silhuetas brotaram na estrada e, ziguezagueando loucamente, na ausência de qualquer proteção, vieram na direção deles disparando rajadas em staccato com seus rifles de assalto.

Daphne bufou com desprezo: "Os caras cagaram no pau, lindo, viu. São trezentos metros pra cobrir. Fica frio e escolhe um. Se vocês não derrubarem, eu derrubo."

Ela começou a disparar em rajadas concentradas, varrendo sistematicamente a estrada. A cacofonia do fogo cerrado boxeou os ouvidos de Tom. Ele apalpou procurando a trava e soltou. Levou a coronha ao ombro, alinhou o olhar na mira e enganchou o indicador no gatilho. O pensamento maluco veio sem ser convidado: precisava a todo custo proteger não a si mesmo... mas o pacote de Gloria Swai-Phillips, enfiado sob o banco do carro.

O rebelde correndo direto para ele brotou em seu campo de visão. Tom não esperava aquele jovem atarracado, com olhos de corça sob a pala do boné de beisebol; imaginara antes uma versão masculina aterrorizante da feiticeira entreati. Uma aparição cheia de cicatrizes usando uma koteka ereta, entoando um canto de morte: "Intwakka-lakka-twakka-ka-ka-la!" No compasso dos disparos de fuzil.

A figura avançando cresceu na mira telescópica. A retícula dançou superposta às letras e números bulbosos em sua camiseta verde de náilon de uma equipe de futebol: GREEN BAY PACKERS 69. Os tufos de cabelo pixaim escapando do boné eram orelhas de Mickey Mouse, corria de boca aberta.

Tom sentiu o clique do primeiro estágio no mecanismo de gatilho do Galil — então o rapaz tentou dar um mortal de costas na estrada, um feito acrobático ridiculamente ambicioso para alguém tão pesado. Não era de admirar que não conseguisse, e acabasse esparramado no chão, uma medalha bordô de perdedor colada no peito.

Assim que tudo terminou, Tom regressou do reino homicida em que acordara. Nervosamente, ficou de pé e perscrutou longe do SUV. De um lugar muito distante na bruma mental, ele se deu conta de que o tiroteio cessara, e três outros perdedores jaziam convalescendo no solo.

Mas um dos rebeldes devia ter permanecido à espreita ao norte da Autoestrada 1, pois, assim que Tom cambaleou pelo deserto, ele se ergueu atrás de uma elevação. O estrondo da pesada Browning automática fundiu-se ao buraco sanguinolento aberto em seu ombro. O sujeito desabou gritando: "Iá-iáá! Iá-iááá!"

Tom se virou para Prentice, que primeiro soprou os fiapos de fumaça de cordite do cano de sua arma, depois se desmanchou em lágrimas.

E continuava às lágrimas — embora abafando o choro com os cigarros que levava aos lábios — quando rodavam rumo às Tontinas.

Tudo que Tom sentia era alívio por não ter matado ninguém. Depois que a poeira assentou, Daphne Hufferman comentou que o garoto do Green Bay Packers tinha as balas dela no peito. "Sei lá onde seus tiros foram parar, Tom", falou para ele. "Mas até que você teve peito, pra um calouro — tenho que dar o braço a torcer."

Depois ela foi de corpo em corpo e, agarrando-os pelos tornozelos com eficiência digna de um estivador, arrastou-os para fora da Autoestrada 1. Quanto ao rebelde que Prentice baleara no ombro, aplicou-lhe habilmente uma injeção de morfina do kit de primeiros socorros que trazia consigo. Depois, com ajuda de Tom, fez o homem ficar de pé e o conduziu à sombra de uma saliência rochosa.

Primeiro o nativo aval ficou em choque — posteriormente, ficou chapado. Tom permaneceu sentado com ele enquanto Daphne saiu pelo deserto, encontrou a picape dos rebeldes e usou o rádio de ondas curtas deles para transmitir as coordenadas à polícia.

"O que a polícia vai fazer com ele?", perguntou Tom enquanto guiava.

"Porra, vai saber", respondeu Daphne. "Pode acontecer de levar em cana nas Tontinas, né. Ou de repente apagam ali mesmo e cavam um buraco." Ela riu. "Isso pode parecer um pouco desumano pra vocês, viu, mas aquele ali não vai largar a matança pra começar uma carreira na indústria. Cês deviam ter visto o adesivo no vidro da caranga dele: BATEREMOS NAS PORTAS DO CÉU COM CRÂNIOS ANGLO. Dá o que pensar, viu."

Tom não pensava em porcaria nenhuma. Sua língua se contorceu para trás e experimentou as ravinas de secura no fundo de sua boca, depois se esticou até sua psique e explorou seu torpor mental. Então, pensou ele, então é assim que é um choque de verdade: não sentir nada. A autodefesa era um dentista moral, preenchendo a consciência com uma injeção de Novocaína.

Tentou agradecer a Prentice pelo que fizera — mas a gratidão secou em sua língua crestada. Além do mais, Prentice estava mergulhado em alguma introspecção peculiar toda sua: conforme os soluços aplacavam, o ritmo dos cigarros aumentava. Começou, uma vez mais, a brincar com a automática, tirando o carregador, enfiando de volta, mirando nas sombras alongadas do deserto.

Daphne instruiu Tom a parar no esqueleto de metal deformado da perfuração de cento e vinte quilômetros. Com os dois dando cobertura, ela desceu correndo do carro e jogou o saco de cervejas vazias no latão de reciclagem. Quando Prentice, finalmente, tornou a enfiar a Browning no coldre de ombro, não era mais ele mesmo — era mais do que ele mesmo: um pernilongo antropoide estufado de sangue sugado. Tom podia distinguir as palavras em seu zumbido ultrassônico: "Sou o Célere, sou o Retificador de Erros..." Enquanto, de tempos em tempos, Prentice resmungava em voz alta: "Mas isso não é críquete."*

Vinte quilômetros antes das Tontinas a procissão fantasmagórica de veículos calcinados começou. Dez quilômetros depois, avistaram uma motoniveladora perfeitamente ordinária operando na estrada e foram saudados por capatazes em jaquetas de segurança fluorescentes, acenando que passassem. Então chegaram aos limites da cidade.

A placa era uma visão austera como um patíbulo à luz crepuscular do deserto: BEM-VINDOS ÀS COMUNIDADES TONTI-

---

* *It's just not cricket*: não é justo; falta de esportiva (expressão tipicamente britânica). (N. do T.)

NAS, dizia. CIDADE-IRMÃ DE OENDERMONDE, BÉLGICA. As três listras verticais da bandeira belga — preta, amarela e vermelha — figuravam junto ao escudo da República. Perto da placa, postes enferrujados sustentavam um corpo inchado com manchas acinzentadas na pele escura de seus braços abertos. Viajavam a uma velocidade grande demais para que Tom pudesse dizer se era um cadáver ou um bêbado.

Ele avançou com o SUV por um bulevar longo e poeirento dividido por canteiros floridos de concreto desmesuradamente grandes. De ambos os lados da avenida seguia-se travessa após travessa de bangalôs de construção idêntica, cada um deles uma caixa de sapatos metálica com uma varanda anexada de um lado e um aparelho de ar-condicionado do outro. Os bangalôs eram encimados por telhados de alumínio muito inclinados, pintados de vermelho-telha.

"Contêineres de carga transformados", explicou Daphne. "O governo embarca e despeja aqui. Se os rebeldes detonam algum, ou os bin'bongues que moram nele fazem uma festa e põem fogo, o governo manda outro."

Não havia quase ninguém na rua, apenas uma e outra figura furtiva que se encolhia com a aproximação do veículo para desaparecer num dos bangalôs idênticos. Um posto de controle surgiu à vista: uma série de anteparos de concreto e um alambrado de oito metros de altura, coroado por cantoneiras de ferro e arame laminado. A polícia tugganarong carimbou os documentos do trio enquanto papeava distraidamente com Daphne sobre a emboscada. Depois sinalizaram que fossem em frente.

Eles entraram em outro amplo bulevar. No canteiro central erguiam-se enormes baobás de tronco gordo e caiado. Aqui, os contêineres estavam instalados na própria avenida, e havia calçadas pavimentadas. Os contêineres não tinham telhado, mas janelas haviam sido recortadas em suas laterais. Grades de segurança as cobriam. Cada estabelecimento comercial desses tinha uma grande placa luminosa no alto, e, com a noite caindo rapidamente, um dedo robótico apertou o botão. Os slogans cascatearam pelas fachadas despojadas, apostando corrida com o pequeno SUV: APEX SEGUROS, SEGUROS CONVENTRY REAL, PERSONAL FIDELITY, AMHERST SEGUROS DE VIDA, TIP-TOP TONTINES...

Tom se perguntou a quem eram dirigidos, pois as ruas continuavam praticamente sem vivalma.

Chegaram a mais um posto de controle com mais tiras entediados, mais anteparos de concreto, mais arame laminado. Os policiais checaram o lado de baixo do carro com seus espelhos de inspeção. Depois, houve um terceiro posto, e um quarto e até um quinto. Cada um exigindo os mesmos procedimentos trabalhosos, as mesmas rotinas de perguntas.

Prentice murchara após toda a feroz excitação, e nas breves transições entre um posto de controle e outro, cochilava. Sua testa, pressionada contra o vidro, aparentava sob o brilho sódico dos refletores ser frágil como vidro.

Despertando no que se revelou ser o último posto, Prentice levou a mão aos cigarros, e no mesmo instante um suboficial tugganarong de cara achatada ralhou com ele: "Melhor não acender isso aí, né", sinalizando com um gesto a placa pregada no concreto do anteparo. Dizia: NEM MAS, NEM MEIO MAÇO, APAGA JÁ!

"Se eu fosse você, né, aproveitava a estadia no SGT como uma oportunidade pra largar. Talvez seja o jeito do Senhor convencer você a parar." Depois ele atirou o maço de papéis de volta no colo de Prentice e sinalizou que passassem pela cancela erguida com um meneio negligente do cano do fuzil.

Era a primeira referência ao Senhor que Tom escutava desde o entusiasmado entoar do hino nacional no tribunal em Vance.

Não houve tempo para ruminar a respeito disso. A mão de Daphne Hufferman estava no ombro de Tom, conduzindo-o ora por aqui, ora por ali, ao longo de ruas tão lisas e escuras quanto um bolo de chocolate. Blocos de escritório em miniatura com paredes de vidro espelhado projetavam-se em gramados de bolso onde brincavam irrigadores. Excetuando o acariciante som dos jatos d'água, e o rumor fatigado do motor do SUV, o Setor era de um silêncio pouco natural: um oásis artificial, onde flores furtivas se enroscavam nos canteiros ao pé dos edifícios.

Um perfeito pequeno Hilton emergiu do lusco-fusco alaranjado. Era exato em cada aspecto, desde o pórtico pseudo-helenístico aos tanques ornamentais pontilhados de ninfeias, mas talvez com um quinto do tamanho de qualquer outro Hilton que Tom já vira na vida.

E ali, esperando junto às portas de entrada, aparentemente de pré-aviso quanto à sua chegada, uma profusão de mariposas de asas negras turbilhonando em torno de sua forma escrupulosa, estava Adams, o cônsul honorário. Enquanto a seu lado via-se a versão morfada da esposa de Tom: Gloria Swai-Phillips, com um vestido de algodão estampado de flores.

12

Na manhã seguinte, Tom acabara de voltar do quiosque e estava na pia do banheiro, passando óleo de arnica na bochecha — que ficara severamente machucada com o recuo do fuzil —, quando escutou alguém batendo.

Ele abriu a porta para Adams, que passou por ele e foi direto até o outro lado do quarto. Tom apanhou a roupa suja que estava sobre a poltrona, jogou no chão e convidou o cônsul a sentar.

"Fez boa viagem?", perguntou Adams, passando uma canela fina por cima da outra. Usava o habitual terno marrom-claro de seersucker, e Tom observou com indiferença as baguetes em suas meias vermelhas.

"Isso não tem graça", respondeu Tom, e, voltando para o banheiro, exclamou por sobre o ombro: "E como foi que *você* chegou aqui, porra?"

Adams levou algum tempo para responder. Então Tom pôde ouvir o tilintar abemolado da porcelana do hotel, e o borbulhar da chaleirinha. Adams preparava uma xícara de Nescafé. Tom se concentrou em passar fio dental, depois em arrancar pelos das narinas com uma pinça. As pequenas pontadas agudas eram lembretes: Você está aqui! Você está aqui!

Finalmente, escutou o sorvo ruidoso, seguido de "Não precisa ser grosso comigo".

"Como é?" Tom voltou para o quarto. Adams estava curvado na direção do espelho triplo da penteadeira, examinando a parte posterior de sua cabeça. Olhou em torno. "Eu disse, não precisa ser grosso comigo. Já tive uma manhã, aah, difícil o suficiente."

O cônsul pousou a xícara de café no tapete e espiou Tom através de seus óculos, que iam ficando gradualmente mais translúcidos. Claramente, como um velho hipocondríaco meio matusquela, tentava obter um pouco de compaixão.

Tom condescendeu. "Ah, o que foi?"

"Um conterrâneo seu chamado Weiss — foi pego fumando no banheiro de um voo pra Amherst..."

"Minha nossa. Isso deve ser *bem* grave."

"Bastante grave." Adams o encarou com olhos agora inteiramente visíveis. "Pegou noventa dias em Kellippi, e nem bem um mês depois seu, aah, estado não é dos melhores.

"Já viu uma mina de bauxita, Brodzinski? Os condenados recebem os piores trabalhos. É extremamente brutal, aah, a extração — maquinário imenso, um pó muito tóxico por todo lado. A companhia belga que opera a mina não morre de preocupações com a segurança, já que a mão de obra consiste de condenados, nativos, gente desesperada — ou as três coisas."

"O que está tentando dizer, Adams? Que saiu barato pra mim? Mas afinal" — Tom sentou de frente para ele, na beirada da cama — "*como foi* que você chegou aqui?"

O cônsul voltou a sorver o Nescafé antes de responder. "A senhorita Swai-Phillips e eu tomamos um voo para Amherst, depois viemos de carro pela Autoestrada 2. O pessoal da mina na verdade ofereceu um jatinho, mas como tenho certeza que você, aah, calcula, preciso manter uma certa reserva..."

Ficou em silêncio. Fitava um ponto além do ombro de Tom — não a reprodução de Andrew Wyeth pendurada acima da cama, mas a garrafa de uísque pela metade sobre o criado-mudo.

"Eu meio que presumia que sua, ãh, jurisdição não chegasse tão longe", disse Tom. Estava deliberadamente tentando irritar o cônsul. "Quer dizer, aqui não é a Província Ocidental?"

Adams permaneceu imperturbável. "Isso, mas não sou funcionário do governo desse país, Brodzinski, mas do nosso. Foi nessa atribuição que rodei mais mil quilômetros pelas Tontinas pra vir aqui e, aah, servir de ligação pra você."

"Não tenho tanta certeza assim quanto a serviço de quem diabos você está, Adams", conjeturou Tom, pensativo. "Mas me diga uma coisa: se você pode voar direto pra Amherst, depois dirigir *só* mil quilômetros — por que caralho eu tive que atravessar o país inteiro de carro por três mil e quinhentos, quase tomando no cu numa porra de tiroteio no caminho?"

"Eu entendo seu aborrecimento", disse Adams, e Tom teve a enervante iluminação de que era a isso que a diplomacia sempre se resumira: fornecer explicações incompletas para o óbvio. "Já conversou com sua família? Você vai ver que dá pra ligar pra eles direto daqui sem o código de país — uma pequena, aah, peculiaridade do Setor Governamental das Tontinas."

Ficou de pé e pousou a xícara manchada na penteadeira. "Paradoxalmente", acrescentou, "se quiser ligar pra alguém aqui mesmo nas Tontinas, é uma chamada internacional".

"E a Gloria?" Tom quisera dizer "Martha" — as duas mulheres estavam, mais uma vez, confundindo-se em sua cabeça.

"Como é?" Adams escrupulosamente removeu a mão de Tom de cima de seu braço — mão que Tom nem se dera conta de ter colocado ali.

"O q-que ela tá fazendo aqui?"

"Pensei que a senhorita Swai-Phillips havia explicado isso pra você lá em Vance. Ela cuida de uns orfanatos aqui nas Tontinas; é muito respeitada por seu trabalho com caridade e filantropia. Se não me engano, a instituição dela vai fazer um evento hoje à noite, aqui no hotel. Não tenho dúvida de que você pode ser convidado, se quiser saber mais a respeito."

Adams se dirigia à porta quando Tom teve uma súbita intuição: "Você tá me enrolando, Winnie." Não usara dessa intimidade desde a noite em que jantara o binturang na casa de Adams. Isso brecou o cônsul, e, quando ele se virou, Tom notou que perdera em parte aquele ar de distanciamento. "Tem a ver com Prentice, não é? Tem a ver com... o... com o que ele fez. Quer dizer, ela cuida de criança — e ele..." Tom deixou que a insinuação pairasse no ar: um cheiro ruim que o ar-condicionado do hotel não podia dissipar.

A voz de Adams se suavizou. "Sabe perfeitamente bem que não posso discutir isso com você, Tom."

"Mas não está negando, está? Os remédios — essas coisas de bebê, é pros orfanatos, não é? Meu Deus! Não sei o que é pior, pagar o pato pelas minhas próprias cagadas ou servir de chofer praquele doente."

"Pelo que eu sei, Tom, você tem todos os motivos do mundo pra ser grato a Brian Prentice. A senhora Hufferman me contou toda a história ontem à noite. Acredito que o termo técnico pro que ele fez" — o rosto triste e cavalar do cônsul se contorceu num sarcasmo — "é salvar sua vida".

Tom estacou, intimidado, enquanto Adams levava a mão à maçaneta. Então o cônsul disparou um de seus conselhos impassíveis: "A propósito, Brodzinski, acho que devia saber disso. Pouco antes de eu partir de Vance, recebi uma ligação do gabinete da promotoria. A senhora Lincoln instruiu a equipe médica do hospital em Vance a não ressuscitar seu marido se ele sofresse uma, aah, crise. Curto e grosso, isso significa que você provavelmente não tem muito tempo pra chegar em Ralladayo e fazer suas reparações. Tenho certeza de que Swai-Phillips explicou: as apostas estão todas suspensas se isso virar um crime capital."

Dizendo isso, saiu do quarto.

Tom encontrou Prentice fumando atrás do estacionamento do Hilton. O sexto sentido pelo qual os fumantes locais sempre sabiam exatamente onde passava a linha demarcatória de dezesseis metros nunca cessou de deixar Tom admirado. Havia uma tal aglomeração de prédios públicos no SGT que a intersecção das inúmeras linhas possibilitava aos fumantes apenas um pequeno terreno curvilíneo no interior do qual se postar, chupando e soprando fumaça.

Aglomerados com Prentice estavam sete outros anglo. Seus ternos de calças curtas, camisas engomadas e gravatas extravagantes davam-lhes a aparência de corretores de seguro — o que eram mesmo. Constituía uma visão tragicômica o modo como aqueles homens eram obrigados a ficar, ombro contra ombro, macerando na própria defumação, enquanto por todos os lados os sistemas de irrigadores brincavam com jovial frescor nos gramados esmeradamente aparados.

Tom esperou num canto, sorrindo e balançando as mãos desocupadas. Um após outro os corretores terminaram seus cigarros. Eles os apagaram cuidadosamente no chão, depois recolheram as guimbas. Enfiando no bolso, caminharam na direção de dois combalidos hatch japoneses, no interior dos quais se espremeram.

"Estão indo pro distrito pra trabalhar", explicou Prentice. "É por isso que não andam em nada mais chamativo."

"Vender tontina pra uns coitados de uns filhos da puta que vão se matar entre si pra receber o seguro", cuspiu Tom em resposta. "É o que você chama de trabalho?"

"Olha, Tom", respondeu Prentice na mesma moeda, "todo mundo precisa ganhar a vida".

Tom engoliu saliva. "E você, hein, Brian, qual é a sua ocupação ultimamente — continua sendo o Célere, o Retificador de Erros?"

Prentice trocou o peso do corpo de uma bota para outra, pouco à vontade. "Ãh, bom... sei lá, amigão", murmurou.

"Não sabe?" Por mais que ele se esforçasse, a voz de Tom insistia em subir o registro. "O que exatamente aconteceu lá atrás, no deserto, Prentice? Você entendeu? Porque eu com certeza não, caralho. E o que aquilo tudo tem a ver com isso aqui?" Balançou o papel muito fino do contrato de locação do veículo que havia tirado de sua carteira de documentos. "Eu li toda essa lengalenga jurídica de merda. Acontece que, se um de nós dois for pro saco, o outro fica sendo seu herdeiro legal e leva" — examinou o papelzinho impresso outra vez — "a belezinha de duzentos mil.

"Nunca me passou pela cabeça que você fosse tão altruísta, Prentice. Quer dizer, se você tivesse hesitado por um microssegundo lá no deserto, tinha saído daquela emboscada um cara bem mais rico."

Prentice inflou o peito afundado. "Não sei o que está tentando insinuar, Tom", bradou com a força do ar. "Pense o que quiser sobre mim, amigão, só espero que não acredite nem por um minuto que eu deixaria um colega anglo ser baleado a sangue frio por um daqueles pretos filhos da puta."

"Pretos filhos da puta — pretos filhos da puta. Xiiuuuu!" Tom abanou a cabeça, em descrença. "Você sabe mesmo cunhar uma frase, meu velho. Ah, e como." Então decidiu bater noutra tecla: "O primo da sua esposa já deve ter segurado suas pontas, né?"

"Segurado as pontas?"

"Quer dizer, ele enviou sua grana? Porque eu imagino que um cara com padrões morais tão altos quanto você deve estar ansioso pra pagar o que deve."

220

* * *

De repente, Tom se sentiu exaurido pelo esforço de tudo. O Setor podia ser bem irrigado, mas o ar continuava amarfanhado com o calor do deserto. Afundou de cócoras, a cabeça girando.

O sonho da noite anterior lhe voltou à mente. Um tipo de refeição ao ar livre ou um camping. Sua filha, Dixie, ainda exibindo o ridículo disco de cabelo cheio de gel que ele a vira usando pela última vez ao passar pela segurança no Aeroporto de Vance, mas, de resto, completamente nua e deitada na relva alta.

Tom a observara cheio de admiração. Apoiava-se em um braço esguio, as longas pernas curvadas de lado. Era a mesma postura — ele percebera, ao acordar — da garota na reprodução de Wyeth acima da cama. Mas, ao contrário da desamparada apalachiana de Wyeth, largado sobre a coxa inferior de Dixie — repousando ali em todo seu peso e legitimidade — estava um pênis grande e perfeitamente formado.

Melhor não contar pra ela, raciocinara Tom em seu enlevo. Melhor não contar que ela tem um pau — isso ia pirar a cabeça duma adolescente.

"Você está bem, Tom?" Prentice se curvava sobre ele, soprando fumaça em seu rosto.

Tom tossiu. "Arf — é, é, claro. Só q…" Ele se recompôs e ficou de pé. "É só que me sinto fraco pra caralho. Isso começou quando a gente tava lá no acampamento dos Hufferman — foi lá que você começou a, tipo, *fazer* coisas. Descarregar o carro — depois teve a emboscada. Pensa bem, você até passou sozinho creme de psoríase na outra noite, não foi?"

Tom voltou a afundar de cócoras. O cascalho espicaçou a palma de suas mãos. Ergueu o rosto: o halo escuro do chapéu de Prentice eclipsara o doloroso sol. Tom disse: "Cê acredita no que o Hufferman disse: que isso tá mudando entre a gente? E quanto à tontina — será que as duas coisas não estão, tipo, engrenadas uma na outra?"

Prentice abanou a cabeça. "Sei lá, Tom, mas procuro manter a mente aberta."

Esmagou o cigarro e guardou a guimba no bolso. "Agora, se me dá licença, tenho que encontrar a senhora Swai-Phillips. Depois" — adotou uma expressão sofrida — "preciso ir ao banco.

"A propósito, Tom", disse Prentice, apressando-se — a menção ao banco fora uma indelicadeza — "Gloria me contou que você tinha um pacote pra ela; não quer dar pra mim?"

Isso reanimou Tom. Ele ficou de pé. "Acho que não", disse. "Foi pra mim que ela confiou o pacote, eu cuido."

Saiu pisando duro na direção das portas do Hilton: as células fotoelétricas o captaram, então o admitiram no lobby silencioso, onde lenços de seda, há muito à venda, prendiam-se criativamente com alfinetes em almofadas de veludo. Esfregando a aresta de seu cartão-chave com o dedão calejado, Tom subiu de elevador para o quarto andar e a paz de seu quarto.

Que de paz não teve nada. O cartão-chave ao ser passado na fechadura; os restos deixados por Adams após ter feito seu café; a própria nécessaire com padrão de paisley de Tom — tudo isso lhe pareceu horrivelmente grotesco: cadáveres de objetos, mais do que os objetos propriamente ditos. Será que o SGT era real, enquanto ele se tornara robótico? Ou seriam os edifícios de escritórios miniatura e os gramados esmerados apenas uma zona de realidade imposta à anárquica turbulência das Tontinas? Mas então, talvez as Tontinas é que fossem a miragem, e quem sabe apenas o deserto existisse de fato?

Anéis concêntricos de ilusão flexora da mente ondularam a partir de Tom, estirado como um homem-barco na tensão superficial da cama. Suas pernas se contraíram fracamente, o toque de seus dedos curtidos de cordite contrastou asperamente com a suave penugem da colcha. Ele escutou sua própria respiração, o chiado incessante do ar-condicionado, o intwakka-lakka-twakka de um helicóptero pousando na base militar além do estacionamento.

Estava muito próximo agora da histeria que flertava com ele, educadamente abrindo porta após porta à medida que ele se aventurava mais e mais por aquele pesadelo ordenado. Foi salvo — pelo olho vermelho da luz de mensagem piscando no aparelho.

Tom apanhou o fone e o levou à orelha. "Uma. Mensagem. Nova... Alô, oi... É a Gloria Swai-Phillips, senhor Brod

— Tom. Sabe, aquele meu pacote. Acontece que — meu dia foi uma loucura, então a gente vai ter que se encontrar mais tarde, viu? Estou dando uma pequena recepção — sarau, acho que é como vocês chamam..." Riu tolamente. Sarau, pensou Tom. Ninguém diz isso, nem Adams. "Bom, sei lá, por que você não dá uma passada, né? É aqui embaixo, lá pelas seis. Sei que é uma chatice beneficente, cheia de gente do governo, mas vai ter um bufê de frutos do mar."

Tom repôs o fone no gancho, e então se animou. Agora que ela o havia procurado, agora que estabelecera uma ligação com Gloria, podia acalentar o pensamento de uma intimidade a mais. Afinal de contas, por que não? Era um homem livre.

Olhou para o pacote em cima da poltrona. Banhado pelos fachos de luz que penetravam através das persianas, as colunas do jornal em que estava embrulhado pareceram formar os contornos de um rosto. O rosto de um membro de tribo do deserto. Tom parou de olhar para o vazio e chamou a recepção. "Eu, ãh, queria saber..."

"Pois não?"

"Queria sair — do Setor, quer dizer, dar uma olhada por aí. Tem como fazer isso?"

"Tem um grupo de caminhada saindo às três da tarde, senhor. Quer que acrescente seu nome na lista?"

"Caminhada? Quer dizer, tipo, uma trilha?"

"Ah, não", o funcionário riu. "Está mais pra um passeio a pé — até nossos hóspedes de idade conseguem, não tem com que se preocupar."

Às três em ponto, Tom desceu para o lobby, apenas para descobrir que era o único participante da excursão. Um tugganarong gigante, vestindo um colete à prova de bala e segurando uma placa com um BRODZINSKI escrito nela, aguardava junto ao balcão da recepção. Seu nome, informou Tom com grande solenidade, era Valldolloppollou — embora preferisse ser tratado por Val.

Val foi com Tom buscar um de seus fuzis no depósito de armas do hotel. Ali, Tom recebeu seu próprio colete e um capacete com o logo do Hilton.

"Isso tudo é estritamente necessário?", perguntou.

"Na verdade, não, senhor", respondeu Val. "O bicho só começa mesmo a pegar, né, lá pro final da semana, quando os mineiros, né, chegam de Kellippi. Daí a merda fica feia.

"Além do mais", continuou, encaixando um carregador em seu próprio fuzil enquanto caminhavam para o primeiro posto de controle, "quando o senhor se registrou, assinou uma transferência de tontina".

"Como assim?"

"Se algum bin'bongue psicopata pica chumbo no senhor quando a gente estiver lá fora, o saldo da sua tontina passa pro Hilton International. Então o colete e o capacete são só uma cortesia, né."

Tom refletiu a respeito disso enquanto o policial na barreira carimbava seu salvo-conduto, depois acenava que passassem. Talvez fosse por isso que, a cada passo que se afastava do SGT, Tom sentia as forças lhe voltando: não estava mais sob os grilhões de Prentice.

No momento em que transpuseram o terceiro posto de controle, o verdejante ar fresco do SGT recebeu uma película de filme: a atmosfera estava saturada de partículas arenosas, e Tom pôde sentir o gosto da fuligem ferruginosa. E então havia as moscas. Como que então tivera ele o desplante, ainda que por poucas horas, de tê-las abandonado? Elas foram direto para os cantos de sua boca e se agruparam ali para empreender um beijo à francesa interespecífico.

Além do último anteparo de concreto, Val varreu os quadrantes do maidan vasto, vazio e sujo com o cano de seu fuzil. Tom, não querendo passar por frouxo, fez o mesmo.

"Olha, né, eu mantinha a arma travada se fosse o senhor — se acertar alguém, a papelada vai ser um pesadelo, né", admoestou-o delicadamente o guia.

Tom digeria isso quando foram cercados por uma turba de nativas que se materializou de lugar nenhum. Usavam vestidos tubinho sujos e camisetas de Hello Kitty. Cercaram Tom e Val — sem tocá-los, contudo. As mulheres agitavam as mãos para cima e para baixo diante do rosto deles, enquanto suas bochechas inchavam espasmodicamente. Levou alguns momentos, então Tom se deu conta: elas simulavam uma felação.

Conforme os dois prosseguiram através do maidan, descendo depois a avenida principal, mais prostitutas emergiram das travessas entupidas de lixo, desviando por cima dos canais de esgoto a céu aberto. Todas importunavam Tom e seu guia com a pantomima obscena, embora sem jamais tocá-los. Era bizarro demais até para comentar; de modo que foi em silêncio que os dois homens avançaram de vitrine em vitrine pelos escritórios--contêineres avistados por Tom na tarde anterior. O interior deles era equipado com escrivaninhas, cadeiras e suportes acrílicos recheados de folhetos coloridos.

Tom estacou diante da Endeavour Surety. "Podemos entrar?", perguntou.

"Claro", disse o grande tugganarong. "Aperta a campainha — todos os turistas dão uma checada, né."

Atendendo a cigarra, um guarda armado, sentado numa área de espera, se levantou. Ele destrancou a porta e, quando fez um gesto para que entrassem, um anglo de aparência irritada surgiu vindo do escritório nos fundos, e então fechou e trancou cuidadosamente a porta atrás de si.

"Tá vendendo, comprando ou só sapeando?", foi seu cumprimento, e, quando Tom deixou de responder imediatamente, ele continuou: "Já sei, outra droga de sapo, viu."

"Desculpe", disse Tom. "Não quis inc…"

"Tudo bem, parceiro." O corretor de seguros dispensou o pedido de desculpas com um gesto. "Saquei, acabou de chegar na cidade e quer se inteirar da situação, viu. Bom, aqui tá a listagem."

Enfiou a mão sob o balcão e puxou um painel perfurado com letras e números encaixados nos orifícios. "Se você tem cláusula na apólice da locadora de veículos, eu posso dar 12,2 por cento nela, contanto que seja meio de semana. Se está comprando na bucha, não tem muito acontecendo, embora isso aqui seja interessante." Indicou uma cotação com o dedo manchado de nicotina. "Esses sujeitos, viu, caíram pra sete, agora; a tontina tá rolando faz vinte e dois meses, o dividendo na região é de oitenta e oito paus, e" — fez uma pausa, para dar ênfase — "eles compraram bem na baixa do mercado, então os prêmios não são grande coisa. Tem dois sujeitos que querem vender já, ou a tontina inteira está oferecendo um spread betting aleatório de três".

O anglo podia ter parecido um pouco mal-humorado, no começo, mas agora começava a se entusiasmar com a própria conversa. "Esses sujeitos", riu, esfregando o cabelo escovinha com os nós dos dedos, "são uns mineiros lá de Kellippi, bando inssessitti — nunca imaginei que fossem durar tanto, viu. Eu mesmo vendi a apólice pra eles".

O corretor encerrou sua exposição, e, com alguma coisa de assombro juvenil na voz, Tom perguntou: "Quer dizer que eu posso comprar a tontina de alguém, e se os outros portadores da apólice..."

"Forem pro saco, cê fica com tudo. Isso mesmo, parceiro. Você é de fora, né? Imagino que não tenha tontina lá no seu lado do mundo. Né." Entusiasmou-se um pouco mais, as narinas estreitas se arregalaram, farejando a perspectiva de uma venda. "A gente vende uma tontina pra você. A gente vende tontina com opção ou a prazo. A gente vende até uma cesta cheia de tontinas de alto desempenho. Você pode estar só sapeando, meu amigo, mas o que acontece é que aqui na Endeavour a gente é especializado em derivados de tontina. Muitos dos preferidos são planejados pelo nosso pessoal da engenharia financeira lá no sul."

"Quando o senhor diz alto desempenho", disse Tom, escolhendo cuidadosamente as palavras, "quer dizer que os portadores da tontina original estão, aah, morrendo... bem... rápido?"

O corretor ficou deliciado. "O senhor matou a pau. Claro, e o melhor de tudo é que, quanto mais a tontina dura, menos esses sujeitos conseguem ir atrás dos prêmios. No começo, eles acham que vai ser um mamão com açúcar, viu." Abanou a cabeça, achando tudo muito divertido. "Que assim que alguns parceiros deles se estreparem, eles vão ter cabeça pra ficar longe da birita — mas a coisa nunca é desse jeito. O acionário de tontina — principalmente o bin'bongue — basicamente é de dois tipos: assassino ou assassinado. Assim que a tontina sai e começa a valer, os dois entram em noia; o tempo todo olhando por cima do ombro pra ver se vem alguém atrás. Como não aguentam a tensão — eles bebem. Como não aguentam as parcelas — eles vendem."

Apesar da cara ardilosa do corretor, Tom teve de admitir consigo mesmo que *estava mesmo* virando um cliente em potencial.

"Mas e se eu comprar só a parte de um dos portadores da apólice", disse, "o que impede os outros de virem atrás de mim?"

O corretor deu risada. "Há! E você acha que eles se juntam pralguma coisa, meu amigo? Você tem trânsito — eles não tem como sair daqui. Tudo que cê tem a fazer é ir pra casa, sentar na piscina com uma latinha e esperar o investimento amadurecer, né."

Tom se curvou para a frente e pousou os braços queimados de sol sobre o balcão. Deu uma relanceada por sobre o ombro para ver se Val estava escutando, mas o outro estava junto à vitrine papeando com o guarda.

"E quanto à minha, hmm, tontina? Pensei que ela só era válida enquanto eu e meu, ãh, parceiro de apólice estivéssemos aqui, dentro das Tontinas."

O corretor deu um sorriso largo; obturações douradas cintilaram na caverna de sua boca. Ele pegou no telefone e apertou um botão. "Querida", falou melosamente, "pode me trazer duas taças daquele Volsted Pinot Noir?" Pôs o fone no gancho e disse para Tom: "É verdade, só que tem muito malandro por aí que dá nó em pingo d'água mas não faz ideia do que eu vou contar pra você, meu amigo. Dá pra converter a tontina de locação de veículo numa padrão, daí não tem limite na cobertura da apólice. Você pode ser emboscado no meio do território aval, pode estar no fundo da droga do Eyre's Pit; catzo, cê pode passar a noite rebolando numa danceteria em Capital City, mas se o seu parceiro de apólice bate as botas, você é o beneficiário dele."

Parou, enquanto uma nativa de tribo do deserto, incongruente em seu alinhado tailleur azul-marinho, emergiu do escritório nos fundos e trouxe para ambos taças de vinho branco com uma película de condensação. O corretor deu um gole, pousou o copo, esperou o clique da porta fechando e acrescentou com uma piscadela: "Ou dela."

Mais tarde, Tom se vestiu para a festa de caridade de Gloria Swai-Phillips.

"Sou o Célere", disse em voz alta, enquanto usava o minúsculo ferro do hotel para passar as calças curtas de seu terno absurdo. "Sou o Retificador de Erros."

Observou-se no espelho. A gravata que usara no tribunal estava salpicada de manchas; mesmo assim, ele fez o nó com todo carinho. Olhou, pensou, ok. Seria sua imaginação ou a longa jornada com seus violentos incidentes lhe caíra bem? O Tom Brodzinski no espelho estava mais em forma e mais magro — mais jovem, até.

Houve uma batida na porta. Prentice estava no corredor mal iluminado, a cabeça jogada para trás, o pescoço de peru à mostra. "É uma chateação escabrosa, Tom." Esticou o tubo de linimento para psoríase. "Mas parece que eu simplesmente sou incapaz de fazer isso outra vez. Eu estava ótimo ontem à noite e hoje de manhã... Seria muito incômodo?"

Tom disse: "Com o maior prazer."

Então, depois de Tom terminar e ter lavado as mãos, tomaram juntos o elevador para o lobby. Tom carregava o pacote de Gloria, e, claro, o muzak tocava sem cessar.

Não foi senão quando já estavam quase no local da recepção, e diante de um cartaz sobre um cavalete que dizia, A THREE RIVERS CHILDHOOD DEVELOPMENT AGENCY DÁ AS BOAS-VINDAS AOS EMPREGADOS DO SGT, que Prentice apressadamente se desculpou, alegando que precisava "comprar um cigarrinho". Tom, que notara a usual saliência oblonga no bolso de sua camisa, bufou levemente e girou nos calcanhares.

Gloria tinha razão — a recepção estava insuportavelmente chata. Burocratas de ternos curtos espalhavam-se aqui e ali pelo tapete rosado, segurando pratos com um encaixe para taças de vinho — acessório de bufê que Tom não via em décadas. As conversas que entreouviu conforme atravessava o amplo salão, com seu teto de poliestireno opressivamente baixo, eram de uma banalidade quase surrealista. A calha de um sujeito se entupira de folhas; um outro tinha dificuldades de achar um bom mecânico. Uma mulher em um vestido fora de moda com mangas bufantes contava para outra — vestida igualmente fora de moda — suas suspeitas de que o zelador de seu prédio "andava tendo uns probleminhas com a birita".

A única pessoa que Tom reconheceu foi Daphne Hufferman, que estava perto do bufê de frutos do mar, um peixe desafiadoramente fora d'água em seu mijãozinho amarelo-canário atoalhado, com um saco de aniagem jogado no tapete junto aos pés calçados em enormes botas.

"Putz", exclamou Tom, parando a seu lado. "Olha só pra isso."

"É", respondeu Daphne, parando para sugar um enorme camarão com casca, como uma criança chupando um fio de espaguete, antes de acrescentar: "Um negócio impressionante, pod'crer."

O bufê cobria o salão em toda sua extensão: um vasto cocho de zinco galvanizado com pilhas de lascas de gelo sobre as quais repousavam camarões, mexilhões, lagostins, caudas de lagosta, caranguejos inteiros, ostras e ainda uma variedade de crustáceos que Tom não reconheceu — artrópodes aracnoides, seus pernaltudos casulos longilíneos como uma bola de futebol americano; mariscos rajados em padrões tigrinos com o espiralado aspecto achatado de amonites; e algum tipo de criatura do mar parecida com tatuzinhos gigantes. O recife cemiterial era adornado por uma guarnição de saladas, molhos e copos abarrotados de talos de aipo e cenouras inteiras.

"Tom", disse Daphne, "esse é Jean Lejeune. Oficial de proteção infantil da Tontina 901, perto de Kellippi. Jean — Tom".

Tom virou para o homem, murmurando desculpas por interromper, depois se encolheu todo. Lejeune era um sujeito de mais de um e oitenta com constituição de urso. Usava óculos de armação redonda e seu cabelo preto era penteado bem para trás; mas nada disso vinha ao caso — meros detalhes, pois, contornando a boca de lábios grossos de Lejeune, havia um reluzente cavanhaque de mexilhões de Sangat.

Os olhos de Tom involuntariamente deslizaram para o bufê, depois de volta àquela visão extraordinária. Lejeune permaneceu imperturbável. "Está admirando minha infestação, né", declarou.

"Áh, é, bom...", objetou Tom.

"Não fique envergonhado — dá pra ver na sua cara, né."

Daphne Hufferman bufou de hilaridade e, agarrando o braço de Lejeune, abaixou-se para apanhar o saco. "O dever me chama, viu", disse, tirando do chão. "Assim que isso aqui terminar, volto pra lá." Um polegar sacudido. "Consegui carona com uma patrulha tuggie."

Lejeune franziu os lábios, e os mexilhões crepitaram. Tom imaginou que talvez estivesse dando em cima de Daphne; não teria sido uma aposta ruim, dado o interesse dela em proteção infantil. Ele virou para Tom: "A moça aqui me contou que você é de fora; alguns estrangeiros são um pouco críticos sobre o modo como fazemos as coisas por aqui."

"Não, não é bem assim — de jeito nenhum."

Sentiu-se desajeitado com o embrulho de jornal nos braços, mas não havia lugar onde pôr aquilo.

Lejeune retomou a conversa por um viés esquisito: "Eu mesmo sou de Amherst, é — assim como o resto desses frutos do mar. Talvez você ache isso um desperdício de dinheiro, transportar todas essas coisas por milhares de quilômetros até aqui, mas vou dizer uma coisa, né" — acercou-se de Tom com seus mexilhões — "o interior todo da droga do continente ficava debaixo d'água. Isso mesmo, parceiro, se a gente estivesse aqui conversando há milhões de anos, a droga do mar ia estar em cima da cabeça da gente. Então o que estou dizendo é..." Curvou-se um pouco mais, e Tom pôde ver a alga apodrecida sob as conchas. "Aqui se faz e aqui se paga. Dá uma medida da civilização anglo, né, que a gente possa fazer coisas maravilhosas como essa."

Tom lutava para digerir isso quando o homem lhe serviu outra pérola para deglutir: "De qualquer jeito, eu já queria deixar a barba, mesmo, né. Não suporto a droga da gilete."

Procurando um pretexto para se afastar do sujeito repelente, Tom avistou Adams se escondendo atrás de um canteiro de plantas. Tom começava a balbuciar suas evasivas quando se ouviu um súbito "tuuóc-tuuóc-tuuóc!". Gloria Swai-Phillips estava atrás de uma pequena tribuna cutucando um microfone. O burburinho incoerente cessou por completo, e ela se dirigiu à multidão. "A TRCDA tem o prazer de dar as boas-vindas a todos vocês nessa recepção de gala, viu?", começou. "É uma grande honra receber figuras tão distintas para fazer companhia a nossa equipe e trabalhadores do setor, né? Gostaria de dar as boas-vindas especiais ao procônsul" — inclinou a cabeça na direção de um sujeito loiro corpulento usando uma túnica Mao — "ao senhor Fabien Renard, CEO da Endeavour Surety" — este tinha cabelos levemente grisalhos, um terno lustroso — "e, é claro, ao comandante Ellanoppolloppolou, pois sem sua cooperação e a de seus homens, nosso trabalho aqui seria impossível, né?"

O cabelo do comandante de polícia era esculpido com tal precisão que assentava em sua cabeça redonda como um dos desgraciosos chapéus usados por seus homens. Ele puxou uma pequena bengala de militar de baixo do braço e fez uma leve mesura.

"Como vocês todos sabem", retomou Gloria, "este é o quinto aniversário de nosso projeto implantado e funcionando nas Comunidades Tontinas, né? Durante esse período, ajudamos cerca de setecentos órfãos tontinos a encontrar um novo lar, né? Outras crianças continuam em nossos abrigos, e em vários casos conseguimos assegurar adoções, né?"

Tom escutava tudo que Gloria dizia como se fosse uma pergunta. Por semanas ele vinha ignorando os despropositados expletivos interrogativos dos nativos — mas ela parecia estar genuinamente perguntando, agora, mais do que simplesmente afirmando.

Houve um esparso ecoar de aplausos educados, e Gloria corou. Quando começou a falar outra vez, Tom percebeu que não conseguia se concentrar em suas palavras. Ele não tirava os olhos da incansável fenda vermelha de sua boca. Não era mais a semelhança com Martha que o fazia sentir que conhecia Gloria intimamente; era uma sensação acabrunhante de déjà vu. Ele estivera nesse salão antes, com aquelas pessoas e naquelas cadeiras. Estivera com uma mulher exatamente como Gloria, que o nutrira, acalentara, o amara como uma mãe ama seu filho.

Ela dizia: "Existem sinais reais de mudança e progresso, né?", quando Tom começou a chorar. As lágrimas umedeceram o lado de dentro de seus olhos, um esfregaço para enxergar este lugar-comum: a mulher de meia-idade fazendo um discurso titubeante.

Adams aproximou-se. "A gente precisa ter uma conversa", disse, em voz baixa. "Receio que tenhamos começado, aah, com o pé esquerdo, hoje de manhã. Minhas desculpas."

Virou e discretamente se encaminhou para a saída. Tom o seguiu.

Encontrou o cônsul no lobby. Estava sentado em um divã de couro, ao lado de uma mesinha de centro de vidro fumê com um enorme cinzeiro em cima. Tom sentou. Havia uma plaquinha de PROIBIDO FUMAR *dentro* do cinzeiro. A icônica arruela vermelha com a barra oblíqua cancelando um cigarro estilizado. O slogan embaixo dizia: NEM MAS, NEM MEIO MAÇO, APAGA JÁ.

"Diga-me", perguntou Adams, "alguma vez já ouviu a palavra 'rabia'?"

Tom refletiu por um segundo, então disse: "Já, já ouvi — os Hufferman, Dave, marido de Daphne. Ele disse que vou precisar de uma se for pra Ralladayo, mas não me explicou o que é."

"Quem, na verdade." Adams puxou uma prega de seersucker em cada joelho. Repousou os cotovelos nesses selins, depois pressionou palma contra palma e levou as pontas dos dedos ao queixo equino num gesto de oração. "Um rabia", entoou, "é um indivíduo capaz de garantir passagem segura para o viajante por territórios de tribos hostis, ou subgrupos tribais".

Jesus amado! O homem é um pé no saco, pensou Tom, enquanto para Adams bancava o bom aluno: "Como conseguem isso?"

"O conceito, aah, é bastante simples. Ou o rabia pertence a uma tribo que não é inimiga da tribo cuja terra a pessoa quer atravessar, ou — e aí é que fica complicado — pertence a uma tribo aliada. Sabe" — o cônsul se contorceu de entusiasmo — "mesmo se essa tribo mais distante estiver, tecnicamente, às, aah, turras com o bando local, não tem importância — é a relação aproximada que conta".

"E eu preciso de um desses tais rabias?"

Adams ignorou a interrupção. "As discussões relativas a se um dado rabia consegue franquear o caminho de um dado viajante muitas vezes se tornam, aah, bizantinas — sobretudo para o lugar onde você está indo, bem no coração das terras nativas. Eu mesmo já testemunhei isso: inúmeros membros de tribos, homens e mulheres enormes, makkatas poderosos — todos reunidos no deserto afastado por dias, dialogando como homens de Estado instruídos!"

O rosto de Adams se ruborizou. Uma de suas mãos foi ao alto, depois desceu para acariciar a parte de trás de sua cabeça.

Tom persistiu com a praticidade. "Como consigo o rabia certo, então?"

Adams se recompôs. "Em geral, um viajante anglo precisa pôr um anúncio aqui nas Tontinas — há um quadro de avisos. Mas isso pode demorar, e mesmo quando você consegue o rabia certo, eles podem se revelar muito caros. Quero crer que seus, aah, recursos estão quase esgotados, agora."

Tom refletiu pesarosamente na conta do Amex que havia chegado até suas mãos no SGT, a caligrafia de menina de Dixie desenrolando-se pela janelinha de celofane. Tom estava a poucas centenas de dólares de seu limite de crédito. Prentice, naturalmente, ainda precisava pagar o que devia. Talvez, pensou Tom, eu deva tocar no assunto com Adams? Mas então descartou a ideia. Em vez disso, grunhiu afirmativamente.

Adams retomou. "Porém, consegui arranjar um rabia pra você sem necessidade de pagamento, alguém que precisa urgentemente de uma carona para Ralladayo."

"Ah, e quem seria o cara?"

"*Cara*, não", disse o cônsul, professoral. "É uma, aah... *moça*. A senhorita Swai-Phillips."

"Gloria? Como pode? Quer dizer, ela não parece exatamente uma..."

"Pode ser que não, mas a senhorita Swai-Phillips detém todas as principais linhagens de parentesco — entreati, aval, tayswengo, esta última por parte da tia-avó de sua mãe. Ela pode fazer você atravessar, e vai ficar feliz de conseguir isso sem cobrar..."

"Certo", disse Tom, interrompendo-o. "Mas qual o motivo dela para ir até lá?"

Os Polaroids de Adams estavam bastante claros; mesmo assim, ele os removeu, imprimindo — assim Tom interpretou — ainda mais transparência a sua observação seguinte: "Ela deseja ajudar no que você precisa fazer — e ter certeza de que você, aah... faça. Além disso tem um pequeno orfanato em Ralladayo; parece que foi chamada pra prestar uma, aah... consultoria. Mas tem mais uma coisa..."

Para punir Tom por suas interrupções, Adams agora fazia uma pausa e acenava para um garçom à espreita. "Nescafé, por favor", instruiu o tugganarong de cara achatada. "Sem leite e sem açúcar. Quer alguma coisa?", perguntou a Tom, que se limitou a dispensar o garçom com um gesto de irritação, antes de questionar o cônsul: "Uma coisa o quê? Que caralho, Adams!"

"Brian Prentice", disse Adams, jovialmente. "Ele vai junto. Parece que o assunto dele aqui nas Tontinas não foi, aah, concluído satisfatoriamente; então ele vai ter que acompanhar a senhorita Swai-Phillips, e você, até Ralladayo."

Por algum tempo Tom permaneceu em silêncio. Estava cada vez mais acostumado à propensão do cônsul pela atitude teatral. Além do mais, também estava pasmo com os "aahs" do cônsul. A extensão desses hiatos vinha aumentando, e durante eles a expressão concentrada no rosto de Adams dava a impressão de que estivesse se ajustando a uma voz interior.

O garçom pousou a beberagem amarga de Adams na mesinha de centro e se afastou. Adams bebericou aquilo como se fosse um néctar.

Não havia a menor dúvida de que o cônsul contava para Tom algo que era impossível de declarar diretamente. Tom retrocedeu ao longo de um fio venenoso de especulação pelos quebra-molas da Autoestrada 1, cruzando o deserto, serpenteando nas alturas da Grande Cordilheira Divisora, atravessando as plantações de cana-de-açúcar, até chegar ao complicado nó cego que o prendia a Vance. Seria possível que Adams soubesse a respeito da visita de Tom à Endeavour Surety nessa mesmíssima manhã? Que, inseguro acerca de sua própria indignação moral, ele se precavera com uma motivação mais vil, mais compreensível?

Tom refletiu sobre como era brutalmente intrusivo matar outro homem. Mesmo a cerca de um quilômetro de distância, com uma bala de fuzil em altíssima velocidade, ele sabia que a sensação seria a mesma de revolver lentamente os intestinos de Prentice com as próprias mãos. Contudo, era de uma obviedade gritante que isso era o que se esperava dele — o que se havia esperado o tempo todo, por ambos os Swai-Phillips, assim como por Adams, e até pelo juiz Hogg. Prentice precisava ser exterminado: sua consciência de pervertido apagada como um de seus "cigarrinhos" imundos. E, embora nada pudesse ser dito — e jamais seria —, esta era a moeda com a qual a dívida de Tom seria paga: dois fuzis, um jogo de panelas, 10 mil em dinheiro e a vida de um homem.

Tom inspirou profundamente, estremeceu. "Notei", disse, "que Prentice não pôde comparecer à festa de caridade de Gloria".

"É mesmo?" Adams se mostrou indiferente. "Imagino que teve de conseguir alguma ajuda para trazer as coisas dele de volta para o SGT; ao que parece, só a metade daquilo vai ser necessária aqui; o ribavirin vai seguir para o sul, com vocês."

Tom ficou de pé. "Se não se incomoda, Adams, acho que vou começar a arrumar minhas coisas. Preciso encher o tanque, levar o carro no mecânico. Também tenho q..." Fez uma pausa e lançou um olhar significativo para o cônsul. "Também tenho que pegar uma assinatura com o Prentice, depois finalizar uma papelada com um cara de fora do Setor."

Pela primeira vez, até onde Tom era capaz de lembrar, Adams sorriu de orelha a orelha, seus lábios normalmente franzidos esticando-se para trás para revelar dentes grandes e afiados. "Excelente, Tom", aprovou. "Fico feliz em ver que está adotando uma atitude assim tão, aah, prática. A senhorita Swai-Phillips me pediu para lhe dizer que, a menos que instruída em contrário, virá encontrá-lo aqui no lobby amanhã às seis, pra poder sair cedo."

Adams ficou de pé, e apertaram as mãos formalmente, concluindo o trato.

"E Tom..." Adams parecia prestes a dizer alguma coisa incriminadora. Arrastou os sapatos de camurça, relanceando em torno para ver se alguém podia escutá-los. Tom presumiu que fariam um toma-lá-dá-cá: como, mesmo se Lincoln morresse enquanto Tom estava por lá, a conclusão desse outro negócio resultaria nas acusações contra ele sendo sumariamente retiradas. Mas o cônsul não era tolo a esse ponto. "Aquele pacote que a senhorita Swai-Phillips lhe deu. Ela pediu para não esquecer de trazer, de jeito nenhum. O conteúdo é, aah... importantíssimo — vital, até."

"Mas claro", respondeu Tom. "De jeito nenhum, ãh, Winnie. Ela pode contar comigo."

E se despediram.

* * *

De volta ao quarto, Tom começou a fazer as malas. As roupas leves projetadas para ir da beira da piscina à espreguiçadeira, os tubos de cremes para a pele formulados cientificamente, sua câmera digital, o celular e o motel de baratas, com o qual criara um vínculo afetivo — tudo isso foi reverentemente acondicionado em sua bolsa de voo surrada e imunda.

A certa altura, sentou na cama e começou a discar os números familiares de sua casa, mas no meio do caminho parou, depois recolocou o fone femoral em seu aparelho pélvico. Tom fincou os cotovelos nos joelhos, mergulhou o rosto nas mãos. Espiou por entre os dedos. Viu o pacote capitiforme de Gloria pousado no pedestal das *Canções dos tayswengo* dos Von Sasser, observando-o com seus olhos de notícias.

13

Eles perderam a entrada à esquerda que a Autoestrada 1 fazia para Trangaden e o sul. Perderam e só se deram conta disso quando chegaram a um enorme marco de "Autoestrada 2", e uma placa sinalizando que Kellippi ficava apenas 807 quilômetros adiante.

Tom freou abruptamente e começou a manobrar o SUV, esterçando e dando ré.

"Melhor não", disse Gloria, pondo a mão em seu braço. "Olha ali."

Helicópteros voando baixo circundavam os anteparos de concreto de um posto de controle. Mesmo a centenas de metros de distância, Tom podia ver os rolos de arame laminado refletindo a luz de fim de tarde.

"Já devem ter visto a gente", continuou Gloria. "Melhor passar, né?"

Quando terminavam de cruzar o posto de controle, o sol estava se pondo — muito tarde para atravessar de volta e pegar a estrada certa. O sargento de serviço lhes disse que havia um motel decente a poucos quilômetros dali, de modo que Tom, quase prostrado de frustração, seguiu para lá.

Fora um dia longo, na maior parte preenchido com a inspeção de documentos. Os trezentos quilômetros da Autoestrada 1 que cortavam as Comunidades Tontinas eram mais entupidos de postos de controle que todos os quatro mil precedentes.

Os guetos eram a um só tempo incoerentes e ameaçadores: os povoados agrícolas, cada um com seu bloco paramilitar, maidan poeirento e bulevares desertos ladeados de contêineres convertidos, eram idênticos uns aos outros. Conforme a Autoestrada 1 entrava em um bulevar principal após o outro, ambas as calçadas exibindo as mesmas agências de seguro, bandos de prostitutas saíam do nada e voavam atrás deles, asas batendo uma carne invisível, as gargantas gorgolejando.

Parando no quinto posto de controle da manhã, e notando os Humvees paramilitares guarnecidos com uma saia metálica para impedir granadas de mão de serem arremessadas sob eles, Tom perguntou para Gloria: "Por que o governo não proíbe a venda de tontinas se isso instiga a violência?"

"É a economia, seu tonto", explicou, empregando a voz cantarolada e condescendente com que as pessoas tratam crianças — ou idiotas. "O setor financeiro no sul entraria numa droga de colapso total se o governo mexesse com isso, né. Nenhum político que sonha em se segurar no cargo vai se arriscar a pôr a mão nesse vespeiro."

Agora Tom aguardava enquanto Gloria exibia o documento de identidade para a câmera de segurança, depois entrou com o SUV pelos portões de ferro do motel. Prentice — que fora banido para o assento dobrável — não mostrou a menor pressa em descer do carro. Ele havia sido proibido de fumar por Gloria, que, como a maioria dos anglo nativos, parecia imune às moscas. Tom esperou por suas habituais desculpas furadas antes de sumir para um "cigarrinho". Mas em vez disso Prentice se espreguiçou, bateu uma mão na outra e disse: "Certo. Você deve estar pregado de tanto dirigir, Tom. Vai tomar um negocinho enquanto eu descarrego as coisas e guardo as armas no depósito do motel."

A mão de Tom procurou a certidão de conversão de tontina escondida em seu bolso — será que a macumba daquela porcaria não estava funcionando? Estariam seus graus de astande intercambiando mais uma vez? Sem a menor dúvida, Tom sentia uma debilidade alarmante, e conforme se arrastava rumo ao motel escutou Gloria dizer: "Tenha a bondade também de guardar aquele pacote no cofre do motel, Brian."

O bar do motel estava cheio de sujeitos corpulentos de rosto avermelhado bebendo cerveja preta belga em taças gigantes. Mulheres igualmente corpulentas, com cabelo oxigenado, sentavam-se nas pequenas mesas comendo o que parecia ser chicória refogada. Crianças corpulentas detestáveis corriam pelo piso de azulejo da recepção e se atiravam na pequena piscina fedendo a cloro. A entediada garçonete belga atrás do balcão explicou a Tom que fora construída do lado de dentro devido à situação da segurança.

"Espero que as coisas sejam um pouquinho menos complicadas amanhã na estrada, viu?", especulou Gloria, aboletando-se no banquinho ao lado de Tom.

Ele fitou sua esposa mal esboçada. Lá se fora a hesitante trabalhadora da caridade detalhando estatísticas no salão de recepções do Hilton. Gloria agira o dia todo como se Tom e Prentice fossem meninos irritantes e ela a competente irmã mais velha. Tom queria se reconectar com uma outra Gloria: a mulher que limpara o talho do makkata na parte interna de sua coxa, depois o acariciara no prédio do tribunal. Mas, conforme seu desejo amadurecia ao longo do apodrecido dia interminável, ela se mostrava cada vez mais inacessível.

Tom estava tão exausto que assim que tomou algumas cervejas e cambaleou para seu chalé, não teve energia sequer para se juntar aos parceiros de viagem durante o jantar. Em vez disso, pegou no sono, de roupa e tudo, na cama, a faixa sanitária que removera da privada entrelaçada a seus dedos.

Dessa vez, dedos gigantes beliscaram sua cintura, depois o rolaram para frente e para trás. Tom escutou um estalo de costela — mas não conseguia gritar. Em seguida, aceleração violenta. Tom voou girando pelo ar, sua cabeça fumegando com o esforço de tentar alterar o curso: uma bala com medo da própria trajetória. Se ao menos, fumegou, eu pudesse me torcer desse jeito e esticar meus braços, então podia ir esse tanto pra lá, e cair sem causar danos no canteiro de flores na frente do bloco de apartamentos... Mas ele não tinha braços.

Atingiu o zênite de sua parábola e, gritando, mergulhou a prumo na confusão emaranhada e cabeluda dos lençóis, onde pegou fogo.

Pela manhã, Prentice já carregara o SUV na altura em que Tom conseguira se arrastar para fora do chalé. Ele se sentia péssimo, e Gloria o saudou dizendo "Você está péssimo". Uma fraqueza enervante que o lembrava o dia seguinte a uma gripe.

O que era aquilo que Gloria estava usando? Ela despontava no vazio sem cor do deserto inteiramente embrulhada numa toga preta, cujas pregas intrincadas cobriam seu rosto, suas mãos e até seus pés. O traje era complementado por um arrepiante óculos de proteção com lentes verdes.

"Vai estar o maior calor no lugar pra onde a gente tá indo, né?", falou Gloria para Tom, ao volante, quando deixavam o terreno do motel e retomavam a Autoestrada 2.

Ele deu uma bufada de desprezo. "E aqui está o quê? Isso é o deserto, não é?"

"Estritamente falando", disse Prentice, projetando o carão adiante, entre os bancos, "aqui é só a região dos canais, o delta do rio Mulgrene. É por isso que tem tanto cascalho e tanto uádi — que são os afluentes secos. Quando chove aqui — isso só acontece uma ou duas vezes a cada década — tudo isso inunda".

"Que merda é essa, agora? Uma porra de aula de geografia?"

Prentice, ofendido, recuou de volta, mas Gloria disse: "E seria bom mesmo você prestar atenção na geografia, ler a região — é assim que o povo tradicional sobrevive por aqui, viu?

"Essa toga tayswengo, por exemplo", continuou. "Ela é perfeitamente adaptada pro calor de cinquenta graus, né? O tecido preto absorve os raios do sol, você sua, daí as dobras retêm e esfriam o suor, então é como se você tivesse, tipo, uma luva de frescor, né?"

Como sempre, refletiu Tom, Gloria não parecia cem por cento segura do que estava dizendo.

Dessa vez pegaram a entrada correta para o sul. O asfalto que os conduzira através das Tontinas, na direção de Kellippi e agora de volta outra vez desaparecia após alguns quilômetros. Uma última placa na estrada passou — TRANGADEN 1.570 KM, PARQUE NATURAL DO LAGO MULGRENE 876 KM — e então o quebra-molas de terra batida começou, a trepidação ininterrupta tornando qualquer novo diálogo, ou até pensamento, um esforço.

O trio se viu abandonado, cada um a seu próprio desconforto. As moscas se infiltraram no ambiente insalubre do pequeno veículo. O calor aumentou — depois aumentou um pouco mais. O bled pedregoso se enrugou — depois desapareceu, engolfado por dunas vindas tanto de leste como de oeste.

No início, eram vagas arenosas de pequena elevação, que depois, gradualmente, se encresparam cada vez mais, até a trilha trepidante soçobrar num oceano montanhoso de dunas com quase três metros de altura. O SUV, que já não era um carro dos mais fáceis de ser controlado, guinava e derrapava na superfície inconfiável.

A suspensão de descrença de Tom em sua própria capacidade de dirigir também foi a pique: era como se estivessem rolando pelo deserto. A ausência de helicópteros voando baixo no ar, de postos de controle e até mesmo da ameaça de emboscadas, longe de constituir um alívio, era um motivo extra de abatimento; pois, sem a tensão, ele não conseguia deixar de mergulhar no estupor.

Após cinco horas extenuantes, duas placas bruxulearam na direção deles em meio às convecções do calor. A primeira dizia O CANSAÇO MATA — DÊ UMA PAUSA, e a segunda, VOCÊ ESTÁ ENTRANDO EM TERRITÓRIO TRIBAL ENTREATI, É PERMITIDO FUMAR.

"É permitido fumar", grasnou a voz rouca de Tom. "Que merda isso significa?"

"Exatamente o que diz, viu?", retrucou Gloria sentenciosamente. "As tribos do deserto — entreati, em particular — nunca foram subjugadas por completo. Elas vivem, na maior parte, como sempre viveram. Veja bem, não que o tabaco seja disseminado, porque na maior parte os bandos usam..."

"Engwegge, é, já sei."

Prentice gorgolejava uma risada abafada. No retrovisor, Tom viu que segurava um de seus gordos maços de Reds e o acariciava sugestivamente, os dedos suados escorregando no celofane.

Dois barris de petróleo surgiram na estrada, e, quando Tom parou o carro, duas figuras embrulhadas em togas saíram de trás de uma duna e caminharam na direção deles. Seguravam longas lanças de caça em uma mão, fuzis automáticos na outra.

"Posto de controle entreati, né?", disse Gloria, superfluamente. "Deixe que eu falo — eu sou o rabia. E lembrem", vangloriou-se, "não tem com que se preocupar — vocês estão comigo e a segurança de vocês — tanto da sua pele como das suas coisas — está nas minhas costas".

"S'incomoda d'eu dar uma descida, amigão?", arriscou Prentice. "Preciso esticar as pernas."

Tom desceu e acionou o encosto do banco. Prentice emergiu pestanejando sob a luz brutal. Ele abriu o maço na mesma hora, acendeu um cigarro ostensivamente e então começou a andar entre os nativos entreati, dando baforadas exageradas.

Tom o observou com ódio clínico.

Gloria conversou com os homens em um pídgin estalante de cliques, cluques, claques dentais, vius e nés. Apontou seus companheiros, depois acompanhou os entreati até a traseira do SUV, a fim de indicar os fuzis e as caixas de ribavirin no porta-malas.

Os entreati se mostraram interessados em tudo isso. Conforme aquiesciam ao lado de Gloria, seus trajes pretos e cabeças balançantes faziam com que parecessem não assustadores, mas pantomímicos: apresentadores de um programa infantil participando de um pequeno quadro etnológico.

Finalmente, Gloria foi até onde Tom se deixara desabar, à sombra de uma duna, sorvendo a água tépida de sua garrafinha.

"Tem um — não é bem um problema", começou. "Está mais pra um... porém."

"Porém?"

"É um negócio cerimonial, né? O makkata desses dois precisa examinar você e o Brian — quer dizer, os cortes de vocês."

"Como é?"

Tom entendeu perfeitamente bem o que Gloria queria dizer; apenas não queria entender. Os entreati reclinavam-se contra o SUV, fumando. Gloria presenteara cada um com um pacote de cigarros. Esgares de dentes encavalados se rasgavam sob os capuzes de seus mantos pretos quando tragavam.

Um som farfalhou na face da duna e, olhando em torno, Tom viu a figura aracnoide de um makkata surfando a areia, executando o hanging ten numa prancha invisível.

O cerimonial — se é que era isso — foi misericordiosamente curto. Tom foi primeiro: afastou-se com o makkata alguns passos da estrada e baixou as calças. Sentindo a leve investigação dos dedos do makkata no lado interno de sua coxa, a mente de Tom viajou de volta a Bimple Hot Springs. Prentice certamente não passaria no teste? Ele não tinha cicatriz. Seria desmascarado assim que se desnudasse parcialmente. Mas Prentice não mostrou a menor apreensão quando chegou sua vez com o feiticeiro.

Quando o makkata voltou, entabulou uma conferência murmurada com os dois outros entreati. Isso durou um bom tempo, muitos cigarros foram fumados, e a areia aos pés do makkata tingiu-se com as longas cusparadas de engwegge mascado que ele expeliu. No fim, um dos homens togados aproximou-se dos três viajantes, que estavam agachados na vala ao lado da estrada. Ele se agachou também e trocou ideia com Gloria.

É isso aí, pensou Tom, perscrutando as feições venais de Prentice. É o fim da linha pra você, pederasta.

Os estalos cessaram, e Gloria disse: "Hmm, certo, era de se esperar."

"O quê?", disse Tom. "O que era de se esperar?"

"Esse homem está explicando que o makkata avaliou que os graus de astande de vocês dois foram trocados. A gente pode continuar, né? Mas como Brian agora é astande vel dyav e você, Tom, é astande por mio, não pode mais dirigir, viu?"

"O quê?", exclamou Tom.

"Você ouviu." Gloria foi inflexível. "Brian vai ter que dirigir — se souber, claro."

"Droga, claro que sei dirigir", falou Prentice, melindrado.

"Por que *você* não pode dirigir?", Tom perguntou para Gloria. Não estava disposto a confiar sua segurança às mãos de Prentice, ainda que duvidasse de sua própria capacidade de levar o carro por mais um palmo que fosse.

"Não posso dirigir porque sou rabia, né? Só posso ir junto na viagem — se dirigir vou comprometer meu status. Isso é óbvio, né?"

Prentice calcou sua última guimba na areia com um movimento espalhafatoso da bota. "Bom", disse, "está resolvido, então". Marchou em direção ao SUV, uma expressão determinada em seu rosto.

Seu rosto? Subindo com esforço no SUV, onde então sentou desajeitado e manietado, os joelhos socados contra o peito, Tom lançava olhares sub-reptícios ao odioso semblante. No retrovisor, suas suspeitas se confirmaram: "Sumiu tudo."

"O que foi aí?" Prentice se atracava com o câmbio.

"Sua psoríase — limpou." Tom curvou o corpo para a frente, entre os bancos. "Ontem estava feia como sempre — não lembra, tive de passar a porra do creme? Agora limpou."

"É, bom, ela some mesmo de vez em quando; pode ser o ar do deserto, sabe como é." Conseguira pôr o SUV em movimento e pilotava para eles ao longo da trilha — dificilmente aquilo ainda podia ser considerado uma estrada — com bombadas hesitantes no acelerador.

"Porra nenhuma", disse Tom, sucinto. "Tem a ver com essa coisa de astande; a porra da sua pele retificou os próprios erros."

"Para, nem mais um pio, os dois", interveio a irmã mais velha.

Tom recuou. O assento dobrável era de um desconforto atroz. Se ele sentava de lado, sentia câimbra nas pernas; se virava para a frente, as costas doíam. As caixas empilhadas no minúsculo porta-malas não paravam de deslizar e acertar Tom no pescoço. E ainda havia o pacote de Gloria, que ela insistia em manter atrás, ordenando a quem quer que estivesse sentado ali: "É pra ficar de olho, viu?"

Tom ficou de olho — e o pacote nele. O efeito de *trompe-l'oeil* que notara em seu quarto no Hilton não era nenhuma ilusão: ele de fato tinha olhos — bem como nariz e boca. Era uma cabeça decepada, Tom se deu conta com horror crescente, sua pele em putrefação legível com mensagens em código: "Motores de Barco Chrysler 600 HP... Pranchas de Alumínio para Revestimento Externo... Encefalopatia Espongiforme Bovina... Gostaria de conhecer M 45-50, boa saúde, situação estável..." Ele lia o enigma de suas feições quando, desconfortavelmente embalado pelos calombos da trilha, sua consciência começou a ir e vir.

O pacote estava no colo de Tom e os dois batiam um papinho. "Desculpe ter que apagar você desse jeito, amigão", disse, desfazendo o barbante e abrindo o papel para revelar as feições fetais anciãs de Prentice. "Não deu pra fazer nada pra impedir. Você não devia ter se metido com aquelas crianças, cara; ninguém acha isso legal."

Tom apalpou o bolso da camisa em busca do tubo de creme para psoríase, abriu e espalhou a meleca oleosa no pescoço decepado escamoso. "Como eu disse", seguiu desabafando, "tive que fazer isso. Eu, tipo..." Deu uma risadinha. "*Me queimei* nesta situação tanto quanto você — até mais, sacou? Todo mundo ficou na porra da minha orelha, cara — Adams, Swai-Phillips, Squolly, o juiz, até a Gloria aqui."

Gloria girou no banco do passageiro e exibiu seu rosto para Tom — que era o de Martha. Ele nem deu trela, retomou seu solilóquio. "Todo mundo queria se livrar de você — aconteceu d'eu estar no lugar errado na hora errada. Ô-ou!" Levou a cabeça aos lábios e a beijou reverentemente. "Ô-ou, pobre Yorick, como eu te odiava, cara..."

"Tom! Tom! Acorda, viu?" Era Gloria, sacudindo-o. Ele voltou a si, apalpando-se para verificar se sua tontina continuava onde a enfiara, depois examinou imediatamente o rosto dela para ver se estivera falando durante o sono. Mas se o fizera, ela não deu sinal.

Estavam em mais um posto de controle. Prentice já descera do SUV e se pavoneava para cima e para baixo pela estrada, baforando. Descendo a custo, Tom viu que dormira tempo suficiente para que a paisagem do deserto mudasse. Antes, as dunas eram suaves elevações espaçadas; agora, haviam aumentado em proximidade e altura. Esparramavam-se de ambos os lados da Autoestrada 1: colinas vastas e piramidais de cento e cinquenta, duzentos metros de altura, com declives íngremes, arestas vertiginosas e picos de onde o vento desenrolava longas faixas de areia.

Era uma visão impressionante. Gloria se espreguiçou e respirou fundo, depois soltou o ar: "Aaaah! O erg!" Assim como qualquer orgulhoso morador do subúrbio cantaria as glórias de seu jardim.

Mais uma vez Tom foi convocado por um makkata de pele curtida como couro, de tanga de couro curtido. Mais uma vez ele seguiu atrás, submisso, agora para a proteção do contraforte de uma duna. Mais uma vez o hálito rançoso, e as partículas marrons do engwegge em sua coxa pálida conforme os dedos do makkata sondavam a cicatriz. Ele voltou arrastando as pernas até onde Gloria se agachava e comentou: "Acho que vai ser isso o caminho todo — quer dizer, esses caras tendo que, ãh, examinar a gente."

"Bom, não estão exatamente examinando vocês, né?" Gloria assumira a inflexão professoral que Tom associava a Adams. "Eles sabem o grau de astande de cada um — os caras do último posto de controle já devem ter contado."

"Mas como?"

Ela deu de ombros. "Não sei dizer. O negócio é que o deserto é um lugar cheio de gente, né? Aqui, todo mundo sabe da vida de todo mundo, e se um homem faz alguma coisa digna de atenção, viu? É pelo menos na esperança de que o feito dele vai ser louvado, né? Nos acampamentos dos entreati e nos povoados dos tayswengo. Nas casas entalhadas em despenhadeiros dos aval, e entre os mineradores errantes de Eyre's Pit — da costa de Feltham à Grande Divisora.

"O povo do deserto é tremendamente orgulhoso, Tom, você precisa entender isso. Orgulhoso, feroz, justo e terrível, né? Eles prefeririam ver um homem morto, né?, do que humilhado." Ela pausou a peroração e lançou um olhar significativo para Tom. Enfim caiu a ficha de que era de seu próprio feito futuro — o homicídio que vinha se consolidando em seu coração — que ela falava.

Esses bundas-peladas desses makkatas — eles sabem. Eles sabem que Prentice não tem grau de astande porra nenhuma, que nunca recebeu o corte. Perceberam exatamente quem e o que ele era. Agora só estão confirmando isso: pondo ele no banco da morte.

"Então pra que o exame?", Tom perguntou para Gloria, quando Prentice voltava, afivelando o cinto.

"Isso é muito simples, amigão", intrometeu-se ele. "Como a dona Swai-Phillips estava dizendo, ninguém quer ficar de fora. Imagino que esses camaradas ainda vão querer papear um pouquinho, fazer um pouco do bom e velho pow-wow, antes de decidir se a gente tem a rabia certa pra continuar."

"E se a gente não tiver, sabichão?"

Mas esse era o limite da erudição do deserto de Prentice, e ele apenas deu de ombros.

* * *

Os entreati estavam mesmo a fim de papear — e muito. Mascaram na companhia do makkata; conversaram com Gloria. Voltaram para o makkata, depois conversaram entre si. Tom cochilou ao abrigo de uma duna. Estava insuportavelmente quente: um calor feroz, seco. Frisando cabelos — fritando peles. Tom não conseguia acreditar que as moscas ainda eram capazes de alçar voo — mas eram.

Finalmente, as deliberações foram concluídas. Gloria veio contar: "Querem que a gente passe a noite no povoado deles. É só a setenta quilômetros daqui, nas margens do lago Mulgrene, viu? Francamente, é uma boa ideia. Eu esperava parar num bando diferente, mas esse fica no mínimo a mais uns duzentos quilômetros, e já está muito tarde."

Enquanto enfiava o corpo na sauna sobre rodas, Tom ficou admirado com sua própria falta de providência. Em nenhum momento lhe passara pela cabeça verificar onde iriam pernoitar naquele trecho da viagem. Não quisera saber se havia postos de serviço pelo caminho, não considerou a disponibilidade de combustível. Ele nem mesmo checara se havia água suficiente na bolsa de aniagem de dez galões pendurada na traseira, ao lado dos fuzis.

Entretanto, ao que parecia, Prentice pensara em tudo isso — e mais; pois quando se puseram a caminho, seguindo as rabeadas e jorros de areia da picape entreati, ele puxou um aerossol e, passando-o a Tom na traseira, disse: "Espirra um pouco desse sei-lá-o-quê no rosto e nas mãos, amigão, vai refrescar um pouco."

E refrescou, deliciosamente, e Tom se servia à vontade do spray quando Gloria urrou: "Cuidado com a droga do pacote!" Assustado, Tom voltou à sua torturada introspecção.

Essa alternância entre anseio infantilizado e repulsa homicida era familiar; assim como o desejo que agora ardia dentro dele com a intensidade do desespero. Não se tratava da mera cópula com outro corpo humano; era um ímpeto de propagação universal que desafiava o tempo e o espaço: uma intumescência capaz de erguer dos mortos as inumeráveis criaturas desaparecidas nas grandes extinções... Então ele desmoronou de volta num torpor que era igualmente global: o mundo estava arruinado em sua mão paralisada, e contudo não lhe restava forças para atirá-lo na lata do lixo.

Era, decidiu, abstinência de nicotina — mas de proporções monstruosas; uma abstinência de nicotina vivida como uma enfermidade mental plenamente desenvolvida. Uma fissura por nicotina que nenhuma quantidade de nicotina real poderia jamais apaziguar, mesmo que fumasse pelo resto do dia, depois caminhasse a noite toda, acendendo furiosamente um cigarro no outro.

A trilha tosca que seguiam começou a afundar na direção oeste, onde a incandescência branca do sol se fundia numa caldeira de fogo líquido. A cabeça-pacote focinhou a coxa de Tom e ele a empurrou mais para lá. De algum recesso na memória rastejaram as seguintes palavras: "Nas vastidões desérticas da Província Ocidental, o lago Mulgrene se estende por mil quilômetros através da região, uma extensão cristalina de saúde, pureza e equilíbrio hidrolítico. Aqui, o povo entreati monta seus acampamentos de inverno... E, empregando uma tecnologia aperfeiçoada ao longo dos milênios, refinam e destilam o líquido precioso..."

"É tudo engambelação, isso aí!", objetou Gloria.

"Engambelação?"

"Engambelação — uma droga de conversa pra boi dormir; o lago é cristalino, ah, né, mas só por causa do sal e dos resíduos das minas."

"Então, nada de nadar ali?"

Gloria quase cuspiu. "Não, que droga de nadar coisa nenhuma, né?"

Ela ficava cada vez mais estúpida, percebeu Tom, à medida que avançavam pelo interior. A caridosa assistente social metida em um estampado floral que se dirigira titubeante ao público no salão de recepções nas Tontinas se convertera num armário de cabides cheio de diferentes *personae*; então, essa identidade durona, eficiente, foi o vestido escolhido.

"Você não faz a menor ideia de como vivem essas pessoas, né?", disse ela.

"Bom, andei lendo os Von Sasser", ele respondeu, se dando uns ares, para então admitir: "Mas achei difícil."

Tom recordou as noites no Entreati Experience, em Vance, e depois na estrada: o catatau antropológico pregando-o na cama, acocorado com malevolência sobre seu peito, quase como se tivesse consciência do *blood money* que Tom escondera em sua pança de papel.

"O que a pessoa precisa enfiar na cabeça, né?", falou Gloria, se dando mais ares ainda, quando Prentice estacionava atrás da picape. "É que essa gente nunca foi subjugada, viu? Eles vivem hoje como sempre viveram, de um jeito muito bonito e harmonioso. Respeite a harmonia deles — que eles respeitam a sua."

Se a lenga-lenga de redator publicitário na garrafa de água mineral do lago Mulgrene fora uma hipérbole, o mesmo se podia dizer do termo "povoado" quando aplicado ao acampamento entreati. Era um lixão. Cinquenta, sessenta homens, mulheres e crianças na terra vil, esgueirando-se sob chapas de ferro corrugado instaladas acima de covas abertas para acomodar a mascagem do engwegge em torno de fogueiras fumacentas.

E então havia os cães: vira-latas furtivos, atormentados, lamentosos. Tufos faltando em seus pelos sarnentos, os rabos torcidos, patas inertes. Tom se deu conta de como vira poucos cachorros — tanto ali como antes, no litoral. Os animais fediam, e se aproximaram ociosamente — moscas caninas — para roçar as probóscides contra as pernas despidas dele.

Ao primeiro contato úmido, foi o nariz de Tom que desbloqueou, e uma aglomeração de odores — excremento humano e animal, carne podre, fumaça de madeira, cabelo chamuscado, vapores de gasolina — se acotovelou pedindo passagem. Olfato, o sentido mais primitivo e penetrante de todos. Tirando os odores mais fortes e pungentes, ele sempre fora por um longo tempo indiferente ao olfato, as linhas brancas de seus cigarros bloqueando-o indiscriminadamente. O nariz de Tom retrocedeu ao longo da Autoestrada 1, farejando suor, perfume, eucalipto penetrante, buquê gastronômico. Voltando e voltando até Vance, onde Tom fungara no pescoço de um de seus gêmeos, sem ter consciência de que o menino — assim como ele — tresandava a cinzeiro.

Naquele monturo que os entreati ocupavam, merda, entulho e vidro quebrado se espalhavam por toda parte. Os olhos das crianças barrigudas estavam cheios do pus de tracoma não tratado, enquanto pelo menos um terço dos adultos era completamente cego. Todo mundo, com exceção dos homens jovens ativos, exibia infecções estreptocócicas. Tom também viu as pernas esparavonadas dos acometidos de raquitismo, e escutou o estalo explosivo e asmático da tuberculose.

Pouco antes da chegada deles um auraca morto fora jogado em uma fogueira. Lá ficou ele, o couro fumegando, uma expressão atônita em sua cara de lhama. "É uma grande honra", explicou Gloria. "Estão dando as boas-vindas ao cosmo deles, viu?"

Ela parecia não notar a doença, a desnutrição, o lixo ou os cães. Caminhava de humpy em humpy em seu manto negro, uma freira oficiante distribuindo pacotes de cigarros e caixas de chicletes.

Logo, todo mundo acima da idade de sete anos segurava um gordo maço de Reds e dava suas baforadas — alguns, absurdamente, fumando mais de um cigarro ao mesmo tempo. Enquanto isso, as crianças menores faziam bolas azuis que explodiam em seus rostinhos pretos descarnados. Em pouco tempo o lixão ficou ainda mais atulhado, com as guimbas e os celofanes brilhantes dos maços.

Mas se havia uma coisa que não era hiperbólica era a avaliação de Gloria quanto a serem bem-vindos. Os entreati os acolheram calorosamente, efusivamente. Tom sentou perto do fogo, dividido entre a vergonha e o nojo, enquanto velhos desdentados e crianças leprosas o abraçavam com suas doenças. Finalmente, deu um jeito de se afastar e foi na direção sobrenatural da luz de ribalta que dançava à margem do lago.

"Nem sonhe em encostar na água", exclamou Gloria às suas costas.

A noite os engolia. Para o leste, retrocedendo na direção da Autoestrada 1, imensas dunas em forma de crescente marchavam ao longo do horizonte, parecendo cada uma a sombra de um verme gigantesco abrindo caminho sob as areias. O vento zunia vindo do lago, eivado de fumos mefíticos. Estava fora de questão até mesmo molhar a ponta dos dedos em suas tão decantadas águas, pois as centenas de metros da margem consistiam de sal encrostado e lama rachada. Fluidos oleosos escorriam entre essas placas, raiadas de azul cobalto, verde cromo e vermelho carmesim — cores congruentes num mostruário de esmaltes para unha, não ali, no mundo natural.

Quando os derradeiros raios do sol poente dedilharam a superfície límpida da imensa depressão, pousaram sobre estranhas balsas de alguma excrescência borbulhante — como se fossem gigantescas ovas de sapo — que flutuavam a cerca de um quilômetro da margem.

Em pé, o corpo oscilando levemente, Tom observava o cenário desolador. Após algum tempo percebeu que não estava sozinho. Um dos jovens entreati do posto de controle fizera como ele e parara ali perto, fumando, aparentemente perdido nos próprios pensamentos.

Tom o abordou: "Você... você fala?"

"Inglês, parceiro? Arre, claro que falo, droga. Fiz primário em Trangaden — todo mundo aqui, viu."

O entreati era mais novo do que Tom presumira — pouco mais que um menino, a despeito da altura. Embora houvesse discordado inteiramente da insistência de Gloria no isolamento cultural da tribo, não era essa a verdade que Tom queria abraçar.

"Aquelas" — apontou — "hmm, tipo, *balsas*, lá longe — o que são elas, você sabe?"

O entreati soltou uma risada amarga. "Elas? Aquilo é cadáver, parceiro, um puta bando de cadáver."

"Cadáver? Eles estão ali faz muito tempo, quer dizer, vocês não deviam..."

"Alguns", disse o rapaz, com ar filosófico, "devem ser históricos — tão lá desde a droga do dia em que eu nasci. Sabe, o que acontece é o seguinte", prosseguiu, ficando mais animado. "Quando um cara vai pro saco nas Tontinas, eles jogam o corpo dele num uádi. A chuva vem, arrasta eles pra cá, né. Mas a água no lago — bom, dá pra você sentir o drama. Tanto faz se os corpos estão apodrecendo quando jogam fora, né, quando chegam no Mulgrene viram uma droga de conserva pro resto da vida.

"O esquisito" — o jovem cutucava pensativamente a crosta de sal com o cano da arma — "é o jeito como eles se juntam nessas balsas. Não tem correnteza ali, mas mesmo assim. Umas drogas de barragem do caralho — parece que tão fazendo companhia um pro outro, né".

Quando voltaram ao acampamento o auraca havia sido enterrado e a fogueira rastelada sobre o solo, depois realimentada.

"É um fogo de chão tradicional", explicou Prentice.

"Onde eles arranjam o que queimar?", perguntou Tom.

"Parece que tem uma área de mulga aqui perto, mais pro sul. Um troço maldito quando tá enraizado — queima que é uma beleza depois de seco."

Havia qualquer coisa de enérgica determinação no modo como Prentice descarregava o SUV, descendo três gordos fardos de lona do bagageiro. Tom esfregou os olhos irritados — não tinha notado aquilo antes.

"Arranjei isso aqui lá nas Tontinas, junto com o resto do equipamento", disse o novo Célere, desenrolando um. "Swags — não dá pra dormir ao relento no deserto sem isso."

Deixou de lado os preparativos e tirou um maço de receitas e contas do bolso do jeans. "Os swags, a bolsa d'água, sinalizadores de emergência, kit médico, presentes pros bandos nativos — tá tudo aqui. Fiz a soma, amigão, e olha aqui o total do que devo pra você em dinheiro." Sorriu afavelmente para Tom e estendeu-lhe a quantia e os papéis. "'Brigado pelo empréstimo; acho que ficou elas por elas, agora."

O olhar furtivo de Tom captou mais uma diferença em Prentice conforme o outro arrumava os swags. Ele parecia mais magro e mais ascético — cem por cento menos ridículo. Então Tom se deu conta do que mudara: "Prentice — Brian. Você — você…", emudeceu, estupidamente constrangido.

"Assustou com o pouca-telha, né, amigão?" Prentice deu uns tapinhas na fronte calva. "É isso aí, rapei fora aquela franja doida — sei lá por que fiquei tanto tempo com aquilo." Riu. "Eu me apeguei, acho. Melhor aceitar o fato de que eu tô ficando careca. Coisa mais esquisita..." Ergueu o rosto, e a tez limpa brilhou à luz do fogo. "Acho que eu não ia conseguir, sabe, ter aceitado isso, se não tivesse vindo pra cá e ficado com os bin'... com esse pessoal."

Parou, claramente sentindo que falara mais do que devia, e ocupou-se de preparar o pequeno acampamento deles para a noite.

No dia seguinte, Tom se sentia ainda mais fraco. Partiram do acampamento entreati ao amanhecer e, na metade da tarde, ainda se encontravam em terras tribais, parando em postos de controle aproximadamente a cada cinquenta quilômetros, para o debate recorrente em torno da rabia.

Então, no ponto em que Tom sentia não poder mais suportar o constante sacolejo sobre a areia compactada, e a cabeça de jornal começava, outra vez, a assumir aquele aspecto de boca-mole faladora, toparam com um enorme cartaz erguido na encosta de uma duna. Mostrava um homem musculoso lutando com uma guimba gigante. A legenda da imagem bizarra dizia: "Lute contra esse vício nojento e saia dessa onda!"

"Onda onde?", murmurou Tom consigo mesmo. "No lago Mulgrene?"

Alguns metros mais à frente, uma segunda placa apareceu: VOCÊ ESTÁ ENTRANDO NA ZONA ADMINISTRATIVA REGIONAL DE TRANGADEN. TODO CONSUMO DE TABACO E ENGWEGGE É ILEGAL. DEPOSITE QUAISQUER DESSAS SUBSTÂNCIAS NO LIXO APROPRIADO ANTES DE SEGUIR ADIANTE. A POSSE É DELITO GRAVE. PENA MÍNIMA: 3 MESES DE TRABALHOS FORÇADOS EM EYRE'S PIT E MULTA DE $5 MIL.

"Sabe", disse Gloria, pensativa, "é gozado, mas sempre que eu vejo essa placa me sinto quase como se estivesse indo pra casa, né?"

Prentice encostou e começou a fuçar em tudo. Ergueu o banco, vasculhou o porta-luvas, os compartimentos laterais e o porta-malas, tirando maços de cigarros, isqueiros — até mesmo virando os bolsos do avesso, de modo que o resíduo de tabaco fosse soprado pelo siroco. A transformação do sujeito durão que viera dirigindo o SUV com brio e eficiência foi imediata e completa. O Prentice furtivo, inconfiável, com ares de solteirona voltara. Prentice, o pederasta, Prentice, que estava atrás de "uma companhiazinha" — de preferência, negra —, e que agora, para Tom, parecia estar exatamente ensaiando uma imoralidade dessas, conforme enfiava nervosamente seus tubos de papel na fenda do lixo apropriado. O que tornava a visão absurda era que Prentice pisava numa pilha de cigarros, charutos, cachimbos, tabaco solto e pedaços de engwegge jogados fora.

Tom descobriu que estava rindo: profundas gargalhadas expandindo sua caixa torácica, de modo a sugar golfadas do salutar e árido ar do deserto.

Gloria o ignorou: "Meu treinamento de assistente social foi em Trangaden, né?"

Sei, pensou Tom. Foi o caralho.

"O lugar é meio que atrasado, e o povo é uma droga de puritano total, mas mesmo assim conservei o maior carinho, viu?"

Tom pensou: quem perguntou?

O andar de Prentice era pura ranzinzice quando voltou ao carro; com seus novos poderes olfativos, Tom sentiu cheiro de medo, suor e carência. Prentice pousou uma asa galinácea no volante, enquanto com a outra apalpava a cartela de chiclete de nicotina. Quando enfiava um na boca repulsiva, Tom velhacamente comentou: "Isso aí não é produto de tabaco?"

"Falando estritamente, amigão." Prentice engatou a marcha do SUV, e partiram. "É, mas contanto que você tenha a receita, eles permitem lá na ZART."

"E você tem?"

"Claro. Fui atrás de uma antes da gente sair das Tontinas — a pessoa tem que enxergar mais na frente."

Mas quando disse isso, Prentice não estava enxergando mais na frente: havia um auraca na estrada — o primeiro com vida que encontravam desde que cruzaram as badlands antes das Tontinas. Ele teve de desviar violentamente no último segundo para evitar a colisão. O carro parou bem na beira da estrada, balançando. Prentice pendurou-se no volante, tremendo, o queixo indo e vindo com a goma de nicotina; queixo que exibia as marcas inconfundíveis — róseas, protuberantes, escamosas — da psoríase que voltava de uma hora para outra.

"Caralho, Prentice, você quase matou todo mundo!", disse Tom. "Você sabe que o para-choque de auraca dessa lata-

-velha é mais vagabundo que clipe de papel! Melhor a gente trocar. Vou dirigir um pouco — aí você pode se concentrar nesse seu vício idiota."

Mudaram de lugar. Assim que Tom pôs as mãos sobre o volante, sentiu uma onda de energia percorrer seu corpo: a transmissão diretamente ligada a seu sistema nervoso.

A ininterrupta cadeia de dunas imponentes que marchava de ambos os lados da Autoestrada 1 pouco a pouco desabou sobre si mesma, esparramando-se em um bled lúgubre e amorfo. Um rodotrem veio a toda na direção deles, e Tom destramente fez uma manobra evasiva. O veículo passou trovejando: quatro semirreboques, os pneus duplos em seus eixos disparando um canhoneio de areia e cascalho.

Um posto de gasolina assomou na atmosfera encrespada, o primeiro que viam em dois mil quilômetros. Carros estacionados perfilavam-se no asfalto imaculado do lugar. Apoiados nas portas abertas, mexendo em aparelhos de som que tocavam um rap ensurdecedor, estavam adolescentes anglo. Bebiam refrigerante com o vento vincando suas camisetas e calças de agasalho.

"Sabe", observou Tom para Gloria, "não sou completamente ignorante, alguma coisa do que os Von Sasser escreveram entrou na minha cabeça". Ele desfiou algumas das prosaicas anotações de campo que havia absorvido: a área tradicional dos tayswengo ficava entre Ralladayo e os contrafortes da Grande Cordilheira Divisora; eles subsistiam de caçar moai e desenterrar um tubérculo suculento chamado effel; a base do sistema de parentesco era matrilinear, com as crianças entregues aos cuidados dos tios maternos; eles acreditavam que o deserto — que era todo seu mundo — repousava sobre um gigantesco lagarto-saltador, que chamavam de Engeddii, significando "O Dorso do Mundo".

Gloria balançava a cabeça diante disso tudo, embora quando vocalizasse "és" e "vius" eles continuassem parecendo mais perguntas que afirmações. Estavam transpondo um curso d'água amplo e vazio sobre uma longa ponte em caixão. Os pneus do SUV mastigavam ruidosamente o concreto. Finalmente, ela o interrompeu: "O negócio é o seguinte, né? Tudo isso tem um pouco de verdade, mas o que é diferente com os intwennyfortee é que, ao contrário da maioria dos bandos tayswengo, eles têm um... Bom, eu não diria líder, exatamente, mesmo ele sendo extraordinário, né? Um status assim ia ser incompatível com o espírito democrático arraigado deles, né?"

Espírito democrático arraigado? Tom murchou por dentro, lembrando do "povoamento" entreati pútrido cujas glórias Gloria tanto enaltecera. "Quem é o sujeito?", falou em voz alta. "E no que isso me afeta?"

"Bom, você vai ver", disse Gloria, enigmática. "Achei que você devia saber, viu?"

Trangaden bruxuleou em seu campo de visão, a cidade clorofila no fim da estrada de areias amarelas. E então chegaram, percorrendo um amplo bulevar de elevadas palmeiras. Canteiros centrais floridos muito bem cuidados dividiam as duas mãos. Além dos aclives arredondados, despontavam ordenadas casas de subúrbio, cada uma com sua faixa de gramado esmeralda regada constantemente com diamantes orvalhados.

Chegaram a um posto de controle com policiais anglo — a primeira vez que Tom via tal arranjo. Mal olharam os salvo-condutos dele e de Prentice, estando mais preocupados em verificar se este último carregava uma receita médica para seu chiclete de nicotina. Então um dos policiais lhes pediu muito educadamente para descerem, e deu uma busca completa no carro. No cinzeiro, ele encontrou uma guimba ressecada que devia estar ali quando Tom alugou o carro, pois Prentice sempre atirava as suas pela janela.

"Normalmente", disse o sargento, brandindo o saquinho de evidências com a guimba dentro, "isso seria considerado uma contravenção, viu. Mas como vocês são novos na cidade, vou deixar passar com uma advertência".

Prentice rastejou de gratidão — Tom sabia o motivo. Presumivelmente, com as acusações que pesavam contra ele, até uma mera contravenção podia levar à revogação da fiança. Prentice, no xadrez com caminhoneiros anglo sofrendo com a fissura de suas pedras de metadona e desesperados por um rabo.

Prentice, preso numa cela com um nativo entreati demente, fraco demais para impedir, e forçado a assistir quando o homem, enlouquecido pelo confinamento, desmontava o aparelho descartável e passava a gilete na própria garganta.

A familiar torre escura de um Marriott assomou no oásis suburbano. Gloria disse: "As tarifas deles pra semana são excelentes, né? Quarto *e* café da manhã completo por trinta e nove pilas."

Tom sorriu, e parou o SUV no estacionamento do hotel.

Se registraram na recepção e Tom entregou os dois fuzis Galil no depósito de armas do hotel. Prentice entrou atrapalhado com as portas, o coldre de ombro pendurado no pescoço fino, uma única caixa de ribavirin nos braços esqueléticos. A psoríase definitivamente estava de volta; a recepcionista notou e um franzimento de nojo curvou o arco de seu batom.

"Eu — eu, ááh, Tom — Brodzinski, eu tô só o pó." Prentice desabou, arquejante, contra o balcão. "Acho que não dá pra você me dar uma mãozinha com o resto das minhas coisas, dá?"

Por centenas de quilômetros, Tom sonhara com isso: um espaço privado e fresco sem nenhuma mosca dentro, e um banheiro que não fedesse a merda. Mas nenhum repouso o aguardava no Quarto 1617. Foi uma repetição de sua experiência com o Hilton, nas Tontinas: o camareiro silencioso tiranizou Tom, as venezianas o fatiaram, as grades de ventilação fizeram picadinho dele. Andou em círculos em sua jaula de $39 aterrorizado com essas coisas — elas serviam *pra quê*?

Apanhou o celular e o ligou. Havia mensagens de voz; a primeira de Adams. "Aah... Brodzinski", começou, hesitante, e, pela segunda vez, Tom ficou com a impressão de que escutava alguma outra pessoa, mesmo enquanto ele falava. "Acho que preciso — não exatamente *avisar* — mas sem dúvida informar você, que seu, aah... companheiro talvez esteja — e friso bem, *talvez*, não posso afirmar com certeza — esteja, aah... sabendo das condições precárias do senhor Lincoln. Não faço ideia se ele está em contato com o ad — com... bom, só queria dizer: não se descuide, Tom. Fique, aah... de olho."

A segunda mensagem era de Martha e as crianças, que haviam deixado o telefone de casa em audioconferência. Tom conseguia imaginá-las em torno da sala de estar. As crianças com as maçãs vermelhas, a neve caindo do lado de fora, uma árvore de Natal alta demais curvada sobre a cornija da lareira e os toros de lenha crepitando na grade ali dentro.

"Oi, pai!", cantarolaram em coro as crianças, enquanto a voz de Martha se limitou a um "Tom". As crianças exclamaram todas juntas: "Feliz Natal!" Então Dixie acrescentou: "A gente vai cantar pra você." Começaram a entoar "Rudolph, a Rena do Nariz Vermelho". As vozes dos gêmeos eram esganiçadas e fora de tom, Tommy Junior grunhia as palavras e Dixie os conduzia pelo exemplo ao verso seguinte. Martha simplesmente não cantou.

Tom afastou o celular do ouvido e deletou a mensagem. O momento de se enrodilhar no swag aconchegante do amor familiar chegaria mais tarde, quando sua tarefa estivesse terminada. Ele apanhou a câmera digital, depois a largou. As imagens travavam amizade em sua cela de alumínio. Armado de uma reluzente cota de pixels, Prentice se achegava dos gêmeos de Tom, com palavras melífluas para conquistar sua companhiazinha. Enquanto Tommy Junior — que deveria protegê-los — permanecia idioticamente indiferente: um bojudo urso de pelúcia do tamanho de um homem crescido — ainda que assexuado.

Tom mal podia crer que um dia acariciara aquele corpo; aninhara a cabeça hidrocefálica em seu peito e soltara seu hálito no feno cálido do cabelo do menino, conforme explorava ternamente a cicatriz protuberante, perguntando-se que tipo de sofrimento a infligira. Acariciar Tommy Junior agora — como seria uma coisa dessas? Ia se sentir tão forasteiro quanto... um policial tugganarong... Cabeça de bola de futebol americano... Cara achatada... Pele cor de bronze... Gollyfollyfolly...

Tom levou a mão em concha aos genitais sob o denim. Pensou em se masturbar — havia semanas que não o fazia. Pensou nos peitos de Atalaya pressionados contra o rosto comatoso de Lincoln. Imaginou o que Gloria estaria fazendo no quarto contíguo. Será que brincava consigo mesma? Os dedos estranhos de Gloria beliscando de leve os mamilos habituais de Martha — puxando os biquinhos avermelhados nas auréolas pálidas. As mãos inabituais de Gloria acariciando as curvas da barriga que ele conhecia tão bem — percorrendo rugas e pregas que ele observara ganhar profundidade e extensão ao longo dos anos. Os polegares indiscretos de Gloria enganchando-se na calcinha de Martha conforme os quadris da doppelgänger se erguiam...

Era assim que devia ser: ambos separados pelo concreto, argamassa e papel de parede. Exatamente como qualquer outro casal, inconscientemente procurando estranhamento para intensificar o interesse minguante.

De repente, Tom perdeu todo o interesse. Ficou de pé, apanhou seus shorts manchados de suor e entrou no banheiro. Ali ele os lavou na pia cor de abacate, em forma de abacate. Esfregando a espuma no tecido molhado, chegou a algumas conclusões. Obviamente, Adams estava se referindo a Prentice, e, tão obviamente quanto, estava não tanto advertindo Tom quanto lhe dizendo para ir em frente.

A ideia de que Prentice pudesse fazer um pacto com os odiados bin'bongues para matar Tom era impensável. O Retificador de Erros, o Célere — não, esse definitivamente não era Prentice.

Tom desabotoou o bolso da camisa; a tontina convertida continuava ali. Começou a enxaguar os shorts, torcendo e espremendo num torniquete. Se Prentice morresse, ele teria dinheiro para pagar o bando intwennyfortee e fechar a conta com Swai-Phillips e ainda sobraria algum para contribuir com a instituição de caridade de Gloria. Tudo fazia perfeitamente sentido homicida; só o que ele precisava agora era de uma oportunidade. Tom sorriu obliquamente para o homem que sorria obliquamente no espelho: um sujeito de aparência mediana, um tipo comum. Entrara naquela fria por causa de um acidente que todos viam como um ato intencional; agora pretendia deliberadamente executar algo muito pior, tentando fazer parecer um acidente.

Havia garrafinhas de Seagram's e latinhas de 7Up no minibar. Tom preparou um drinque — e depois um segundo. Ligou para o serviço de quarto e pediu um club sandwich. Comeu enquanto olhava o sumário das *Canções dos tayswengo*. Presumiu que a seção sobre "Mudanças Culturais e Sociais Recentes" compreenderia o carismático líder ao qual Gloria se referira, mas esse era o calhamaço de páginas que cortara fora a fim de esconder os dez mil.

Mesmo assim, continuou a ler o livro, esparramado sobre a roupa de cama, nu, e sondando os dentes com o palito que viera prendendo o sanduíche. Estava escuro do lado de fora, e Tom havia deixado o ar-condicionado no máximo. Assim, ele flutuava na caixa etérea de um não lugar, enquanto lá fora a cidade oásis se dissolvia na miragem da noite.

"Os tayswengo", inculcavam em Tom os Von Sasser, com sua usual prosa insípida, "são intensamente temerosos da opinião pública, mesmo nas profundas vastidões áridas de seus recantos desérticos. Como vimos em capítulos anteriores, essa apreensão reforça certas convenções rígidas. Atrás de cada um deles subjaz o medo tayswengo da *getankka*, ou humilhação ritual. Ser humilhado — mesmo de formas que poderiam parecer triviais para um anglo — pode constituir um golpe mortal para o feroz senso de dignidade de um tayswengo.

"Compreendendo isso, mesmo com respeito a seus próprios inimigos, um tayswengo não pode abandonar outro com quem tanto se acostumou, e preferirá vê-lo morrer a sofrer a assim chamada 'vergonha da terra'..."

Era sempre a mesma coisa quando lia os Von Sasser: Tom ouvia a voz áspera do irmão mais novo do antropólogo — o chefe da promotoria em Vance. Cada novo fato era uma acusação, cada explicação era apresentada pelos autores única e exclusivamente para mostrar a seus leitores como eram ignorantes.

E, contudo, embalou o sono de Tom. O tomo pesado oscilou, depois tombou de frente em seu peito desnudo. Ele dormiu, então sonhou.

Milford, há muito tempo. Os trilhos do bonde ainda percorriam a avenida principal, e colunas de vapor subiam da fundição na Mason's Avenue com a Third Street. Essa era sua infância açucarada: bolas de Bazooka Joe, arrotos de Dr Pepper — mas também os primeiros dias de seu jovem casamento: cerveja em barris, bolinações, noites malhando em cima dos livros para tirar o diploma.

"Estou com um sangramento, Tom, estou com um sangramento..." Ela sentava em uma poltrona de vime junto à janela aberta, uma toalha enfiada entre as pernas nuas, a máscara de uma Gloria malévola grudada em seu rosto. Então sumiu. Sumiu por semanas. Um passeio na Europa. Ele não podia invejá-la

— foi uma experiência apavorante. Ele continuava estudando para as provas e trabalhando durante o dia. Onde ela *fora*?

No sonho, Tom ficava poderosamente atônito com sua própria lucidez: uma consciência amplificada, infinitesimal, como a que era estimulada pela primeira onda vertiginosa de nicotina correndo no sangue. Para onde ela fora? França, certamente; ele se lembrava de um cartão-postal de Arles. E Itália. Então, houve algumas semanas em algum outro lugar, ficando com a família... na Bélgica? Seria possível? Um destino tão improvável — Tom não prestara atenção suficiente...

Em seguida, ele estava deitado no chão do quarto da primeira casa que haviam comprado, uma casa de madeira no novo condomínio de Scottsdale, na direção do reservatório... E a primavera soprava forte pela janela aberta, mas continuava impossível prestar atenção porque Tommy Junior, seu filho adotivo, estava sentado no peito de Tom e dando socos em seu rosto com os punhos gorduchos. Socando-o com uma deliberação que era horrivelmente inapropriada para um menino de um ano de idade.

Tom acordou com o livro grosso esmagando-o e o suor gelado em sua pele arrepiada. Cambaleou para o banheiro, pôs o sifão pra fora e esvaziou o tanque cheio de urina, quase desmaiando conforme o jato atingia o vaso cor de abacate. Depois cambaleou de volta para o quarto, enfiou-se sob os profanos lençóis de hotel e entrou na batalha por um verdadeiro esquecimento.

14

A mosca esfregava as duas patas dianteiras: híspidas e víscidas. Tom não conseguia tirar os olhos delas: para a frente e para trás, ligeiramente torcidas, o movimento criando pulsos e mãos. Ela não estava se limpando; estava instintivamente fazendo um gesto de falsa humildade. "Sou apenas uma humilde mosca", dizia a mosca. "Não tem por que prestar atenção *em mim*."

Porém, a atenção de Tom permanecia imperturbável. As seis patas pegajosas e peludas da mosca estavam plantadas no painel, que, com seu terreno de vinil, espelhava o deserto do lado de fora do carro. Os olhos compósitos da mosca — negros e cintilantes — envolviam sua cabeça triangular. Seria a imaginação cada vez mais desabrida de Tom ou uma erupção verrugosa brotava nas mandíbulas do inseto? Mandíbulas que se abriram para exclamar: "Uau! Amigão, cuidado aí..."

Prentice foi interrompido quando todos alçaram voo para beijar o céu.

No início, Tom não conseguiu adivinhar o que acontecera. Depois, o queixume dos pneus dianteiros zunindo, e o fato de que estivesse deitado de costas, o fez cair em si quanto ao caráter absoluto de sua reviravolta. O estúpido pequeno SUV — sobre cujas capacidades off-road Tom sempre alimentara sérias dúvidas — tombara para trás e pousara com a traseira na areia, enquanto o nariz arrebitado do capô trombeteava ruídos de motor.

No retrovisor, Tom viu Prentice em decúbito dorsal numa barafunda de pacotes de cigarro, ampolas de remédios e bicos de mamadeira. O incômodo companheiro de Tom o espiou com uma expressão de desconsolo materno.

Gloria quebrou o encanto. "A água!", gritou. "E a porra do combustível, droga!"

Soltou o cinto de segurança e se debateu para fora do banco. Tom fez o mesmo, caindo desajeitadamente na areia, sobre a qual uma mancha úmida se espalhava desde as laterais amassadas do veículo incontinente.

"Esmagado", murmurou Tom. "Esmagado como uma mosca."

"Vamos, seu idiota!", guinchou Gloria, fazendo esvoaçar o manto negro. "A gente precisa endireitar essa coisa!"

Todos eles se penduraram nas barras de proteção contra auraca, e o SUV veio para a frente tão prontamente que escaparam por um triz quando as quatro rodas voltaram a tocar o solo. A bolsa d'água estava exposta — uma bolha estourada na pele de sílica.

Gloria foi para a parte de trás do carro. "A gente ainda não se estrepou de vez, viu? É incrível, mas a droga do galão tá inteiro."

"Isso é um diacho dum alívio", disse Prentice, juntando-se a ela. Chamou Tom, "Olha aqui, você sabe o que tá acontecendo, não sabe? Foi a mesma coisa na Autoestrada 1, antes da gente chegar em Trangaden. Melhor eu dirigir."

Tom começou a argumentar que não era culpa sua: afinal, nunca tinham andado com o SUV em off-road antes. Então parou — uma exaustão enorme se abateu sobre ele. Os fragmentos gelatinosos do sonho da noite anterior continuavam grudados em sua psique, tornando qualquer protesto adicional impossível.

Humildemente, ajudou Prentice a arrumar a bagunça do porta-malas. Verificou os fuzis, mas o galão de gasolina os protegera. O contato com a imitação de nó de madeira na coronha de uma das armas enviou uma carga de eletricidade através das mãos de Tom — isso, ao menos, podia estimulá-lo. Em silêncio, Tom sentou no banco traseiro do carro e tomou o pacote ovoide de Gloria em seus braços lassos. Prentice — que, quando estava ao volante, adorava fazer pouco das proibições de Gloria — acendeu um cigarro e engatou o carro. Partiram.

Havia moscas nessa região do deserto. Moscas sim, mas nada de gado ou auraca — e não tinham visto qualquer moai desde antes do lago Mulgrene. Moscas em abundância, mas Tom não via coisa alguma de que pudessem se alimentar. Não havia sequer moitas de triodia ou arbustos espinhentos; apenas as elevações oceânicas das areias, que, à medida que o carro forcejava rumo à crista da duna seguinte, ondulavam encrespadas numa bruma de calor em direção ao horizonte. Em algum lugar por ali Belzebu atirava em moscas com sua espingarda de pederneira, para depois dar seus corpos peludos de comer aos vermes mutantes que criava em cavernas subterrâneas.

Penetrando seu modorrento devaneio, Tom escutou vagamente um colóquio prático entre Prentice e Gloria: falavam da rota, do desvio que teriam de fazer até Eyre's Pit com o propósito de suprir a deficiência de água. Gloria estudava o mapa; Prentice mudava as marchas com zelo estudado.

Tom interrogou o pacote. O que é você e para onde você está indo? Quais são suas intenções, por favor?

Um canto de uma das folhas de jornal se soltara do embrulho e ele distraidamente aplicou-lhe um piparote com a unha.

Você *quer mesmo* fazer isso? Tom ponderava sobre cada movimento infinitesimal. Será essa minha única motivação, observar as fibras esfiapadas vibrarem? Nesse caso, serei capaz de analisar cada elo da cadeia que liga meu cérebro ao meu dedo? Posso ver o ponto exato onde meu pensamento se torna uma ação? Vamos supor apenas que, quando o pedacinho de papel se move, ele move o ar, e o ar se torna uma brisa, e a brisa sopra a areia, e a areia inicia uma cascata, se tornando uma avalanche que acaba soterrando alguém. E daí? É tudo minha culpa? Porque talvez eu meio que tenha perdido de vista esse pensamento conforme ele se movia ao longo da cadeia. Talvez eu já não queira mais aplicar um piparote num pedacinho de papel... e tenha começado a querer puxar... um gatilho.

O carro havia parado no vão entre duas dunas vertiginosamente íngremes. As moscas foram sacudidas da atitude humílima por um segundo, depois retomaram as súplicas no rosto de Tom.

"Effel", disse Gloria, apontando a duna.

"O quê?" A voz de Prentice parecia ter descido meia oitava.

"É uma planta suculenta, cresce na parte de trás das dunas. Essas drogas são imensas — elas lançam raízes primárias por centenas de metros, né, e se espalham por milhares de quilômetros quadrados." Ela desceu do carro. "Não seria má ideia colher umas, né? Os bulbos são pequenas esponjas, cheias de líquido, né? Vou dar uma mijada."

Ela se afastou pelo contraforte de uma duna, afundando os pés em sua instável solidez, os panos negros tremulando com o vento.

Prentice pivotou o pescoço e olhou diretamente para Tom. "Francamente, amigão, eu não teria feito aquilo com eles se eles não quisessem que eu fizesse."

"Você o quê?"

"Admito, falando sério" — Prentice esfregou o queixo liso e forte — "alguns deles tendem mais pra... bom, vamos dizer assim, mais pro lado da *inexperiência*. Mesmo assim, você precisa entender como as coisas funcionam com eles".

"Entender o quê?"

"Chega a puberdade — treze, catorze anos —, eles têm que ir embora, largar o bando, tanto os rapazes quanto as moças. Saem pra um acampamento, no mato. Daí, depois de um mês, mais ou menos, voltam pra circuncisão..."

"Já sei disso tudo", retrucou Tom. "Eu li os Von Sasser."

"Ah, é, excelente." Prentice meneou a mão, claramente desdenhando esse tipo de conhecimento livresco à luz de sua própria experiência prática. "Bom, então você já sabe o que vem em seguida. Sangrando, machucados, sofrendo com uma dor horrível, hmm, *ali*, os coitadinhos passam de mão em mão. Primeiro os makkatas, depois, todos os homens do bando. Eles são, hmm, *usados* do jeito mais horrível — uma vergonha absurda. É melhor quando ficam conhecendo o velho rala e rola com alguém um pouquinho mais gentil, um sujeito querendo ajudar com alguma grana. Ninguém *liga*, Tom — nem o povo deles mesmos."

"Seu puta escroto...", começou Tom, então parou. Houvera uma fratura no espaço-tempo, ou então aquela confissão fora apenas produto de sua imaginação febril. Prentice estava pelo menos a cem metros dali, arrancando longos filamentos vegetais da encosta da duna, depois espremendo os bulbos testiculosos na fenda crestada de sua boca. Uma mosca aterrissou no apoio de cabeça de seu banco vago. Ela esfregava as patas dianteiras uma na outra, híspidas e víscidas, por humílimas que fossem.

Tom desceu do carro. Sentia-se tão fraco quanto um gatinho salvo de um afogamento. Suas pernas, dentro das grossas calças de denim, grudavam de suor. Cambaleou até a traseira do SUV, soltou um dos Galils e o tirou da capa. Teve de vasculhar o porta-malas para achar os cartuchos, depois inseriu-os na câmara. Mas a cada ação seus movimentos ficavam mais determinados. Era por isso, concluiu conforme encaixava o carregador na culatra, que todo o tempo o fuzil parecera tão instintivamente certo.

Quando Tom levou a arma ao ombro e encostou o olho na mira, Prentice surgiu diante de seu rosto. Posso tocá-lo, pensou Tom, num esgar. Tocá-lo com meu dedo de metal, espalhando o linimento da morte. Uma bala perdida — podia ter sido qualquer um, Gloria... Um lugar violento, o deserto — você sabe disso... Detentos fugidos de Eyre's Pit — fumantes enlouquecidos... Assaltados... homens armados...

Tom apoiou o Galil no SUV. Começou a procurar no porta-malas os pacotes de cigarros recentes que Prentice comprara no último posto de serviços depois de Trangaden. Abriu um e espalhou os maços gordos na areia. Então ele parou e, apanhando o fuzil, fez mira em Prentice mais uma vez.

Acaba. Com. Isso. Agora. Dessa vez, Tom Brodzinski pôde sentir o peso exato de cada elo sináptico na cadeia da causalidade — da intenção à ação — conforme ela percorria seus dedos. Seu dedo se retesou no gatilho do fuzil. As duas retículas seccionavam o rosto de Prentice precisamente, cortando-o em quatro seções igualmente odiosas. Tom sentiu o primeiro estágio do mecanismo de gatilho se armar com um clique alto como uma explosão. Daquela distância seria impossível errar. A morte a uma contração de distância, um piparote de guimba. A morte profunda e devotamente anelada.

Tom congelou. Estava imobilizado naquela posição — o dedo dobrado no guarda-mato, a coronha raspando em seu malar. Ele podia ouvir seus tendões gemendo de tensão. Lançava-se febrilmente, com cada átomo de sua vontade, rumo ao futuro — ainda que incapaz de respirar, engolir, piscar.

Levou uma eternidade para Prentice começar a voltar pela duna, os pés afundando. Tom observava, paralisado, conforme uma bota, depois a outra, erguia-se na areia prateada. Os movimentos de Prentice eram tão lentos que seu pretenso carrasco podia ouvir cada grão individualmente conforme desciam rolando pelo couro. Ele puxava uma longa rede de gavinhas de effel atrás de si, pesca de arrasto no mar seco.

De repente, o rosto de Prentice sumiu do visor e surgiu bem ao lado de Tom, seu hálito de cinzeiro penetrando as narinas de Tom. Cuidadosamente — quase ternamente —, ele tirou o Galil das mãos espasmódicas e disse numa voz mais paternal do que qualquer outra que Tom já ouvira antes: "Vamos, amigão, melhor guardar esse negócio. A gente não vai querer que nenhuma bobagem aconteça, não é?"

Prentice não contou nada sobre o ocorrido para Gloria quando ela voltou; apenas dirigiu com a habilidade e concentração que a trilha no deserto exigia dele. Tom curvou-se no banco traseiro, com lamúrias silenciosas, pranteando sua potência. A cabeça de jornal o fitou com desprezo, enquanto as moscas, deixando a humildade de lado, tomaram asquerosas liberdades com seus olhos e sua boca. Companhiazinhas, de fato.

Nessa noite, o trio dormiu no deserto, encasulado em seus swags, o bafo condensando no ar gelado. Uma pequena lua de ouro branco singrou o horizonte, deixando uma esteira platinada na crista das dunas. Tom era um fantasma exalando vapor. O opulento fruto de estrelas outras amontoava-se na tigela dos céus. Um cão selvagem ganiu na distância.

Ao amanhecer, Prentice ajudou Tom a calçar suas botas, depois lhe serviu um desjejum de chá quente e mingau. Manejava o pequeno fogão a gás com diligente parcimônia e, quando passou as vasilhas, comentou: "Por sorte eu tinha uma garrafa de água mineral guardada — só o effel não ia dar conta de levar a gente até Eyre's Pit."

Na metade da manhã as dunas em forma de crescente começaram a arrefecer; depois as areias recuaram, expondo o solo do deserto. Adiante, a crosta terrestre andara brincando consigo mesma: modelando balas de açúcar queimado com as faixas retorcidas de basalto e sovando massas de rocha derretida.

Em alguns lugares a terra fendera, revelando as poderosas vermiculações dos tubos de lava subterrâneos.

Ao meio-dia, quando o calor e as moscas começaram a incomodar até mesmo o estoico homem de ação que dirigia, chegaram no topo de um estreito desfiladeiro através de uma cadeia de colinas bulbosas e pedregosas. Gloria tagarelava sem parar sobre como Eyre, o primeiro explorador anglo a cruzar aquele deserto, se deixou levar por sua própria "cabeça patriarcal" e acreditou que os tayswengo eram como ele. Quando a realidade era que as nativas tinham suas próprias e poderosas tradições, tabu para todos os homens.

Martha, refletiu Tom, nunca falava tanto assim. Mantinha a boca de claquete — os lábios finos e brancos — rigorosamente fechada. Ele passou a mão no jornal úmido de suor, e bolotas do papel ficaram em seus dedos.

"O que cê tá fazendo?", invectivou-o Gloria. "Isso contém equipamento vital para Erich, né? Se contaminar só um pouco, vai ficar uma droga de imprestável."

"Erich? Erich quem? E como assim, contaminado?", berrou Tom de volta. Estava a ponto de jogar o pacote de volta naquela cara mandona, quando ouviram um rugido tão alto que solapou o motor barulhento do SUV.

"Eu, ááh, isso são as areias que rugem?", perguntou Prentice. "Sempre quis escutar esse som."

Agora era a vez dele. Gloria vociferou: "Não, sua droga de mongo, caso não tenha notado já passamos as areias faz um tempão. Isso é o rugido da droga da refinaria de bauxita, o rugido dos rodotrens carregando a droga da coisa pra costa e o rugido de toda a droga do maquinário dentro da droga do poço da mina!"

Minutos depois chegaram a um posto de controle. Uma dupla de seguranças particulares cuidava do lugar. Eram tugganarongs — tão entediados que o rosto deles ficara cinza. Como uma criança acordando após a longa viagem de carro, Tom despertou para dar com um estranho mundo novo suprido com as mesmas velhas coisas. Ficou admirado com os guardas pesadamente armados. Como eu posso ter confundido esses caras com os nativos de verdade? Eles estão fora de seu elemento tanto quanto eu.

Os guardas incitaram Prentice a descer do carro, depois Tom e Gloria. Seus documentos foram examinados, e Prentice perguntou se havia água disponível. Um dos guardas disse: "O senhor consegue uma bolsa d'água na loja da companhia, né, tranquilo."

Prentice saiu pisando entorpecido na direção de um maciço artificial de escória empilhada.

Estava quente demais para esperar no carro, de modo que Tom e Gloria fugiram do sol debaixo de um abrigo para fumantes, onde ectoplasma era sugado de mineiros de rosto imundo por ductos poderosos. Sentando nos pedregulhos, Tom voltou a perguntar: "Quem é Erich, e o que aquela droga de pacote tem a ver com ele?"

Gloria se ajeitou a seu lado e recatadamente cobriu os tornozelos com a barra do manto. "Você conhece ele quase há tanto tempo quanto me conhece, né?", disse ela. "É um dos autores daquele livro maravilhoso que você vem tentando ler já faz não sei quantas semanas."

"Você está falando de Erich von Sasser, o antropólogo?" Tom visualizou o falconídeo chefe da promotoria, bicando para ele lá em Vance: *Se por acaso encontrar meu irmão, Erich...* "Isso é algum tipo de armação?" Ele lutava para refrear a raiva.

"Não seja ridículo, Tom", replicou ela. "Todo mundo sabe que os Von Sasser — primeiro o pai, depois o filho — vivem com os tayswengo há um montão de anos. Se você fizesse uma forcinha de chegar até o fim do livro, então ia descobrir como Erich está envolvido de perto com o bando intwennyfortee.

"Meu Deus, Tom, tem criança na droga dos meus orfanatos que viu os pais sendo mortos por causa das tontinas ali mesmo na frente dela. O trauma não foi suficiente pra impedir que fizessem as perguntas certas, mas você, você fica aí sentado, né? Entra dia, sai dia, sem ligar de ser arrastado pelas pessoas, nem se dando o trabalho de descobrir pra onde diabos estão levando você, né?"

Outra droga de Martha nas minhas costas, pensou Tom. Pelo menos as moscas ficavam longe, com o fumacê dos mineiros. Estava com sede; embora menos, pensou, do que deveria, já que suava como um porco. Além disso, Tom sentiu uma onda de energia entre seus ombros, eletrificando sua espinha. Espreguiçou-se amplamente.

"Ouviu alguma coisa do que eu disse?", resmungou a esposa substituta de Tom.

O telefone tocou na cabine dos guardas. Um dos sujeitos atendeu, disse algumas palavras, depois caminhou na direção do abrigo.

Dirigiu-se a Tom: "É o seu amigo, né. Falou que tá caído, quer que você vá até lá pra dar uma mão, viu." Voltou a se afastar.

Tom levantou. "Arrastado pelas pessoas, é mesmo?", disse para Gloria. "Isso é o que a gente vai ver."

Marchou ao longo da estrada que levava à mina, passando por placas de PERIGO e NÃO FUME, depois sob uma faixa que anunciava: USINA DE EXTRAÇÃO EYRE'S PIT, UMA DIVISÃO DA MAES-PEETERS INDUSTRIES. DIAS OPERANDO ESTE ANO: 360. MINÉRIO EXTRAÍDO: 75.655 TONELADAS. ACIDENTES COM FERIDOS: 1.309. ACIDENTES FATAIS: 274. Nada de que se orgulhar, pensou Tom, nesses números.

O rugido de fundo ganhou contornos definidos: era o estrépito maciço do maquinário pesado e o batimento dos motores que geravam energia, ao passo que elevando-se acima disso tudo havia os gritos de milhares de vozes. Contornando as pilhas de escória, ele caminhou decidido em direção a um amontoado de cabines modulares que, assim presumiu, eram os escritórios e lojas da mina.

A bocarra de Eyre's Pit escancarou-se a seu lado — uma monstruosa mordida arrancada do mundo, a beirada mordiscada protegida apenas por um isolamento simples de arame farpado. Tom cambaleou para trás e abaixou abruptamente no chão de cascalho. Então, juntando coragem, rastejou de quatro até um ponto onde pudesse espiar ali dentro.

O poço da mina tinha pelo menos dois quilômetros de profundidade e um quilômetro e meio de diâmetro: uma ausência tão imensa no lugar onde deveria existir uma presença que criava suas próprias distorções nas leis da natureza. Tom ficou com a sensação de fitar o interior de um firmamento terrestre — ao mesmo tempo em que experimentava uma vertigem nauseante. Agarrou punhados de chão, temendo ser tragado pelo céu subterrâneo.

Havia sistemas climáticos completos dentro da mina: espectros vaporosos engalfinhavam-se com nuvens negras cuspidas por escapes de fornalhas; correntes termais propelidas por turbinas carregavam flocos de resíduos cinza e pretos acima da cabeça de Tom, um pó fuliginoso que segundos antes flutuava muito abaixo dele.

Bem lá no fundo, escavadeiras mecânicas cortavam as laterais do poço, abrindo grutas cor de ocre. Havia centenas dessas galerias, e milhares de mineiros dentro delas. Alguns cavavam com picaretas, enquanto outros faziam uma corrente humana para depositar balde após balde de minério nas infatigáveis esteiras rolantes. Aquilo lembrou a Tom as formigas-cortadeiras no arbusto do Mimosa.

O poço ctônico também gerava sua própria acústica distorcida, de modo que, quando o maquinário emudecia, os gemidos das armas atormentadas elevavam-se aos ouvidos de Tom: os "hhns" e "gaars" das formigas golpeando a rocha; os "uufs" e "aarghs" de suas camaradas içando os baldes. Então, muito nitidamente, uma vozinha pediu: "Vê um cigarro aí, parceiro, falta só dez minutos."

Aquilo ali não era empreendimento industrial coisa nenhuma — era a fabricação do inferno.

Tom encontrou Prentice jogado perto das cabines, parcialmente repousando na gônada aquosa de uma bolsa d'água de aniagem. Tom a segurou pela alça, depois ajudou Prentice a ficar de pé. Juntos, claudicaram de volta ao posto de controle, Prentice apoiando-se pesadamente no ombro de Tom.

"Cê deu só uma olhada…", grasnou Prentice, a psoríase rachando a pele inflamada em seu queixo. "Cê deu só uma olhada no diacho daquele poço, é… é — um troço desses tinha que ser proibido."

"Que é isso, Brian", zombou Tom. "Pensa só no que cê tá falando, cara. Você não ia querer um mundo sem alumínio, ia? Nada de garfo, avião, papel-alumínio pros seus cigarrinhos — alguém tem que fazer o sacrifício."

Tom continuava num estado de excitação quando prendeu a bolsa d'água na traseira do SUV. Entrou e dirigiu para todos eles com diligência viril. Mas o rejuvenescimento não durou grande coisa; quando estavam a uns dez quilômetros da mina, Tom começou a ter dificuldade para manter o carro na trilha. Depois de viajarem mais dez, teve de encostar e passar a direção para Prentice.

Tom afundara em um charco psíquico, e durante o dia seguinte e metade do outro chafurdou ali. Era incapaz de abrir o zíper das calças sem a assistência de seu velho chapa Brian Prentice. Entre uma e outra sessão de papinha — quando Prentice convencia Tom a engolir arenosos grumos de mingau de aveia — e censura — quando Gloria sapateava arrogantemente em cima de sua ignorância —, Tom afundava desajeitado no banco traseiro. As caixas de ribavirin e pacotes de cigarros cutucavam seu pescoço, enquanto o deserto se metamorfoseava do lado de lá dos vidros filmados do carro.

Assim que se afastaram do bled que cercava Eyre's Pit, a trilha para Ralladayo voltou a serpentear entre as badlands vulcânicas. Transpuseram escarpas de brecha desmoronadiça, depois atravessaram cânions cujos despenhadeiros eram costurados por suturas minerais. Elevações rochosas, esculpidas pelo vento abrasivo, assumiam as formas mais fantasmagóricas: celulares de escória e câmeras digitais de obsidiana passavam voando pelo carro. Uma projeção gigante de tufo em formato de Tommy Junior assomou, exibindo a indiferença geológica gravada em suas feições pétreas. Tom estremeceu e, agarrando-se ao pacote de Gloria, roçou o surrado papel contra o rosto hirsuto. O embrulho arrulhou para ele: *logo acaba... logo acaba...*

Próximo ao crepúsculo do segundo dia, a trilha começou a declinar, e foram vomitados pelas badlands. Um bando de moai, alarmado com a aproximação do veículo, ergueu-se da sombra de árvores gomíferas e saiu marchando com sua passada de ganso, batendo as inúteis asas columbinas. Hipersensibilizados, todos os três farejaram água. Gloria disse: "Quase lá, né?"

Então, sem qualquer sobreaviso, ao sacolejar entre bambas estacas de cerca, passaram por uma placa de boas-vindas: VOCÊS ESTÃO ENTRANDO EM TERRAS TRIBAIS TAYSWENGO. É PERMITIDO FUMAR. RESPEITEM OS ANCESTRAIS; depois uma segunda: RALLADAYO, CIDADE-IRMÃ DE DIMBELENGE, REPÚBLICA DEMOCRÁTICA DO CONGO.

Gloria se sentiu compelida a importunar Tom uma vez mais: "Erich von Sasser tem feito tudo por esse povo, né? Essa gente reverencia ele como um — bom, pode ser que reverenciem — e a gente também — um pouco mais do que devia. Mas isso não é motivo pra faltar com o respeito: ele trouxe todo tipo de benefício pro bando intwennyfortee, né? Água potável, educação, saúde. Trabalho também — e isso teve um efeito colateral positivo no resto da tribo, que se estende daqui até a Grande Cordilheira Divisora.

"Acima de tudo, o Erich tem proporcionado pra eles um sistema de crenças real e uma estrutura social praticável, né?"

"Sistema de crenças real", irritou-se Tom, "que catzo isso quer dizer?"

Mas antes que Gloria pudesse responder, o SUV matraqueou sobre os dormentes de uma ponte de madeira e entrou curveteando num desvio circular. Prentice pisou no freio — e as moscas foram pra cima deles, enxameando através das janelas abertas.

Em uma plantação de árvores gomíferas amplamente espaçadas havia um prédio baixo e comprido que lembrou a Tom a escola primária dos gêmeos, em Milford. As mesmas janelas de esquadria metálica e a mesma construção modular: uma sala de aula aparafusada à seguinte. A uma pequena distância desta via-se uma estrutura do mais completo contraste, um chalé tirolês com elaboradas gregas nas folhas das portas e janelas, e telhado amplo e de pouca inclinação. A incongruência do gracioso confeito de madeira era completada pelo trio de homens destoantes em sua varanda elevada, varanda que estava polvilhada com uma poeira branca como a neve.

Tom protegeu os olhos doloridos. A figura esquelética do irmão de Hippolyte von Sasser era inconfundível — podiam ter sido gêmeos. Se alguma diferença havia, Erich tinha aparência ainda mais predatória do que o chefe da promotoria. Suas pernas magrelas eram enfatizadas pelo lederhosen apertado; o peitilho do traje e a volumosa camisa de algodão o proviam de um peito avicular. Um chapéu alpino equilibrado no acentuado pico de sua careca completava a vestimenta. Este Von Sasser era igualmente fumante de cachimbo, embora os minúsculos cúmulos que subiam de seu alto fornilho de porcelana pouco contribuíssem para desencorajar as moscas que atacavam suas feições de raptor.

Esperando ao lado de Von Sasser, o peito nu decorado com diversas câmeras, camcorders e gravadores, estava Jethro Swai-Phillips; enquanto do outro lado do majestoso antropólogo, os dentes branqueados expostos num ricto diplomático, estava o cônsul honorário.

Por um longo tempo os dois grupos ficaram se encarando. Gloria suspirou profundamente. Prentice soltou as mãos do volante com um audível "tchupp". Tom aninhou o pacote ovoide de Gloria em seus braços. Se os três homens na varanda se mexeram um milímetro sequer, foi apenas para ratificar sua imobilidade.

Então Swai-Phillips quebrou o encanto. Desceu voando os degraus de madeira e veio na direção do SUV. Só pelo modo como se movia — a cabeça dobrada bem à frente, os braços subindo e descendo, os pés nas sandálias dançando na poeira — Tom notou uma mudança completa de personalidade no antes imponente advogado. Swai-Phillips estava canino — não havia outra palavra para isso. Ele abriu caninamente a porta do carro e sinalizou com o focinho para Prentice descer, depois contornou correndo o veículo e fez o mesmo com Gloria. Enfiava os bigodes no carro, ganindo: "Ele é o cara, sabe, Doc von S, é, é o cara — vamo, Tommy, cara. Vamolá conhecer ele — ele tá esperando você... Quer conhecer você... dizer umas coisa, viu."

Swai-Phillips estava sem os óculos de surfista. Seu olho ruim parecia gelatinoso, o bom se movia loucamente. Moscas adejavam em seu lábio superior felpudo. "Vamolá, Tommy, né. Vamo..." Agarrou a mão de Tom e o içou vigorosamente do banco traseiro. O pacote veio junto, aninhado no braço de Tom. "É aqui — é agora, é qualquer hora, cara", tagarelou, "porque ele é o cara, o homem..." Seu cabelo afro se agitava como um arbusto sacudido pelo vento.

Von Sasser se moveu. Dando uma baforada no cachimbo, desceu com pequenos guinchos em suas altas botas de couro até onde Tom estava, sua cabeça oscilando. As moscas se agitavam em tumulto nas profundas cavidades dos olhos de Von Sasser.

"Acho que você tem uma coisa para mim, né." Vogais rouquenhas portavam-se mal no leito rochoso teutônico. "É isso que está aí" — apontou o antropólogo com a haste de seu cachimbo — "debaixo do seu braço?"

Mudo, Tom lhe passou o embrulho, e assim que Von Sasser o pegou, ele experimentou uma onda de vigor renovado; sua visão entrou em foco. Então, por cima do ombro alto de Von Sasser, Tom viu os humpies de ferro corrugado do bando intwennyfortee. Havia pelo menos quarenta deles, cada um com seu quintal cercado e aparelho de ar-condicionado. Eles beiravam o comprimento de uma pista de pouso, no fim da qual se via um pequeno avião. Uma biruta escoiceava na direção do céu. Um gerador a diesel roncava não muito longe. Dos nativos propriamente ditos não se via sinal. Tom fitou os olhos azuis gelados. Não sentiu medo, pois, mais uma vez, era Astande, o Célere, o Retificador de Erros.

"Por quê", quis saber Tom, "era tão importante que eu trouxesse isso até aqui? Swai-Phillips ou Adams podiam muito bem ter trazido; eles vieram *de avião*, porra".

Von Sasser atirou a cabeça para trás e riu — "Aha-ha-ha" —, então parou abruptamente. Rasgou o que restava do jornal para revelar um saco plástico transparente preso com dois grampos. Dentro do ovo hermético havia cinco bisturis de aparência maligna, ajeitados como arpões embrionários. "É difícil conseguir essas belezinhas", ruminou. "Esses aqui foram fabricados pela Furtwangler Gesellschaft, em Leipzig, viu. E em resposta à sua pergunta bastante razoável, senhor Brodzinski, devido a considerações rituais, elas tinham de ser transportadas para cá junto com o indivíduo para cuja operação irão servir."

Von Sasser dardejou um olhar significativo sobre Prentice. Então, com um "Hup!", jogou a embalagem com os instrumentos para Swai-Phillips, ao lado, que a pegou no ar e disparou na direção do prédio escolar, ainda ganindo: "O cara, huu-ii, é! Ele é o cara!"

Era uma visão perturbadora, mas Tom se concentrou no que o antropólogo acabara de dizer. "Considerações rituais de quem?", inquiriu.

"Ora" — sorriu Von Sasser —, uma expressão preocupada — "minhas, é claro".

Adams ficara mais para trás durante esse diálogo. Agora se aproximava deles, dizendo: "Acho que todas as, aah... explicações necessárias virão no devido tempo, Tom. Você deve estar cansado depois dessa viagem longa. Creio que arranjaram acomodações para vocês na Escola Técnica. Permitam-me acompanhá-los até lá. Herr Doktor convidou vocês — eu" — fez um gesto se incluindo — "todos nós para jantar na casa dele dentro de uma hora. Estou certo de que terá a bondade de dar mais esclarecimentos".

Mas o antropólogo esquelético não mostrou a menor reação diante dessa representação diplomática. Girou nos calcanhares, galgou guinchando os degraus e desapareceu no chalé de bolo de gengibre.

A Escola Técnica estava abandonada, mas com algo de anômalo. Uma camada espessa de poeira vermelha cobria os amplos corredores, e todas as classes tinham as janelas quebradas por pedras. Um ar de desuso crônico pairava ali dentro — cheiro de bolor, acúmulos de moscas mortas depositados sobre todas as superfícies. E, contudo, a destruição gratuita estava confinada a atos isolados de vandalismo: uma fotocopiadora desmantelada até suas mínimas partes componentes, armários de aço que haviam sido abertos como latas de conserva, um laptop que fora quebrado em quatro partes iguais, depois cuidadosamente empilhado sobre uma carteira.

Adams separou uma das classes para Tom, a outra para Prentice e a seguinte para Gloria, que ficou para trás, alisando seu manto junto a quadros de avisos vazios, enquanto os dois percorriam os corredores. Prentice esperava do lado de fora, recostado numa parede, fumando.

Tom juntou quatro carteiras, depois desenrolou seu swag na plataforma espaçosa. Retirou o terno curto do fundo da surrada bolsa de voo. No banheiro dos meninos, fez a barba o melhor que pôde. Teve de se curvar muito para conseguir ver algumas áreas do rosto queimado no único pedacinho de espelho remanescente.

Quando voltou à classe ele se vestiu, depois pegou o canivete e extraiu o maço de notas de seu esconderijo nas *Canções dos tayswengo*. Acabara de enfiar o dinheiro no bolso do paletó quando o ruído de uma barra de ferro começou a reverberar contra a única vidraça intacta.

A barra continuava em ação quando Tom saiu pelas portas da entrada. Levava os Galils pendurados um em cada ombro; segurava o jogo de panelas pela alça do pacote e, conforme caminhava para o chalé de Von Sasser, elas batiam barulhentamente contra sua perna. Quando Tom subiu os degraus da varanda, Swai-Phillips deixou a pancadaria de lado e retomou o palavrório. "Iii-háá!", gritou como um vaqueiro. "Salve lá, caubói, estou vendo vosmecê com meu oio bão." Sem qualquer transição, transmudou-se num pregador exaltado. "Tu estás aqui para te curvar perante o *homem*, vem e reverencia o *homem*! Pois ele fala de muitas coisas! Ele guarda uma mi-rí-a-de de revelações! E sim! Em verdade vos digo! Ele diz a *verdade*!"

Tom pousou a mão no ombro nu de Swai-Phillips e, preocupado, disse: "Qual o problema com você, Jethro?"

Na mesma hora, o advogado se transformou: seu bigode-e-cavanhaque burlesco ficou paralisado em suas feições poderosas. Em meio ao punhado de acessórios pendendo de seu pescoço, ele pescou os grandes óculos de surfista. Atrás dessa máscara reassumida, explicou com fervor para Tom: "Nada errado, Brodzinski. Eu tenho um trabalho a fazer e vou fazer, né. Sou o historiador dessa comunidade. Posso não ter sido abençoado com o estilo mais refinado do mundo, mas-isso-não-é-problema-seu…" Em sua pressa de parecer são, Swai-Phillips atropelou loucamente as palavras: "…sonecessarioqvocemissuasimpressoenssuasprimeiro."

Enfiou um gravador digital na cara de Tom: "Podesshomemajornadelesarebeliãomeioqutipoisso, né?" Tom empurrou o aparelho para o lado, e no lugar apareceu uma câmera. Swai-Phillips ficou apertando o botão, enquanto disparava: "ImportantedafotoanglossunegranprojedeVonSassernoquartelgeneraldopropriohomem, viu." Tom pôs a mão diante da lente do zoom e delicadamente abaixou a máquina. Depois contornou o advogado e entrou na casa.

Uma mesa comprida com tampo de fórmica estava posta para o jantar, com pratos de Tupperware, canecas plásticas coloridas e facas e garfos de plástico. A sala era muito maior do que Tom imaginara, e tinha espaço suficiente para que três grupos distintos de pessoas houvessem se formado. De pé junto às paredes havia mulheres tayswengo vestidas com togas pretas e ostentando os penteados discoides. Imediatamente atrás de cada cena no lugar havia mais mulheres tayswengo, só que essas trajadas como garçonetes bávaras em dirndls e aventais bordados com flores. O cabelo delas fora untado e repuxado em tranças. Atrás da mesa, reunidos junto a uma lareira com toros de pinheiro estalando sobre a grade, estavam cinco anglo: Brian Prentice, Gloria Swai-Phillips, Winthrop Adams e Erich von Sasser. Junto com eles estava Vishtar Loman, o médico do Vance Hospital.

Tom tentou cruzar o olhar com o doutor Loman, mas este se absorvia numa conversa com o antropólogo. Atalaya Intwennyfortee se encontrava entre as mulheres tayswengo, seu talhe esguio ocultado pelo pesado pano escuro. Também ela evitou o olhar de Tom, ocupando-se em bulir com a barra de seu manto.

Notando a chegada de Tom, Von Sasser interrompeu a conversa e se dirigiu ao grupo: "Senhores, dona Swai-Phillips, o jantar está servido."

Von Sasser sentou à cabeceira da mesa, os demais anglo, no lugar que fosse mais próximo. Os nativos se acocoraram onde quer que estivessem. As garçonetes entravam e saíam da cozinha, depositando pratos e mais pratos sobre a mesa: chucrute, Wiener schnitzel, linguiças, batatas cozidas, um caldo com massinhas de algum tipo boiando dentro. A luz do sol poente filtrava através dos entalhes ornamentados das janelas, espalhando brilhantes formas de coração entre as travessas cheias de gordura.

Von Sasser ergueu o rosto de sua tigela de sopa e viu os Galils que Tom encostara junto à porta. "Armas, senhor Brodzinski? Não temos nada disso por aqui. Esta é uma casa pacífica."

"Desculpe", disse Tom. "Meu pagamento restituitório para Atalaya — para os intwennyfortee."

Levantou para tirar os fuzis dali, mas foi superado nisso por Swai-Phillips, que galopou até a porta e os apanhou primeiro.

"Estou com os dez mil aqui também." Tom sacou o maço de dinheiro de seu bolso.

"Sério?" Von Sasser não pareceu nem um pouco impressionado. "Bom, Atalaya, sem dúvida nossos amigos geniosos lá do norte podem usar essas armas de fogo; o dinheiro vai para o fundo comunitário. As panelas, *você* pode ficar com elas."

Como uma flecha, ela foi até Swai-Phillips, pegou os fuzis e os pendurou destramente nos ombros. Depois, apanhou as panelas e partiu. Na quietude do anoitecer, deu para ouvi-la se afastando rumo ao acampamento nativo, as panelas retinindo. Swai-Phillips tomou o dinheiro das mãos de Tom e desapareceu numa sala dos fundos.

Murcho, Tom sentou. Não era para ser daquele jeito. Sua expectativa fora de uma cerimônia elaborada, dançarinas graciosas, de preferência nuas, rebolando em fila na sua direção. Depois uma tremenda ululação enquanto ele era absolvido por um makkata saltitante. Em vez disso, tudo que restou foi esta cena esquisita: os anglo, atendidos pelas mulheres caracterizadas como fräulein, impassivelmente abrindo caminho de prato em prato da pesada comida, empurrando tudo com canecas de vinho branco leve e seco.

A certa altura, Prentice ergueu os olhos de seu schnitzel e disse: "Eu trouxe o riba..."

Von Sasser o cortou com um meneio de sua faca. "Não precisamos falar sobre isso, também", disse. "O doutor Loman vai cuidar disso no dispensário amanhã, viu." O antropólogo pegou um naco de pão de centeio e jogou para as mulheres tayswengo sentadas no chão. Uma delas habilmente o apanhou e dividiu com as companheiras.

Von Sasser agia, pensou Tom, mais como um monarca do que como um cientista social. Havia uma superioridade insensível em cada palavra e gesto que dirigia aos tayswengo, enquanto os anglo eram seus cortesãos: tratados com civilidade, às vezes, embora tão destituídos de poder quanto aqueles que os serviam.

Quando a noite caiu, as garçonetes trouxeram antiquados lampiões a óleo de latão com graciosos abajures de vidro. A suave luz amarelada se projetou, enchendo o chalé com a destilação de outras e mais elegantes épocas. À mesa, conversava-se sobre tudo: falavam da caça, das chuvas, da carência de suprimento devido ao informe de bandidos espalhados pelos milhares de quilômetros da trilha para Trangaden — tudo isso questões de previsível importância para uma isolada comunidade do deserto.

Adams, sentado à direita de Tom, estava falante, desinibido, até. Também estava — Tom ficou espantado de ver — fumando. Mas então todos os anglo estavam fumando. Fumando antes que a comida fosse servida, fumando entre os pratos e — no caso de Prentice e Von Sasser — fumando até durante, mandando fumaça e comida pra dentro simultaneamente. Enquanto isso, entre as mulheres tayswengo acocoradas ao longo da parede, subia o ruído chapinhado da mastigação de engwegge.

Depois que a derradeira fatia de apfelstrudel fora servida, o pote com creme dera seu último giro e os convivas se serviram de uma generosa colherada, Von Sasser empurrou sua cadeira para trás, reacendeu o cachimbo e pediu: "Schnapps! Café! Agora mesmo!" As garçonetes se apressaram ao ouvir a ordem, seus dirndls raspando no encosto das cadeiras, seus aventais sugestivas áreas brancas à luz dos lampiões.

Tom engoliu de um só trago a primeira dose do espesso schnapps e seu copo voltou imediatamente a ser enchido. Uma calorosa turvação começou a envolvê-lo: havia algo de quase sexual naquela cena gemütlich, aconchegante. Gloria trocara sua toga negra por um vestido branco de colarinho alto com saia rodada, e Tom se imaginou erguendo-o e explorando as áreas brancas dela.

Ele — ela — *eles* tinham sobrevivido, sobrepujado os rebeldes, passado pelas Tontinas e atravessado o deserto. O primeiro pagamento de reparação fora feito — e daí se tivesse de haver outros? Nada era mais aterrorizante do que o desconhecido. Além do mais, Tom era devidamente astande, agora: retificara seu erro mais flagrante. E sobretudo, ainda que a fumaça de tabaco pairasse pesadamente sobre a mesa como gás mostarda num sistema de trincheiras, era também — exultou — uma pessoa completamente livre do cigarro, não mais um fumante, de forma alguma.

Era livre para se perder em meio às mechas e anéis de cinza e azul, para apreciar esteticamente essas sutis pinceladas na tela fulgurante do interior do chalé — uma interpretação pictórica da atemporalidade mesma do próprio presente, que, de um segundo para outro, se alterava inescapavelmente. Até Von Sasser assumira um ar benigno. Não era nenhum gavião — mas uma elegante garça de Audubon, sua silhueta aerodinâmica ataviada numa plumagem sedosa, esfumaçada.

Mesmo assim, quando o antropólogo bateu a haste do cachimbo contra a xícara de café, Tom compreendeu que isso não era meramente uma ordem para se fazer silêncio; era também o martelinho soberano do mestre de cerimônias, sinalizando o início de um longo discurso — uma prédica solene, talvez —, e que o próprio orador não toleraria interrupções.

15

"Sou um antropologista — não um apologista, viu." Um rastilho de murmúrios divertidos percorreu a mesa, mas Von Sasser o extinguiu com um sibilo espumejante de fumaça de cachimbo. "E enxergo a moralidade humana, em última análise, né, como um atributo puramente instrumental dos sistemas sociais."

Para ilustrar esse argumento, Von Sasser abriu o estojo de bisturis pousado junto a seu lugar na mesa, tirou um e usou-o para seccionar um tumor aneliforme no fog tabagístico. "As melhores intenções de um homem ou de uma mulher não contam para nada, né, quando o resultado de suas ações é a dor infligida a uma outra pessoa, mais fraca." Ergueu a haste do bisturi para Prentice, que se encolheu, e depois voltou a guardá-lo.

"'Boa vontade'", cuspiu com desprezo Von Sasser, "que droga de oxímoro é esse!" Deu uma risada sardônica, e Prentice, interpretando mal seu tom, cacarejou junto, um puxa-saco de risadas. "Vejam bem" — o antropólogo passeou o olhar pelo diplomata, o médico e a assistente social — "*má* vontade é igualmente um despropósito.

"Os políticos lá do sul, morrendo de medo, choramingam sobre conquistar corações e mentes — e chamam isso de boa vontade. Agora, esquecendo um pouco a verdade — que o que eles gostariam é de arrancar corações negros e fazer lavagem cerebral nas mentes negras —, vamos pôr da seguinte forma: a boa vontade deles é na verdade" — fez uma pequena pausa — "a vontade *divina*, porque todas as ideias de livre-arbítrio humano se resumem à mesma droga de conversa fiada de sempre. Sabemos, no fundo de nossos corações animais, cada droga de primata que somos, que tudo que fazemos, nós fazemos instintivamente. Desde pintar a droga da Capela Sistina até dar uma mijada, viu.

"Se me perguntarem o que é Deus", declamou Von Sasser, "então minha resposta está aqui: estão vendo esta mariposa?" Todos os olhares se fixaram na mariposa que rodeava o lampião. "Agora olhem para a sombra dela." Os olhos deslizaram para a parede, onde a sombra se agitou por um momento, depois foi engolida por uma escuridão maior.

"Deus está morto." O antropólogo limpou o pó de mariposa do tampo da mesa. "E todas as ideias de livre-arbítrio humano vão morrer com ele — ou ela, ou seja lá o que for. Pergunto a vocês: será que um homem ou uma mulher não podem ser programados para realizar, como um robô, qualquer ação, por mais que isso contrarie suas intenções? Vocês sabem que sim. Somos todos ratos de laboratório, sem droga de Jeová, Alá ou Javé nenhum usando seu casacão branco. Só uma coisa é indiscutível: se uma determinada ação não contribui para o bem, então ela é, por definição, uma ação má; e esse indivíduo — acredite *ele* no que acreditar" — os olhos fundos do antropólogo recaíram sobre Prentice — "é uma pessoa má".

Uma coisa curiosa estava acontecendo: à medida que as palavras de Von Sasser iam ficando mais duras, seu tom de voz abrandava. As vogais rouquenhas se suavizavam, a nata áspera das consoantes era batida num creme doce de Mitteleuropa, os vius e nés morriam estrebuchando conforme os picos interrogativos inúteis se achatavam numa linha reta cardíaca.

"Então", prosseguiu melosamente Von Sasser, "vocês me fazem a próxima pergunta lógica: o que é esse 'bem' de que estou falando? Eu explico. O indivíduo, a família, o grupo, a tribo, o setor que está no poder — cada um vai atrás do benefício próprio explorando o outro indivíduo, família etc. etc. Quem deve ser o juiz, agora que a mariposa virou pó? Um ditador fascista? Ou, como nas partes brancas deste país e nas pátrias de nossos visitantes, uma ditadura eleita — ainda que com o sufrágio da apatia?"

Reacendeu o cachimbo e tomou um copo de schnapps. Espiando dentro do seu próprio copo, Tom viu uma espiral iridescente formada no líquido translúcido. Virou de um trago, e seus olhos rodopiaram com o espectro. As chamas gordurosas dos lampiões a óleo pretejaram, depois voltaram a clarear. Tom sentiu vivamente o vazio maciço do deserto em torno, uma câmara de nuvens com léguas e léguas de amplitude, através da qual vagavam as vaporosas visões de Von Sasser.

"Bom, nós — *o povo*, quer dizer" — sorriu um sorriso de tubarão — "sempre desejamos uma união mais perfeita, justiça em nossas vidas, quando não também na de nossos irmãos escuros. Harmonia doméstica, defesa mútua, bem-estar comum — a bênção da liberdade —, hoje, e por toda a posteridade! Frases de efeito, sem dúvida, mas que não passam de cortinas de fumaça, mesmo assim". O bisturi entrou em ação novamente, operando o carcinoma fumarento que metastaseava de minuto a minuto.

Uma única garçonete permanecera sem se juntar às mulheres encolhidas contra a parede. À exceção de Tom e Prentice, os anglo cochilavam. Durante a refeição, Tom escutara a algaravia demencial de seu advogado orbitando a sala. A voz de Swai-Phillips descia das vigas, entrava flutuando através das janelas, chegava até a subir pelo assoalho. "Ele diz o que é e não se discute, né. Ele fala o que sabe, viu. Hora de escutar, suas drogas de achavascalhados! Hora de prestar a-ten-çãããoooo!" Até que finalmente ele entrou de fininho e foi se agachar junto com as nativas.

Von Sasser retomou a oratória. "Quanto mais afetuosamente ambiciosa a nação na esfera doméstica, mais rapace sua aventura no estrangeiro: o estandarte de Roma espetado no coração bárbaro, a mão de ferro de Cromwell socando o rim irlandês, os belgas com todo seu neutralismo ainda espalhando o terror por aqui. Quem decide o que é e o que não é 'o bem'? Ora, os que estão no poder — todo mundo sabe disso.

"'Porque a todo aquele que tem será dado e terá em abundância, mas daquele que não tem, até o que tem será tirado.' O colonizado foi ensinado a oferecer uma face após a outra, enquanto recebe um tapa depois do outro."

Von Sasser parou, e Tom se perguntou aonde ia tudo aquilo. Seria endereçado a Prentice, sentado do outro lado da mesa, seu rosto, mesmo à luz dos lampiões, pálido e achatado como papel? Nesse caso, seria isso o preâmbulo para uma justiça ainda mais drástica do que a contemplada pelo próprio Tom? A garçonete serviu-lhe mais uma dose, e ele a injetou no carburador de sua boca, onde entrou em combustão. Tom engasgou, resfolegou incoerências, faróis o iluminaram — de dentro de seus olhos.

Ignorando isso, Von Sasser continuou: "Claro, os tempos mudam, e em vez de admitir que quer extorquir sua bauxita, o ônus do homem branco se tornou a latinha de Coca que produz com ela, e a droga do preço pra manter ele a distância, vocês são desajuizadamente pobres demais pra bancar. E em seus próprios despotismos de estupidez, os anglo maltratam seus velhos, seus doentes, seus desempregados, com um conceito do que seja 'o bem' que fede a formaldeído e necrotério. O utilitarismo dele — só merece a droga do meu desprezo! A nobre pólis ateniense reconstruída — na terra do nunca — numa ala de hospital geral. Negam a cicuta a Sócrates e ele ganha uma bomba de morfina — como se isso fosse a morte de algum tipo!"

O dirndl roçou na orelha de Tom; a dose foi servida. Antes de beber, Tom cometeu a temeridade de interromper o antropólogo: "Com licença, âh, Herr Doktor, mas o que exatamente é esse negócio? Tem um gosto meio estranho."

"Uma gota de gasolina", falou Von Sasser. "Só uma gota, veja bem. As tribos do deserto cheiram, e bebem — é uma droga de flagelo. Insisto com todos os meus convidados que provem um pouquinho. Como homem de medicina, posso assegurar que não vai fazer mal nenhum."

Homem de medicina? Tom se preparava para questionar Von Sasser a esse respeito, quando o antropólogo mudou de rumo: "Quando meu pai chegou aqui, há cinquenta anos, ele encontrou essa gente" — fez um gesto na direção das nativas agrupadas — "à beira da extinção. Winthrop... Gloria, Vishtar — eles já ouviram essa história muitas vezes antes..." E, além do mais, pensou Tom, ouvir está além da capacidade deles.

De fato: o escrupuloso cônsul afundara debruçado na mesa, enquanto tanto Gloria como Loman reclinavam-se para trás em suas cadeiras. Os roncos de didjeridu de Gloria eram um acompanhamento monótono para o palavrório contínuo de seu primo: "Ele é o cara, né, o homem, o número um. Escutem só!"

"...mas eu acredito ser importante para os recém-chegados conhecer as circunstâncias do que enfrentamos aqui.

"Como eu dizia, meu pai chegou aqui como um jovem antropólogo. Ele tinha estudado com Mauss, com Lévi-Strauss — estava ansioso em realizar trabalho de campo e criar um nome para si. Naqueles dias, bom" — Von Sasser espantou um gênio de fumaça com um meneio de mão — "as autoridades em Capital City eram tão despudoradas quanto são hoje. Ele conseguiu com facilidade uma licença pra trabalhar entre o povo do deserto. Então, quando ele chegou — numa droga de comboio de Land Rovers! Todas sobrecarregadas com barracas de lona, picaretas, pás, todas as ferramentas e suprimentos que precisava pra passar seis meses numa terra selvagem! Sabe" — curvou-se para a frente, apontando Tom com a haste de seu cachimbo — "a própria antropologia sempre foi uma espécie de imperialismo: a nobre conquista da legitimidade... Sim, quando ele chegou, em vez de uma droga de estado natural, o que ele descobriu foi que os belgas muito tempo antes já tinham arrebanhado todos os homens, mulheres e até crianças saudáveis que puderam encontrar e colocado pra trabalhar em Eyre's Pit. Vocês viram a mina, né".

"A gente, ãh, deu uma passada quando vinha pra cá", disse Tom. "É... sei lá... assustador..."

"Assustadora, exatamente! E isso agora, quando tem a mecanização, e mineiros anglo também ali embaixo. Na época, bom, centenas — milhares — estavam morrendo toda droga de mês. Sendo forçados, na mira do fuzil, a cavar minério com a droga das mãos nuas.

"A companhia mineradora matou toda a caça — não tinha nada pro povo comer. Uma geração inteira — duas, talvez — já tinha sido dizimada. O governo encorajou o genocídio, oferecendo cinicamente o que eles chamaram de 'auxílio-desenvolvimento' a cada nativo recrutado pra encontrar a morte certa na mina. Não tinha nada de monitores de direitos humanos naqueles dias, senhor Brodzinski. Nada do aparelhamento voyeurístico de uma comunidade internacional, que no nosso tempo decide ver por si mesma essas exibições de atrocidades.

"Não, isso aqui era o coração das trevas, era mesmo. E meu pai descobriu que os povos indígenas, na maioria, tinham esquecido a anatomia desse coração. Os grupos tribais — se é que tinham mesmo existido um dia, pra começo de conversa — tinham sido desfeitos. Bandos isolados de velhos e mulheres, e crianças pequenas, perambulavam pelo bled procurando água, alimentando-se dos cadáveres uns dos outros quando alguém caía morto.

"Essa gente tinha menos que nada. Zero. Nenhuma língua, só o pídgin de um anglo estropiado, nenhuma identidade, a não ser a de internos ou foragidos de campos de concentração. Não tinham canções, nem danças, nem mitos, nenhuma cosmologia — nem sequer os mais rudimentares mitos da criação, como os que a gente encontra entre os insulanos remotos. Não havia nada de rituais ou homens e mulheres santos, nada de líderes — nem tabus. O povo ignorante tinha apenas engwegge — e morte."

Von Sasser mergulhou no silêncio e reacendeu seu cachimbo. A sucção da chama do fósforo para dentro do alto fornilho cerâmico lançou pontos luminosos de loucura nos botões pretos dos olhos de Prentice — pois ele estava em transe. Os demais anglo roncavam, Swai-Phillips murmurava, as tayswengo mastigavam ruidosamente seus nacos de nicotina.

Enfim, Tom arriscou: "Bom, ãh, se o senhor não se incomoda de eu querer saber, o que seu pai fazia?"

"Boa pergunta, senhor Brodzinski. Vou dizer o que papai fazia." O tom do antropólogo abrandou ainda mais, um afago didático: "Ele os ensinou, foi isso que ele fez. Ele destilou tudo de seu estudo de outros povos tradicionais, destilou tudo de seus mitos, canções e danças, extraindo um sistema de crenças novo e viável para essas almas desenraizadas a um ponto terminal. Concebeu todo um novo vocabulário para eles, depois enxertou isso no toco que permanecera onde a própria língua deles fora amputada. Então ele ensinou isso também. Claro que uma instrução como essa teria sido impossível para uma mera plebe, então papai gerou novos sistemas de parentesco, ao mesmo tempo em que os inculcava com os rudimentos de uma hierarquia.

"Isso era uma droga de trabalho de campo genuíno: meticuloso, lento, doloroso — cada passo do caminho profundamente *engajado*. Papai tinha algo que era bastante raro no mundo naqueles dias, e que hoje desapareceu completamente: era um homem heroico — um super-homem, talvez. Ele tinha todas as habilidades necessárias. Sabia caçar, era um campeão de tiro, sabia medicar, falava grego homérico fluente, e tinha um bordado indistinguível — para um especialista —, dos que eram feitos pelas costureiras vienenses mais refinadas. Ele fez os dirndls. Mesmo assim, essa empreitada testou suas forças até o limite — e contudo ele persistiu, ano após ano.

"Levou vinte anos pra ele educar um grupo nuclear dos nativos — o bando que ainda mora hoje aqui comigo. Ele os chamou de Bando Intwennyfortee, pois ele planejava a longo prazo, papai, a perder de vista. Por volta dessa data, 2040, ele esperava — *acreditava* — que toda essa terra estaria sob a influência dessas novas-velhas tradições. Se eu for capaz de dar continuidade ao nobre trabalho que ele começou há tanto tempo, bom", suspirou o antropólogo, "talvez esteja.

"Na época em que eu estava terminando a escola na Baviera, o processo mais amplo de disseminação estava em andamento. Partindo daqui, emissários iam para o norte e para o oeste. Atraídas por esses pioneiros orgulhosos, as tribos que hoje são conhecidas como os inssessitti, os aval e os entreati se juntaram.

"Minha mãe..." A voz de Von Sasser ficou tensa, depois vibrou de emoção. "*Fair* Elise." Seus dedos tocaram algumas notas nas teclas de fumaça. "Era uma mulher de inteligência incomum — as sensibilidades mais refinadas. Apoiava papai incondicionalmente. Não era com ela a droga de choradeira que as mulheres fazem hoje em dia, com essa lengalenga sobre 'satisfação sexual' e 'minha carreira', transformando seus homens em criadas com pênis!

"Acho que meus pais não passaram mais que três meses juntos em todo o casamento deles — que durou mais de quarenta anos. Minha mãe compreendia o enorme significado do trabalho dela, sabia que seus sentimentos não tinham a menor importância, enquanto só o conhecimento de que em algum lugar por aí, lá fora, no deserto, uma menina — ou menino — estava sendo infibulado, isso era realização suficiente pra ela. Quando papai mandava instruções, minha mãe seguia ao pé da letra.

"Ele decidiu que eu deveria ir para a universidade, primeiro para estudar antropologia, enquanto meu irmão, Hippolyte, veio direto pra cá, estudar direito em Capital City. Se algum de nós nutria qualquer outra ambição — atuar na poesia ou na rebelião, viajar pelo mundo, talvez —, ela não passou de *arrière-pensée*. No fim da adolescência a gente já sabia nosso destino: Hippolyte ia se tornar o agente secreto de meu pai, trabalhando dentro da própria lei para solapar a hegemonia dos anglo; enquanto eu viria me juntar a papai, aqui, assim que completasse meus estudos em medicina, depois me formasse como cirurgião."

"Cirurgião?" Tom não deixou passar a inconsistência. "Pensei que tinha dito que estudara antropologia."

"Em primeiro lugar, a antropologia!", retrucou Von Sasser. "Depois, em seguida, a medicina. Papai tinha duas tarefas vitais pra mim — eu era, pode-se perceber, sem dúvida, seu filho preferido. Primeiro, devia infiltrar sua ousada síntese criativa nos periódicos acadêmicos relevantes. Aqueles parvos empobrecidos!", riu ele. "Com sua mania de sistematização, sua reciclagem incessante de lixo mental que eles chamam de conhecimento!

"Eu agitei essa gente em favor do meu pai, a fim de obter o imprescindível reconhecimento do meio acadêmico. No devido tempo, os trabalhos acabaram sendo reunidos e publicados como *As canções dos tayswengo*."

"Mas... então...", arriscou Tom timidamente, "vocês, tipo, inventaram tudo?"

"Senhor Brodzinski — Tom —, e por acaso não é tudo sempre uma *tipificação*? Afinal os grandes doutores do Ocidente também não, tipo, inventaram tudo? Com seus Espíritos do Mundo, seus bons selvagens, a droga dos seus imperativos categóricos? O que passa como sendo o epítome do conhecimento ocidental não é menos criativo e — se me perdoa uma dose de orgulho — muito menos bem escrito do que as histórias que papai e eu criamos?

"Nossa obra, Tom, foi uma moralidade *instrumental*, não a 'vontade' de um deus celeste ilusório. Papai — ele enxergou a longo prazo. Nos anos que se seguiram nossos esforços literários permitiram que Hippolyte lutasse pela incorporação das leis consuetudinárias nativas nos códigos civil e penal dos anglo, assegurando assim para nós — para as tribos do deserto — um fluxo permanente de renda."

"Você quer dizer — meus dez mil?"

"Exatamente, Tom. É uma forma elegante de justiça, pode-se dizer. Sem dúvida, mais elegante que a deles, que é o que mesmo? O cálculo mais cru da existência humana — um ábaco de pequenas vidas, contas deslizadas de um lado para o outro por contabilistas espirituais.

"O que eles querem, Tom? Puxa, logo você, mais do que ninguém, já devia saber, a essa altura. Seis bilhões? Nove? Cem bilhões de primatas humanos conspurcando a bolinha desse nosso mundo já tão maltratado — é isso que eles entendem por 'bem'. Será isso que eles — que você — quer?"

Isso não era, pensou Tom, uma pergunta que exigia uma resposta — ainda mais vinda dele. Seus olhos arderam, e ele sentiu o resíduo oleoso da última dose de schnapps escorrendo por sua goela.

Agora Von Sasser inclinava o bico de águia na direção de Prentice e grifava: "E também tem as crianças, hein, Prentice? A gente não pode se esquecer delas, pode?"

Prentice deu uma acordada. O cigarro entre seus dedos se extinguira. As feições de cera haviam derretido no calor noturno. Fitava paralisado Von Sasser, um débil roedor imobilizado por garras implacáveis. "Oush, não", expectorou, "a gente não pode". Então endireitou o corpo com um movimento brusco e esmagou a guimba do cigarro no cinzeiro entupido.

Um cão selvagem uivou no deserto, lamento que foi seguido de outros por todos os lados do chalé tirolês. Tom pensou: talvez se eu abrir as janelas eu veja flocos de neve cintilando à luz da lua, um grupo cantando hinos natalinos sob uma lanterna alegre. Eu fodi com tudo lá nas dunas — mas pode ser que ele me dê uma segunda chance, quem sabe?

"As crianças, isso...", ruminou o antropólogo enigmaticamente, e pousou o longo cachimbo, enfim. "Isso nos traz ao ponto onde começamos." Os olhos fundos sorveram o assentimento tácito de Tom e Prentice. "Estamos plenamente de acordo, então: a moralidade é *sempre* uma questão instrumental. Para os governos anglo esses instrumentos são o levantamento topográfico, a curva do sino e o estatístico que tem tanta imaginação quanto este garfo de plástico." Ergueu-o e cuidadosamente quebrou um único dente. Aquilo então se tornou um bastão em miniatura, com que conduziu suas observações finais.

"Passei mais uma década adquirindo as habilidades necessárias para facilitar a ideia de bem de meu pai." O microbastão balançou na direção do estojo de bisturis. "Ele havia chegado a um impasse. Esse povo tinha sido cultivado por ele, isso mesmo — mas papai não cuidara da colheita. Eles continuavam passivamente no caminho das segadeiras anglo. O que precisavam era de místicos, agentes provocadores, carismáticos capazes de galvanizar o corpo político embrionário! Meu pai — que não tinha nenhum treinamento médico, muito menos cirúrgico — confiava em mim para consegui-los."

Von Sasser flexionou a vareta entre os delgados dedos de cirurgião; com um "ping" mal audível, um pedacinho quebrou e voou na testa do cônsul, depois caiu sobre a mesa. Adams se mexeu e deu um grunhido, a baba escorrendo da boca aberta.

"E agora, senhores, chega por essa noite." Von Sasser arrastou a cadeira para trás e se levantou. "Voltaremos a nossas discussões amanhã. Muito bem!"

Discussões, pensou Tom, dificilmente era a palavra adequada.

O antropólogo metralhou as nativas encolhidas contra a parede com os projéteis fonéticos traçantes da língua inventada por seu pai. Elas se ergueram — penitentes, monacais em suas togas negras — e fizeram fila. Swai-Phillips assumiu a rabeira com seu cantochão ritmado — "Oh, yeah! O cara, okay, o cara — ele falou e disse. É o dono da língu'esp..." que foi sumindo no negativo prateado do deserto estrelado.

O êxodo dos anglo foi uma cena menos graciosa. Obstinadamente, Adams, Loma e Gloria decidiram todos agir como se houvessem absorvido avidamente cada palavra de seu anfitrião. Agradeceram e se despediram sem pressa, elogiando Von Sasser pela comida, a bebida e a conversa. Mas quando puseram o pé na varanda e cambalearam pelos degraus, foram traídos por suas pernas entorpecidas.

Tom e Prentice vinham atrás.

"Até amanhã, então." Von Sasser acenou-lhes boa noite do alto da escada. "Tem umas coisas que eu queria que vocês dois, em particular, vissem, né."

Tom foi para seu swag na sala de aula da escola abandonada, refletindo sobre como podia ser que, enquanto predicava, o sotaque de Von Sasser remetesse ao Hemisfério Norte; e contudo, assim que terminou, as guinchantes vogais aborígenes puseram as asinhas de fora.

Conforme se despia, Tom admirava a têmpera magra de seus membros forjados no calor. Enfiou-se na bolsa de lona e logo pegou no sono.

Durante a noite, primeiro um dos gêmeos, depois o segundo rastejou ali dentro com ele. Tom enterrou o rosto na penugem macia de suas costinhas. Mais tarde, mais perturbadoramente, Dixie se juntou a eles. Tom teve de ajeitar um dos gêmeos entre seu corpo e o da filha, a fim de não pressionar inadvertidamente sua virilha contra a coxa dela. Finalmente, pouco antes de amanhecer, Tommy Junior entrou na classe. "Cadê você, pai?", chamou sob a luz anêmica. "Cadê você?"

Tom queria responder para o filho adotivo, mas viu-se estorvado pela carnal camisa de força de sua própria carne. Estava enxergando Tommy Junior perfeitamente bem, mas o garoto não tornava as coisas mais fáceis para si mesmo. Ele se recusava — ou era incapaz — de remover o game portátil da frente dos olhos, de modo que trombava contra as carteiras e batia nas paredes.

Mas não desistia: "Cadê você, pai? Cadê você?" Seu próprio percurso errático no labirinto de móveis reproduzia o dos minúsculos avatares na tela que o hipnotizava.

Dixie, o súcubo, rolou e puxou a coxa de Tom entre suas pernas. Era ela quem estava com uma formidável ereção matinal: um pilão que socava contra o pai. Ele gritou, mas havia uma rocha rolada sobre sua boca, e o grito ecoou apenas na caverna de seu crânio.

Entre o sono e a vigília, a paralisia e a fuga, o mitológico e o prosaico, o existencial e o universal, Tom observou, horrorizado, conforme Tommy Junior finalmente encontrava um caminho. Ele desabou pesadamente sobre o swag, e seus irmãos de adoção desapareceram esmagados. Agora só restava o supercrescido filho cuco fazendo pressão em cima de Tom, espremendo a vida para fora de seu corpo.

Tom desgrudou os lábios inchados. Gloria Swai-Phillips sentava em uma cadeira perto da janela. Usava um vestido de algodão com padrão de papagaios, e seu cabelo estava molhado da ducha. A luz do sol refletia em seu brilho úmido, mas seu rosto estava envolto na sombra.

"Você precisa juntar as merdas das suas coisas hoje, né?"

Por que motivo seria, pensou Tom, que ninguém naquele país jamais iniciava qualquer observação com as preliminares verbais que tornam possível aos seres humanos conviver em termos amigáveis? Toda conversa era ríspida como uma instrução militar. Ele deslizou e ficou ereto na camisinha lubrificada de suor do swag.

"Sei, sei", respondeu, tateando sob o colchão para se certificar de que o envelope com a tontina continuava ali.

"Acho bom saber mesmo, viu?"

Ela se levantou e seu vestido abriu. O púbis se expôs em sua nudez, exceto por um tufinho púbere. O rabo de camundongo de um absorvente íntimo pendeu de sua fenda. Ela se dirigiu à porta num desleixo de esposa. *Estou com um sangramento, Tom... e a culpa é sua...*

Enquanto se vestia, Tom refletiu na noite anterior. Estavam todos — Adams, Gloria, Loman, o lesado Swai-Phillips — enfeitiçados por Von Sasser. Igualmente evidente era o fato de que o antropólogo os tinha em baixíssima — se é que alguma — consideração. Entretanto, com Tom ao menos partilhava um laço comum: a questão de Prentice. Podia ter acontecido de Tom ter sofrido um colapso nervoso lá nas dunas, mas o modo como Von Sasser o tratara sugeria que essa necessidade não afetava a presente situação. O importante era agir. "Sou o Célere", disse Tom em voz alta lavando o rosto bronzeado com água amarronzada. "Sou o Retificador de Erros."

O café da manhã já fora servido. Os convivas da noite anterior sentavam à longa mesa de cavalete que fora montada na varanda do chalé de Von Sasser. Um toldo os protegia do sol feroz. Havia garrafas térmicas de leite e café, sucos longa-vida e caixas de cereal distribuídos pela mesa; em meio a tudo, bandejas cheias da fruta assustadora que Tom se lembrava de ter visto no Mimosa.

"Tá vendo, Brian", disse presunçosamente para Prentice, que rebatia a ressaca com uma latinha de Coca. "Tigelas de alumínio e latas de alumínio — nem o bando intwennyfortee passa sem Eyre's Pit, então não tem necessidade de você bancar o progressista, afinal."

A longa noite de pesada bebedeira regada a schnapps paradoxalmente caíra bem para Tom. Ocorreu-lhe, enquanto mastigava seus Rice Krispies, que isso talvez fosse por causa da pequena dose de gasolina que Von Sasser pusera na bebida: pode ser que meu tanque estivesse quase vazio depois de tanto dirigir e só precisasse duma merda de reabastecida.

Ralladayo era menos intimidante à luz do dia. Tom admitiu que, a despeito do prédio escolar abandonado, e da anomalia da habitação de Von Sasser, era um povoamento propriamente dito — em notável contraste com o buraco infernal dos entreati às margens do lago Mulgrene. Os humpies dos tayswengo eram espaçosas cabanas tubulares de ferro galvanizado. Havia um bloco de chuveiros, e sob os eucaliptos arqueados, pelo chão de terra batida, viam-se diversos edifícios de blocos de concreto, um dos quais com uma cruz vermelha pintada no telhado de zinco. O mais reconfortante — com seu ar de ser um canal metalicamente eficiente com o mundo exterior — era a torre de rádio de cem metros de altura cravada à beira da pista de pouso.

Tom polvilhou mais açúcar em seu cereal e, conforme o fazia, condimentou com generosas pitadas de comedimento a diatribe excêntrica que seu anfitrião proferira na noite anterior. As crianças que brincavam na sombra com uma cria de auraca domesticado eram bem nutridas e usavam roupas limpas. As mulheres lavando roupa em uma tina comprida perto do bloco dos chuveiros cantavam alegremente. Ocorreu a Tom que Von Sasser provavelmente não era diferente de outras pessoas que ele conhecera e que se dedicavam a projetos de desenvolvimento como esse: excêntricos, talvez, e propensos a adotar a superioridade no terreno moral — mas isso era compreensível, perdoável, até, pois eles tinham o direito de estar orgulhosos.

Se Tom se sentia revigorado, o mesmo não podia ser dito dos demais anglo. Gloria, Adams, Loman — estavam todos derrubados. Falavam pouco, concentrando-se em se reidratar com suco de laranja reconstituído. Gloria exibia uma espinha de aspecto doloroso em seu queixo. As mãos de Vishtar Loman tremiam.

Nenhum sinal de Von Sasser, mas Swai-Phillips — em quem Tom pensava agora como o embruxado familiar do antropólogo — emergiu hesitante do chalé e juntou-se ao grupo. Não houve nada da algaravia "Ele é o cara!" nessa manhã. O advogado se aproximou pesadamente da mesa arrastando a perna direita atrás de si. O braço direito pendia inútil na lateral de seu corpo, e o lado direito de seu rosto estava paralisado: um lábio moroso caído sob o bigode.

Os demais ignoraram Swai-Phillips, enquanto seus grandes óculos escuros deflectiam preventivamente os comentários semiformulados de Tom. Porém, observando sua luta para comer um pouco de granola, Tom percebeu que o comportamento altamente inadvocatício do dia anterior devia ter sido ocasionado — tanto quanto a debilidade que ora se mostrava — por uma patologia das mais comuns: um provável derrame. Ele veio pra cá para ficar com seu amigo enquanto se recupera. Acho que está aos cuidados de Loman...

A presença do doutor Loman em Ralladayo era algo que incomodava Tom. Estaria ele de férias ou realizando algum trabalho tipo Corpo de Paz? Ainda mais preocupante, será que sua presença ali significava que, em Vance, Reginald Lincoln Terceiro... passara desta para melhor?

Servindo-se de outra xícara de café da garrafa térmica, Tom concluiu que Gloria estivera com a razão em Eyre's Pit, quando o confrontou por sua passividade; já estava mais do que na hora de obter algumas respostas para todas essas perguntas. Ele adotou uma abordagem oblíqua, ganhando a atenção de Adams: "O que o trouxe até aqui, âh, tão longe, em Ralladayo? Assuntos consulares?"

Os modos de Adams estavam mais reservados do que nunca, suas pausas aparentemente carregadas com a condução de uma diplomacia que só ele podia escutar. Vagarosamente, inclinou suas Polaroids para Tom: "Aah... não exatamente. É verdade que a, aah... comunidade de Erich detém o mesmo status semiautônomo de outras nações tribais, e com base nisso um funcionário consular pode ser convocado para prestar assistência a qualquer um de nossos compatriotas que estiverem aah... por aqui. Mas, nesse caso, Tom, *nem tudo* tem a ver com você."

Tom se refreou. "Nem por um segundo imaginei isso."

"Não." Adams deu de ombros, escrupulosamente. "Tenho um envolvimento de longa data com o trabalho que Erich empreende por aqui. Visitei Ralladayo pela primeira vez quando vim conhecer o norte, depois de me aposentar. As ideias dele, sua, aah... visão, sua personalidade também — tudo isso exerceu um profundo, aah... efeito em mim."

Adams parecia velho esta manhã; nem sequer se barbeara: uma cintilação prateada em suas faces equinas. Tom especulou sobre aqueles hiatos: estaria Adams vasculhando o sótão empoeirado de sua consciência, tentando encontrar uma frase útil? Ou haveria uma feiticeira entreati ali dentro com ele, elaborando esses comunicados quase improvisados? Se fosse esse o caso, então o cônsul honorário recebera toda instrução de que ora necessitava, pois num estalo voltara ao seu usual estado de atenção desperta: "Erich está imperiosamente preso com um trabalho importante no dispensário até a hora do almoço. Entretanto, perguntou-me se eu estaria disposto a mostrar o lugar para você e para o senhor Prentice — se quiserem que eu faça isso, quer dizer?"

"Claro", disse Tom.

Adams pareceu aliviado. "Isso é ótimo. Tenho voltado aqui todo ano desde aquela minha primeira visita. As férias da estação seca eu passo com meus, aah, amigos na região das montanhas — mas o Natal sempre reservo para Ralladayo. Talvez seja um pouco exagerado, mas Erich — e o bando intwennyfortee, claro — me designaram para um, aah, trabalhinho — informes, relações públicas, esse tipo de coisa. É uma tarefa que não exige nada, mas minha experiência diplomática pode ser um pouco, aah, exercitada."

Tom ia comentar que fora altamente antiprofissional da parte do cônsul esconder essa informação dele quando estavam em Vance, mas Adams já se pusera de pé, sorvendo ruidosamente o último gole de seu café puro e amargo.

Prentice também se levantara. Parecia enjoado e esfregava a área esfolada de pele vermelha em seu pescoço. Adams curvou-se e sussurrou alguma coisa na bruma ouriçada que envolvia a orelha esquerda de Jethro Swai-Phillips. Gloria e Vishtar mal ergueram os olhos, apenas murmurando "tchau" quando os três deixaram a varanda. Quando Tom olhou para trás, viu que o advogado se levantara e, desajeitadamente, arrastava a perna incapacitada para dentro.

Um bando ruidoso de galahs bagunçava pelos eucaliptos. Sua plumagem rosada e seus gritos rascantes eram vagamente sobrenaturais: seriam eles minúsculos anglo aéreos ou os intrusos brancos da ilha-continente é que haviam passado por uma mutação para se parecer com esses nativos emplumados, que encerravam todas as suas cantorias abruptas com uma pergunta: "Kraa-kra-kraa?"

Primeiro, Adams levou-os para ver o interior doméstico de um humpy tayswengo. Obediente, Tom trocou algumas palavras com a moradora orgulhosa, uma matrona de ar grave em toga preta com a bochecha estufada de engwegge. Ela apontou umas panelas parecidas com as que Tom comprara em Vance, e anunciou gesticulando que ia preparar carne de auraca.

Em seguida, caminharam até o extremo da pista de pouso. Oculto atrás de uma colina baixa havia um galpão de ferro galvanizado com dois andares de altura. O ruído do maquinário — incongruente, naquele deserto remoto — ecoava através do telhado. Quando pisaram ali dentro, Tom ficou surpreso de ver a contraparte masculina tão conspicuamente ausente no restante de Ralladayo. Ele havia presumido que estivessem fora, caçando; na verdade, estavam debruçados sobre máquinas de costura industriais e equipamentos de corte automatizados. Aquilo ali era uma tecelagem clandestina — e os trajes que os tayswengo manufaturavam eram as togas pretas.

"No começo, as roupas foram meio que uma novidade", explicou Adams enquanto passavam de estágio em estágio pelo processo de fabricação. "Mas o mercado anglo aprecia cada vez mais essas peças lindamente desenhadas para as ocupações ao ar livre."

Tom quase riu com as tentativas de Adams de bancar o marqueteiro — algo inteiramente inconsistente com sua estudada circunspecção. Mas depois, assim que saíram do galpão quente como um forno, o cônsul retomou suas investidas: "Ideia de Erich, naturalmente."

Voltaram pela pista de pouso. Ali, numa cabana modesta, ficava o grandiosamente intitulado "Centro de Comunicações". Adams teceu comentários sobre cada elemento de seu pequeno feudo — o computador, a fotocopiadora, até o filtro de garrafão — com sincero entusiasmo. Para Tom, aquilo lembrou uma criança em sua casinha de brinquedo. Em uma minúscula salinha anexa, Adams apresentou aos homens um radiotransmissor parecendo novo. "Sinta-se à vontade", dirigiu-se ele a Tom, "para ligar pra casa. A gente consegue fazer o roteamento com a rede telefônica via uma operadora, aah, solidária em Trangaden".

Depois disso, prosseguiram na direção de um humpy com o dobro do tamanho que havia ali perto, no fim da rua principal. "Isso", disse Adams, "é o orfanato que mencionei para vocês. Na verdade, é um projeto apenas, aah, secundário para a comunidade, mas Erich é particularmente devotado a ele..." O guia parou de falar e olhou ceticamente para seu grupo turístico.

Tom afundara no tédio à medida que a excursão progredira: aldeia amish, centro histórico, Ralladayo — qual a diferença? Quanto a Prentice, deixara-se ficar para trás o tempo todo, mexendo com seus cigarros, e agora empacara de vez diante do orfanato.

"Eu, ááh, senhor Adams", disse, untuosamente, "imagino que depois daqui vocês estão indo pro dispensário, hein? Se não for incômodo, dou um pulo na escola, pego o ribavirin e depois encontro vocês lá".

Se isso era um pedido vindo de Prentice, ele não esperou permissão. Afastou-se o mais rápido que pôde, com seu andar rígido e espigado de filme mudo. Tom aguardou até que estivesse longe, depois disse, cinicamente: "Sem dúvida o ribavirin vai ser útil, aqui no orfanato?"

"Não seja, aah, ingênuo", contrariou o cônsul. "Não dá pra conseguir auxiliares de enfermagem minimamente treinadas pra ministrar uma medicação potente como essa, dá?"

"Olha." Involuntariamente, Tom sentiu o encrespado tecido epispático da manga de seersucker de Adams. "Eu — eu tentei com todas as minhas forças, lá, perto de Eyre's Pit..."

Adams deu de ombros, benevolente. "Não quero mais ouvir falar nisso, Tom, já não é relevante. Além do mais, você está esquecendo quem eu sou."

O cônsul pôs um ponto final na conversa abrindo o portão na cerca de alambrado. Tom suspirou, depois seguiu as costas compridas de Adams no enorme humpy.

Ali dentro, havia funcionais berços de metal aglomerados sob a curva de ventre de baleia do ferro corrugado. Uns poucos brinquedos de plástico empilhavam-se no velho pedaço de tapete colocado diretamente sobre o chão de terra batida. Três criancinhas pequenas sentavam em silêncio perto daqueles desbotados carros-bolhas e cogumelos desmontáveis. Na penumbra, suas pupilas estavam dilatadas, e delas emanava perplexidade. Uma jovem tayswengo as observava sentada em um banquinho; ou, pelo menos, isso foi o que Tom presumiu, pois seu apoio estava completamente ocultado pelo pano de sua toga. Ela se curvou para a frente nesse plinto invisível e enxotou as moscas do rostinho das crianças com um leque de folhas.

“A senhorita Swai-Phillips está aqui, Olympia?”, perguntou Adams.

“Não.” A garota era tão letárgica quanto suas tarefas. “Ela deu uma passada, né, agora el... Ah... Não sei.”

Um ruído suave vindo de um dos berços no fundo do humpy chamou a atenção de Tom. Sem querer de fato fazê-lo — embora a resistência também parecesse se dever ao ar pegajoso de sentimentalismo —, ele caminhou até lá. Um bebê jazia enrodilhado na confusão úmida de um lençol. Distraidamente — pois a criaturinha era uma visão deprimente — Tom fitou o colchão, cujo forro exibia o mesmo padrão de flores de jasmim que ele vira no Mimosa. O tamanho era o de uma criança de um ano, mas, examinando de perto, Tom se deu conta de que devia ser bem mais velha: talvez dois ou até três anos — de modo algum um bebê. Tinha o rosto murcho, a pele escamada e coberta de protuberâncias — em alguns lugares, rachada e supurando. A criança era de uma raça mestiça.

“É... aids?”, perguntou Tom.

“Não” — o cônsul foi jovial — “embora de fato a gente tenha alguns casos na região. As jovens andam por aí, nos postos de serviços. Ela se envolvem em, aah, dificuldades. Não, esse sujeitinho tem psoríase — Vishtar me disse que é, aah, hereditário”.

Quando as Polaroids revelaram os olhos do cônsul, Tom os buscou. "É isso", perguntou, "que você queria que eu visse?"

Adams não olhou diretamente para ele. "Eu não queria que você *visse* nada, Tom", rosnou, com ar pesaroso. "Queria que você *fizesse* algo."

Prentice os esperava sentado do lado de fora do dispensário. Entreolhou Tom através do véu de fumaça que sempre o cobria, aparentemente tentando aferir a reação de Tom à visita no orfanato. Em lugar de responder a isso, Tom estendeu a mão e ajudou o sujeito patético a ficar de pé.

"Dispensário" era um termo inapropriado para o prédio de blocos de concreto, que era quase tão grande quanto a escola abandonada. O lugar possuía uma ampla área de espera apinhada de mulheres tayswengo segurando bebês enfermos o bastante para estar lá, embora fortes o bastante para berrar a plenos pulmões. Podia-se ver ali também uns poucos nativos do sexo masculino — e eles também exibiam uma reconfortante falta de estoicismo. Haviam sofrido uma variedade de cortes, ferimentos e, no caso de um que reclamava vivamente, um tiro de pouca letalidade. Sempre que algum apoquentado auxiliar de enfermagem aparecia, os tayswengo voavam em cima, dele ou dela, mostrando a parte — ou criança — afligida enquanto imploravam para ver o médico.

Todos recebiam a mesma resposta: "O doutor Loman está ocupado ajudando o cirurgião, hoje — vocês todos sabem disso, né."

Prentice estendeu suas caixas de ribavirin pra uma das enfermeiras, que as repudiou sem qualquer comentário. A consumação de suas reparações fora tão anticlimática quanto a de Tom. "Bugigangas", murmurou Adams, depois os conduziu por um corredor que atravessava o edifício no sentido do comprimento, apontando para as salas de tratamento de um lado e as enfermarias do outro.

O dispensário, pensou Tom, fora construído e equipado talvez duas décadas antes como um pequeno hospital-modelo. Em algum momento, com o passar dos anos, começou a sofrer um severo processo de negligência. Agora os pisos não eram lavados — estavam manchados de sangue e coisa pior. Tripas de mico deterioradas pendiam de cilindros de oxigênio, enquanto seringas hipodérmicas jaziam caídas sobre acúmulos de folhas mortas que o vento soprara através das janelas empenadas impossíveis de fechar. Em uma ala, uma pilha de compressas de gaze sujas batia na altura da cintura; em outra, um cano quebrado vazava água biliosa sobre os azulejos trincados. O ar-condicionado não funcionava, e as moscas — diferentemente da equipe médica — operavam com força máxima.

Chegaram ao fim do corredor e esperaram ali, olhando através da janela suja que dava para a pista de pouso. Do outro lado jovens tayswengo domavam um macho de auraca. Circundando o animal bravo, jogavam poeira e pedregulhos em sua cara orgulhosa. Quando, inevitavelmente, o animal arremeteu contra um deles com a cabeça minúscula, um jovem saltou e destramente travou as pernas em volta do longo pescoço. Ambos foram ao chão e se debateram ali, seus espasmódicos movimentos constrangedoramente pornográficos. Tom virou o rosto.

"Os bisturis que eu trouxe", disse para Adams. "Eram para essas operações, então?"

"Isso mesmo."

"E o cirurgião é..."

"Erich — Herr Doktor von Sasser, você devia ter imaginado isso. Eu o trato por 'Herr Doktor' porque é formado em medicina. O pai, Otto, era ph.D. em antropologia, mas a contribuição do próprio Erich para o, hmm, corpus teórico das *Canções* pode ser incrivelmente, aah, estreita."

"Ele faz muitas dessas cirurgias?", insistiu Tom, enquanto com o canto do outro olho observava Prentice, recostado contra a parede, braços e pernas cruzados em defensiva.

"Quantas for humanamente possível", respondeu Adams. "Esses procedimentos são relativamente simples, Tom, não muito invasivos. Os pacientes, na maioria dos casos, vão embora do dispensário no mesmo dia. Em um hospital moderno — vamos dizer, em Trangaden — seria uma coisa totalmente de rotina; os custos são, aah, mínimos. Aqui, com os problemas particulares que uma comunidade como essa enfrenta, eles são absolutamente essenciais. É por isso que Erich tem se devotado a eles de um modo tão, aah, obstinado."

* * *

O almoço fora servido na varanda. Tom estava morrendo de fome. Finalmente começava a se acostumar com o hábito dos anglo locais de se entupir de pratos quentes em pleno forno infernal do meio-dia. Na casa de Von Sasser, o sotaque gastronômico permanecia definitivamente germânico: jarretes de presunto nadando em molho de maçã aqueciam no banho-maria. Uma meda fumegante de chucrute fora empilhada às garfadas na bandeja de alumínio. E o acompanhamento do dia era batata amassada — de queimar a língua.

Gloria se juntou aos três homens à mesa e serviu-se de uma caneca de limonada. No café da manhã, portara sua toga negra; agora, usava o mesmo vestido de algodão do dia em que Tom a conhecera, na propriedade de Swai-Phillips. O traje favorecia admiravelmente seu busto — que Tom admirou enquanto comia. Nenhum sinal do primo maluco.

Loman e Von Sasser vieram caminhando pelo bosque de eucaliptos, da direção do dispensário. Subiram na varanda e se serviram de pródigos pratos de porco, repolho e carboidrato. Nenhum dos dois se deu o trabalho de tirar o avental médico, apenas desfizeram o laço nas costas, de modo que os trajes verdes pendiam abertos. Ambos usavam calças curtas e, quando sentaram à mesa, as manchas de sangue em seus peitos lhes deu a sinistra — embora cômica — aparência de pacientes que haviam fugido da faca para desfrutar de um lauto repasto.

16

Os demais já haviam terminado de comer, mas ninguém deixou a mesa; continuaram ali a fim de assistir ao bravo espetáculo daqueles homens em seus figurinos de teatro. Von Sasser e Loman abriam caminho tenazmente por suas montanhas de comida, parando apenas para pedir sal, água ou cerveja. O antropólogo, como era de se esperar, tomava a sua numa stein de meio metro de altura. Acima deles, o toldo estalava ruidosamente sob o siroco crescente. Em seu avental ensanguentado, o esquelético Von Sasser era um louva-a-deus gigante devorando sua presa.

Afastando o olhar do espetáculo repugnante, Tom viu o pequeno SUV estacionando onde Prentice o deixara, na tarde anterior. Algumas crianças tayswengo sentavam dentro dele. A que ocupava o banco do motorista girava o volante; as demais apontavam câmeras de mentirinha, imitando anglo em férias. Elas fotografaram os ocupantes da varanda com suas máquinas invisíveis, depois apontaram suas lentes imaginárias para o auraca amansado pastando o capim esparso em seu pequeno curral.

Com o ar de homens que por um longo tempo atuavam em equipe, Von Sasser e Loman terminaram seus pratos ao mesmo tempo, então os empurraram para o lado. Von Sasser pediu um espresso, e a garçonete tayswengo se afastou farfalhando ao som de seu dirndl humilhante. Von Sasser sacou o cachimbo de haste longa. Encheu-o com o tabaco que tirou de uma bolsa de couro, acendeu. A trupe reunida permanecia toda ela imobilizada com essa matinê, mas Tom estava convencido agora de que a fala de Von Sasser era dirigida a ele — e Prentice — e a mais ninguém.

"Qual o final disso tudo?", foi como principiou o sermão do antropólogo nesse dia. "Não é essa a questão que atormenta o anglo — que o incomoda como uma mosca em seu olho? O problema do Terceiro Ato, o clímax empolgante... e depois o desfecho soporífero. Sim, senhor, a droga do desejo incontrolável dos anglo por isso é despudoradamente sexual — eles não são como os nativos genuínos desta grande terra. Esses pobres-diabos vêm tendo isso martelado neles faz tanto tempo que estão pouco se cagando, simplesmente ficam jogados por aí, sendo comidos pelas moscas! Principalmente as crianças — as drogas das pobres crianças. É quase como se" — virou o corpo para confrontar Prentice — "tivessem nascido predestinadas".

Von Sasser parou. Prentice já não tinha energia sequer para se encolher sob seu olhar de raptor: sua psoríase voltara com toda virulência; as badlands de pele rachada e monticulada esparramando-se por seu rosto. "Você!", vociferou Von Sasser. "Você pode fazer o que bem entender com as drogas das crianças... tudo menos" — o olhar fuzilante recaiu sobre Tom — "contar pra elas historinhas com uma droga de final feliz!"

Deu uma longa tragada no cachimbo, depois retomou, mais calmo: "Você deve ter se perguntado por que a Escola Técnica está naquele estado deplorável, enquanto o resto de Ralladayo — graças, em não pouca medida, aos aqui presentes" — gesticulou com a cabeça para Adams, Loman e Gloria, respectivamente — "que deram as drogas de *seus* corações e mentes para a comunidade — funciona com toda eficiência".

"Ãh, é, acho que isso me deixou meio que encafifado", disse Tom, sem convicção.

"Meu pai, Otto, está enterrado em Gethsemane Springs, a quarenta quilômetros daqui, né, na trilha para o litoral. A Escola Técnica era a menina dos olhos dele, viu. Ele deu duro por ela — lutou pra torná-la realidade. Chegou até a viajar para o sul, enfiar um terno e fazer drogas de discursos depois do jantar pra angariar dinheiro com os porcos gordos dos anglo, que — assim que ele virou as costas — voltaram a xingar a droga dos bin'bongues."

Com dedos de legista, Von Sasser pegou a minúscula xícara de café e deu um gole. Estalou os lábios com um "aah", depois prosseguiu. "Droga, seja como for, quando meu pai estava morrendo ele me fez prometer que poria os professores anglo na rua e deixaria a escola afundar na droga da poeira.

"'Erich', ele disse. 'Não interessa se nosso povo estuda ciências, artes, matemática ou línguas — o resultado é igual:

faz eles se entregarem ao desejo incontrolável por um final; esse, Erich, é o verdadeiro leitmotif da civilização ocidental, e é exatamente pra livrá-los disso que estamos aqui. Não deixe nosso povo cair vítima da falácia narrativa dos anglo!'

"Claro que não estou alegando que essas foram mesmo suas últimas palavras — se fossem, ele teria se expressado com muito mais propriedade, droga! Mas ele ia morrer dali a poucos dias e eu respeitei seu último desejo — por que não? Mas na época eu já tinha começado a fazer o trabalho pro qual ele tinha me treinado, é verdade, os primeiros resultados não foram exatamente, ãh... conclusivos" — Tom notou a hesitação — "mas embora estivéssemos ambos confiantes, nós vislumbramos uma saída, de modo que essas pessoas" — fez um gesto com o braço, abarcando toda Ralladayo — "nunca, jamais jogariam suas vidas fora à espera da droga do final. Sem tirar a bunda do cine multiplex escuro e fedorento de suas mentes, engasgados pra saber no que suas vidas iam se transformar, enquanto negligenciavam completamente viver exatamente a droga da vida!"

Houve silêncio por alguns segundos, depois Tom escutou uma vibração eletrônica. A fonte era Swai-Phillips: o advogado vagava pelo canto do chalé, uma filmadora digital colada no olho bom. Ele desligou e a deixou pender pela correia sobre o peito desnudo. Aproximou-se da mesa, andando normalmente e batendo palmas lentas e reverberantes com as manoplas quadradas. Parou, fez uma profunda reverência e entoou com gravidade: "Aqui encerrais a segunda lição."

Von Sasser o ignorou, e disparou uma série de ordens: "Winnie, leva o Brodzinski aqui pra cabana de comunicações; ele vai precisar ligar pra família dele. Brodzinski, leva seu amigo Prentice junto com você — você vai querer ficar de olho nesse aí. Vishtar e eu ainda temos muita carne pra trinchar hoje à tarde." Ficou de pé. "Até a noite, então!" E, com o doutor Loman logo atrás, deixou a varanda e atravessou o bosque de eucaliptos na direção do dispensário.

Adams voltou à vida. "Vamos", disse para Tom. "Erich tem razão; o início da tarde é a melhor hora pra tentar se conectar."

Tom já ia protestar contra aquela presunção de acharem que ele *queria* ligar para Milford, mas alguma coisa no tom de voz de Adams o dissuadiu. Aquilo não dizia respeito a seu telefonema pra casa; tinha a ver com não permitir que Prentice o fizesse. Prentice, agora uma visão das mais deprimentes: um amontoado de roupas rancheiras imundas prostrado sobre o encosto da cadeira. Essa não ia ficar bem no álbum da patroa.

Tom, num acesso de piedade hipócrita, ajudou o homem a ficar de pé e disse: "Quer que eu vá buscar um pouco de linimento pra você? Eu não me incomodo de passar..."

"Deixa pra lá, amigão", murmurou Prentice. "Vamos lá, fazer sua ligação." E então deu o sorriso enviesado de um malandro derrotado, e acrescentou: "Agora falta pouco."

Na cabana de comunicações, Adams adotou a persona de um radioamador. Enfiou o fone de ouvido — ou "as canecas", como pretensiosamente se referiu àquilo — e mexeu nos interruptores e dials do transmissor. Prentice despejou o fardo amarfanhado de sua forma corporal num caixote virado, enquanto Tom sentou em uma cadeira giratória ao lado de Adams. O éter silvou e chilreou, então, assim que o dispositivo começou a zunir agradavelmente consigo mesmo, Adams tirou o fone.

"Tem uma notícia que você, aah... talvez queira contar pro seu pessoal em casa", disse. "É sobre, aah... é o senhor Lincoln."

Tom ficou admirado de como um almoço tão pesado podia subir tão facilmente por sua garganta: aquilo fora mais uma odiosa exibição de teatralidade amadorística da Rainha-Mãe Radioamadora. "Que foi?", exclamou Tom. "O velho morreu?"

"Pelo contrário." Adams escolhia suas palavras tão escrupulosamente quanto uma solteirona selecionando letrinhas no Scrabble. "O doutor Loman conversou com um dos seus colegas em Vance hoje de manhã. Parece que o senhor Lincoln recuperou a, aah... consciência. O caso é surpreendente — a infecção está, aah... recuando. Ainda é cedo, mas eles acham que ele deve, aah, se recuperar plenamente. Claro que as consequências para a sua, aah... situação — principalmente agora que você já começou a pagar a reparação — não podem ser outra coisa além de, aah..." — a pausa mais longa, o cérebro cheio de dedos acariciando o vagaroso saquinho vocabular — "...boas".

E dizendo isso Adams retomou seus demais deveres comunicacionais, entoando um chamado no microfone uma vez, depois duas, e mais uma terceira. Entre um anúncio e outro seu rosto equino tremia com o esforço de escutar. Ele apontou para outro par de fones, e Tom o pôs no ouvido. Bem a tempo de escutar o operador de rádio em Trangaden dizendo: "...recebendo você RAL20-40. Você está fraco — mas está aí, né. No que podemos ajudar hoje, Winnie? Câmbio."

Adams passou o número de telefone dos Brodzinski e pediu uma conexão. Os sons do sujeito em Trangaden discando ficaram muito altos, de repente: cada dígito um bipe de klaxon, depois veio o ronronar leonino do telefone chamando. "AGORA FICA À VONTADE", fez ele com a boca, de um modo exagerado, e Tom se virou para vê-lo forçar Prentice a ficar de pé sem a menor cerimônia e puxá-lo pela porta afora.

Tom apertou o fone firmemente contra os ouvidos, e o leão ronronante bateu a pata almofadada em sua cabeça: "pprr-rupp-prrrup; pprrrupp-prrrup; pprr—" Então parou. "Aqui é Martha Lambert", disse a voz de Martha. Ao escutá-la, Tom se permitiu aceitar plenamente o que Prentice dissera: faltava pouco, agora. Pouco para se ver de volta a Milford; pouco para que pudesse remediar essa brecha maluca entre eles; pouco para que pudesse estar em casa com ela — e as crianças.

Encostou a boca na malha metálica do microfone: "Martha, sou eu, Tom, está ouvindo, querida?" Os pássaros etéreos caíram na rede; cada palavra sua soava clara como um sino ressoando cheio de expectativa medrosamente esperançosa.

"Tom, é você?"

"Isso, isso, estou em Ralladayo, onde o povo da Atalaya — a senhora Lincoln — mora. Escuta." Contra sua vontade, as palavras vieram aos borbotões. "As notícias são maravilhosas — é incrível. O velho — o senhor Lincoln — ele, ele está se recuperando, e eu, eu fiz a, tipo, restituição que tinha que, daí, parece que se — quer dizer, não dá pra ter certeza — mas parece que vou poder voltar logo pra casa." Parou. Não dava para perceber o meio mundo que os separava, apenas uma sensação de nulidade voraz, sugando suas orelhas com lábios estofados de espuma.

"É... a notícia é ótima, Tom..." Acaso algum dia sua voz soara mais como *ela mesma*? Mais *Martha* do que nunca:

cada sílaba estalada e cada consoante nitidamente enunciada uma pincelada firme, descrevendo com vivacidade seu corpo esguio — tão querido, tão familiar, tão completamente estranho. "Estou feliz por você..." Havia uma pequena janela de plástico transparente amarelado diante da mesa do transmissor. Enquanto escutava sua esposa, Tom Brodzinski fitava aquele acrílico de uma terra estrangeira: as faixas de troncos das árvores gomíferas, o pontilhismo da folhagem, o borrão amarronzado de um humpy a média distância, as pictóricas distorções da paleta do próprio sol. "Vai ser ótimo ter você de novo em casa, às vezes eu acho que você não percebe..." Parecendo a Morte, uma silhueta vestindo a toga preta nativa invadiu o quadro vinda da esquerda. "...quanto às crianças..." Virou para a cabana de comunicações, e sob a sombra do capuz brilhou um rosto pálido. Era Gloria Swai-Phillips, falando em um celular. "...sentem sua falta..." As palavras de Martha, após pulsarem ao longo de fios, serem arremessadas no espaço, baterem em um satélite, para depois cair de volta na terra, eram agora precisamente dubladas pelos lábios de Gloria. Tom entrou em perfeito alinhamento com isso, pois Gloria completava cada frase de Martha: "...principalmente Tommy Junior". Então ela olhou pela janela direto para ele, e fez um pequeno aceno jovial.

Híspidos e víscidos: os cabelos úmidos de suor na nuca de Tom ergueram-se e se eriçaram, cada um roçando no seguinte. Híspida e víscida: a probóscide de Belzebu tateou as doces fendas e recessos do cérebro de Tom. Fez cócegas.

Tom se viu do lado de fora sem ter qualquer consciência de haver tirado o fone de ouvido ou batido a porta. Foi acometido de uma cegueira temporária — então avançou às apalpadelas, as mãos entre os raios do sol, até se aproximar de Gloria em seu mantô. A corrida terminara; ela fechou o celular com um estalo e sumiu com ele sob as pregas de sua beca.

"Você — ela... O q-quê? O q-que você fez? Você — você estava imitando a porra da minha esposa?" Gaguejou sua acusação infantil.

Gloria o mediu com ar de pouco caso. "Se você quer que eu seja sua esposa, Tom, então tudo bem, né?"

"Eu — eusseilá... Você andou conversando — no telefone, comigo?" Ele retrocedeu no tempo para a noite anterior à audiência preliminar, em Vance, e para a rítmica marcha metálica que ouvira quando levara o celular ao ouvido. A voz de Martha personificando Gloria. O que foi que ela — elas — tinham dito: *você precisa dizer essas coisas pra manter eles felizes, né? Quer dizer, aqueles egos minúsculos ridículos deles precisam disso, né?*

Mas isso foi em outro momento.

Gloria Swai-Phillips conduziu Tom pelo braço de volta à Escola Técnica. Ela o guiou por entre as árvores gomíferas, segurando-o com firmeza, caso tropeçasse nas raízes. Enquanto caminhavam, deu-lhe uma explicação — pelo menos, do modo como via a coisa.

"Squolly — o comandante Squoddoloppolollou —, ele leu seus direitos quando você foi preso, viu?"

"Direitos?", murmurou Tom. Tudo de que se lembrava era de Swai-Phillips o ridicularizando só de tocar no assunto.

"O que eu quero dizer é, Squolly deve ter contado como a polícia ia investigar você, né? Como iam pôr alguém no seu pé, verificar quais eram suas intenções, né? Descobrir que tipo de sujeito você é."

"E isso foram meus *direitos*?"

"No que diz respeito às comunidades tugganarong e anglo por aqui, né, esses são seus direitos. O negócio é o seguinte, Tom" — ainda segurando seu braço, Gloria girou Tom de modo a encará-lo — "os homens de Squolly já estão seguindo você faz muito tempo — anos, na verdade, né? Sabe, quando você era mais novo, Tom, você meio que tirou o olho da frigideira".

"Olho da frigideira?"

Haviam chegado no muro baixo que delimitava a Escola Técnica. O olho de Tom — ainda fora da frigideira — percorreu o mato, a terra rachada, os tocos serrados dos arbustos de mulga. O donativo de brechó que era Prentice estava empilhado no topo do muro, fumando. Havia qualquer coisa diferente acerca daquele pequeno panorama — uma mudança que deixou Tom incomodado. Ele fixou sua atenção nisso, em vez de dar ouvidos à harpia.

"Se omitir de agir — sabe, isso pode revelar um bocado sobre as intenções do sujeito. Depois que perdeu o bebê, quando

Martha veio visitar a gente em Liège, depois, quando ela voltou, e alguns meses depois que vocês adotaram Tommy Junior, bom, você se omitiu: você nunca fez as perguntas que um sujeito consciente — um homem com boas intenções — teria feito, né?"

Era o SUV — essa era a diferença. Sumira. Tom se deteve examinando o pedaço de terra onde o pequeno veículo estivera apenas meia hora antes. Por que não se viam rastros de pneus mostrando que alguém o levara dali?

"Mas você não é um homem consciente, né, Tom? É o tipo de homem que baba olhando os peitinhos duma garota negra, depois quer foder a esposa com o pau duro, né não?"

Havia *alguma coisa* onde estivera o SUV, e, bizarramente, era em forma de carro. Ignorando Gloria, Tom foi naquela direção. Ele teimava em sentir afeto pelo SUV, a despeito de suas fragilidades de projeto; o veículo conseguira conduzi-lo por todo o longo caminho até ali.

"Você é o tipo de homem que não presta a menor atenção numa mulher a menos que seja como uma possível droga de trepada." O corvo fantasmagórico seguia bicando em seu cangote. "As amigas handrey de Winthrop? Só alguém pra ele meter quando tiver vontade, umas gordas abaixo da crítica — o mesmo com minha prima Betsy, pra quem você nunca nem disse 'oi'. Daphne Hufferman salva sua vida, mas ela vai na droga do banco de trás como uma criança pequena."

O objeto que substituíra o SUV *era* um carro; ou melhor, um modelo em escala 1:10 de um. Tom se agachou e apanhou a perua espírito gandaro. Percorreu com a mão as laterais engenhosamente curvadas e marteladas da minúscula minivan, admirando-se da habilidade com que o objeto fora construído a partir de latas soldadas.

Erguendo os olhos num relance, Tom viu que Prentice estava tão intrigado com a perua espírito quanto ele; embora, é claro, Prentice não pudesse fazer a menor ideia da espantosa coincidência que era encontrar aquilo ali, a milhares de quilômetros de onde Tom vira o objeto de culto pela primeira vez.

"Eu me pergunto o que você acha que Atalaya Intwennyfortee *sente* ao ver o marido — um respeitado ancião desta comunidade — sendo atacado de uma droga de jeito tão violento, né? Depois ficando todas essas semanas entre a droga da vida e a morte? Mas é claro que você não *sabe* porra nenhuma, Tom, porque nem uma única vez parou pra conversar com ela, droga, apesar de ter uma porrada de oportunidades, viu? *Estou com um sangramento, Tom... Estou com um sangramento...*

Tom pôs a perua espírito no muro perto de Prentice, que, de algum modo conseguindo invocar sua insigne reticência nacional, lançou-lhe um olhar dando a entender — ao mesmo tempo — que ele também estava definhando sob o ataque virulento de Gloria, ainda que sendo educado demais para ter escutado uma palavra que fosse. Ele tocou com o dedo pálido o aerofólio em "v" da perua espírito.

"É mesmo inacreditável a droga do seu comportamento desde que chegou aqui, Tom, quando tudo que Martha sempre quis fazer o tempo todo foi mostrar pras crianças as raízes dele, e obrigar você a encarar suas drogas de responsabilidades como o pai dele!"

Isso penetrou — e Prentice se encolheu como se aquilo tivesse sido dirigido a ele. Tom pensou: *bloody-this, bloody-that, bloody-every-bloody-thing. Estou com um sangramento, Tom... Estou com um sangramento... e a culpa é sua.*

Foi para cima de sua atormentadora jesuíta. "Está me dizendo" — Tom ficou admirado com o autocontrole que estava exibindo: provavelmente continuava astande — "que eu, a gente — toda a merda da família — a gente não veio aqui de férias?"

Squolly sentava no delicioso ar-condicionado da sala de interrogatório. Tom sentava diante dele, bebericando um refrigerante, as bolhas formigando em sua língua culpável. Presa ao bico brilhante do intrincado chapéu do tugganarong atarracado havia uma máscara de Tommy Junior. Ajustava-se perfeitamente.

Mas Gloria se recusava a ser interrogada. "O que Erich disse pra você no almoço, Tom? Vocês anglo são sempre a mesma droga; felizes como um porco na merda — e isso é merda, Tom, pod'crer —, contanto que tenha uma droga de final pra essa droga de história deprimente. Bom, arranjo um pra você com o maior prazer, Tom, e, como eu disse, vou ser sua esposa com o maior prazer, também. Quer saber por quê? Ah, vou poupar você da droga do trabalho de perguntar, né? Porque, igualzinho a Martha, eu vou te chutar."

Tom continuava imbuído de poderes retificadores, embora tivesse enormes dificuldades em manter o que sabia ser a perspectiva correta. Em vez de olhar através de seus próprios olhos, ele continuava a ver os três a distância, meio lateralmente, e um pouco do alto.

Era uma cena teatral: os dois homens, identicamente trajados com jeans, camisas safári e botas de elástico, levando uma descompostura do coro grego de uma mulher só. O que se fazia necessário, pensou Tom, era a entrada de um outro personagem, caso contrário aquilo poderia continuar para sempre, estrofe e antístrofe, até o público se entediar e ir embora para casa.

Providencialmente, Von Sasser se materializou. O antropólogo surgiu de trás da negligenciada Escola Técnica. Trazia os aventais médicos amarrotados sob um braço, enquanto com a mão livre segurava o motel de baratas de Tom. Aproximando-se de onde estavam, disse: "As crianças levaram aquele SUV de vocês pra lavar. Encontraram isto aqui enfiado debaixo de um banco — é seu, né?" Estendeu o motel de baratas para Tom, que o segurou, gaguejando: "Is... — isso, é sim."

"Vamos dar uma caminhada, Tom", disse Von Sasser, envolvendo o ombro de Tom com o braço ossudo. "Tem umas coisas que a gente precisa conversar, né."

À parte o "né", era exatamente a mesma frase que o pai de Tom costumava usar quando queria ter uma conversa de homem pra homem com seu filho. Momentaneamente levado a crer que estava de volta com Mitch Brodzinski, esmagando a espessa camada de folhas mortas que cobria a trilha da fazenda em Hermansburg, Tom seguiu respeitosamente a seu lado.

Von Sasser ergueu a trava do portão no curral do auraca e o conduziu através dele. Chegaram à metade do caminho antes que o homem mais velho começasse a falar. "Estou trinchando carne desde as oito, e vou falar uma coisa pra você, estou um bagaço. Mesmo assim, no fim de um dia estressante na sala de opês, um passeio aqui fora sempre me faz relaxar. Claro que é longe demais pra ir até a droga do lugar, mas do topo dessa elevação a gente consegue enxergar Gethsemane Springs lá longe."

A familiar inanição pesada como chumbo começou a subir pelas pernas de Tom: suas artérias sugavam areia, suas veias se entupiam de pó. De modo que ele não abria a boca, concentrando-se apenas em forçar um pé de torrão a passar adiante do outro.

"Os bandos lá do deserto — os aval, os inssessitti, os entreati — até mesmo alguns bandos das montanhas e os tuggies selvagens na costa noroeste — todos eles enviam seus casos pra mim, aqui em Ralladayo." Von Sasser conversava como caminhava, com um ritmo fácil, lépido.

"Be-ein, alguns deles são delinquentes da pesada — tem assassino, pederasta, estuprador —, o que você imaginar. Outros, be-ein." Deu uma risada curta. "Presumo que lá pros seus lados do mundo as pessoas considerem isso como delito leve — mas não é assim que as coisas funcionam por aqui. Você precisa lembrar, viu, para os tayswengo — pra mim também — nada acontece por acidente."

Continuaram subindo a colina. Chegaram na cerca seguinte, e Von Sasser puxou o arame de cima para que Tom pudesse passar por baixo. O motel de baratas era um fardo, os cantos afiados cortavam sua mão. O capim era esparso e, conforme subiam, os passos de Tom marcavam a terra nua. O sol macetava sua cabeça — arrependeu-se de ter deixado o chapéu para trás.

"Ho-hum", suspirou Von Sasser. "Tenho que dizer, Tom, o propósito primordial desse procedimento jamais era pra ser modificação do comportamento, viu. Foi mais ou menos por acaso que descobrimos como funcionava bem."

"Ent... você — você, tipo, castra eles?", Tom conseguiu perguntar. E assim que as palavras saíram, tornaram-se irrefutáveis: era para lá que a lâmina do makkata estivera se movendo, era por isso que a coxa branca de Prentice permanecera incólume.

Mas Von Sasser teve um acesso de hilaridade. Arrancou o pequeno chapéu tirolês e o bateu em sua coxa vestida de couro.

"Há, há, há! Ai, não. Não — não. Pra que diabo a gente ia querer cortar as bolas deles fora? Não somos umas drogas de *veterinários*, viu. Papai não ia querer um bando de eunucos vagando pelo deserto."

"Mas eu pensei... Prentice... as crianças...?"

"Não escutou o que eu disse na noite passada?", lembrou-o Von Sasser. "Papai inventou ele mesmo a cultura dessa gente, ex nihilo — da droga do nada. Ele sabia do que precisavam: místicos, agitadores, makkatas carismáticos capazes de pegar os anglo pela droga do pescoço e os sacudir até o cérebro deles chacoalhar!"

Chegaram ao topo da elevação, e Von Sasser persuadiu Tom a sentar sobre uma rocha plana. Não precisou insistir muito. O sol mergulhava, e as derradeiras reservas de energia de Tom afundavam junto. Bem à frente havia uma escarpa vertical dividida por uma garganta ampla; através dela dava para ver o leito oceânico drenado do chão do deserto, uma esgotada extensão de colinas fundeadas pelas marés e de depressões esculpidas pelas ondas.

O antropólogo pegou o cachimbo e começou a enchê-lo. "Claro", meditou, "não quero dizer literalmente, mas o problema com a civilização anglo é que ela é um negócio do lado esquerdo do cérebro, tem tudo a ver com ordem, sistematização, apertar a droga do botão. Papai entendeu isso, além de conhecer anatomia — e antropologia — suficiente para encontrar a solução. Ele se tornou o primeiro neuroantropólogo que o mundo jamais conheceu, e eu" — inflou de orgulho — "sou a droga do segundo". Parou para acender o cachimbo, os braços torcidos formando uma gaiola protetora para a chama oscilante.

"O corpo caloso — eis a droga do inimigo, Tom, um diacho de um troço resistente." Agitou a haste do cachimbo sob o lusco-fusco, fatiando massa cinzenta. "A droga da supervia da informação do cérebro humano, isso é que ele é, né. Igual à internet, o corpo caloso junta dois hemisférios, o direito e o esquerdo. Movimento, fala, sensação, reconhecimento visual — eles dominam, né, eles são os *anglo* do cérebro. Mas do lado direito, bom, é aí que os sonhos estão, é aí que os espíritos encontram sua voz, e é aí que os humanos conseguem a imaginação pra escutar de verdade que droga eles tão dizendo!

"Olha." O neuroantropólogo pousou uma mão avuncular na perna de Tom. "Tenho que admitir, as coisas até que estão funcionando melhor hoje em dia, mas teve um bocado de opê no começo q…" *O cabelo do menino com seu cheiro de feno quente. A horrível cicatriz suturando a parte posterior de sua linda cabecinha.* "Mas mesmo esses, ãh, insucessos, se revelaram extremamente úteis. Óbvio, com equipamento melhor — scanners, lasers, esse tipo de coisa — seria infinitamente mais fácil, né." *Não era como se ele fosse estúpido — estava na mesma série de outras crianças da idade dele, era só um pouco... limitado.* "Ou a gente desce direto pela fissura longitudinal..." *A vala branca de uma cicatriz seccionando a cabeça grisalha do velho bebum da nuca até o cocuruto.* "...ou faz um corte em ângulo entre o lobo parietal e a salens parietoccipital. Claro, sempre que a gente faz a incisão, a gente estica e sutura o couro cabeludo, de modo que a cicatriz não fique abaixo da linha do cabelo." *Adams curvado diante do espelho triplo da penteadeira, examinando a parte de trás da cabeça.* "O mais importante a se ter em mente, Tom" — pela primeira vez os olhos fundos de Von Sasser pestanejaram bondosamente — "é o seguinte: não dói; não machuca".

O perfume alimentício do fumo de cachimbo entrelaçou-se ao odor puro da brisa do deserto; o pôr do sol, como sempre, era espetacular: um enrubescimento róseo corando a face do céu. Tom encontrou sua voz exterior. "M-mas uma criança pequena, um bebê?"

"Como eu disse, parceiro, ocorreram algumas trapalhadas, mas pode acreditar em mim, a grande maioria das primeiras opês foram feitas em pacientes que já tinham alguma, sabe como é, neurose — ou até mesmo algum dano cerebral. Não era como se a gente estivesse fuçando numa coisa que funcionava direito, viu."

Tom, esquivando-se de punhos oníricos, erguendo o peso de seu peito, buscou a empatia de que sabia não dispor. Entretanto, se ao menos pudesse encontrá-la, tinha certeza de que a indignação apropriada também estaria lá.

"Ele — Tommy, meu, âh, filho. Você sabe que ele não é..." Dragou do fundo um dos enfadonhos pareceres de Martha: "Adequadamente socializado."

Von Sasser bufou com desprezo. "Nem me diga, Tom. Aquelas drogas de rapazes lá no norte também não são adequadamente socializados! Alguns deles podem ser bem cruéis — a gente não tá falando de matança pura, aqui, né. Tem estupro — tortura, até. Escuta, não estou dizendo que fecho os olhos pra esse tipo de comportamento, mas você precisa pesar isso com o impacto positivo que a rebeldia exerce na hegemonia do hemisfério esquerdo: a infraestrutura deles, as minas, a droga do sistema financeiro, a indústria de bebidas e, principalmente, a infantaria tuggy que faz o serviço sujo pros anglo.

"O negócio é o seguinte" — o neuroantropólogo encostou os joelhos pontudos no queixo ainda mais pontudo, uma postura surpreendentemente adolescente para um homem de meia-idade — "vamos dizer que, sei lá, eles não *funcionem* muito bem, no mínimo eles dão conta de levar adiante o programa de desertificação. Quer dizer, não precisa ser nenhum makkata pra prender um pedaço de corrente entre duas picapes, precisa?"

A despeito da impressão de que ele e Von Sasser estavam tendo uma conversa de louco sobre propósitos opostos, Tom insistiu: "Se... se você não pode, ãh, não pode ter certeza absoluta sobre como vão ser os resultados, então como essa, tipo, operação funciona, sabe, pra modificar o comportamento? Quer dizer, pra mim parece que nesse caso, a, ãh, castração podia ser, sei lá, mais eficaz."

Von Sasser suspirou, uma longa exalação de desperdício compassivo: "Verdade, é mesmo, o cérebro humano — visto pelo paradigma ocidental — é um sistema complexo; parece estar sempre lutando para atingir a homeostase. Mesmo com a conexão entre eles seccionada, as funções do hemisfério esquerdo podem ser restabelecidas no direito, e vice-versa. Mesmo assim, esses são apenas obstáculos menores, enquanto os benefícios podem ser surpreendentes, e, seja como for, quando se trata de casos assim, não acho de jeito nenhum que a castração seja uma boa comparação, né. Quer dizer, isso é uma punição, não é? Enquanto que na opê, você pode pensar nela — e eu sugiro que o faça — como uma recompensa."

"Recompensa?"

"Isso mesmo: uma recompensa, um pagamento de reparação que eu posso ajudar você a fazer, se você me ajudar."

"Eu? Na, ãh, opê?" Uma incisão — um cortezinho, até —, a mera imagem do batimento escarlate de veias fez Tom gaguejar. "C-como? Como diabo *eu* vou ajudar?"

"Escuta." Von Sasser riu para ele outra vez. "Qual é sua expressão idiom..." Pensou por um segundo. "Isso mesmo: 'Pé no saco'. Coerção, Tom, é *um pé no saco*, na minha opinião, viu. Quer dizer, eu podia *forçar* você, mas tenho certeza de que, assim que você considerar todos os benefícios possíveis — conquistar a boa vontade de meu irmão, Hippolyte, de Atalaya e do bando intwennyfortee, também — vai se prender nessa ideia de ser um voluntário, né."

E Tom, que já não tinha mais forças para resistir à proposta absurda, compreendeu que, à própria revelia, já se prendera uma vez, e depois mais outra, e voltara a se prender, até ficar mais seco que uma barata, o último hóspede dessecado do motel de baratas.

"Schweinsaxe?", Von Sasser perguntou a Adams, brandindo um pé de porco inteiro com a pinça de servir.

"'Brigado, Erich", respondeu o cônsul. "Vou fazer o sacrifício."

Von Sasser depositou o pé mutilado em uma tigela de plástico, depois despejou uma concha de caldo espesso e marrom por cima. As garçonetes tayswengo em seus dirndls engomados continuavam a postos junto à porta da cozinha, mas nessa noite o neuroantropólogo decidira servir a comida ele mesmo.

Tom presumiu que fosse em parte para promover uma atmosfera de domesticidade aconchegante, mas também porque — mostrando alguma sensibilidade — Von Sasser não queria chamar a atenção sobre Prentice. Afinal, se as tayswengo houvessem se recusado a servi-lo, ele podia vir a fazer uma cena. De um jeito ou de outro, era como se um aviso de "Não por via oral" pendesse de seu pescoço esquelético. Do modo como foi, quando chegou a vez dele, Von Sasser simplesmente pulou Prentice em silêncio, e serviu a pessoa seguinte na mesa.

Quando foi a vez de Tom, Von Sasser igualmente o ignorou. Por um momento, Tom pensou em protestar, mas então sua condição de voluntário lhe veio à mente, e ele avaliou que um estômago cheio não era algo desejável em sua primeira experiência dentro de uma sala de cirurgia.

Prentice não se mostrou nem remotamente constrangido com seu jejum. Servia-se à vontade da garrafa de vinho do Reno, e permanecia fumando e conversando, mais animado do que em qualquer outra ocasião desde a chegada a Ralladayo. Discutia, abertamente, sobre as duas crianças mestiças de quem assumira a "paternidade": uma nas Tontinas, e uma que fora recém-transferida para lá, para o orfanato.

Seria Tom o único capaz de ver as aspas em torno da palavra "paternidade"? Impossível, pensou, porque, sem elas, os comentários de Prentice soavam psicopaticamente descarados. "Tomei uma decisão", estava dizendo agora para Gloria. "Sejam quais forem as consequências para o meu casamento, vou me abrir inteiramente com a minha patroa."

Gloria balançou a cabeça, mostrando simpatia, depois disse: "Isso é ótimo, Brian."

"Fiz as primeiras reparações para as duas moças envolvidas, então devo muito bem fazer a coisa certa pela terceira também."

"Excelente, Brian."

"É, honestidade-é-a-melhor-política, esse tipo de coisa. Eu... eu não sou um sujeito dos mais articulados, sabe, mas mudou alguma coisa dentro de mim — ver os pequenos. Nunca pensei a meu próprio respeito como o tipo do cara paternal, mas isso mexeu comigo, e eu quero — se me permitirem, claro — tentar e, meio que, cuidar deles."

Distendia os limites da credulidade de Tom que Gloria Swai-Phillips — a quem coubera o encargo pelos resultados da pedofilia de Prentice — pudesse ficar ali sentada encorajando aquela fantasia grotesca. E contudo, ele mesmo estava sentado escutando e, talvez mediante sua mera passividade, também encorajando-o.

Quando regressara ao povoamento, Tom sentira tanta moleza nas pernas que Von Sasser tivera de ampará-lo. Mesmo assim, já com a cabeça girando, Tom foi incapaz de evitar tomar várias doses de schnapps da garrafa que fora calculadamente colocada junto a seu prato vazio. O travo oleaginoso que a bebida deixava na língua era curiosamente viciante.

Sem comida alguma com que se ocupar, Tom ficou à vontade para examinar cada um dos convivas alternadamente, e analisar tudo que diziam com o benefício de seu novo entendimento dos fatos. Com seus ouvidos, aah... sintonizados na voz interior de seu mestre, e seu servil engajamento com os costumes populares fabricados de Von Sasser, não havia a menor dúvida de que Adams tivera sua "opê". Tom deduziu que Vishtar Loman devia ter passado pela sua, também. Gloria? Não — ela não precisava, era uma dessas representantes de classe autoeleitas da vida, sempre disposta a bancar a mandona da tropa, fosse um bando de babuínos ou de banqueiros. Se o corpo caloso dela fosse seccionado, pensou Tom, tristemente, as únicas vozes de espíritos que Gloria iria escutar seriam as de suas amuadas crianças interiores se recusando a responder a seu impiedoso questionamento.

Quanto ao primo dela, que se juntara a eles à mesa, era sem dúvida um dos resultados menos bem-sucedidos do neuroantropólogo. Nessa noite, Jethro Swai-Phillips encontrava-se a meio caminho entre suas duas debilitações: podia mover a descompensada mão direita — que acidentalmente enfiou no molho da carne —, mas não conseguia deixar de murmurar intermitentemente: "Eliiiéééuucaaara!"

Tom especulava: seria a opê de Jethro recente? Ou seu cérebro violentado estava misteriosamente reagindo ao ambiente em si? Antes, em Vance, Jethro se mostrara um sujeito tão cheio de vida — determinado, controlado, o colosso dos tribunais tropicais. Porém, Tom compreendia agora, o advogado sempre estivera a serviço desse outro, muito mais importante, cliente.

Teria sido por isso que Martha reagira com tamanha veemência contra ele? Tom abanou a cabeça desnorteada, desesperado por recuperar o pé das coisas. Mas de nada adiantou; nunca fora bom em decifrar o enigma que eram as intenções de sua mulher; os lubrificados elos da corrente que movia morosamente os efeitos por trás de suas causas simplesmente deslizavam entre as mãos dele.

Como fora mesmo que Jethro dissera, sentado sob as gravuras de caçadas em seu escritório no topo do Metro-Center? Que não tinha a menor importância se Tom voltasse a fumar — que todo o aparato da proibição era única e exclusivamente um produto da política racial?

Nessa noite, só a densa fumaça do tabaco já identificava o chalé como o centro de comando da revolta. Longas colunas se enrolavam e desenrolavam sob as correntes de ar quente. Um estandarte particularmente espesso de fumaça de cachimbo drapejava sob a cadeira de Von Sasser, e agora, convocando todos, o neuroantropólogo se dirigia à sua equipe, que, à exceção de Tom e Prentice, entregava-se de corpo e alma a devorar enormes fatias de bolo Floresta Negra cobertas de creme branco.

"É impossível imaginar", começou o retórico de Ralladayo, "um canibal devolvendo a carne de seu inimigo simplesmente para escapar de uma multa estatutária ou de um curto período de detenção, tanto quanto um parse deixando de executar a excarnação de sua mãe, ou um inuit, a caça pela presa de um narval — mas isso, viu, é precisamente o que os anglo têm feito.

"Não estou dizendo que tudo isso tem relação com fumar, né, mas vocês têm que admitir que essa droga se encaixa perfeitamente. Sabe", disse ele, abanando a cabeça de machadinha com incredulidade, "é assim que um anglo pensa — é assim que imagina a si mesmo. Ele pensa: estou largando de fumar e isso é uma *coisa boa*; é uma droga de coisa *tão boa* que é melhor eu começar a procurar algum pobre diabo por aí pra impor isso em cima dele. Não, é disso — essa imposição, essa linha de dezesseis metros além da qual todos nós somos obrigados a ficar, porque somos meninos maus e meninas más, que meu pai — e agora eu — dedicamos nossa vida toda a nos ver livres, né.

"Não estou dizendo, né..." Mas estava dizendo, e dizendo, e dizendo, droga, mais ainda, suas palavras afiadas cortando a carne de Tom, suas drogas de convicções espirrando nas lapelas do terno azul-celeste amarrotado de Tom. "... Não estou dizendo que o que a gente faz aqui não seja parecido — isso é óbvio, droga! A gente vem da mesma droga de tradição. Mas olha, quando eu e Vishtar fazemos uma opê, né, não estamos apenas impondo nossa ideia de bem, estamos transformando as pessoas em uma droga de instrumentos vivos, que respiram e andam — instrumentos capazes de escutar uma voz bem lá no fundo de suas cabeças dizendo pra elas, em alto e bom som, a droga que elas devem fazer pra valer!

"Vejam bem" — reacendendo seu pavoroso cachimbo, Von Sasser salivou fumaça — "vocês tem que combater fogo com uma droga de fogo".

Mas Tom Brodzinski não via isso coisa nenhuma. O que ele via — e a que se aferrava, mesmo agora — era que a melhor coisa que fizera em anos — talvez na vida toda — fora largar de fumar. Ele se sentia muito melhor, a despeito do presente estado de fraqueza; na verdade, se não houvesse largado, Tom achava que sem dúvida estaria gravemente doente — graças ao estresse e ao cansaço, e à pura monotonia de escutar, hora após hora, àquele homem insano exortando seus confrades lobotomizados.

Tom singrou através de redemoinhos de fumaça, lutando para permanecer à flor d'água no naufrágio de seu raciocínio, mas de nada adiantou — não devia ter entornado aquele último schnapps, e desse modo submergiu na inconsciência...

... E subiu de volta à tona para ser castigado com borrifos de cantoria:

> *Esse reino dourado de inefáveis promessas...*
> *A ti oferecemos, oh Senhor, nosso país,*
> *Nós o oferecemos... aaaa... tii-iiii...!*

Os lampiões, acesos havia muito tempo, agora queimavam fracamente. Os fumos da parafina eram sufocantes, a fumaça de tabaco estagnara no ar e a carne já apodrecia entre os dentes escancarados de onde essas palavras eram cuspidas. Estavam todos em posição de sentido atrás de suas cadeiras. Prentice chegara até a levar a mão ao coração. Seu pontudo pomo de adão subia e descia enquanto cantava, esticando a lisa pele saudável de seu pescoço.

Terminaram o hino. Os olhos de Gloria estavam marejados, e os de Von Sasser, e este disse: "Borrifo à vista! O pobre marujo encheu a pança de grogue, melhor levar o coitado pro swag dele, Brian, né."

Tom não teve consciência real da caminhada de volta para a escola abandonada; tampouco de Prentice, mais uma vez, aprontando-o para a cama. Ele apagou as luzes e fechou a porta, mas, assim que Tom fechou os olhos, viu-se de volta ao corredor poeirento, junto com Tommy Junior, que vadeava pra cima e pra baixo dando suas baforadas em um cigarro. O que aquele moleque tosco estava *fazendo*? Cabular aula era uma coisa — mas fumar *dentro* da escola; isso não era mera delinquência, era *insanidade*. Tom teria repreendido o filho adotivo — assim como fizera tantas vezes no passado — por sua total falta de consideração com os sentimentos de qualquer outro além dele mesmo, não fosse o desconfortável fato de que o que o rapaz estava fumando era o próprio Tom.

Tommy Junior enfiava os pés de Tom em sua boca e babava: uma chupada de satisfação incestuosa. A cabeça de seu pai ardia de vergonha. Então o menino segurou as pernas de Tom com força entre o polegar e o indicador, e deu um piparote. Tom saiu voando, girando e girando, mas sem nunca chegar ao fim do corredor poeirento; enquanto mais adiante a mulher que era Martha, que era Atalaya, que era Gloria — que era todas elas — virava e virava e virava a esquina, evitando-o por uma eternidade, as palavras dela flutuando de volta, vez após vez, para seu esposo rejeitado: "Estou com medo, querido. Estou com medo…"

Ainda era cedo quando Prentice veio acordá-lo. Quando saíram da Escola Técnica, a primeira luz mortiça que precede a aurora banhou o sorriso pegajoso no rosto de Prentice. Ele mudara de roupa assim como de feições; a frase em sua camiseta branca muito apertada dizia PRÓXIMO PUB A 859 KM. *Deve ter dado uma trepada ontem à noite e a camiseta é o troféu do pervertido…* Prentice segurou a mão de Tom e conduziu-o pelo bosque de eucaliptos.

Enquanto caminhavam para o dispensário, ele tagarelava: "Já notou, amigão, como a água aqui desce pelo ralo na direção contrária? Sabe, no sentido anti-horário. Não sou lá essas coisas pra me expressar, mas uma coisa que me ocorreu é que isso era um tipo de meta-sei-lá-o-quê."

"Metáfora."

"Isso mesmo, metáfora — pro que aconteceu comigo. Quer dizer, teve um bocado de pressão, não me leve a mal. Jethro me contou que iam me apresentar aos muros da velha prisão pelo lado de dentro. E depois tem toda essa coisa racial. Bom, eu ia ser o primeiro a admitir que meu, hmm, ponto de vista — rala e rola à parte — era um tanto quanto antiquado, mas, bom…" Ele riu. "Vendo seu comportamento — como você foi *grosso* — e depois encontrando meus filhos pela primeira vez… Bom, isso me fez virar completamente ao contrário, me girou no sentido anti-horário. Agora eu acredito no que eu fiz, Tom. É como o Erich diz; não interessa quais eram minhas intenções, eu fui uma boa ferramenta."

Mal havia corrente suficiente no cérebro de Tom para que as conexões fossem feitas — mas de repente lá estavam. Em alta velocidade, a narrativa toda se desenrolou pelo visor de sua consciência, e a profundidade e complexidade da armação, e a superficialidade e singeleza de suas próprias reações, espantaram-no com pancada após pancada.

Adams — que soubera tanto sobre Tom sem nem precisar perguntar, até mesmo pormenores como o de que ele bebia Seven and Sevens — se mostrara onisciente no café da manhã do Mimosa — e então havia Swai-Phillips, que já tinha conhecimento de que Tom se encontrara com o cônsul. A indiferença e depois a hostilidade do adido júnior da embaixada — que fora providenciado muito antes de Tom ter ligado.

Então, depois que as coisas estavam caminhando como o desejado, puseram uma sombra para ficar de olho em cada movimento de Tom. Primeiro houve as sombras às suas costas — os homens de Squolly —, que depois foram trocados por uma sombra melhor, uma que trabalhava na frente dele e era capaz de antecipar em que direção ele iria antes mesmo que o próprio Tom soubesse.

O homem que sabia como era o interior do tribunal — sabia até que tinha um bom ar-condicionado; o homem cujo nome a atendente da locadora de veículos conhecia sem ter perguntado; o homem que deixara escapar para o balconista da Goods Shed Store que os fuzis não eram para Tom; o homem que jamais recebera a marca do makkata em Vance, pra começo de conversa, e cuja coxa era verificada por outros makkatas ao longo de todo o caminho, única e exclusivamente para confirmar que ele estava no esquema. Sim, o homem cujo caso estava sendo acolhido com base em honorários condicionados, e que atuou brilhantemente como um instrumento a ser manuseado pela vontade de outros.

Lincoln, protestou Tom consigo mesmo. O maldito do velho foi o único dentre eles todos que falou a verdade. Ele tentou me avisar — o restante deles estavam todos metidos nisso. E, para Prentice, resmungou: "Aquele makkata."

"O que foi, amigão? Pode falar."

"O makkata lá em Vance, foi uma porra de fraude, não foi?"

"Ah, sem dúvida", riu Prentice. "Mamado que nem um gambá, a cerimônia foi uma zona. Você devia ter percebido, Tom, você era inquivu o tempo todo."

Haviam chegado ao dispensário, e Prentice soltou a mão de Tom para tirar um envelope do bolso de trás de seu jeans. Era idêntico ao que Tom guardara debaixo de seu swag — contendo a cópia de Tom da tontina.

"Todas as tontinas são, é claro, inteiramente recíprocas, Tom", disse Prentice, sacudindo o envelope. "Talvez você tenha pensado que dava pra converter numa coisa unilateral, mas sinto dizer que não. Fico surpreso de que o homem na Endeavour não explicou isso pra você, mas, bom, corretores de seguros não são lá uns sujeitos muito confiáveis. Os nativos, é fácil passar a perna neles; já com um anglo, a coisa é diferente — mandaram um portador levar uma cópia pra mim no Hilton na mesma hora."

Prentice sorriu com cumplicidade. "Nossas tontinas cobrem — você teria notado, se tivesse lido as letrinhas miúdas — dano mental severo, além de ferimento e morte. Na falta de você ter designado alguém com poder de representação legal... Bom, vamos simplesmente pôr desse jeito, já que estou vendo que você ainda tá um pouquinho grogue: parece que eu estou prestes a pôr a mão numa grana considerável.

"Mas não pense que pretendo bancar o egoísta", continuou, segurando a porta do dispensário para Tom. "A maior parte do dinheiro é para sustentar minhas crianças — e ajudar no trabalho do Erich, claro. Então, o melhor a fazer é não encarar esse, hmm, procedimento como uma punição, de jeito nenhum; na verdade, é seu jeito de dar pra um monte de gente uma recompensa muito merecida."

Erich von Sasser estava à espera deles na antessala da sala de cirurgia, na companhia de Vishtar Loman. Os médicos já haviam vestido seus aventais e máscaras, mas uma terceira figura embrulhada — menor, mais magra — lavava algo em uma pia no canto.

Prentice ajudou Tom a subir na maca, depois foi sua vez junto à pia. A outra auxiliar de cirurgia era Atalaya Intwennyfortee, e ao que parecia bancava a anestesista, porque se aproximou de Tom segurando uma cuba de rim, e baixou o rosto para ele. A seus lindos olhos negros juntaram-se as cavidades oculares ocas de Von Sasser.

"Lamento, Tom", disse o neuroantropólogo com vivacidade, "que nossa falta de verba nos impossibilite de conseguir um assistente apropriado, mas a senhorita Intwennyfortee aqui tem uma coisa que vai ajudar você a relaxar".

Atalaya pegou um punhado de engwegge no rim e enfiou na boca indefesa de Tom. Mordendo aquilo, sentindo a nicotina penetrar imediatamente em suas gengivas e sua corrente sanguínea, Tom ruminou que era uma pena que os derradeiros aromas que sentia fossem tão amargamente antissépticos.

De avental e máscara, o rosto de Prentice veio se juntar aos demais debruçados sobre Tom, e Von Sasser pousou uma mão enluvada em seu ombro e a outra no de Atalaya. "Sabe, Tom", disse, "se você está encafifado imaginando por que Brian vai ajudar na sua opê, tente pensar nas *Canções* do meu pai. Você vai lembrar que não existe nada que deixe um tayswengo com mais medo do que a *getankka*, a humilhação ritual, e que ele — ou ela — prefere ver um homem morrer — ou, em todo caso, passar por uma morte do ego — do que sofrer um destino assim."

Mas Tom não estava pensando em mais nada; sua mente vagava a esmo no transe do engwegge, achando levemente engraçado o modo como as coisas haviam se conduzido. Afinal de contas, ele estava apenas fazendo o que sempre fizera: conformando-se passivamente a um sistema de crenças inventado.

A guimba chega ao fim

Alguns anos mais tarde...

O cônsul honorário, Winthrop Adams, estava na escadaria do cassino junto com seus dois amigos, Jethro Swai-Phillips e Brian Prentice.

Prentice, carregando um bocado de dinheiro vivo, era conhecido em Vance como uma espécie de apostador alto, e, embora só desse as caras na cidade de tempos em tempos, gostava de se divertir e relaxar. Presentear os amigos com algumas centenas de dólares em fichas, para que pudessem queimar tudo no vinte e um ou nos dados, dava-lhe um imenso — e não inteiramente infame — prazer.

Os três conversavam à toa nos degraus de mármore, sob a pirâmide de mármore branco do edifício vulgarmente imponente; então Prentice acenou com o braço, tentando ganhar a atenção de um dos motoristas de táxi parados à sombra das palmeiras ornamentais do lado oposto de Dundas Boulevard.

"Quer uma carona, Brian?", perguntou Swai-Phillips.

"Não, tudo bem, amigão", disse Prentice. "Tenho que buscar meu Hummer na garagem, e tenho uns negocinhos pra resolver na cidade antes de ir p..." Parou abruptamente. Alguma coisa — ou melhor, alguém — chamara sua atenção.

Um velho bebum arrastava os pés ao longo do arco limite dos dezesseis metros, abaixando para apanhar uma guimba depois da outra, erguendo-a para o céu e examinando, antes de voltar a jogá-la no chão. Cada vez que se curvava, exibia a parte posterior de sua cabeça raspada aos olhos dos três espectadores, e a vala branca de uma cicatriz que a seccionava da nuca ao cocuruto.

"Eu, ááh", exclamou Prentice. "Aquele não é o Tom Brodzinski?"

"Isso", disse Adams. "Acredito que sim."

"O que ele ainda tá fazendo por aqui?", quis saber Prentice.

"Sabe, Brian." O cônsul não conseguiu evitar soar como um funcionário público de serviço, quando não serviçal. "Ocorreram diversas, aah, complicações com o, aah, status dele. Parece que seu passaporte foi, aah, extraviado e, haja vista seu histórico, tem se mostrado complicado conseguir outro. Está preso no limbo, o pobre coitado."

"Pelo jeito o que não falta no limbo é birita", observou Swai-Phillips causticamente.

"Bom", disse Adams, com ar pedante, "imagino que não haja muito mais com que se ocupar, dado seus, aah, problemas de saúde mental".

"Pelo menos está fazendo agora a droga que devia ter feito desde o começo, né", insistiu o advogado.

"Ah, e o que seria, amigão?" Prentice se mostrou genuinamente curioso.

"Recolhendo as drogas das guimbas, claro!"

E ainda que isso não fosse um chiste particularmente espirituoso — nem mesmo pelos padrões pouco exigentes de Swai-Phillips —, seus dois companheiros o recompensaram com uma risada: Prentice dando vazão a viris gargalhadas, enquanto o cônsul emitia um seco "heh-heh-heh".

Tom escutava tudo que os três sujeitos diziam com perfeita clareza, e compreendia inteiramente a relevância daquilo para si. Se não mostrou reação, foi porque Prentice e os outros eram tão ridiculamente minúsculos e insignificantes: moscas zumbindo, pousadas durante uma fração de segundo na lateral de um cupinzeiro, antes que qualquer agitação ainda menor as fizesse sair voando.

Astande, que estava ao lado de Tom, enorme, negro, belo e orgulhoso, agora apontava outra guimba e dizia: "Pegue, Tom, né." Tom fez conforme ordenado. "Agora segura ela, parceiro." Tom a segurou no ar, virando a guimba de um lado e de outro. "Perfeito", estrondeou a voz de Astande, "acho que é ela, está vendo?"

Tom via. O tubinho de papel amarrotado, com franjas de tabaco numa ponta e a rolha de acetato de celulose sintética na outra, fora acidentalmente moldado pela sola que o esmagara. A guimba era um "v" amassado que, do ângulo correto, tinha a forma exata da grande ilha continente.

Tom perguntou ao seu espírito-guia: "Posso fumar essa aqui?" E Astande disse: "Claro, por que não?" Então Tom correu baratinado para a estreita passagem deixada no tecido de cicatriz que revestia sua fissura longitudinal. Ele se enfurnou profundamente em seu próprio cérebro, no lugar onde o bisturi negligente de Von Sasser criara uma pequena cavidade no processo de canhestramente abrir um caminho entre as rijas células do corpo caloso de Tom.

Nos anos que se seguiram a esse deslize, Tom trabalhara na cavidade com as mãos nuas e com quaisquer ferramentas que tivesse por perto, até conseguir escavar uma toca de tamanho considerável.

As paredes pulsantes rósea-acinzentadas da gruta-cérebro faiscavam com neurônios — uma tela extraterrena; mas a mobília que Tom arrastara da memória estava mais para prosaica: duas cadeiras com encosto de plástico da sala de interrogatório de Squolly, a cama porcaria do Entreati Experience e uma mesa de laterais dobráveis que ele tirara do quarto de Adams. Havia uma profusão de cinzeiros.

Tom endireitou a guimba e a acendeu, arrancando um fósforo de papelão da embalagem que anunciava SWAI-PHILLIPS ADVOGADOS, HONORÁRIOS CONDICIONADOS. LIGUE: 1-800-LEI. Deu uma profunda tragada e passou-a para Astande, sentado diante dele na outra cadeira de plástico. O célere deu um trago camarada e então passou a guimba de volta.

Este livro foi impresso
pela Lis Gráfica para a
Editora Objetiva em
junho de 2010.